全国高职高专教育规划教材

JINGJIFA LILUN
yu SHIWU

# 经济法理论与实务

陈新玲　主　编

齐　晋　李海涛　副主编

高等教育出版社·北京
HIGHER EDUCATION PRESS　BEIJING

内容提要

　　本书为全国高职高专教育规划教材，是高职院校工商管理类专业通识课程规划教材。本书以实用性和可读性为原则，以学生将来在社会中就业、创业及管理工作中的实际需要为线索，分别对劳动法、企业法、公司法、合同法、票据法、反不正当竞争法、工业产权法、消费者权益保护法以及仲裁法与民事诉讼法等内容进行了系统而简明的阐述。本书体系新颖，内容简洁，有较强的实践性和应用性。

　　本书不仅可以作为高职高专商贸与经济管理类专业教材，也可以作为自学者和相关从业人员的重要参考用书。

　　本教材提供数字课程的学习，欢迎读者登录经管理实一体化课程平台，获取相关教学资源，进行自主学习及交流活动，同时完成在线实训项目。网址：http://hve.hep.com.cn。具体登录使用方法见书后郑重声明。

## 图书在版编目（CIP）数据

经济学理论与实务 / 陈新玲主编 . —北京：高等教育出版社，2011.8

ISBN 978-7-04-031684-1

Ⅰ . ①经… Ⅱ . ①陈… Ⅲ . ①经济法－中国－高等职业教育－教材 Ⅳ . ① D922.29

中国版本图书馆 CIP 数据核字（2011）第 113059 号

| | | | | | |
|---|---|---|---|---|---|
| 策划编辑　李聪聪 | 责任编辑　李聪聪 | 封面设计　于　涛 | 版式设计　于　涛 |
| 责任校对　金　辉 | 责任印制　朱学忠 | | |

| | | | |
|---|---|---|---|
| 出版发行 | 高等教育出版社 | 咨询电话 | 400-810-0598 |
| 社　　址 | 北京市西城区德外大街4号 | 网　　址 | http://www.hep.edu.cn |
| 邮政编码 | 100120 | | http://www.hep.com.cn |
| 印　　刷 | 北京信彩瑞禾印刷厂 | 网上订购 | http://www.landraco.com |
| 开　　本 | 787×1092 1/16 | | http://www.landraco.com.cn |
| 印　　张 | 23.25 | 版　　次 | 2011年8月第1版 |
| 字　　数 | 390 000 | 印　　次 | 2011年8月第1次印刷 |
| 购书热线 | 010-58581118 | 定　　价 | 33.80元 |

本书如有缺页、倒页、脱页等质量问题，请到所购图书销售部门联系调换

版权所有　侵权必究

物 料 号　31684-00

# 前　言

在从事高职院校经济管理类专业法律课程的近二十年教学生涯中，自己深感经济法学科内容繁杂、体系庞杂、涉及面广、动态变化大，常常令学习者望而却步。在所有的法律内容中，与经济法联系最为密切的是民法和商法。民法是调整平等民事主体之间人身关系和财产关系的法律，商法是调整平等商事主体之间商品交换和财产流转关系的法律。民法、商法、经济法之间的紧密联系表现在学理的继承性、调整范围的局部重合性、调整内容的关联性以及调整手段的融通性等方面。但无论是民法、商法还是经济法，其中都包含着与企业经营管理密切相关的内容，而这些内容对经济管理类专业的学生来说都是必备的和有意义的。在教材内容上以部门法的划分标准和法学学理对商法与经济法的划分无太大的实务意义。所以本书以实用性和可读性为原则，兼收商法与经济法的内容，以学生未来在社会中就业、创业及管理工作中的实际需要为教材内容的取舍导向，分别对劳动法、企业法、公司法、合同法、票据法、反不正当竞争法、工业产权法、消费者权益保护法以及仲裁法与民事诉讼法等内容进行了系统而简明的阐述。

本书针对高职高专教学的特点，强调以学生为主体，在内容编排上突破了以往教材的编写模式，在每章前都设立了"学习目标"，便于学习者了解本章的关键点，起到导学的目的；精心设计每章的"案例导入"，引出该章节的主要问题，使学生带着问题学习；设计了"重要概念"、"漫画"、"法律实务"、"案例讨论"等专栏，让学习者能结合实践中的问题进行学习，帮助学习者训练法律思维方式，提高分析解决问题的能力；同时配合"课堂练习"、"课后思考"，帮助学习者对知识内容进行阶段性自我测试；每节都附有"本节小结"，将教材内容梳理提要，点出重点难点，起到温故而知新的作用，有利于学生对教材内容的系统把握，提高学习效率。在全书的最后，开列了必读法律法规、参考文献，使学习者能开阔视野，乐学致远。

本书融入了大量的案例，所选案例典型、通俗、生动、实用，加大了实务操作和训练的比重，增强了可读性，体现出了理论与实际相结合的特点，特别是学习知识与开发智力相结合的特点，突出了以培养学生应用能力为主旨的高职高专教育特色。

本书由陈新玲担任主编，齐晋、李海涛担任副主编，参加编写的人员还有陈曦、郑晓红和刘红梅。具体分工为：陈新玲编写第四章、第七章；齐晋编写第一章、第三章、第六章和第八章；郑晓红编写第五章；刘红梅编写第九章；李海涛、陈曦编写第二章。

本书在编写过程中，参阅了国内外学者大量的著作资料，借鉴和吸收了他们的研究成果，在此深表谢意。还要特别感谢高等教育出版社的编辑，他们对本书的编写体例和漫画的绘制及编辑出版给予了许多启发和支持。

由于编者水平所限，书中疏漏、不妥之处在所难免，恳请同行专家和广大读者指教、斧正。

编者

2011年5月

# 目 录

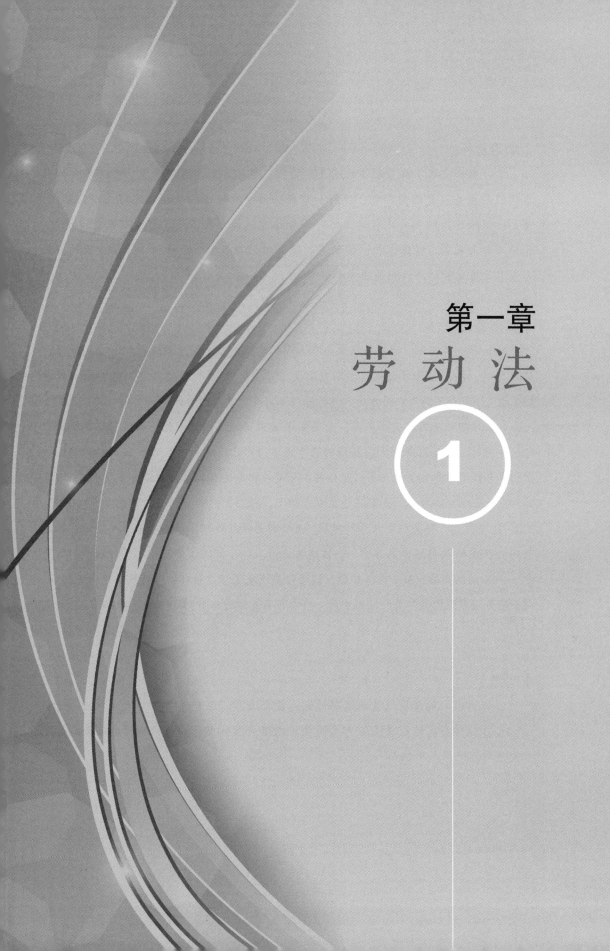

第一章

劳 动 法

1

学习本章要求了解劳动法的定义和特征、集体合同与劳务派遣的相关规定以及各部门的相关监督检查职责。理解和掌握劳动法所规定的劳动合同订立以及履行、变更、解除终止的相关内容，工作时间和休息休假以及工资，劳动安全卫生保护、女职工与未成年工特殊保护，劳动者的职业培训与社会保险福利，劳动争议的解决方式以及违反劳动法的相关法律责任。

**【案例导入】**

2008 年 2 月 6 日，孙某与浙江某市 A 科技信息有限公司（以下简称 A 公司）签订劳动合同，孙某担任该公司技术研发部主管职务，主持研发 X 网络产品，每月工资 1 万元，合同期限两年。同时双方另行签订保密及竞业限制协议，该协议约定：孙某在 A 公司工作期间及离职后两年内，必须保守 X 网络产品的技术信息和经营信息等商业秘密；同时，孙某在离开 A 公司后的两年内不得自己或者为他人从事 X 网络产品的技术信息和经营信息相关的业务；A 公司在孙某在职期间在其每月的工资中增加 3 000 元作为竞业限制经济补偿；如孙某违反双方约定，孙某应向 A 公司支付违约金 50 000 元。2008 年 11 月初，孙某以个人原因辞职。A 公司为孙某办理了退工手续。同月底，孙某来到 A 公司的 X 网络产品客户——B 销售公司工作，担任该公司技术部经理一职，负责维护 X 网络产品。A 公司得知后，认为孙某违反了双方签订的保密及竞业限制协议，向当地劳动争议仲裁委员会提出申请，要求孙某支付竞业限制违约金 50 000 元。

（资料来源：中国劳动保障报）

**【问题】**

1. 双方签订的保密及竞业限制协议是否合法？

2. B 销售公司是否属于与 A 公司生产或者经营同类产品、从事同类业务的有竞争关系的其他用人单位？

# 第一节　劳动法概述

　　劳动法规范了我国公司用人单位与劳动者双方的合法权益，并着重对在劳动关系中处于弱势的劳动者给予充分的保护，从而有利于市场经济的可持续发展。学习者应从劳动法的定义、特征认识入手，学会分析劳动法律关系中各要素的统一。

## 一、劳动法的定义

　　狭义的劳动法，一般是指国家最高立法机构制定颁布的全国性、综合性的劳动法。在我国通常是指 1994 年 7 月 5 日颁布，1995 年 1 月 1 日实施的《中华人民共和国劳动法》（以下简称《劳动法》）。广义的劳动法，是指调整劳动关系以及与劳动关系有密切联系的其他社会关系的法律规范的总称。

《中华人民共和国劳动法》于 1995 年 1 月 1 日实施

【课堂练习】

　　1.1《中华人民共和国劳动法》实施的时间是（　　　　）。

A. 1994 年 1 月 1 日　　　　　　B. 1994 年 7 月 5 日

C. 1995 年 7 月 5 日　　　　　　D. 1995 年 1 月 1 日

## 二、劳动法的适用范围

　　我国《劳动法》第 2 条规定，劳动法适用于在中华人民共和国境内的企业、个体经济组织和与之形成劳动关系的劳动者。

劳动关系的确定关系到劳动法的适用

### （一）劳动关系

　　劳动关系是指在运用劳动能力、实现劳动过程中，劳动者与用人单位之间的社会劳动关系。其特征主要有：

　　（1）劳动关系是在现实劳动过程中所发生的关系；

　　（2）劳动关系的双方当事人，一方是劳动者，另一方是用人单位，且二者之间是平等的关系；

　　（3）劳动关系的一方劳动者，要成为另一方所在单位的成员，就必须服从用人单位的管理，遵守其规章、制度。

### （二）与劳动关系有密切联系的社会关系

　　劳动法的调整对象除劳动关系外，还包括一些与劳动关系有密切联系的关系。

**法律实务:**

## 实践中如何区分劳动关系与劳务关系

劳务关系是指两个或两个以上的平等主体之间就劳务事项进行等价交换过程中形成的一种经济关系。劳动关系与劳务关系的区别:① 主体不同。劳动关系是按照《劳动法》的规定在用人单位和劳动者之间产生的一种不对等关系,是管理和被管理、支配和被支配的关系,是指在用人单位与劳动者之间产生的一种劳动者提供劳动、用人单位支付报酬的稳定关系;劳务关系是按照《中华人民共和国合同法》产生的平等主体之间的契约关系,一般情况下不存在管理与被管理的情况,劳务方只要按照约定完成工作任务即可,劳务关系的产生、变更和消灭以及履行,均是平等的。② 两者产生的依据不同。劳动关系是基于用人单位与劳动者之间生产要素的结合而产生的关系;劳务关系产生的依据是双方的约定,是平等民事主体按照《中华人民共和国民法通则》《合同法》的规定,双方意思自治的结果。③ 客体不同。劳动关系的客体是劳动关系主体双方的权利义务共同指向的对象,即劳动者的劳动行为;劳务关系的客体比较广泛,既包括行为,也包括物、智力成果及与人身不可分离的非物质利益(人格和身份)。④ 两者关系的稳定性不同。劳动关系当事人之间的关系较为稳定、长久,反映的是一种持续的生产资料、劳动者、劳动对象之间结合的关系,而劳务关系当事人之间体现的是一种即时清结或者延时清结的关系。

根据上述事实劳动关系和劳务关系的法律特征和区别,实践中对二者之间进行区分应当把握如下几点:① 从用人单位的性质上进行区分。如果用人单位是个人(非个体经济组织,如个体工商户等),则可以肯定双方之间不存在劳动关系。但实践中应当注意某些单位将其内部某个环节的业务或整体承包给个人,而后承包人以个人名义与提供劳动的人员签订所谓雇佣合同,如果该单位具有合法的用工主体资格,则根据目前法律规定,应当认为劳动者与该发包单位之间存在劳动关系。② 考察劳动者是否实际接受用人单位的管理、指挥或者监督。一般来说,如果劳动者自主管理、自由支配劳动力,用人单位的规章制度对劳动者没有约束力,则可以排除双方之间存在劳动关系。但如果劳动者实际接受用人单位的管理、指挥或者监督,也并不能肯定双方存在事实劳动关系,仍需考虑其他因素。③ 考察具体的劳动内容。如果劳动者提供的劳动内容是用人单位的业务组成部分,一般来说双方之间存在事实劳动关系。如果劳动者提供的劳动内容仅是用人单位的偶然临时性工作,则双方一般是劳务关系。④ 考察用人单位是否向劳动者提供基本的劳动条件。一般来说,劳动关系的用人者要向劳动者提供一定的劳动条件,如提供一定的劳动工具、工作设备,提供一定的劳动保护条件等。而在劳务关系中,一般由劳动者自行携带一定的劳动工具和工作设备。

(资料来源:中国人力资源管理在线)

1.2 下列属于劳动法调整的劳动关系是（　　）。

A. 企业因分立而产生的关系

B. 某农民工被某用人单位录用为职工而发生的关系

C. 劳动者张三与劳动者李四发生的代理关系

D. 劳动者按照国家政策购买用人单位福利用房而发生的关系

## 三、劳动法律关系

（一）劳动法律关系的定义和特征

劳动法律关系是指劳动者与用人单位依据劳动法律规范，在实现社会劳动过程中形成的权利义务关系。其特征主要包括：

（1）主体双方具有平等性和隶属性；

（2）具有国家意志为主导、当事人意志为主体的特征；

（3）具有在社会劳动过程中形成和实现的特征。

（二）劳动法律关系的要素

> 劳动法律关系中包括：主体、客体以及内容

劳动者　　　　用人单位

任何一种劳动法律关系，都是由劳动法律关系的主体、劳动法律关系的客体和劳动法律关系的内容这三个基本要素构成的。

劳动法律关系的主体，指依照劳动法享有权利与承担义务的劳动法律关系参与人。其中一方是劳动者，且必须是自然人，包括具有劳动能力的中国公民、外国人以及无国籍人；另一方是用人单位，包括企业、事业、机关、团体、民办非企业单位等单位及个体经营组织。

劳动法律关系的客体就是主体双方的权利义务共同指向的对象，即劳动者的劳动行为。

劳动法律关系的内容就是主体双方依法享有的权利和承担的义务。我国《劳动法》第3条明确规定了劳动者的权利与义务：劳动者享有平等就业和选择职业的权

利、取得劳动报酬的权利、休息休假的权利、获得劳动安全卫生保护的权利、接受职业技能培训的权利、享受社会保险和福利的权利、提请劳动争议处理的权利以及法律规定的其他劳动权利。同时还规定劳动者应当完成劳动任务，提高职业技能，执行劳动安全卫生规程，遵守劳动纪律和职业道德。

【课堂练习】

1.3 劳动者与用人单位根据劳动法律规定，在实现社会劳动过程中形成的权利义务关系是（　　　）。

A. 民事法律关系　　　　　　B. 经济法律关系

C. 行政法律关系　　　　　　D. 劳动法律关系

【本节小结】

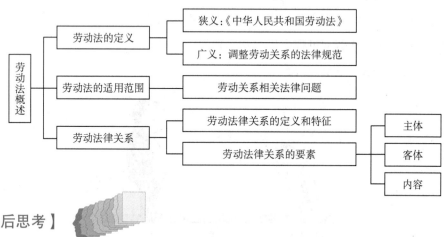

【课后思考】

1. 在实践中如何区分劳动关系与劳务关系？

2. 在校大学生的实习工作是否受《劳动法》的调整？

3. 大学生三方协议的签订是否就等同于劳动关系的建立？

# 第二节　劳动合同

劳动合同是劳动者与用人单位确立劳动关系的证明文件

劳动合同是劳动者与用人单位确立劳动关系的书面说明，也是规范二者权利义务的协议，同时也是解决劳动纠纷的重要依据。学习者应从劳动合同订立入手，充分认识劳动合同的履行、变更、解除以及终止的相关内容，同时了解我国《劳动法》关于集体合同以及劳务派遣的相关规定，从而学会在实践中运用劳动合同来保护自己的合法权益。

## 一、劳动合同的概述

### （一）劳动合同的定义与特征

劳动合同又称劳动协议，是指劳动者与用人单位之间为确立劳动关系，依法协商就双方权利义务达成的协议（《劳动法》第 16 条）。劳动合同的特征主要包括：

（1）劳动合同的主体具有特定性；

（2）劳动合同内容具有权利义务的统一性和对应性；

（3）劳动合同具有双务、有偿、诺成合同的特性；

（4）劳动合同往往涉及第三人的物质利益关系。

### （二）劳动合同的种类

（1）按照合同期限的不同，劳动合同可以分为有固定期限、无固定期限和以完成一定工作为期限的劳动合同。

（2）按照劳动者身份的不同，劳动合同可以分为城镇职工劳动合同、农民工劳动合同、学徒工劳动合同。

（3）按照用人方式的不同，劳动合同可以分为录用合同、聘用合同和借用合同。

（4）按照就业方式的不同，劳动合同可以分为全日制用工劳动合同和非全日制用工劳动合同。

（5）按照劳动合同的存在形式不同，劳动合同可以分为书面劳动合同和口头劳动合同。

【课堂练习】

1.4 按照合同期限的不同，劳动合同可以分为（　　　）。

A. 固定期限劳动合同

B. 无固定期限劳动合同

C. 以完成一定工作为期限的劳动合同

D. 全日制用工劳动合同

## 二、劳动合同的订立

### （一）劳动合同订立的定义和原则

劳动合同的订立是指劳动者和用人单位经过平等协商，就劳动合同的各项内容协商一致，并以书面的形式规定双方的权利、义务以及责任等相关内容，从而确立双方劳动关系的法律行为。根据我国《劳动法》第 17 条第 1 款的规定，劳动合同订立的原则主要有：合法原则、公平原则、平等自愿原则、协商一致原则以及诚实信用原则。

劳动合同订立时用人单位应履行告知义务，劳动者应履行说明义务

（二）劳动合同订立的主体及其义务

1. 用人单位

用人单位具有用人权利能力和行为能力。《中华人民共和国劳动合同法》（以下简称《劳动合同法》）规定，用人单位设立的分支机构，依法取得营业执照或者登记证书的，可以作为用人单位与劳动者订立劳动合同；未依法取得营业执照或者登记证书的，受用人单位委托可以与劳动者订立劳动合同。

根据我国《劳动合同法》的相关规定，用人单位在与劳动者订立劳动合同时应履行其告知义务。用人单位招用劳动者时，应当如实告知劳动者工作内容、工作条件、工作地点、职业危害、安全生产状况、劳动报酬，以及劳动者要求了解的其他情况。

用人单位招用劳动者，不得扣押劳动者的居民身份证和其他证件，不得要求劳动者提供担保或者以其他名义向劳动者收取财物（《劳动合同法》第9条）。

2. 劳动者

劳动者需年满16周岁，有劳动权利能力和行为能力。其中文艺、体育和特种工艺单位录用人员例外。根据我国《劳动合同法》的相关规定，劳动者在与用人单位订立劳动合同时应履行预先说明义务。同时用人单位有权知道劳动者与劳动合同直接相关的基本信息情况，劳动者有预先说明情况的义务（《劳动合同法》第8条）。

**法律实务：**

**劳动者隐瞒自己的真实情况所订立的劳动合同是否有效？**

一般认为，所隐瞒的真实情况分为两种：一种是劳动者所隐瞒的情况属于用人单位有权了解、与劳动合同直接相关的基本情况，这些内容将直接影响劳动合同的履行，如年龄、性别、学历、工作经验、专业证书、公民身份证号码、户籍地址及现住址、联系方式等；另一种是与劳动合同没有直接的关系，而用人单位要求劳动者说明其他个人情况，如是否结婚、是否有男（女）朋友等情况。

对于第一种情况,即与劳动合同直接相关的基本情况,劳动者有向用人单位告知的义务,只不过这种义务不是主动性的义务,属于消极义务,只有在用人单位询问时才有义务回答;对于第二种情况则劳动者无义务回答。对第一种情况,如果劳动者有意以欺诈、胁迫的手段或者乘人之危,使用人单位在违背真实意思的情况下订立或者变更劳动合同,则有可能会导致劳动合同无效。《劳动合同法》第26条第1款规定:"下列劳动合同无效或者部分无效:(一)以欺诈、胁迫的手段或者乘人之危,使对方在违背真实意思的情况下订立或者变更劳动合同的;(二)用人单位免除自己的法定责任、排除劳动者权利的;(三)违反法律、行政法规强制性规定的。"比如:劳动者提供虚假学历证明,合同可能因欺诈而无效;劳动者不满16岁,却隐瞒真实年龄与用人单位签订合同,则合同违反法律强制性规定而无效。

那么,劳动者隐瞒部分真实情况,是不是劳动合同就全部无效呢?《劳动合同法》第26条第2款规定:"对劳动合同的无效或者部分无效有争议的,由劳动争议仲裁机构或者人民法院确认。"第27条规定:"劳动合同部分无效,不影响其他部分效力的,其他部分仍然有效。"劳动合同被确认无效,劳动者已付出劳动的,用人单位应当向劳动者支付劳动报酬。劳动报酬的数额,参照与本单位相同或者相近岗位劳动者的劳动报酬确定。

（资料来源：HR369人力资源网）

【课堂练习】

1.5 下列各项属于劳动合同订立主体的是（　　　）。

A. 初中毕业年满15周岁的李某

B. 年满18岁的具有间歇性精神病的王某

C. 年满18岁的中国公民杨某

D. 被部队录用的14岁的公民张某

## 三、劳动合同的订立形式

用人单位自用工之日起应当与劳动者建立劳动关系。建立劳动关系,应当订立书面劳动合同(《劳动合同法》第6条)。对于已建立劳动关系,未同时订立书面劳动合同的,应当自用工之日起1个月内订立书面劳动合同。同时非全日制用工双方当事人可以订立口头协议(《劳动合同法》第10条)。

我国《劳动合同法》相关规定中关于未订立书面劳动合同的处理方法包括:

（1）自用工之日起1个月内,经用人单位书面通知后,劳动者不与用人单位订

劳动者与用人单位之间应当订立书面的劳动合同

立书面劳动合同的，用人单位应当书面通知劳动者终止劳动关系，无需向劳动者支付经济补偿，但是应当依法向劳动者支付其实际工作时间的劳动报酬（《劳动合同法实施条例》第 5 条）。

（2）用人单位自用工之日起超过 1 个月不满 1 年未与劳动者订立书面劳动合同的，应当向劳动者每月支付 2 倍的工资，并与劳动者补订书面劳动合同；劳动者不与用人单位订立书面劳动合同的，用人单位应当书面通知劳动者终止劳动关系，并支付经济补偿。同时用人单位向劳动者每月支付 2 倍工资的起算时间为用工之日起满 1 个月的次日，截止时间为补订书面劳动合同的前 1 日（《劳动合同法实施条例》第 6 条）。

（3）用人单位自用工之日起满 1 年未与劳动者订立书面劳动合同的，自用工之日起满 1 个月的次日至满 1 年的前 1 日应当向劳动者每月支付 2 倍的工资，并视为自用工之日起满 1 年的当日已经与劳动者订立无固定期限劳动合同，应当立即与劳动者补订书面劳动合同（《劳动合同法实施条例》第 7 条）。

**法律实务：**

### 未订立劳动合同，劳动者怎么办？

对于用人单位自用工之日起超过一个月但不满一年不与劳动者订立书面合同的，以及违反本法规定不与劳动者签订无固定期限劳动合同的违法行为，劳动者可以通过以下途径追究用人单位的赔偿责任：

（1）向当地劳动行政部门进行举报。《劳动合同法》明确规定，县级以上地方人民政府劳动行政部门负责本行政区域内劳动合同制度实施的监督管理。同时，《劳动合同法》还明确规定，任何组织或者个人对于违反本法的行为都有权举报，县级以上人民政府劳动行政部门应当及时核实、处理。受理劳动违法行为举报是各级劳动行政部门依法应当履行的职责。劳动者就用人单位违反《劳动合同法》的行为向劳动行政部门进行举报，劳动行政部门应当依法受理并立案查处。一经查实，劳动行政部门可以责令用人单位依法对劳动者予以赔偿。

（2）向劳动争议仲裁机构申请仲裁。劳动争议仲裁，是指劳动争议仲裁机构对申请仲裁的劳动争议案件依法进行裁决的活动。劳动争议仲裁既是劳动争议双方当事人向法院提起争议诉讼前的必经程序，也是我国处理劳动争议案件的一种基本形式。劳动争议仲裁裁决书下达后，任何一方当事人不服，可在法定期限内向人民法院起诉，逾期不起诉将产生法律效力，当事人必须履行。对用人单位违反《劳动合同法》的行为，劳动者可以依法向劳动仲裁机构申请赔偿。

（3）向人民法院提起诉讼。向人民法院提起诉讼是劳动者依法享有的一项权利，是劳动者追究用人单位违反《劳动合同法》的赔偿责任、解决赔偿责任争议的一种重要方式，也是最后的方式。人民法院按照司法审判程序对案件进行审理、裁判和执行，保障劳动者的合法权益，包括获得法定赔偿的权利得以实现。

（资料来源：华律网）

【课堂练习】

1.6 用人单位自（　　　）起即与劳动者建立劳动关系。

A. 上级批准设立之日　　　　　　B. 签订合同之日

C. 用工之日　　　　　　　　　　D. 劳动者领取工资之日

### 四、劳动合同的类型

（一）固定期限劳动合同

固定期限劳动合同，是指用人单位与劳动者约定合同终止时间的劳动合同。用人单位与劳动者协商一致，可以订立固定期限劳动合同（《劳动合同法》第 13 条）。

（二）无固定期限劳动合同

无固定期限劳动合同，是指用人单位与劳动者约定无确定终止时间的劳动合同。用人单位与劳动者协商一致，可以订立无固定期限劳动合同。有下列情形之一，劳动者提出或者同意续订劳动合同的，应当订立无固定期限劳动合同：① 劳动者已在该用人单位连续工作满 10 年的。② 用人单位初次实行劳动合同制度或者国有企业改制重新订立劳动合同时，劳动者在该用人单位连续工作满 10 年且距法定退休年龄不足 10 年的。③ 连续订立两次固定期限劳动合同且劳动者没有续订劳动合同的。同时，用人单位自用工之日起满 1 年不与劳动者订立书面劳动合同的，视为用人单位与劳动者已订立无固定期限劳动合同（《劳动合同法》第 14 条）。

劳动合同的类型：固定期限劳动合同、无固定期限劳动合同、以完成一定工作任务为期限的劳动合同

铁饭碗　　≠　　无限期劳动合同

（三）以完成一定工作任务为期限的劳动合同

以完成一定工作任务为期限的劳动合同，是指用人单位与劳动者约定以某项工作的完成为合同期限的劳动合同。用人单位与劳动者协商一致，可以订立以完成一定工作任务为期限的劳动合同（《劳动合同法》第 15 条）。

**法律实务：**

### 无固定期限劳动合同并非铁饭碗

自《劳动合同法》颁布以来，用人单位和劳动者最为关注的就是新法中对"无固定期限劳动合同"的规定。研究生小赵毕业后在一家民营企业工作，近来与无固定期限劳动合同相关的话题成了他周围同事的谈资。在小赵看来，签订无固定期限劳动合同是对自身价值的肯定，同时有些担忧的是会不会出现企业依据合同不放人，使再次择业受约束的情形。实际上，现在对于无固定期限劳动合同的认识用人单位和劳动者都存在误区。

《劳动合同法》中规定，劳动者在同一用人单位连续工作满 10 年后，劳动者同意续订、订立劳动合同的，除劳动者提出订立固定期限劳动合同外，应当订立无固定期限劳动合同。如果说以上条款是对"老职工"的慰藉，那么新法中"劳动者只需连续订立两次固定期限劳动合同"的相关规定则是新法实施后对"新职工"的保护。

无固定期限劳动合同并非"铁饭碗"，也不是"桎梏"。有的用人单位认为一旦签了无固定期限劳动合同，就要对劳动者长期、终身负责，如果劳动者偷懒，用人单位毫无办法；有的劳动者则认为签订无固定期限劳动合同就意味着终身捆绑在企业中，丧失了择业的"自由度"。实际上这些想法都是误解。无论对于劳动者还是用人单位，遵守《劳动合同法》是前提，有一方出现违规行为，另一方都有权依法解除劳动合同。

对企业来说，《劳动合同法》明确规定劳动者违法违规或者因病、因伤等不能胜任工作，以及经济性裁员的情况下都可解除无固定期限劳动合同。对于劳动者来说，如用人单位出现不予缴纳社会保险等侵害劳动者权益的行为，劳动者可以主动提出解除劳动关系。另外，在协商一致的情况下也能解除劳动关系。

（资料来源：华律网）

【课堂练习】

1.7 下列属于应当订立无固定期限劳动合同情形的是（　　　　）。

A. 劳动者已在该用人单位连续工作满 10 年的

B. 劳动者已在该用人单位连续工作满 20 年的

C. 连续订立两次固定期限劳动合同且劳动者没有续订劳动合同的

D. 连续订立三次固定期限劳动合同且劳动者没有续订劳动合同的

## 五、劳动合同的效力

### （一）劳动合同的生效

劳动合同由用人单位与劳动者协商一致，并经用人单位与劳动者在劳动合同文本上签字或者盖章生效。劳动合同文本由用人单位和劳动者各执一份（《劳动合同法》第 16 条）。劳动合同依法订立即生效，具有法律约束力。

劳动合同依法订立即生效，具有法律约束力

### （二）劳动合同的无效及部分无效情形

（1）以欺诈、胁迫的手段或者乘人之危，使对方在违背真实意思的情况下订立或者变更劳动合同的；

（2）用人单位免除自己的法定责任、排除劳动者权利的；

（3）违反法律、行政法规强制性规定的（《劳动合同法》第 26 条第 1 款）。

### （三）无效劳动合同的法律后果

对劳动合同的无效或者部分无效有争议的，由劳动争议仲裁机构或者人民法院确认（《劳动合同法》第 26 条第 2 款）。劳动合同部分无效，不影响其他部分效力的，其他部分仍然有效（《劳动合同法》第 27 条）。

劳动合同被确认无效，劳动者已付出劳动的，用人单位应当向劳动者支付劳动报酬。劳动报酬的数额，参照与本单位相同或者相近岗位劳动者的劳动报酬确定（《劳动合同法》第 28 条）。

---

**法律实务：**

#### 他人代签的劳动合同有效吗？

"去年我出差期间合同期满，公司叫一位同事代我续签，现在续签合同未满，我想调离公司，要承担合同违约金吗？"昨日，某公司员工陈某打进市司法局"12348"法律服务热线，向工作人员诉说了自己的烦恼。据了解，陈某是台江区某外贸公司的员工，从 2003 年起负责销售工作，2005 年 11 月被公司派到上海出差。出差期间，陈某与公司签订的劳动合同到期，需续签合同。因为平时李某与陈某的关系较好，公司便叫李某代替陈某在原合同内容不变的情况下续签了 2 年合同。一周后，从上海回来的陈某得知了此事，并未提出反对意见。

2006 年 6 月 28 日，陈某在另外一家公司找到了一份薪水更高的工作，于是便向外贸公司提交辞职报告。公司经理办公室讨论后决定不同意陈某辞职，要求陈某再过一年半等续订的合同期满了才能辞职，要不然就要承担违约责任。陈某则认为，公司的做法不合法，他说自己并没有和公司续签合同，李某代签的合同是无效的，不具有法律约束力。

记者咨询了市法律援助中心志愿者律师。律师认为，不管是第一次签合同还是续签合同，当事人只要签名了就表示同意合同的权利义务，签名者应该对本身的行为所产生的法律后果承担责任。如果是他人代签，必须先得到当事人的书面委托或事后追认，否则对该当事人不产生法律效力。但是，我国《民法通则》还规定，如本人知道他人以自己的名义实施民事行为而不作出否认表示的，应视为同意。

本案中，陈某虽然没有委托李某代替签订合同，但他出差回来后，已知道李某代为续签一事，对此，陈某没有提出任何异议。对于原合同约定的权利、义务等内容，陈某本人是完全清楚的，并且续签的合同已经履行了半年，其间陈某一直未作出任何否认表示，因此，应视为陈某认可了合同，该合同对他有法律约束力。如果陈某要提前离开贸易公司，应当支付合同违约金。

温馨提醒：现在全社会用人单位和劳动者之间都在推行劳动合同制度，如果不严肃对待劳动合同签订有关形式、程序的要求，随意不签、代签，就可能产生劳动纠纷。因此，在代别人签订合同或委托别人签订合同之前，先要了解自身行为所可能带来的法律后果，以避免不必要的麻烦。

（资料来源：福州日报）

【课堂练习】

1.8 下列可以确认劳动合同无效的方式是（　　　　）。

A. 由双方当事人决定　　　　　　B. 由劳动行政部门确认

C. 由劳动争议仲裁委员会确认　　D. 由工会确认

## 六、劳动合同的内容

（一）劳动合同的法定必备条款

劳动合同应当具备以下条款：① 用人单位的名称、住所和法定代表人或者主要负责人；② 劳动者的姓名、住址和居民身份证或者其他有效身份证件号码；③ 劳动合同期限；④ 工作内容和工作地点；⑤ 工作时间和休息休假；⑥ 劳动报酬；⑦ 社会保险；⑧ 劳动保护、劳动条件和职业危害防护；⑨ 法律、法规规定应当纳入劳动合同的其他事项（《劳动合同法》第17条第1款）。

（二）劳动合同的约定必备条款

劳动合同除前款规定的必备条款外，用人单位与劳动者可以约定试用期、培训、保守秘密、补充保险和福利待遇等其他事项（《劳动合同法》第 17 条第 2 款）。

1. 试用期

试用期，是指用人单位对新招收的职工进行思想品德、劳动态度、实际工作能力、身体情况等进一步考察的时间期限。试用期是一个约定的条款，如果双方没有事先约定，用人单位就不能以试用期为由解除劳动合同。

我国《劳动合同法》规定，劳动合同期限 3 个月以上不满 1 年的，试用期不得超过 1 个月；劳动合同期限 1 年以上不满 3 年的，试用期不得超过 2 个月；3 年以上固定期限和无固定期限的劳动合同，试用期不得超过 6 个月。试用期包含在劳动合同期限内。劳动合同仅约定试用期的，试用期不成立，该期限为劳动合同期限（《劳动合同法》第 19 条）。同一用人单位与同一劳动者只能约定一次试用期。以完成一定工作任务为期限的劳动合同或者劳动合同期限不满 3 个月的，不得约定试用期。劳动者在试用期的工资不得低于本单位相同岗位最低档工资或者劳动合同约定工资的 80%，并不得低于用人单位所在地的最低工资标准（《劳动合同法》第 20 条）。同时用人单位在试用期解除劳动合同的，应当向劳动者说明理由（《劳动合同法》第 21 条第 2 款）。

2. 服务期

用人单位为劳动者提供专项培训费用，对其进行专业技术培训的，可以与该劳动者订立协议，约定服务期。劳动者违反服务期约定的，应当按照约定向用人单位支付违约金。违约金的数额不得超过用人单位提供的培训费用。用人单位要求劳动者支付的违约金不得超过服务期尚未履行部分所应分摊的培训费用。用人单位与劳动者约定服务期的，不影响按照正常的工资调整机制提高劳动者在服务期间的劳动报酬（《劳动合同法》第 22 条）。

**法律实务：**

### 试用期辞职不必赔付培训费

某年 6 月，黄小姐被本市一家合资公司录用，双方经过协商签订了 3 年期劳动合同，其中前 6 个月为试用期。上班后不久，公司即安排黄小姐脱产培训业务技术 2 个月。培训期间，黄小姐结识了同行李某，相互之间谈得很投缘，在李某的劝说下，黄小姐打算与原公司解除劳动合同，到李某所在公司工作。黄小姐结束培训回公司上班后，提出要求解除劳动合同，公司没有同意黄小姐的要求。黄小姐仍坚持要求解除劳动关系。公司认为，黄小姐由公司出资去参加业务技术培训，培训刚结束，还未为公司效力，即提出解除劳动关系，公司的培训费用不是白白地浪费了吗？所以，解除劳动关系是可以的，但要求黄小姐赔偿培训费用，否则不能走。黄小姐则认为：试用期间，劳动者可以随时解除劳动合同，也无须承担培训费，因此不愿赔偿。于是，争议交到了劳动仲裁委员会。在劳动仲裁调解时，双方当事人各执己见，达不成和解协议。调解不成，劳动仲裁依法作出裁决，没有支持公司的仲裁请求。

本案的争议焦点是试用期内职工提出与公司解除劳动关系，但公司已经出资培训了职工，职工是否应当赔偿公司的培训费。按照劳动部（现劳动和社会保障部）关于试用期内解除劳动合同处理依据问题的复函意见：用人单位出资（指有支付货币凭证的情况）对职工进行各类技术培训，职工提出与单位解除劳动关系的，如果在试用期内，则用人单位不得要求劳动者支付该项培训费用。黄小姐进公司后，公司确实专门出资对黄小姐进行了业务技术培训，并且双方还约定了服务期。但黄小姐是在试用期内提出与公司解除劳动关系，按照劳动部复函的意见，黄小姐是不需要赔偿公司的培训费用的。所以，公司要求黄小姐支付培训费用缺乏法律依据。因此，劳动仲裁委没有支持公司的仲裁请求。

（资料来源：人才市场报）

3. 医疗期

（1）医疗期的规定。医疗期是指企业职工因患病或非因公负伤停止工作治病休息不得解除劳动合同的时限。企业职工因患病或非因工负伤，需要停止工作医疗时，根据本人实际参加工作年限和在本单位工作年限，给予3个月到24个月的医疗期：① 实际工作年限10年以下的，在本单位工作年限5年以下的为3个月；5年以上的为6个月。② 实际工作年限10年以上的，在本单位工作年限5年以下的为6个月，5年以上10年以下的为9个月；10年以上15年以下的为12个月；15年以上20年以下的为18个月；20年以上的为24个月（《企业职工患病或非因工负伤医疗期规定》第3条）。

（2）医疗期的计算。医疗期3个月的，按6个月内累计病休时间计算；6个月的，按12个月内累计病休时间计算；9个月的，按15个月内累计病休时间计算；12个月的，按18个月内累计病休时间计算；18个月的，按24个月内累计病休时间计算；24个月的，按30个月内累计病休时间计算（《企业职工患病或非因工负伤医疗期规定》第4条）。医疗期计算应从病休第一天开始，累计计算。对某些患特殊疾病（如癌症、精神病、瘫痪等）的职工，在24个月内尚不能痊愈的，经企业和当地劳动部门批准，可以适当延长医疗期（《关于贯彻〈企业职工患病或非因工负伤医疗期规定〉的通知》第2条）。

（3）医疗期的待遇。企业职工在医疗期内，其病假工资、疾病救济费和医疗待遇按照有关规定执行。职工患病或非因工负伤治疗期间，在规定的医疗期内由企业按有关规定支付其病假工资或疾病救济费，病假工资或疾病救济费可以低于当地最低工资标准支付，但不能低于最低工资标准的 80%（《关于贯彻执行〈中华人民共和国劳动法〉若干问题的意见》第 59 条）。同时，在医疗期内不得解除劳动合同。对于医疗期满尚未痊愈者，或医疗期满后，仍不能从事原工作，也不能从事用人单位另行安排的工作，被解除劳动合同时，用人单位需按经济补偿规定给予其经济补偿。

**法律实务：**

**劳动者能否在医疗期内提出辞职？**

**案例：**

1995 年 1 月，孙某到某金属制品厂做锻造工，双方签订了为期 15 年的劳动合同。2008 年 3 月，孙某被诊断为结核病。之后，该厂给予其 12 个月的医疗期。当医疗期至第 7 个月其病情有好转时，孙某找到了一份既轻松工资又高的工作。但孙某没有将此实情告知工厂，而是向工厂递交了一份辞职申请。申请称，因其身体原因不能胜任工作，故提出与该厂解除劳动合同，并要求给予 10 个月工资作为经济补偿金。工厂方面则认为，孙某在医疗期内不应当提出解除劳动合同；若非要解除劳动合同，则无权要求用人单位支付其经济补偿金。由此发生争议。孙某向劳动争议仲裁委提出仲裁申请，要求裁决双方签订的劳动合同于 2008 年 10 月 1 日起解除，并责令工厂支付其经济补偿金。经调解，双方达成一致意见：自调解生效之日起，孙某与工厂签订的劳动合同自行解除；调解生效当日，工厂一次性给付孙某经济补偿金 6 000 元。

**分析：**

本案的争议焦点有两个：一是医疗期内劳动者的辞职权问题。二是医疗期内劳动者提出解除劳动合同经济补偿金的给付问题。

医疗期内，劳动者能否提出辞职呢？回答是肯定的。《劳动法》第 29 条规定："劳动者有下列情形之一的，用人单位不得依据本法第二十六条、第二十七条的规定解除劳动合同：……（二）患病或者负伤，在规定的医疗期内的；"此条款是法律对用人单位解除劳动合同权的限制，并非对劳动者辞职权的剥夺。另外，其他法律法规也没有对劳动者在医疗期内提出辞职作出禁止性规定。法律规定，当事人可以对自己的权利作出放弃，只要这种放弃符合我国《民法通则》第 55 条之规定，即只要行为人具有相应的民事行为能力、意思表示真实且不违反法律或社会公共利益的行为均是有效行为。因此，只要用人单位给职工讲清了其在医疗期应享有的权利，劳动者仍要辞职，是应当准许的。

那么，医疗期内劳动者提出辞职，用人单位是否必须给付经济补偿金呢？当然不是。劳动者提出辞职并非用人单位的过错所致，因此，双方劳动合同的解除应视为合同当事人协商一致情形下的解除。根据原劳动部《关于实行劳动合同制度若干问题的通知》（劳部发〔1996〕354 号）第 20 条规定，劳动者按照《劳动法》第 24 条的规定，主动提出解除劳动合同的，用人单位可以不支付经济补偿金。案例中，显然是劳动者主动提出解除劳动合同的，本来不需给付其经济补偿金。但考虑到其他情形，经劳动争议仲裁委员会调解，用人单位给予劳动者一定的经济补偿金，不仅不违背法律规定，更有利于社会和谐。

（资料来源：找法网）

### 4. 保守商业秘密和竞业限制

用人单位与劳动者可以在劳动合同中约定保守用人单位的商业秘密和与知识产权相关的保密事项。对负有保密义务的劳动者，用人单位可以在劳动合同或者保密协议中与劳动者约定竞业限制条款，并约定在解除或者终止劳动合同后，在竞业限制期限内按月给予劳动者经济补偿。劳动者违反竞业限制约定的，应当按照约定向用人单位支付违约金（《劳动合同法》第 23 条）。竞业限制的人员限于用人单位的高级管理人员、高级技术人员和其他负有保密义务的人员。竞业限制的范围、地域、期限由用人单位与劳动者约定，竞业限制的约定不得违反法律、法规的规定。在解除或者终止劳动合同后，前款规定的人员到与本单位生产或者经营同类产品、从事同类业务的有竞争关系的其他用人单位，或者自己开业生产或者经营同类产品、从事同类业务的竞业限制期限，不得超过 2 年（《劳动合同法》第 24 条）。

**法律实务：**

#### 竞业限制协议是否等同于保密协议？

在实践中，用人单位与劳动者往往在一份协议中同时约定保守商业秘密和竞业限制义务，比如订立《保密及竞业限制协议》，常常导致人们一种模糊认识，认为保密协议和竞业限制协议没有什么区别，二者是一回事。实际上保密协议和竞业限制协议是两个不同的法律概念。保密协议是指用人单位针对知悉企业商业秘密的劳动者签订的要求劳动者保守用人单位商业秘密的协议。保密协议应当以书面形式签订，一般应具备以下主要条款：① 保密的内容和范围；② 保密协议双方的权利和义务；③ 保密协议的期限；④ 违约责任。在保密协议有效期限内，劳动者应严格遵守本企业保密制度，防止泄露企业技术秘密，不得向他人泄露企业技术秘密，非经用人单位书面同意，不得使用该商业秘密进行生产与经营活动，不得利用商业秘密进行新的研究和开发。竞业限制协议是指用人单位与劳动者约定在解除或者终止劳动合同后一定期限内，劳动者不得到与本单位生产或者经营同类产品、从事同类业务的有竞争关系的其他用人单位任职，或者自己开业生产或者经营同类产品的书面协议。竞业限制是保密的手段，通过订立竞业限制协议，可以减少和限制商业秘密被泄露的概率。保密是竞业限制的目的，订立竞业限制协议最终的目的是保护用人单位的合法权益。

保密协议和竞业限制协议有如下区别：① 保密义务一般是法律的直接规定或劳动合同的随附义务，不管用人单位与劳动者是否签订保密协议，劳动者均有义务保守商业秘密。而竞业限制是基于用人单位与劳动者的约定产生，没有约定的，无须承担竞业限制义务。② 保密义务要求保密者不得泄露商业秘密，侧重的是不能"说"，竞业限制义务要求劳动者不能到竞争单位任职或自营竞争业务，侧重的是不能"做"。③ 保密义务劳动者承担的义务仅限于保密，并不限制劳动者的就业权，而竞业限制义务不仅仅限制劳动者泄密，还限制劳动者的就业，劳动者的负担重很多。④ 保密义务一般期限较长，只要商业秘密存在，劳动者的保密义务就存在，而竞业限制期限较短，最长不超过 2 年。

（资料来源：劳动仲裁网）

【课堂练习】

1.9 以下劳动合同条款中，属于可补充协商的条款是（　　）。

A. 工作单位 　　　　　　B. 劳动合同期限

C. 试用期 　　　　　　　D. 工作内容

## 七、劳动合同的履行和变更

（一）劳动合同的履行

用人单位与劳动者应当按照劳动合同的约定，全面履行各自的义务（《劳动合同法》第 29 条）。

（1）用人单位应当按照劳动合同约定和国家规定，向劳动者及时足额支付劳动报酬。用人单位拖欠或者未足额支付劳动报酬的，劳动者可以依法向当地人民法院申请支付令，人民法院应当依法发出支付令（《劳动合同法》第 30 条）。

（2）用人单位应当严格执行劳动定额标准，不得强迫或者变相强迫劳动者加班。用人单位安排加班的，应当按照国家有关规定向劳动者支付加班费（《劳动合同法》第 31 条）。

（3）劳动者拒绝用人单位管理人员违章指挥、强令冒险作业的，不视为违反劳动合同。劳动者对危害生命安全和身体健康的劳动条件，有权对用人单位提出批评、检举和控告（《劳动合同法》第 32 条）。

（4）用人单位变更名称、法定代表人、主要负责人或者投资人等事项，不影响

用人单位与劳动者应当按照劳动合同的约定，全面履行各自义务，经协商一致可变更合同

劳动合同的履行。用人单位发生合并或者分立等情况，原劳动合同继续有效，劳动合同由承继其权利和义务的用人单位继续履行（《劳动合同法》第33条）。

（二）劳动合同的变更

用人单位与劳动者协商一致，可以变更劳动合同约定的内容。变更劳动合同，应当采用书面形式。变更后的劳动合同文本由用人单位和劳动者各执一份（《劳动合同法》第35条）。

【课堂练习】

1.10 不影响劳动合同履行的包括（　　　）。

A. 用人单位变更名称　　　　　　B. 法定代表人变更

C. 主要负责人变更　　　　　　　D. 投资人发生变更

## 八、劳动合同的解除和终止

（一）劳动合同的解除

用人单位与劳动者协商一致，可以解除劳动合同（《劳动合同法》第36条）。劳动者提前30日以书面形式通知用人单位，可以解除劳动合同。劳动者在试用期内提前3日通知用人单位，可以解除劳动合同（《劳动合同法》第37条）。

1. 劳动者可以解除劳动合同的情形

用人单位有下列情形之一的，劳动者可以解除劳动合同：

（1）未按照劳动合同约定提供劳动保护或者劳动条件的；

（2）未及时足额支付劳动报酬的；

（3）未依法为劳动者缴纳社会保险费的；

（4）用人单位的规章制度违反法律、法规的规定，损害劳动者权益的；

（5）致使劳动合同无效情形的出现；

（6）法律、行政法规规定劳动者可以解除劳动合同的其他情形。

同时用人单位以暴力、威胁或者非法限制人身自由的手段强迫劳动者劳动的，或者用人单位违章指挥、强令冒险作业危及劳动者人身安全的，劳动者可以立即解除劳动合同，不需事先告知用人单位（《劳动合同法》第38条）。

2. 用人单位可以解除劳动合同的情形

劳动者有下列情形之一的，用人单位可以解除劳动合同：① 在试用期间被证明不符合录用条件的；② 严重违反用人单位的规章制度的；③ 严重失职，营私舞弊，给用人单位造成重大损害的；④ 劳动者同时与其他用人单位建立劳动关系，对完成本单位的工作任务造成严重影响，或者经用人单位提出，拒不改正的；⑤ 致使劳动

用人单位与劳动者协商一致可以解除劳动合同，当出现法定终止事由可终止劳动合同

合同无效情形的出现；⑥ 被依法追究刑事责任的（《劳动合同法》第 39 条）。

3. 用人单位不得解除劳动合同的情形

劳动者有下列情形之一的，用人单位不得解除劳动合同：① 从事接触职业病危害作业的劳动者未进行离岗前职业健康检查，或者疑似职业病病人在诊断或者医学观察期间的；② 在本单位患职业病或者因工负伤并被确认丧失或者部分丧失劳动能力的；③ 患病或者非因工负伤，在规定的医疗期内的；④ 女职工在孕期、产期、哺乳期的；⑤ 在本单位连续工作满 15 年，且距法定退休年龄不足 5 年的；⑥ 法律、行政法规规定的其他情形（《劳动合同法》第 42 条）。

---

### 法律实务：

#### 电子邮件辞职有效吗？

**案例：**

王小姐是一家广告公司的销售主管，由于在一笔销售提成款的问题上与公司产生分歧，一气之下于 2009 年 4 月 20 日向公司发送了一封电子邮件："我决定今天辞职，希望公司可以安排交接人员于 5 月 19 日前将我的工作交接完毕。"人力资源部门直到 5 月 10 日才作出接受辞职的答复。王小姐十分意外，本以为公司会挽留她，没想到公司竟然同意了自己的辞职请求。深感懊悔的王小姐向当地劳动争议仲裁委员会提出仲裁申请。她认为，电子邮件的辞职申请只是自己一个意向表示，应当是书面申请才能构成正式的辞职信。公司发出的这一决定显然是单方面终止与自己的劳动关系，因此要求公司继续履行原劳动合同。

那么，电子邮件的辞职申请具有法律效力吗？辞职申请以什么形式最合适？

**分析：**

电子邮件作为即时通信的一种形式，具有证据特点中的"关联性"。通过技术手段获取，或者通过公证机关对电子邮件内容及源代码等进行公证取证，电子邮件就具备了证据的"客观性"与"合法性"。具备了"三性"的证据在法律上具备合法效力，也可以在诉讼中作为证据使用。本案中，王小姐在邮件中明确作出解除劳动合同的意思表示，自此意思表示送达公司时即产生了法律效力。因此，王小姐的这封邮件完全可以起到书面辞职申请的效力。

根据《劳动合同法》的规定，员工提出解除劳动合同的，需要提前30天以书面形式通知用人单位，无需用人单位批准，30天后劳动合同即可解除。王小姐的邮件在到达公司或者公司作出回复之前，她并未作出任何修改或者撤回的行为，因此，即使公司没有在5月10日发出批复，王小姐的辞职决定也将在5月20日产生解除劳动合同的法律效力。

需要注意的是，如果用人单位在规章制度中规定了辞职必须向公司提供纸质书面申请书或辞职信，那么以收到员工发送的电子邮件就认定双方劳动合同已经解除，对用人单位来说可能会存在辞职手续不完备的风险。

另外，作为电子邮件辞职申请这一尚需探讨方可认定其效力的解除劳动合同方式，用人单位应当在收到电子邮件时及时作出反应。如果用人单位不能马上决定的，应要求员工提交纸质并具有亲笔签名的辞职信。在此推荐一种较为稳妥的辞职方式，即要求辞职员工签署公司制作的辞职协议文本，文本中载明离职流程、离职时员工可领取的全部费用、公司扣除社会保险和个人所得税以及其他公司有权代扣代缴的费用、员工须遵守的保密和竞业禁止义务、所有公司物品已交接完毕的承诺以及劳动关系解除的确切日期等内容。

（资料来源：中国劳动保障报）

（二）劳动合同终止

有下列情形之一的，劳动合同终止：① 劳动合同期满的；② 劳动者开始依法享受基本养老保险待遇的；③ 劳动者死亡，或者被人民法院宣告死亡或者宣告失踪的；④ 用人单位被依法宣告破产的；⑤ 用人单位被吊销营业执照、责令关闭、撤销或者用人单位决定提前解散的；⑥ 法律、行政法规规定的其他情形（《劳动合同法》第44条）。

【课堂练习】

1.11 下列属于劳动合同终止的情形有（　　　）。

A. 劳动合同期满

B. 劳动者死亡、被人民法院宣告死亡或者宣告失踪

C. 用人单位被依法宣告破产

D. 用人单位被吊销营业执照、责令关闭、撤销或者用人单位决定提前解散

## 九、集体合同

集体合同，是指企业职工一方与用人单位就劳动报酬、工作时间、休息休假、劳动安全卫生、保险福利等事项，通过平等协商达成的书面协议。

### （一）集体合同订立的流程

**1. 提交职工代表大会或者全体职工讨论通过**

集体合同草案应当提交职工代表大会或者全体职工讨论通过。集体合同由工会代表企业职工一方与用人单位订立；尚未建立工会的用人单位，由上级工会指导劳动者推举的代表与用人单位订立（《劳动合同法》第 51 条）。企业职工一方与用人单位可以订立劳动安全卫生、女职工权益保护、工资调整机制等专项集体合同（《劳动合同法》第 52 条）。在县级以下区域内，建筑业、采矿业、餐饮服务业等行业可以由工会与企业方面代表订立行业性集体合同，或者订立区域性集体合同（《劳动合同法》第 53 条）。

**2. 报送劳动行政部门**

集体合同订立后，应当报送劳动行政部门；劳动行政部门自收到集体合同文本之日起 15 日内未提出异议的，集体合同即行生效。依法订立的集体合同对用人单位和劳动者具有约束力。行业性、区域性集体合同对当地本行业、本区域的用人单位和劳动者具有约束力（《劳动合同法》第 54 条）。

集体合同订立的流程见图 1-1。

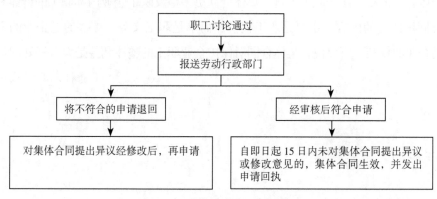

图 1-1　集体合同订立的流程图

（二）集体合同的其他规定

1. 劳动报酬与劳动标准的规定

集体合同中劳动报酬和劳动条件等标准不得低于当地人民政府规定的最低标准；用人单位与劳动者订立的劳动合同中劳动报酬和劳动条件等标准不得低于集体合同规定的标准（《劳动合同法》第55条）。

2. 集体合同的法律救济

用人单位违反集体合同，侵犯职工劳动权益的，工会可以依法要求用人单位承担责任；因履行集体合同发生争议，经协商解决不成的，工会可以依法申请仲裁、提起诉讼（《劳动合同法》第56条）。

法律实务：

如何签署集体合同呢？

一般而言，集体合同的签订都必须经过以下程序：① 制定集体合同草案。集体合同应由工会代表职工与企业签订，没有建立工会的企业，由职工推举的代表与企业签订。一般情况下，各个企业应当成立集体合同起草委员会或者起草小组，主持起草集体合同。② 审议。将集体合同草案文本提交职工大会或职工代表大会审议。职工大会或职工代表大会审议时，由企业经营者和工会主席分别就协议草案的产生过程、依据及涉及的主要内容作说明，然后由职工大会或职工代表大会对协议草案文本进行讨论，作出审议决定。③ 签字。集体合同草案经职工大会或职工代表大会审议通过后，由双方首席代表签字或盖章。④ 登记备案。集体合同签订后，应将集体合同的文本及其各部分附件一式三份提请县级以上劳动行政主管部门登记备案。劳动行政部门有审查集体合同内容是否合法的责任，如果发现集体合同中的项目与条款有违法、失实等情况，可不予登记或暂缓登记，让企业对集体合同进行修正。如果劳动行政部门在收到集体合同文本之日起15日内，没有提出意见，集体合同就会发生法律效力，企业行政部门、工会组织和职工个人均应履行集体合同。⑤ 公布。集体合同一经生效，企业应及时向全体职工公布，便于职工履行。集体合同更多地反映了企业内部职工的群体利益，集体合同里约定的内容，主要是职工权益，而不是职工义务，更多的是企业的义务，而不是企业的权利。所以说，集体合同对保护企业职工的整体利益是大有好处的。

（资料来源：找法网）

【课堂练习】

1.12 下列关于集体合同中劳动报酬的相关规定正确的是（　　　）。

A. 集体合同中劳动报酬和劳动条件标准不得低于当地人民政府规定的最低标准

B. 集体合同中劳动报酬和劳动条件标准不得高于当地人民政府规定的最低标准

C. 用人单位与劳动者订立的劳动合同中劳动报酬和劳动条件等标准不得低于集体合同规定的标准

D. 用人单位与劳动者订立的劳动合同中劳动报酬和劳动条件等标准不得高于集体合同规定的标准

### 十、劳务派遣

劳务派遣，是指劳动派遣单位根据用人单位的实际用工需求，向社会招聘合格人员，并将所招聘人员派遣到用人单位工作的一种用工方式。此处劳动合同关系存在于劳务派遣单位与被派遣劳动者之间，但劳动力给付的事实则发生于被派遣劳动者与实际用工单位之间。根据我国《劳动合同法》第66条的规定，劳务派遣一般在临时性、辅助性或者替代性的工作岗位上实施。

> 劳动派遣的三方主体包括：劳动派遣单位、实际用工单位以及被派遣劳动者

（一）劳务派遣主体

1. 劳动派遣单位

（1）劳务派遣单位的设立条件。劳务派遣单位应当依照公司法的有关规定设立，注册资本不得少于50万元（《劳动合同法》第57条）。

（2）劳动派遣单位的相关义务。劳务派遣单位应当将劳务派遣协议的内容告知被派遣劳动者。劳务派遣单位不得克扣用工单位按照劳务派遣协议支付给被派遣劳动者的劳动报酬。劳务派遣单位和用工单位不得向被派遣劳动者收取费用（《劳动合同法》第60条）。劳动派遣单位应当与被派遣劳动者订立2年以上的固定期限劳动合同，按月支付劳动报酬；被派遣劳动者在无工作期间，劳务派遣单位应当按照所在地人民政府规定的最低工资标准，向其按月支付报酬（《劳动合同法》第58条第2款）。

2. 实际用工单位

实际用工单位应当履行下列义务：① 执行国家劳动标准，提供相应的劳动条件和劳动保护；② 告知被派遣劳动者的工作要求和劳动报酬；③ 支付加班费、绩效奖金，提供与工作岗位相关的福利待遇；④ 对在岗被派遣劳动者进行工作岗位所必需的培训；⑤ 连续用工的，实行正常的工资调整机制。同时，用工单位不得将被派遣劳动者再派遣到其他用人单位（《劳动合同法》第62条）。用人单位不得设立劳务派遣单位向本单位或者所属单位派遣劳动者（《劳动合同法》第67条）。

3. 被派遣劳动者

（1）被派遣劳动者的权利。被派遣劳动者享有与实际用工单位的劳动者同工同酬的权利。实际用工单位无同类岗位劳动者的，参照实际用工单位所在地相同或者

相近岗位劳动者的劳动报酬确定（《劳动合同法》第63条）。

（2）被派遣劳动者的救助。被派遣劳动者有权在劳务派遣单位或者实际用工单位依法参加或者组织工会，维护自身的合法权益。被派遣劳动者可以依照相关规定与劳务派遣单位解除劳动合同（《劳动合同法》第64条）。

（二）劳务派遣协议

劳务派遣单位派遣劳动者应当与接受以劳务派遣形式用工的单位（以下称用工单位）订立劳务派遣协议。劳务派遣协议应当约定派遣岗位和人员数量、派遣期限、劳动报酬和社会保险费的数额与支付方式以及违反协议的责任。用工单位应当根据工作岗位的实际需要与劳务派遣单位确定派遣期限，不得将连续用工期限分割订立数个短期劳务派遣协议（《劳动合同法》第59条）。

法律实务：

**劳务派遣的业务程序是怎样的？**

（1）业务咨询：初步了解双方意向，确认公司的合法资质；

（2）用人单位提出要求：用人单位根据自身情况提出用人需求及标准；

（3）分析考察：依据用人单位提出的要求，对实际工作环境、岗位进行了解，如有必要可进行考察，确定派遣员工招聘方法；

（4）提出派遣方案：根据不同用人单位要求及现有状况，制定劳务派遣方案；

（5）洽谈方案：双方研究、协商劳务派遣方案内容，并在合法用工的前提下修改、完善派遣方案；

（6）签订《劳务派遣合同》：明确双方权利、义务，分清法律责任，依法签订《劳务派遣合同》；

（7）实施：严格执行《劳务派遣合同》的各项约定。

（资料来源：找法网）

【课堂练习】

1.13 劳动派遣的三方当事人包括（　　　）。

A. 劳动派遣单位　　　　　　　　B. 劳动实际用工单位

C. 被派遣劳动者　　　　　　　　D. 劳动派遣单位审批部门

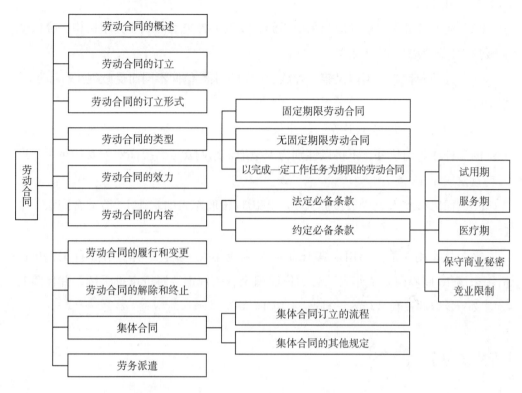

1. 大学生在试用期考核不合格用人单位是否能随时解除劳动合同？
2. 试分析劳务中介机构与劳务派遣公司的区别？

# 第三节　劳动用工

　　劳动用工制度是《劳动法》为促进就业而制定的法律制度，同时也是规制用人单位关于工作时间与休假制度以及工资制度的强制性规定。学习者应从认识国家促进劳动就业制度入手，了解法律关于工作时间和休息休假的规定以及工资的相关知识。

## 一、促进劳动就业

　　劳动就业，是指具有劳动能力的公民在法定劳动年龄内自愿从事一定劳动报酬或经济收入的社会劳动。在我国关于促进劳动就业制度主要包括：

　　（1）国家通过促进经济和社会发展，创造就业条件，扩大就业机会。国家鼓

国家通过促进经济和社会发展，出台了一系列政策以扩大劳动就业

励企业、事业组织、社会团体在法律、行政法规规定的范围内兴办产业或者拓展经营，增加就业。国家支持劳动者自愿组织起来就业和从事个体经营实现就业（《劳动法》第 10 条）。

（2）地方各级人民政府应当采取措施，发展多种类型的职业介绍机构，提供就业服务（《劳动法》第 11 条）。

（3）劳动者就业，不因民族、种族、性别、宗教信仰不同而受歧视（《劳动法》第 12 条）。

（4）妇女享有与男子平等的就业权利。在录用职工时，除国家规定的不适合妇女的工种或者岗位外，不得以性别为由拒绝录用妇女或者提高对妇女的录用标准（《劳动法》第 13 条）。

（5）保障残疾人、少数民族人员、退出现役的军人的就业（《劳动合同法》第 14 条）。

（6）禁止用人单位招用未满 16 周岁的未成年人。文艺、体育和特种工艺单位招用未满 16 周岁的未成年人，必须依照国家有关规定，履行审批手续，并保障其接受义务教育的权利（《劳动合同法》第 15 条）。

【课堂练习】

1.14 在我国有关就业的规定中，下列属于特殊人员的有（　　　　）。

A. 大学教师　　　　　　　　B. 煤矿工人

C. 退役军人　　　　　　　　D. 国家公务人员

## 二、工作时间和休息休假

### （一）工作时间

工作时间，是指法律规定的劳动者在一昼夜或一周内从事生产或工作的时间，即劳动者每天应工作的时数或每周应工作的天数。

1. 工作时间的规定

国家实行劳动者每日工作时间不超过 8 小时、平均每周工作时间不超过 44 小时的工时制度（《劳动法》第 36 条）。用人单位应当保证劳动者每周至少休息 1 日（《劳动法》第 38 条）。对实行计件工作的劳动者，用人单位应当根据工时制度合理确定其劳动定额和计件报酬标准（《劳动法》第 37 条）。

2. 工作时间的延长

用人单位由于生产经营需要，经与工会和劳动者协商后可以延长工作时间，一般每日不得超过 1 小时；因特殊原因需要延长工作时间的在保障劳动者身体健康的条件下延长工作时间每日不得超过 3 小时，但是每月不得超过 36 小时（《劳动法》第 41 条）。

3. 不受工作时间的限制情形

有下列情形之一的，延长工作时间不受工作时间延长的限制：① 发生自然灾害、事故或者因其他原因，威胁劳动者生命健康和财产安全，需要紧急处理的；② 生产设备、交通运输线路、公共设施发生故障，影响生产和公众利益，必须及时抢修的；③ 法律、行政法规规定的其他情形（《劳动法》第 42 条）。

4. 工作时间延长的工资支付

有下列情形之一的，用人单位应当按照下列标准支付高于劳动者正常工作时间工资的工资报酬：① 安排劳动者延长时间的，支付不低于工资的 150% 的工资报酬；② 休息日安排劳动者工作又不能安排补休的，支付不低于工资的 200% 的工资报酬；③ 法定休假日安排劳动者工作的，支付不低于工资的 300% 的工资报酬（《劳动法》第 44 条）。

**法律实务：**

### 职工超时加班倒地致残应否认定为工伤

**案情：**

戴登富系江苏省沭阳县路事达公路仪器有限公司车工。2004 年 7 月 20 日晚上约 9 时 30 分，戴登富在加班工作期间使用该公司电工张文喜新更换了控制线路的车床，手拿钢筋在车床前工作时突然倒地受伤。经医院诊断其为蛛网膜下腔出血，颈部 $C_{5-6}$ 椎体压缩性骨折，顶枕部头皮下血肿，虽经医院治疗但仍造成戴登富残疾。戴登富受伤后，其子戴建国于 2004 年 9 月以其父受伤是因车床漏电电击为由向沭阳县劳动和社会保障局申请工伤认定，该局受理后委托沭阳县医疗专家组对戴登富的伤情进行鉴定。沭阳县医疗专家组根据戴登富原始住院资料对戴登富的伤情进行诊断分析，作出了戴登富的蛛网膜下腔出血应该是旧病复发所致的结论。沭阳县劳动和社会保障局据此作出了沭劳社定字〔2005〕21 号"关于不认定戴登富为工伤的决定"。

戴登富不服，向江苏省宿迁市劳动和社会保障局申请复议。市劳动和社会保障局受理该案后，就戴登富受伤的原因委托南京医科大学司法鉴定所进行鉴定，但因戴登富住院原始检查资料（如：心电图）等材料不齐，受托单位以无法完成鉴定为由，将委托鉴定事项退回宿迁市劳动和社会保障局。后宿迁市劳动和社会保障局根据沭阳县劳动和社会保障局调查材料，认为戴登富的伤并非工作原因所致，但属于在用人单位违法加班加点时"发病"造成残疾的，虽然不能视同工伤，但属于《工伤保险条例》第 15 条规定的例外情形。《劳动部办公厅关于在工作时间内发病是否可比照工伤处理的复函》中规定："职工在正常工作中，确因犯病而造成的死亡的，原则上应按非因公死亡处理。但是对于个别特殊情况，例如由于加班加点完成突击任务（包括开会）而造成突发疾病死亡……可以当做特殊问题，予以照顾，比照因公死亡待遇处理。"据此，宿迁市劳动和社会保障局于 2005 年 12 月 22 日作出宿劳社行复字〔2005〕004 号行政复议决定书，维持沭阳县劳动和社会保障局不予认定戴登富为工伤的决定，但对戴登富在加班情况下发病致残应比照工伤待遇执行。江苏省沭阳路事达公路仪器有限公司不服于 2006 年 3 月一纸诉状将宿迁市劳动和社会保障局起诉至法院。

**审判：**

宿迁市宿城区人民法院经审理认为，戴登富使用并发生事故的车床在戴登富向沭阳县劳动局申请工伤认定前已被用人单位修理过，戴登富是否因车床漏电遭电击受伤引发疾病的唯一原始证据灭失，其责任在原告；而工伤认定案件中，用人单位对伤者属非因公受伤负有举证责任。复议机关在受理工伤认定复议案件后，将在医院治疗的原始病历中缺失的材料的举证责任分配给戴登富明显不妥，加重了戴登富的举证责任。此外，沭阳县劳动和社会保障局依据沭阳医疗专家组对戴登富缺失部分原始资料的病历材料对戴登富受伤原因进行诊断分析，作出戴登富的蛛网膜下腔出血系旧病复发所致的结论是不唯一的，原认定机关和复议机关均以此作为依据，认定戴登富的伤不是工作原因所致，其认定依据不充分。根据《工伤保险条例》第 14 条第 1 项的规定，结合劳动法律规范所体现的倾斜立法、保护弱者的原则，应将戴登富的伤认定为工伤。复议机关认定戴登富的伤系自然发病所致，属认定事实错误，但复议决定最后将戴登富的伤比照工伤待遇处理的结论对伤者有利。为充分保护戴登富的合法权益，使戴登富的伤能及时、有效地得到治疗，避免其陷入无休止的维权程序中，不宜将复议决定撤销，故根据最高人民法院《关于执行〈中华人民共和国行政诉讼法〉若干问题的解释》第 56 条第 4 项的规定，判决驳回原告江苏省沭阳路事达公路仪器有限公司诉讼请求。

原告不服，提出上诉。

2006 年 6 月 22 日宿迁市中级人民法院判决：驳回上诉，维持原判。

**评析：**

本案的分歧在于戴登富的伤究竟是因其自身发病所致还是因工作原因所致。

排除其自身发病所致的理由。原认定机关和复议机关认定戴登富的伤系其自身发病所致的依据，主要是沭阳县劳动和社会保障局委托的沭阳医疗专家组的鉴定结论，该结论否定了戴登富的伤系车床漏电遭电击所致的可能。结合戴登富原来有高血压病史，且在受伤前刚治愈上班，因此戴登富的伤符合自身发病的病理特征，故认定戴登富的伤系其自身发病所致，不能认定为工伤。而在复议机关受理复议案件后，委托南京医科大学司法鉴定所对戴登富受伤原因进行鉴定时，原沭阳县医疗专家组作出鉴定结论的戴登富原始住院病历中重要的住院资料心电图缺失，致南京医科大学司法鉴定所无法完成鉴定结论，即戴登富的伤不能完全认定系其自身发病所致，并不能排除有其他复合原因存在，而导致无法完成鉴定的过错不应由戴登富来承担。

戴登富的伤能认定系工作原因所致。在理论上，人们将"工伤"界定为因工作原因所受到的伤害，也称为职业伤害，是指劳动者在生产、劳动过程中，因工作、执行职务行为或从事与生产劳动有关的活动，发生意外而受到的伤、残、亡或患有职业性疾病。实践中，人们进一步把"工伤"简化为"在工作时间，因工作受到的伤害"。对于工伤的理解和操作已越来越宽泛，更注重保护劳动者（弱者）的权益。比如，劳动者在上下班途中受到的伤害均被认定为工伤；因公外出期间突发疾病造成死亡或经第一次抢救治疗后全部丧失劳动能力的也应当认定为工伤。把劳动者的"工作"行为作为一个整体，它包括了劳动者直接"工作"和为了"工作"而为的行为。因为无论是劳动者的"工作"行为，还是其为了"工作"的行为，都是为了实现用人单位的利益，而且都是在用人单位的安排、指挥下所为的行为。

因此，对于工伤认定中有关"工作"的理解应当择其广义。本案中，戴登富在车间从事工作时突然倒地受伤，当然应能认定系工作原因受到的伤害，应根据《工伤保险条例》第14条的规定，认定为工伤。本案复议机关虽最终没有将戴登富的伤认定为工伤，但将其伤比照工伤待遇执行的最终结果和认定为工伤是一致的，本案法官为了使伤者能得到更好、及时的治疗，避免其陷入无休止的维权程序中，最后没有撤销复议机关作出的复议决定，而是按照最高人民法院《关于执行〈中华人民共和国行政诉讼法〉若干问题的解释》第56条第4项的规定，判决驳回原告诉讼请求，也体现了法院对伤者的人文关怀。

（资料来源：中国劳动咨询网）

（二）休息休假

休息休假，是指劳动者在职期间，根据国家的规定，不必从事劳动和工作而自由支配的时间。

1. 法定休假节日

用人单位在下列节日期间应当依法安排劳动者休假：元旦；春节；国际劳动节；国庆节；法律、法规规定的其他休假节日（《劳动法》第40条）。

2. 带薪年休假制度

国家实行带薪年休假制度。劳动者连续工作1年以上的，享受带薪年休假（《劳动法》第45条）。关于带薪休假天数的规定主要包括：职工累计工作1年不满

10 年的，年休假 5 天；已满 10 年不满 20 年的，年休假 10 天；已满 20 年的，年休假 15 天。国家法定休假日、休息日不计入年休假的假期。

**【课堂练习】**

1.15 下列关于用人单位支付高于劳动者正常工作时间工资的工资报酬的说法正确的是（    ）。

A. 安排劳动者延长时间的，支付不低于工资的 150% 的工资报酬

B. 休息日安排劳动者工作又不能安排补休的，支付不低于工资的 200% 的工资报酬

C. 法定休假日安排劳动者工作的，支付不低于工资的 300% 的工资报酬

D. 安排劳动者延长时间的，支付不低于工资的 250% 的工资报酬

### 三、工资

工资，是指用人单位按照法律法规的规定和集体合同与劳动合同的约定，依据劳动者提供的劳动数量和质量直接支付给本单位劳动者的货币报酬。

（一）工资的形式

1. 计时工资

计时工资是指按照职工技术熟练程度、劳动繁重程度和工作时间长短支付工资的一种形式。计时工资包括：年工资制、月工资制、日工资制以及小时工资制。

2. 计件工资

计件工资是指按照合格产品的数量和预先规定的计件单位来计算的工资。它不直接用劳动时间来计量劳动报酬，而是用一定时间内的劳动成果来计算劳动报酬。计件工资可分个人计件工资和集体计件工资。

3. 奖金

奖金作为一种工资形式，其作用是对与生产或工作直接相关的超额劳动给予报

酬。奖金是对劳动者在创造超过正常劳动定额以外的社会所需要的劳动成果时，所给予的物质补偿。

**4. 津贴**

津贴，是指补偿职工在特殊条件下的劳动消耗及生活费额外支出的工资补充形式，主要包括：矿山井下津贴、高温津贴、野外矿工津贴、林区津贴、山区津贴、驻岛津贴、艰苦气象台站津贴、保健津贴、医疗卫生津贴等。

**5. 其他特殊情况下的工资**

特殊情况下的工资主要包括：加班加点工资；休假期间的工资；依法参加社会活动期间的工资；停工、停产期间的工资；用人单位破产时的工资；特殊人员的工资支付等。

**（二）最低工资保障制度**

最低工资，是指劳动者在法定工作时间内提供了正常劳动，用人单位依法支付的最低工资报酬。我国《劳动法》第48条明确规定，国家实行最低工资保障制度。最低工资的具体标准由省、自治区、直辖市人民政府规定，报国务院备案。用人单位支付劳动者的工资不得低于当地最低工资标准。同时，还明确确定和调整最低工资标准的因素：① 劳动者本人及平均赡养人口的最低生活费用；② 社会平均工资水平；③ 劳动生产率；④ 就业状况；⑤ 地区之间经济发展水平的差异。

**法律实务：**
**最低工资不应包括加班加点工资**

**案例：**

纪某系某市私营鞋厂职工，1996年3月15日向当地劳动争议仲裁委员会提出申诉，请求该鞋厂支付不低于当地最低工资标准的工资报酬。仲裁委员会受案后，经调查，该鞋厂由于要赶活，1996年元旦后每天加班1小时，其中每月还有两个休息日不休息，但纪某的工资才领到320元，扣除加班加点工资报酬外，实领工资130元。而当地政府规定的最低工资标准是170元。企业认为纪某的工资320元已高于当地最低工资标准，因而不同意向纪某增补工资。仲裁委员会调解无效，裁决企业补发纪某1月、2月两个月工资报酬计131.5元。

**评析：**

这是一起因工资问题发生的劳动争议案件。该企业对最低工资问题缺乏正确理解。《劳动法》和《工资支付暂行规定》都规定，如果劳动者为企业提供了正常劳动，企业支付给劳动者的劳动报酬不得低于当地最低工资标准。对于最低工资标准的含义，原劳动部《关于劳动法若干条文的说明》（劳办发〔1994〕289号）的解释是指劳动者在法定工作时间内履行了正常劳动义务的前提下，由其所在单位支付的最低劳动报酬。最低工资包括基本工资和奖金、津贴、补贴，但不包括加班加点工资、特殊劳动条件下的津贴、国家规定的社会保险和福利待遇。其中《企业最低工资规定》第17条规定的中班、夜班、高温、低温、井下、有毒有害等特殊工作环境、条件下津贴属于特殊劳动条件下的津贴。另外，原劳动部《关于实施最低工资保障制度的通知》（劳部发〔1994〕409号）中规定，用人单位通过贴补伙食、住房等支付给劳动者的非货币收入亦不包括在最低工资标准内。上述规定对最低工资的含义表述得很清楚。而本案中，该鞋厂支付给职工纪某的全部工资为320元，由于该厂基本上每天都延长工作时间1小时，且有两个星期天不休息，支付给职工的工资只有130元，低于当地170元最低工资标准40元，其中还包括中班劳动的补贴在内。这就违反了国家法律、法规的规定，侵害了劳动者的合法权益。用人单位在支付劳动者工资时，应当按照工资支付规定，向劳动者提供一份个人的工资清单，列明所支付的工资项目，使劳动者知道自己所领取的工资哪些是基本工资，哪些是奖金、补贴，哪些是加班加点工资，防止出现只向职工提供工资的综合数额，而隐藏着低于最低工资标准支付劳动者工资的问题。

（资料来源：中国劳动争议网）

【课堂练习】

1.16 工资的形式主要包括（　　　）。

A. 计时工资　　　　　　　　B. 计件工资

C. 奖金　　　　　　　　　　D. 津贴

【本节小结】

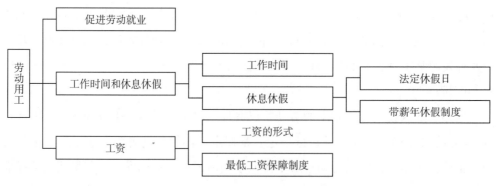

【课后思考】

1. 国家促进就业的制度主要包括什么？

2. 只要劳动者同意，企业是否就能随便安排劳动者加班？

3. 最低工资保障是否应根据物价因素发生变化？为什么？

# 第四节　劳动保护

劳动保护是《劳动法》关于劳动者保护的权利，其包括关系劳动者生命、健康、安全的劳动安全卫生保护，对于特殊群体女职工以及未成年工的保护，劳动者的职业培训制度以及社会保险和福利。学习者应从认识劳动保护制度入手，了解劳动安全卫生保护、女职工与未成年工特殊保护，以及劳动者的职业培训与社会保险福利相关内容，为学习者今后的工作进行指导。

## 一、劳动安全卫生

劳动安全卫生，是指直接保护劳动者在劳动过程中的生命安全和身体健康的法律制度。我国《劳动法》第 52 条规定，用人单位必须建立、健全劳动安全卫生制度，严格执行国家劳动安全卫生规程和标准，对劳动者进行劳动安全卫生教育，防止劳动过程中的事故，减少职业危害。

（一）劳动安全标准的设定

劳动安全卫生设施必须符合国家规定的标准。新建、改建、扩建工程的劳动安全卫生设施必须与主体工程同时设计、同时施工、同时投入生产和使用（《劳动法》第 53 条）。从事特种作业的劳动者必须经过专门培训并取得特种作业资格（《劳动法》第 55 条）。

（二）用人单位的劳动保护义务

用人单位必须为劳动者提供符合国家规定的劳动安全卫生条件和必要的劳动防护用品，对从事有职业危害作业的劳动者应当定期进行健康检查（《劳动法》第 54 条）。

（三）劳动者在安全生产中的权利和义务

劳动者在劳动过程中必须严格遵守安全操作规程。劳动者对用人单位管理人员违章指挥、强令冒险作业，有权拒绝执行；对危害生命安全和身体健康的行为，有权提出批评、检举和控告（《劳动法》第 56 条）。

> 劳动安全卫生是国家规定用人单位给予劳动者的最低保障

1.17 劳动者在安全生产中的权利和义务主要包括（　　）。

A. 劳动者在劳动过程中必须严格遵守安全操作规程

B. 劳动者对用人单位管理人员违章指挥、强令冒险作业，有权拒绝执行

C. 对危害生命安全和身体健康的行为，有权提出批评、检举和控告

D. 对危害生命安全和身体健康的行为，有权提出批评，无权检举和控告

## 二、女职工和未成年工特殊保护

我国《劳动法》第58条第1款规定，国家对女职工和未成年工实行特殊劳动保护。

（一）女职工劳动保护制度

女职工劳动保护制度，是指在通常的劳动保护外，根据女职工的身体结构、生理机能的特点以及生育子女的需要，适用于女职工的一种特殊的保护。

1. 女职工禁忌劳动的范围

禁止安排女职工从事矿山井下、国家规定的第四级体力劳动强度的劳动和其他禁忌从事的劳动（《劳动法》第59条）。

2. 女职工"三期"的保护

（1）女职工经期的保护。不得安排女职工在经期从事高处、低温、冷水作业和国家规定的第三级体力劳动强度的劳动（《劳动法》第60条）。

（2）女职工孕期的保护。不得安排女职工在怀孕期间从事国家规定的第三级体力劳动强度的劳动和孕期禁忌从事的劳动。对怀孕7个月以上的女职工，不得安排其延长工作时间和夜班劳动（《劳动法》第61条）。

（3）女职工产期哺乳期的保护。女职工生育享受不少于90天的产假（《劳动法》第62条）。不得安排女职工在哺乳未满1周岁的婴儿期间从事国家规定的第三级体力劳动强度的劳动和哺乳期禁忌从事的其他劳动，不得安排其延长工作时间和夜班劳动（《劳动法》第63条）。

（二）未成年工劳动保护制度

未成年工劳动保护，是指在通常的劳动保护之外，根据未成年人的身体发育尚未成型的身体和生理特点而在劳动过程中采取的特殊保护。我国《劳动法》第64条明确规定，不得安排未成年工从事矿山井下、有毒有害、国家规定的第四级体力劳动强度的劳动和其他禁忌从事的劳动。

【课堂练习】

1.18 我国劳动法规定，女职工的产假不得少于（　　）。

A. 90 天　　　　　　　　B. 120 天

C. 150 天　　　　　　　 D. 180 天

### 三、职业培训

职业培训，是根据现代社会职业需求以及劳动者的从业意愿和条件，对要求就业和在职的劳动者所进行的职业教育。职业培训的特点主要包括：教育目的的针对性和专业性、教育对象的特定性、教育内容的实践性和应用性、教育手段和方法的灵活性。

> 职业培训具有针对性、专业性、特定性、实践性、应用性、灵活性

（一）国家发展职业培训政策

国家通过各种途径，采取各种措施，发展职业培训事业，开发劳动者的职业技能，提高劳动者素质，增强劳动者的就业能力和工作能力（《劳动法》第66条）。

（二）各级政府的执行职责

各级人民政府应当把发展职业培训纳入社会经济发展的规划，鼓励和支持有条件的企业、事业组织、社会团体和个人进行各种形式的职业培训（《劳动法》第67条）。

（三）用人单位的履行义务

用人单位应当建立职业培训制度，按照国家规定提取和使用职业培训经费，根据本单位实际，有计划地对劳动者进行职业培训（《劳动法》第68条）。

【课堂练习】

1.19 职业培训的特点主要包括（　　）。

A. 教育目的的针对性和专业性

B. 教育对象的特定性

C. 教育内容的实践性和应用性

D. 教育手段和方法的灵活性

### 四、社会保险和福利

（一）社会保险

社会保险，是指为了使社会成员共同分享社会经济发展的成果，运用国家和社会力量，通过国民收入的分配和再分配，给社会成员提供基本社会保障。社会保险

水平应当与社会经济发展水平和社会承受能力相适应。国家发展社会保险，建立社会保险制度，设立社会保险基金，使劳动者在年老、患病、工伤、失业、生育等情况下获得帮助和补偿（《劳动法》第 70 条），具体包括：

1. 养老保险

养老保险，是指劳动者因年老或病残丧失劳动能力而退出劳动岗位后，从国家和社会获得物质补偿和帮助的一种社会保险制度。关于养老保险的筹集主要有三个渠道：国家财政补贴、用人单位和劳动者缴纳保险费。

2. 失业保险

失业保险，是指劳动者在失业期间，由国家和社会给予一定物质帮助，以保障其基本生活、帮助其再就业的一种社会保险制度。关于失业保险的募集主要采用用人单位缴费和财政补贴的方式。

3. 医疗保险

医疗保险，是指保障劳动者在医疗上获得物质帮助的一项社会保险制度。关于医疗保险的募集方式主要包括：国家财政补贴、用人单位和劳动者缴纳保险费。

4. 工伤保险

工伤保险，是指依法为在生产、工作中遭受事故伤害或患职业病的劳动者以及其亲属提供医疗救治、生活保障、经济补偿、医疗和职业康复等物质帮助的一种社会保险制度。确定工伤保险待遇的程序是：① 工伤报告和工伤待遇申请；② 工伤认可；③ 劳动鉴定。

**法律实务：**

### 权益难以保障　实习生工伤维权面临尴尬

省城一所技校的在校生小王在一家企业实习期间，因工作中的意外事故失去左腿，构成四级伤残，丧失了劳动能力。然而，由于小王是实习生身份，他虽系因工受伤却不能认定为工伤，学校与接收实习生的单位相互扯皮，使小王迟迟得不到相应的赔偿……

#### 实习遭遇事故

现年 21 岁的小王原是省城一所技工学校的学生。2008 年 3 月 6 日，根据学校的教学安排，当时上二年级的小王进入一家机械厂实习。2008 年 9 月 1 日下午，小王在操作机器时，左小腿被钢丝绞伤，医院诊断为：左小腿上段撕脱性完全离断；左胫、腓骨多发性骨折；行左股骨干下段截肢术。住院治疗期间，机械厂支付了 5 万余元的医疗费等，并于 2009 年 2 月为小王安装了假肢。事后，小王左腿截肢，成了残疾人，而机械厂拒绝支付补偿费用。

### 校方厂方扯皮

小王认为，自己在机械厂实习已经近半年，与机械厂存在劳动关系，遂向劳动部门申请认定。2009年4月29日，太原市劳动能力鉴定委员会认定：小王已完全丧失劳动能力，构成四级伤残。同年7月9日和14日，万柏林区劳动和社会保障局因小王与机械厂不属于劳动关系，先后做出不能认定工伤和不予受理劳动争议仲裁申请的决定。无奈之下，小王只好将学校和机械厂告到万柏林区法院。

庭审期间，校方辩称，学校当初与机械厂口头约定，学生3个月实习期满后，如厂方留用则视为该厂正式工，与同厂职工同工同酬，如发生工伤事故亦由厂方负责。另外，小王实习结束后已经选择在机械厂就业，他与厂方是劳动合同关系。因此，相关责任应该由厂方承担。

然而，机械厂却否认了这一说法。

### 不能算作工伤

法院认为，学校安排小王到机械厂实习，这是教学内容的延伸。虽然小王实习期间领取了报酬，但并不能改变他的学生身份，也不能以此确认他与机械厂建立了劳动合同关系，因此，小王不能享受工伤待遇。但是，小王毕竟是因工受伤，鉴于校方与厂方未签订实习协议，也未明确实习期间的管理职责及伤亡事故处理办法，根据《山西省技工学校学生实习管理暂行办法》相关规定，实习生在实习期间因工作受到事故伤害的，按照学校和实习单位的约定，参照《工伤保险条例》标准给予一次性补偿；双方没有约定的，由学校和实习单位平均分担，法院一审判决由学校和机械厂共同给予小王一次性补偿。

其中，机械厂赔偿小王医疗费等费用71.9万余元的一半即35.9万余元，扣除已支付的应再付26.8万余元；技校赔偿小王另一半即35.9万余元。近日，3方提起上诉后，经市中级法院调解达成协议：机械厂赔偿22万元，技校赔偿25万元。

### 实习"进退"两难

针对大多数学校和实习单位未签订实习合同、未给实习生办理意外保险的情况，记者随机走访了一些实习生。

"学校给安排的实习岗位很少，大多数学生只能靠关系找实习单位，能找到地方实习就不错了，哪还顾得上什么合同、保险！"太原理工大学大三学生小方坦言。今年暑假期间，小方托关系找到某省一家钢铁企业实习，虽然知道有实习合同、意外保险一说，但企业没提，他也不敢多问。

"现在实习单位不好找，学校托关系才找到这家医院，而且成绩较好的学生才能来实习。"长治医学院大四学生小许说，自己从未听说过签实习合同、上保险的事。

一方面是学生实习无门，另一方面实习单位也有苦衷。一家企业人事部经理坦言，每年都有好几所学校来推荐学生实习，虽然一些学生很勤奋，单位也愿意给他们提供机会，但实习生的安全问题就像一颗"定时炸弹"。因为他们都是短期实习，单位没有义务也不可能为他们购买相关保险，如果发生类似事故，企业承担经济损失不说，还会影响安全生产技术指标。基于以上原因，不少单位对接收实习生都非常谨慎，往往是"婉言谢绝"。

市法律援助中心的钱霁律师分析，小王这样的案件并非个例，对实习生特别是技工类学校"顶岗实习"群体的权益保护，应该尽快纳入法律轨道。实习期间因工受伤是否应认定为工伤，不应局限于实习生的特殊身份，而应从实习生和用人单位的关系来判断。如果实习生提供的劳动与其他职工没有本质区别，就应认定为工伤。

律师介绍，我国早先的《企业职工工伤保险办法》曾明确赋予实习生享受工伤保险待遇的权利，但2004年实施的《工伤保险条例》取消了相关规定。现实中，由于实习生劳动权益保护存在法律空白，导致很多实习单位和学校扯皮，也导致一些学生顾及学校和实习单位的压力，或诉讼成本过高等因素而放弃维权，致使实习生群体的权益难以保障。

业内人士呼吁，修订《工伤保险条例》时应充分考虑上述因素，或是修订安全生产或教育等法规，强制要求学校或实习单位为实习生办理一定额度的意外伤害保险、工伤保险或商业保险，从而解除学校与实习单位的担忧，有效保障实习生的权益。

（资料来源：太原新闻网）

5. 生育保险

生育保险，是指女职工因怀孕和分娩而获得物质保障的一种社会保险制度。在我国法定产假期间，停发工资，按月从生育保险基金中支付生育津贴，其标准为本单位上年度职工月平均工资。

（二）社会福利

职工福利，是指行业或单位为满足职工物质文化生活，保证职工及其亲属的一定生活质量而提供的工资收入以外的津贴、设施和服务的社会福利项目。根据我国《劳动法》第76条关于职工福利的相关规定，国家发展社会福利事业，兴建公共福利设施，为劳动者休息、休养和疗养提供条件。用人单位应当创造条件，改善集体福利，提高劳动者的福利待遇。

【课堂练习】

1.20 社会保险具体包括（　　　　）。

A. 养老保险　　　　B. 医疗保险　　　　C. 工伤保险　　　　D. 生育保险

【本节小结】

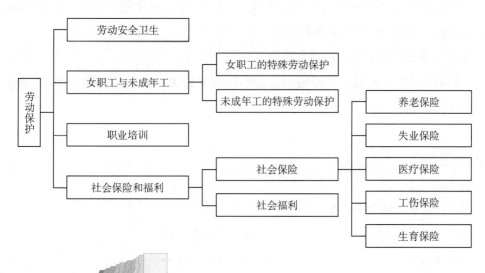

```
          ┌── 劳动安全卫生
          │
          │                    ┌── 女职工的特殊劳动保护
          │── 女职工与未成年工 ─┤
  劳动     │                    └── 未成年工的特殊劳动保护 ┌── 养老保险
  保护 ────┤                                              │
          │── 职业培训                                    │── 失业保险
          │                    ┌── 社会保险 ──────────────┤
          └── 社会保险和福利 ──┤                           │── 医疗保险
                               └── 社会福利                │
                                                           │── 工伤保险
                                                           │
                                                           └── 生育保险
```

【课后思考】

1. 用人单位必须建立哪些劳动安全卫生制度?

2. 当劳动者发现自己的工作不具备安全环境时能否拒绝?

# 第五节　劳动监督管理

　　劳动监督管理是国家和社会对于用人单位与劳动者在形成劳动关系以及实施劳动行为过程中合法性的有利保障。学习者应从认识劳动监督检查的部门入手,了解各个部门的相关监督检查职责。

## 一、劳动监督检查

（一）劳动行政部门的监督检查

　　县级以上各级人民政府劳动行政部门依法对用人单位遵守劳动法律、法规的情况进行监督检查,对违反劳动法律、法规的行为有权制止,并责令改正(《劳动法》第85条)。县级以上各级人民政府劳动行政部门监督检查人员执行公务,有权进入用人单位了解执行劳动法律、法规的情况,查阅必要的资料,并对劳动场所进行检查。县级以上各级人民政府劳动行政部门监督检查人员执行公务,必须出示证件,秉公执法并遵守有关规定(《劳动法》第86条)。

劳动监督检查主体包括:劳动行政部门、其他有关部门、工会以及其他组织和个人

（二）其他有关部门的监督检查

　　县级以上各级人民政府有关部门在各自职责范围内,对用人单位遵守劳动法

律、法规的情况进行监督（《劳动法》第 87 条）。

（三）工会的监督检查

各级工会依法维护劳动者的合法权益，对用人单位遵守劳动法律、法规的情况进行监督（《劳动法》第 88 条第 1 款）。

（四）其他组织和个人的监督检查

任何组织和个人对于违反劳动法律、法规的行为有权检举和控告（《劳动法》第 88 条第 2 款）。

【课堂练习】

1.21 劳动监督检查的主体包括（　　）。

A. 劳动行政部门　　　　　　　B. 其他有关部门

C. 工会　　　　　　　　　　　D. 其他组织和个人

## 二、工会与职工民主参与管理

（一）工会管理

工会是工人阶级为加强内部团结、集中斗争力量、维护自身利益而自愿组成的社会团体。工会具有阶级性、群众性和自愿性，同时其基本职责就是维护职工的合法权益。工会代表和维护劳动者的合法权益，在直接或者间接维护劳动者合法权益活动中，工会拥有自己合法的权利。

职工民主参与的形式主要包括：职工代表大会、平等协商、职工代表公司参加监事会、职工代表列席有关会议等

（二）职工民主参与

职工民主参与是指劳动者有权参与企业的管理活动并对与自身利益有关的管理信息有知情权。职工民主参与的形式主要包括：职工代表大会、平等协商、职工代表公司参加监事会、职工代表列席有关会议等。

【课堂练习】

1.22 职工参与管理的形式主要包括（　　）。

A. 职工代表大会

B. 平等协商

C. 职工代表公司参加监事会

D. 职工代表列席有关会议

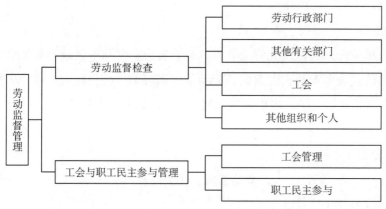

【课后思考】

1. 可以实施劳动监督检查权的主体是什么？
2. 职工民主参与的形式主要有哪些？

# 第六节 劳动争议及其法律责任

劳动争议的处理原则主要包括合法、公正、及时处理的原则。当用人单位与劳动者发生劳动争议时，可以通过调节、仲裁以及诉讼等方式来解决。同时，承担相应的法律责任。学习者应从认识劳动争议处理原则入手，了解劳动争议的解决方式以及违反劳动法的相关法律责任，使劳动者与用人单位明确各自的责任，从而减少劳动争议纠纷的产生。

## 一、劳动争议

（一）劳动争议的处理原则

根据我国《劳动法》第78条的规定，劳动争议的处理原则主要包括合法、公正、及时处理的原则。

（二）劳动争议的解决途径

用人单位与劳动者发生劳动争议，当事人可以通过调解、仲裁以及诉讼等解决方式。同时调解原则适用于仲裁和诉讼程序。

（三）劳动争议的处理程序

劳动争议发生后，当事人可以向本单位劳动争议调解委员会申请调解；调解不

发生劳动争议时，当事人可以通过调解、仲裁及诉讼来解决争议

成，当事人一方要求仲裁的，可以向劳动争议仲裁委员会申请仲裁。当事人一方也可以直接向劳动争议仲裁委员会申请仲裁。对仲裁裁决不服的，可以向人民法院提起诉讼（《劳动法》第79条）。

1. 调解

在用人单位内，可以设立劳动争议调解委员会。劳动争议调解委员会由职工代表、用人单位代表和工会代表组成。劳动争议调解委员会主任由工会代表担任。劳动争议经调解达成协议的，当事人应当履行（《劳动法》第80条）。

**法律实务：**

劳动调解会议的议程

劳动调解会议的议程是：

（1）会议记录员向会议主持人报告到会人员情况。

（2）会议主持人宣布会议开始。接着，会议主持人宣布申请调解的争议事项、会议纪律、当事人应持的态度。

（3）听取双方当事人对争议的陈述和意见，进一步核准事实。

（4）调查人员公布核实的情况和调解意见，征求双方当事人的意见。

（5）依据事实和法律及劳动合同的约定促使双方当事人协商达成协议。不管是否达成协议都要记录在案，当事人核对后签字。

（资料来源：找法网）

2. 仲裁

劳动争议仲裁委员会由劳动行政部门代表、同级工会代表、用人单位方面的代表组成。劳动争议仲裁委员会主任由劳动行政部门代表担任（《劳动法》第81条）。提出仲裁要求的一方应当自劳动争议发生之日起60日内向劳动争议仲裁委员会提出书面申请。仲裁裁决一般应在收到仲裁申请的60日内作出。对仲裁裁决无异议的，当事人必须履行（《劳动法》第82条）。

**法律实务：**

申请劳动仲裁须知

1. 用人单位和劳动者发生以下劳动争议可以申请劳动仲裁：

（1）因用人单位开除、除名、辞退劳动者和劳动者辞职、自动离职发生的争议；

（2）因执行国家有关工资、保险、福利、培训、劳动保护的规定发生的争议；

（3）因履行劳动合同发生的争议；

（4）法律、法规规定的其他劳动争议。

2. 用人单位、劳动者及与该劳动争议案件的处理结果有密切关系的第三人，为劳动争议案件的当事人。申请劳动仲裁的一方为申诉人，另一方为被诉人。

3. 申诉人应当自劳动者争议发生之日起 60 日内向仲裁委员会提出书面申请。

4. 申请劳动仲裁应当提交以下材料：

（1）《申诉书》。申诉人应当按照规定如实、准确填写《申诉书》。《申诉书》一式三份，其中两份由申诉人本人或其委托代理人提交仲裁委员会，一份由申诉人留存。

（2）身份证明。申诉人是劳动者的，提交本人身份证明的原件及复印件；申诉人是用人单位的，提交本单位营业执照副本及复印件、本单位法定代表人身份证明、委托代理人身份证明、授权委托书等。

（3）能够证明与被诉人之间存在劳动关系的有关材料，如劳动合同（聘用合同或协议）、解除或终止合同通知书、工资单（条）、社会保险缴费证明等材料及复印件。

（4）申诉人在申请劳动仲裁时，仲裁委员会根据立案审查的需要，要求申诉人提交能够证明被诉人身份的有关材料的，申诉人应当提交。如被诉人是用人单位的，应当提交其工商注册登记相关情况的证明（包括单位名称、法定代表人、住所地、经营地等情况）；如被诉人是劳动者的，应当提交其本人户口所在地、现居住地地址、联系电话等。

5. 仲裁委员会自收到《申诉书》之日起 7 日内作出受理或不受理的决定，并送达当事人。决定受理的案件，自接到通知后 3 日内到仲裁委员会领取《案件受理通知书》，办理受理手续。决定不予受理的案件，仲裁委员会向申诉人送达《不予受理通知书》。

6. 经仲裁委员会批准决定受理的案件，当事人在办理受理或应诉手续时各预交仲裁费。案件结束后，仲裁费根据案件的处理情况，按照当事人各自实际应当支付的仲裁费数额交纳。

（资料来源：找法网）

3. 诉讼

劳动争议当事人对仲裁裁决不服的，可以自收到仲裁裁决书之日起 15 日内向人民法院提起诉讼。一方当事人在法定期限内不起诉又不履行仲裁裁决的，另一方当事人可以申请人民法院强制执行。

法律实务：

### 劳动诉讼的程序

劳动诉讼，或称劳动争议诉讼，是指人民法院对当事人不服劳动争议仲裁机构的裁决或决定而起诉的劳动争议案件，依照法定程序进行审理和判决，并对当事人具有强制执行力的一种劳动争议处理方式。

## 一、起诉要件及内容

起诉必须符合下列条件：原告是与本案有直接利害关系的公民、法人和其他组织；有明确的被告；有具体的诉讼请求事实和理由；属于人民法院受理民事诉讼的范围和受诉人民法院管辖。起诉应当向人民法院递交起诉状，并按照被告人数提出副本。原告应预交案件受理费，如申请缓交、减交、免交的，要提出书面申请，并附有特困证明或其他材料等。当事人必须依法正确地行使诉讼权利，按法院的要求提供必须提供的诉讼材料。

## 二、举证指南

诉讼当事人应详细阅读法院送达的《民事诉讼案件举证通知书》，并按照其规定全面地向法院提供认为可以证明其主张或反驳对方的证据材料等证据。

（一）一般举证范围

① 劳动仲裁委员会的裁决书及送达日期。② 劳动关系的证明，如双方所签订的劳动合同，聘用、雇佣关系的证明，未签订劳动合同的应提供工作起止日期及相关证明或者当事人其他协议等证明材料。③ 当事人是公民的，应提供居民身份证明；是法人或者其他组织的，应提供营业执照、法定代表人身份证明或者负责人身份证明。

（二）因涉及企业开除、辞退职工而引起的劳动争议的举证范围

① 企业开除、辞退职工的决定通知等；② 按企业内部规章制度处罚的，提供相应的规章制度；③ 职工违章违法的有关证据材料等；④ 职工的工资、奖金收入情况等；⑤ 涉及培训费的，用工单位必须提供支付培训费的具体依据及必须服务期限等。

（三）追索劳动报酬的举证内容

提供劳动起止日期、所欠劳动报酬的具体数额等有关证据。

（四）劳动保险、劳动保护引起的劳动争议的举证范围

① 企业交纳养老保险金、住房公积金的有关证据等；② 职工的工资奖金情况；③ 职工伤势鉴定及医疗费单据等。

## 三、管辖

劳动争议案件由用人单位所在地或者劳动合同履行地的基层人民法院管辖，劳动合同履行不明确的，由用人单位所在地的基层人民法院管辖。对公民提起的民事诉讼，由被告住所地人民法院管辖；被告住所地与经常居住地不一致的，由

常居住地人民法院管辖。对法人或者其他组织提起的民事诉讼，由被告住所地人民法院管辖。

### 四、诉讼时效

一般诉讼时效为两年。即从知道或者应当知道自己的权利被侵害之日起计算。

（资料来源：找法网）

【课堂练习】

1.23 解决劳动争议的方式主要包括（　　　　）。

A. 调解 　　　　　　　　　　B. 仲裁

C. 诉讼 　　　　　　　　　　D. 公证

## 二、法律责任

（一）用人单位违反劳动法的法律责任

用人单位制定的劳动规章制度违反法律、法规规定的，由劳动行政部门给予警告，责令改正；对劳动者造成损害的，应当承担赔偿责任（《劳动法》第 89 条）。

用人单位违反本法规定，延长劳动者工作时间的，由劳动行政部门给予警告，责令改正，并可以处以罚款（《劳动法》第 90 条）。

用人单位有下列侵害劳动者合法权益情形之一的，由劳动行政部门责令支付劳动者的工资报酬、经济补偿，并可以责令支付赔偿金：① 克扣或者无故拖欠劳动者工资的；② 拒不支付劳动者延长工作时间工资报酬的；③ 低于当地最低工资标准支付劳动者工资的；④ 解除劳动合同后，未依照本法规定给予劳动者经济补偿的（《劳动法》第 91 条）。

用人单位的劳动安全设施和劳动卫生条件不符合国家规定或者未向劳动者提供必要的劳动防护用品和劳动保护设施的，由劳动行政部门或者有关部门责令改正，可以处以罚款；情节严重的，提请县级以上人民政府决定责令停产整顿；对事故隐患不采取措施，致使发生重大事故，造成劳动者生命和财产损失的，对责任人员追究刑事责任（《劳动法》第 92 条）。

用人单位强令劳动者违章冒险作业，发生重大伤亡事故，造成严重后果的，对责任人员依法追究刑事责任（《劳动法》第 93 条）。

用人单位非法招用未满 16 周岁的未成年人的，由劳动行政部门责令改正，处以罚款；情节严重的，由工商行政管理部门吊销营业执照（《劳动法》第 94 条）。

> 违反劳动法的法律责任主体包括：用人单位、劳动者、劳动行政部门

用人单位违反本法对女职工和未成年工的保护规定，侵害其合法权益的，由劳动行政部门责令改正，处以罚款；对女职工或者未成年工造成损害的，应当承担赔偿责任（《劳动法》第95条）。

用人单位有下列行为之一，由公安机关对责任人员处以15日以下拘留、罚款或者警告；构成犯罪的，对责任人员依法追究刑事责任：① 以暴力、威胁或者非法限制人身自由的手段强迫劳动的；② 侮辱、体罚、殴打、非法搜查和拘禁劳动者的（《劳动法》第96条）。

由于用人单位的原因订立的无效合同，对劳动者造成损害的，应当承担赔偿责任（《劳动法》第97条）。

用人单位违反本法规定的条件解除劳动合同或者故意拖延不订立劳动合同的，由劳动行政部门责令改正；对劳动者造成损害的，应当承担赔偿责任（《劳动法》第98条）。

用人单位招用尚未解除劳动合同的劳动者，对原用人单位造成经济损失的，该用人单位应当依法承担连带赔偿责任（《劳动法》第99条）。

用人单位无故不缴纳社会保险费的，由劳动行政部门责令其限期缴纳；逾期不缴的，可以加收滞纳金（《劳动法》第100条）。

用人单位无理阻挠劳动行政部门、有关部门及其工作人员行使监督检查权，打击报复举报人员的，由劳动行政部门或者有关部门处以罚款；构成犯罪的，对责任人员依法追究刑事责任（《劳动法》第101条）。

（二）劳动者违反劳动法的法律责任

劳动者违反本法规定的条件解除劳动合同或者违反劳动合同中约定的保密事项，对用人单位造成经济损失的，应当依法承担赔偿责任（《劳动法》第102条）。

（三）劳动行政部门违反劳动法的法律责任

劳动行政部门或者有关部门的工作人员滥用职权、玩忽职守、徇私舞弊，构成犯罪的，依法追究刑事责任；不构成犯罪的，给予行政处分（《劳动法》第103条）。

国家工作人员和社会保险基金经办机构的工作人员挪用社会保险基金，构成犯罪的，依法追究刑事责任（《劳动法》第104条）。

【课堂练习】

1.24 违反劳动法的法律责任主体主要包括（　　）。

A. 劳动者　　　　　　　　B. 用人单位

C. 劳动行政部门　　　　　D. 税务机关

【本节小结】

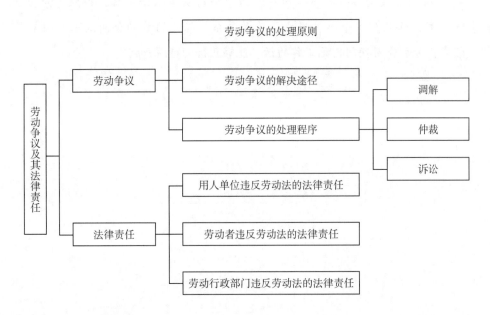

【课后思考】

1. 劳动争议处理原则是什么？

2. 哪些机构可以进行劳动争议仲裁调解？

3. 用人单位违反劳动法律责任主要包括哪些？

【本章案例讨论】

2006 年 3 月，施某与甲公司订立经营用房装修协议，约定由施某负责组织人员施工，装修费用 50 万元。装修过程中除装修材料外的所有费用一律由施某自付，施工过程中出现任何安全问题，均由施某自行承担，甲公司不承担任何责任。订立协议后，施某即组织人员施工。

4 月 1 日，陈某在接受施某指派从事高处作业时摔伤，造成 8 级伤残，发生各项损失 65 000 元。陈某欲维护自己权益，咨询相关律师。（案例来源：2008 年上半年全国高等教育自学考试试题"劳动法学"第 39 题）

问题

1. 陈某索赔应以谁为被告，为什么？

2. 施某与甲公司之间是否存在劳动关系，为什么？

3. 陈某为维护自己的合法权益，是否需申请劳动仲裁，为什么？

4. 假设陈某接受劳务派遣公司指派为甲公司从事装修工作，按照《劳动合同法》的规定，陈某与哪个单位建立了劳动关系？陈某的劳动合同期限最短多长时间？陈某在劳动合同期间内无工作的话，能够获得的待遇如何？

第二章

企业法

2

了解个人独资企业、合伙企业的定义、特征及解散与清算；熟悉有限合伙企业的特殊规定；掌握个人独资企业、合伙企业的投资人及事务管理规定；掌握普通合伙企业财产构成、财产转让、与第三人关系及入伙、退伙规定。

【案例导入】

2008年9月，被告赵某经工商管理部门核准登记，开办了龙神堂药房，企业性质为个人独资企业，投资人为赵某。2008年10月，龙神堂药房向原告张某借款5万元，约定季度付息2 250元。2009年12月，被告赵某与被告关某签订了《药房转让协议书》，协议约定："赵某以13万元将龙神堂药房转让给关某，转让过户前，龙神堂药房的所有债权债务都由赵某承担，关某不承担转让前药房经营期间的任何债权债务。"2010年1月，经工商管理部门批准，关某分两次将龙神堂药房投资人由赵某变更为关某、龙神堂药房更名为神健药房。现原告张某起诉，以神健药房及赵某、关某为共同被告，要求给付借款5万元及利息。

【问题】

1. 个人独资企业是法人企业还是非法人企业？

2. 该个人独资企业转让前的债务由谁承担？如何承担？

# 第一节　个人独资企业法

在现代社会经济生活中，企业有三种基本形式，即公司企业、合伙企业、个人独资企业。个人独资企业作为一种经营实体，与其他企业形式比较有自己的特点，学习者应从性质、特征认识入手，掌握个人独资企业的设立与其事务管理、对个人独资企业合法权益的保护、个人独资企业的社会责任和对其职工权益的维护、个人独资企业的解散和清算等问题。

## 一、个人独资企业法概述

（一）个人独资企业的定义和特征

个人独资企业是指依照《中华人民共和国个人独资企业法》（以下简称《个人独资企业法》）在中国境内设立，由一个自然人投资，财产为投资人个人所有，投资人以其个人财产对企业债务承担无限责任的经营实体。

个人独资企业具有以下特征：

（1）企业的投资人是一个自然人。

（2）投资人对企业的债务承担无限责任。当企业的资产不足以清偿到期债务时，投资人应以自己的个人全部财产用于清偿。

（3）企业的内部机构设置简单，经营管理方式灵活。

（4）非法人企业。个人独资企业不具备法人资格，投资人对企业的债务承担无限责任，但却是独立的民事主体，可以以自己的名义从事民事活动。

（二）个人独资企业法的定义和基本原则

个人独资企业法有广义和狭义之分。广义的个人独资企业法，是指国家关于个人独资企业的各种法律规范的总称；狭义的个人独资企业法，是指1999年8月30日第九届全国人大常委会第十一次会议通过，自2000年1月1日起施行的《中华人民共和国个人独资企业法》。

《个人独资企业法》规定了下列基本原则：

（1）依法保护个人独资企业的财产和其他合法权益。

（2）个人独资企业从事经营活动必须遵守法律、行政法规，遵守诚实信用原则，不得损害社会公共利益。

（3）个人独资企业应当依法履行纳税义务。

（4）个人独资企业应当依法招用职工。

（5）个人独资企业职工的合法权益受法律保护。

> 个人独资企业是在中国境内设立，由一个自然人投资，财产为投资人个人所有，投资人以其个人财产对企业债务承担无限责任的经营实体

【课堂练习】

2.1 下列关于个人独资企业的表述中，正确的是（    ）。

A. 个人独资企业的投资人可以是自然人、法人或者其他组织

B. 个人独资企业的投资人对企业债务承担无限责任

C. 个人独资企业不能以自己的名义从事民事活动

D. 个人独资企业具有法人资格

## 二、个人独资企业的设立

（一）个人独资企业的设立条件

1. 投资人为一个具有中国国籍的自然人

国家机关、企事业单位等组织，以及法律、行政法规禁止从事营利性活动的人（国家公务员、警官、法官、检察官、商业银行工作人员等），不得作为个人独资企业的投资人。

2. 有合法的企业名称

个人独资企业的名称应当与其责任形式及从事的营业相符合，名称中不得使用"有限"、"有限责任"、"公司"等字样，可以使用店、中心、工作室等。

3. 有投资人申报的出资

投资人可以以个人财产出资，也可以以家庭共有财产出资。以家庭共有财产出资的，投资人应在设立（变更）申请书中予以说明。投资人可以用货币、实物、土地使用权、知识产权或者其他财产权利出资。

4. 有固定的生产经营场所和必要的生产经营条件

生产经营场所包括企业的住所和与生产经营相适应的处所。住所是企业的主要办事机构所在地，是企业的法定地址。

5. 有必要的从业人员

即要有与个人独资企业的生产经营范围、规模相适应的从业人员。

> 投资人为一个具有中国国籍的自然人；有合法的企业名称；有申报的出资额；有固定的经营场所和必要的经营条件；有必要的从业人员

法律实务：

### 个人独资企业和个体工商户的区别

随着全民创业的热潮兴起，个人独资企业这种组织形式越来越受到各地中小投资者的欢迎。然而，也有不少投资者在创业时遇到一个困惑：是设立个人独资企业好还是设立个体工商户好？个人独资企业和个体工商户虽然都具有设立灵活、登记手续简便等特点，但两者还是有不少区别的，需要投资者通盘考虑，根据自身情况

选准组织形式。

第一，个人独资企业必须要有固定的生产经营场所和合法的企业名称，而个体工商户可以不起字号名称，也可以没有固定的生产经营场所，可以进行流动经营。换句话说，合法的企业名称和固定的生产经营场所是个人独资企业的成立要件，但不是个体工商户的成立要件。

第二，个体工商户的投资者与经营者必须为同一人，即投资设立个体工商户的自然人。而个人独资企业的投资人可以委托或聘用他人管理个人独资企业事务，即所有权与经营权可以分离，这就决定了个人独资企业更符合现代企业制度的特征。

第三，个人独资企业可以设立分支机构，也可以委派他人作为个人独资企业分支机构负责人，但由设立该分支机构的个人独资企业承担责任。而根据规定，个体工商户不能设立分支机构。由此可以看出，个人独资企业的总规模一般大于个体工商户。

第四，在民事、行政、经济法律制度中，个人独资企业是其他组织或其他经济组织的一种形式，能以企业自身的名义进行法律活动。而个体工商户是否能够作为其他组织或其他经济组织的一种形式，一直是国内有关专家的争论焦点。更多的时候，个体工商户是以公民个人名义来开展法律活动的。另外，个人独资企业与个体工商户作为市场主体，参与市场经济其他活动的能力也不同。例如，个人独资企业可以成为公司的股东，从而以企业名义享有公司股东的权利和义务；而个体工商户一般只能以个人投资者身份成为公司股东。

第五，个人独资企业与个体工商户在财务制度和税收政策上的要求也不尽相同。事实上，这也是投资者比较关心的问题。根据《个人独资企业法》的规定，个人独资企业必须建立财务制度，以进行会计核算。而个体工商户由于情况复杂，是否需要建立会计制度，争论较多。从目前的实际情况看，个体工商户可以按照税务机关的要求建立账簿，如果税务部门不作要求，也可以不进行会计核算。另外，在税收政策方面，一般来说，个体工商户较难被认定为一般纳税人，而符合条件的个人独资企业则可以被认定为一般纳税人。

（二）设立的程序

1. 提出申请

申请设立个人独资企业，应当由投资人或者其委托的代理人向个人独资企业所在地的登记机关申请设立登记。投资人申请设立登记，应当向登记机关提交下列文件：

（1）设立申请书。设立申请书应当包括：企业的名称和住所，投资人的姓名和住所，投资人的出资额和出资方式，经营范围。

（2）投资人身份证明。

（3）生产经营场所使用证明等文件。

由委托代理人申请设立登记的，应当出具投资人的委托书和代理人的合法证明。

2. 核准登记

登记机关应当在收到申请文件之日起15日内，对符合条件的，予以登记，发给营业执照；对不符合规定条件的，不予登记，并发给企业登记驳回通知书。

个人独资企业营业执照的签发日期，为个人独资企业成立日期。在领取个人独资企业营业执照前，投资人不得以个人独资企业名义从事经营活动。

个人独资企业设立分支机构，应当由投资人或者其委托代理人向分支机构所在地的工商登记机关申请设立登记，领取营业执照。分支机构的民事责任由设立该分支机构的个人独资企业承担。

个人独资企业存续期间登记事项发生变更的，应当自作出变更决定之日起15日内依法向登记机关申请办理变更登记。

【课堂练习】

2.2 下列各项中，可以作为个人独资企业投资人出资的有（　　　　）。

A. 投资人的专利技术　　　　　　B. 投资人的劳务

C. 投资人的家庭共有房屋　　　　D. 投资人的土地使用权

## 三、个人独资企业投资人及事务管理

（一）投资人的权利和责任

个人独资企业投资人对本企业的财产依法享有所有权，其有关权利可以依法进行转让或继承。个人独资企业财产不足以清偿债务的，投资人应当以其个人的其他财产予以清偿。如果个人独资企业投资人在申请企业设立时，明确以其家庭共有财产作为个人出资的，应当依法以家庭共有财产对企业债务承担无限责任。

（二）个人独资企业的事务管理

1. 事务管理方式

个人独资企业投资人可以自行管理企业事务，也可以委托或者聘用其他具有民事行为能力的人负责企业的事务管理。投资人委托或者聘用他人管理个人独资企业事务，应当与委托人或者被聘用的人签订书面合同，明确委托的具体内容和授予的权利范围。但是，投资人对受托人或者被聘用的人员职权的限制，不得对抗善意第三人，即受托人或者被聘用的人员超出投资人的限制与善意第三人的有关业务往来应当有效。

2. 受托管理人员的义务

受托人或者被聘用的人员应当履行诚信、勤勉义务，按照与投资人签订的书面合同负责个人独资企业的事务管理。

投资人委托或者聘用的管理个人独资企业事务的人员不得有下列行为：

（1）利用职务上的便利，索取或者收受贿赂；

（2）利用职务或者工作上的便利侵占企业财产；

（3）挪用企业资金归个人使用或者借贷给他人；

（4）擅自将企业资金以个人名义或者他人名义开立账户储存；

（5）擅自以企业财产提供担保；

（6）未经投资人同意，从事与本企业相竞争的业务；

（7）未经投资人同意，同本企业订立合同或者进行交易；

（8）未经投资人同意，擅自将企业商标或者其他知识产权转让给他人使用；

（9）泄露本企业的商业秘密；

（10）法律、行政法规禁止的其他行为。

【课堂练习】

2.3 受托人或者被聘用人管理个人独资企业的依据是（　　　）。

A. 投资人的任命书

B. 个人独资企业法规定的受托人或者被聘用的人的职权

C. 投资人与受托人或者被聘用的人签订的书面合同

D. 投资人的决定

## 四、个人独资企业的权利与义务

（一）个人独资企业的权利

按照《个人独资企业法》的明确规定，个人独资企业存续期间享有下列权利：

（1）财产所有权。个人独资企业的投资人对本企业的财产依法享有所有权，其有关权利可以依法进行转让或继承。

（2）依法申请贷款。个人独资企业可以依法申请贷款，用于企业的生产经营。

（3）依法取得土地使用权。个人独资企业拥有根据《中华人民共和国土地管理法》等法律法规的规定取得土地使用权的权利。

（4）拒绝摊派权。任何单位和个人不得违反法律、法规的规定，以任何方式强制个人独资企业提供财力、物力、人力；对于违反规定强制要求企业提供财力、物

投资人对本企业的财产依法享有所有权；依法申请贷款；依法取得土地使用权；拒绝摊派权。个人独资企业有依法从事经营、纳税义务；保障职工合法权益的义务

力、人力的行为，个人独资企业有权拒绝。

（5）法律、行政法规规定的其他权利。

（二）个人独资企业的义务

（1）个人独资企业从事经营活动必须遵守法律、行政法规，遵守诚信原则，不得损害社会公共利益。

（2）依法履行纳税义务。

（3）依法设置会计账簿，进行会计核算。

（4）依法保障职工的合法权益。个人独资企业招用职工，应当与职工签订劳动合同，保障职工的劳动安全，按时、足额发放职工工资。同时，应当按照国家有关规定参加社会保险，为职工缴纳社会保险费。我国目前设有五种强制性的社会保险，即养老保险、工伤保险、医疗保险、失业保险和企业职工生育保险。

【课堂练习】

2.4 下列属于个人独资企业义务的是（　　　）。

A. 个人独资企业从事经营活动必须遵守法律、行政法规，遵守诚信原则，不得损害社会公共利益

B. 依法履行纳税义务

C. 依法设置会计账簿，进行会计核算

D. 依法保障职工的合法权益

## 五、个人独资企业的解散和清算

（一）个人独资企业的解散

根据《个人投资企业法》规定，个人独资企业有下列情形之一时，应当解散：

（1）投资人决定解散；

（2）投资人死亡或被宣告死亡，无继承人或者继承人决定放弃继承；

（3）被依法吊销营业执照；

（4）法律、行政法规规定的其他情形。

（二）个人独资企业的清算

依照《个人独资企业法》的规定，个人独资企业解散时，必须进行清算，收回债权，清偿债务。

1. 通知和公告债权人

个人独资企业解散，由投资人自行清算或者由债权人向人民法院申请指定清算

企业解散原因：老板不干了；不能干了；不让干了。企业解散时，必须进行清算。由投资人自行清算或者由债权人向人民法院申请指定清算人进行清算

人进行清算。投资人自行清算的，应当在清算前 15 日内书面通知债权人；无法通知的，应当予以公告。债权人应当在接到通知起 30 日内，未接到通知的应当在公告之日起 60 日内，向投资人申报其债权。

2. 财产清偿顺序

个人独资企业解散的，财产应当按照下列顺序清偿：

（1）所欠职工工资和社会保险费用。

（2）所欠税款。

（3）其他债务。个人独资企业财产不足以清偿债务的，投资人应当以其个人的其他财产予以清偿。

3. 投资人的持续偿债责任

个人独资企业解散后，原投资人对个人独资企业存续期间的债务仍应承担偿还责任，但债权人在 5 年内未向债务人提出偿债请求的，该责任消灭。

4. 注销登记

个人独资企业清偿结束后，投资人或者人民法院指定的清算人应当编制清算报告，并于 15 日内到登记机关办理注销登记。经登记机关注销登记，个人独资企业终止，并应当缴回营业执照。

【课堂练习】

2.5 张某于 2006 年 3 月成立一家个人独资企业。同年 5 月，该企业与甲公司签订一份买卖合同，根据合同，该企业应于同年 8 月支付给甲公司货款 15 万元，后该企业一直未支付该款项。2007 年 1 月该企业因故解散。2009 年 5 月，甲公司起诉张某，要求张某偿还上述 15 万元债务。下列有关此事的表述中，正确的是（    ）。

A. 因该企业已经解散，甲公司的债权已经消灭

B. 甲公司可以要求张某以个人财产承担 15 万元的债务

C. 甲公司请求张某偿还债务已超过诉讼时效，其请求不能得到支持

D. 甲公司请求张某偿还债务的期限应于 2009 年 1 月届满

【本节小结】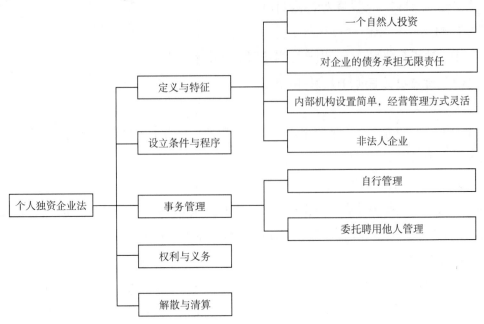

```
                                                          ┌──────────────────────────┐
                                                          │      一个自然人投资        │
                                                          └──────────────────────────┘
                                       ┌──────────┐       ┌──────────────────────────┐
                                   ┌───┤ 定义与特征 ├───────┤  对企业的债务承担无限责任   │
                                   │   └──────────┘       └──────────────────────────┘
                                   │                      ┌──────────────────────────┐
                                   │                      │ 内部机构设置简单，经营管理方式灵活 │
                                   │   ┌──────────┐       └──────────────────────────┘
                                   ├───┤ 设立条件与程序 │    ┌──────────────────────────┐
                                   │   └──────────┘       │       非法人企业           │
┌──────────────┐                   │                      └──────────────────────────┘
│  个人独资企业法  ├───────────────────┤                      ┌──────────────────────────┐
└──────────────┘                   │   ┌──────────┐       │       自行管理             │
                                   ├───┤  事务管理  ├───────└──────────────────────────┘
                                   │   └──────────┘       ┌──────────────────────────┐
                                   │                      │     委托聘用他人管理        │
                                   │   ┌──────────┐       └──────────────────────────┘
                                   ├───┤ 权利与义务 │
                                   │   └──────────┘
                                   │   ┌──────────┐
                                   └───┤ 解散与清算 │
                                       └──────────┘
```

【课后思考】

1. 个人独资企业与其他企业形式比较有何特征?

2. 个人独资企业和个体工商户有何区别?

3. 简述个人独资企业解散的原因及清算顺序。

# 第二节　合伙企业法

合伙企业，作为我国立法规定的市场主体的一种，与其他企业形式的比较有自己的特点，学习者应从性质、特征认识入手，掌握合伙企业的分类、设立条件、事务管理、入伙退伙、债务清偿、解散和清算等问题，为创业打下坚实的知识基础。

## 一、合伙企业的定义与特征

（一）合伙企业的定义

合伙企业是指自然人、法人和其他组织依照《中华人民共和国合伙企业法》（以下简称《合伙企业法》），在中国境内设立的普通合伙企业和有限合伙企业。

合伙企业包括普通合伙企业和有限合伙企业。普通合伙人对企业债务承担无限连带责任；有限合伙人以其认缴的出资额为限对企业债务承担责任合伙企业分为普通合伙企业和有限合伙企业两种。普通合伙企业由普通合伙人组成，合伙人对合伙企业债务承担无限连带责任，法律另有规定的除外。有限合伙企业由普通合伙人和有限合伙人组成，普通合伙人对合伙企业债务承担无限连带责任，有限合伙人以其认缴的出资额为限对合伙企业债务承担责任。

（二）《合伙企业法》

为规范合伙企业的行为，保护合伙企业及其合伙人的合法权益，维护社会经济秩序，全国人大常委会于1997年2月23日通过了《合伙企业法》，并于2006年进行了修订，新修订的《合伙企业法》自2007年6月1日起施行。

在理解和掌握我国《合伙企业法》的适用范围时，需要注意以下两个问题：

（1）采取合伙制的非企业专业服务机构的合伙人承担责任形式的法律适用问题。《合伙企业法》规定，非企业专业服务机构依据有关法律采取合伙制的，其合伙人承担责任的形式可以适用《合伙企业法》关于特殊的普通合伙企业合伙人承担责任的规定。非企业专业服务机构，是指不采取企业（如公司制）形式成立的、以自己的专业知识提供特定咨询等方面服务的组织，如律师事务所、会计师事务所等专业服务机构。

（2）外国企业或者个人在中国境内设立合伙企业的管理问题。《合伙企业法》规定，外国企业或者个人在中国境内设立合伙企业的管理办法由国务院规定。外国企业是指依照外国法律在中国境外设立的企业；外国个人即外国自然人，是指不具有中华人民共和国国籍的人。《合伙企业法》没有禁止外国企业或者个人在中国境内设立合伙企业，但具体的诸如一些程序性的问题等，需要由国务院作出具体的规定。

2.6 合伙企业可以分为（　　　　）。

A. 有限合伙企业　　　　　　B. 普通合伙企业

C. 其他合伙企业　　　　　　D. 股份合伙企业

## 二、普通合伙企业

（一）合伙企业设立条件

1. 有2个以上合伙人

合伙人可以是自然人，也可以是法人或者其他组织，但国有独资公司、国有企业、上市公司以及公益性的事业单位、社会团体不得成为普通合伙人。

合伙人是自然人的，应当具有完全民事行为能力。无民事行为能力人和限制民事行为能力人不得成为合伙企业的合伙人。

2. 有书面合伙协议

合伙协议是合伙人明确各自权利义务的协议，是合伙企业进行经营管理、

合伙企业设立条件：2个以上合伙人；书面合伙协议；认缴或者实际缴付的出资；企业名称和生产经营场所

损益分担的重要基础。合伙协议应当依法由全体合伙人协商一致，以书面形式订立。

《合伙企业法》第18条规定，合伙协议应当载明下列事项：合伙企业的名称和主要经营场所的地点；合伙目的和合伙经营范围；合伙人的姓名或者名称、住所；合伙人的出资方式、数额和缴付期限；利润分配、亏损分担方式；合伙事务的执行；入伙与退伙；争议解决办法；合伙企业的解散与清算；违约责任等。

合伙协议经全体合伙人签名、盖章后生效。合伙人依照合伙协议享有权利、履行义务。合伙协议生效后，全体合伙人可以在协商一致的基础上，对合伙协议加以修改或者补充。

3. 有合伙人认缴或者实际缴付的出资

合伙人可以用货币、实物、知识产权、土地使用权或者其他财产权利出资，也可以用劳务出资。合伙人以实物、知识产权、土地使用权或者其他财产权利出资，需要评估作价的，可以由全体合伙人协商确定，也可以由全体合伙人委托法定评估机构评估。合伙人以劳务出资的，其评估办法由全体合伙人协商确定，并在合伙协议中载明。以非货币财产出资的，依照法律、行政法规的规定；需要办理财产权转移手续的，应当依法办理。

4. 有合伙企业名称和生产经营场所

普通合伙企业应当在其名称中标明"普通合伙"字样，其中特殊的普通合伙企业，应当在其名称中标明"特殊普通合伙"字样。

5. 法律、行政法规规定的其他条件

有福同享　　有难同当

**法律实务：**

合伙协议书

合伙人姓名：　　　　　　　　　　　　　身份证号：

家庭住址：

合伙人姓名：　　　　　　　　　　　　　身份证号：

家庭住址：

合伙人双方在平等自愿的基础上经充分协商，特订立本协议，以资遵照履行。

**第一条**　合伙宗旨：共同出资、合伙经营、共享收益、共担风险

**第二条**　合伙经营项目和范围：开拓面刀产品、节汽系统产品（疏水阀）、机械零件加工

**第三条**　合伙期限

合伙期限为3年，自 年 月 起，至 年 月 日止，合伙期届满后，由各合伙人共同商议续签事宜。

**第四条**　出资额、方式、期限及股份计划

1. 出资方式。

第一笔：　　　　　　　　　　　　　　第二笔：

2. 合伙期间各合伙人的出资为共有财产，不得随意请求分割，也不得未经其他合伙人同意就私自将出资挪为其他用途。

**第五条**　盈余分配与债务承担

1. 盈余分配：以合伙人所占企业的股份为依据，按比例分配。

2. 债务承担：合伙债务先由合伙财产偿还，合伙财产不足清偿时，以各合伙人所占企业的股份为据，按比例承担。

**第六条**　入伙、退伙，出资的转让

1. 入伙。

（1）须承认本合同；

（2）新合伙人入伙时，须经全体合伙人同意，并依法订立书面协议；

（3）订立书面协议时，应当向新合伙人告知原合伙企业的经营状况和财务状况；

（4）新合伙人与原合伙人享有同等权利，承担同等责任。

2. 退伙。

有下列情况之一的，合伙人可以退伙：

（1）经全体合伙人同意退伙；

（2）发生合伙人难以继续参加合伙企业的事由；

（3）其他合伙人严重违反合伙协议约定的义务。

有下列情况之一的，当然退伙：

（1）合伙人死亡或被依法宣告死亡；

（2）合伙人被依法宣告为无民事行为能力；

（3）个人丧失偿债能力；

（4）被人民法院强制执行在合伙企业中的全部财产份额。

有下列情况之一的，经其他合伙人一致同意，可以决定将其除名：

（1）未履行出资义务；

（2）因故意或者重大过失给合伙企业造成重大损失；

（3）执行合伙企业事务时有不正当行为；

（4）合伙协议约定的其他事项。

退伙办法：

（1）退伙需提前1个月告知其他合伙人并经全体合伙人同意；

（2）退伙后以退伙时的财产状况进行结算，不论何种方式出资，均以金钱结算；

（3）未经合同人同意而自行退伙给合伙造成损失的，应进行赔偿。

3. 出资的转让。

（1）允许合伙人转让自己的出资。

（2）转让时合伙人有优先受让权。

（3）如转让合伙人以外的第三人，第三人按入伙对待，否则以退伙对待转让人。

**第七条　合伙负责人及其他合伙人的责任和权力**

1. ×××为合伙负责人。其权限和责任是：

（1）确定办公场所，注册为个体工商户，办理工商登记，注册名称与注册资金以营业执照上的内容为准；

（2）负责办公场所各项设备、设施的准备；

（3）负责向银行以 CNC 数控机床设备抵押贷款；

（4）负责合伙事业的日常管理与加工生产；

（5）拥有指挥权、决策权、用人权。

2. ×××为合伙负责人。其权限和责任是：

（1）负责合伙事业的开拓和运营，拥有指挥权和决策权；

（2）负责经营团队的组建和管理，拥有用人权；

（3）建立合伙企业日常管理制度，进行事业发展规划。

3. 合伙人的其他权利：

（1）知情权；

（2）提议、召集、主持股东会临时会议权；

（3）退出权；

（4）共同决定合伙重大事项；

（5）表决权；

（6）资产收益权。

**第八条　禁止行为**

1. 未经全体合伙人同意，禁止任何合伙人私自以合伙名义进行业务活动；如其业务获得利益，归合伙企业，造成损失按实际损失赔偿。

2. 禁止合伙人经营与合伙竞争的业务。

**第九条　合伙的终止及终止后的事项**

1. 合伙因以下事由之一可终止：

（1）合伙期届满；

（2）全体合伙人同意终止合伙关系；

（3）合伙事业完成或不能完成；

（4）合伙事业违反法律被撤销；

（5）法院根据有关当事人请求判决解散。

2. 合伙终止后的事项：

（1）即行推举清算人，并邀请法务人士作为中间人（或公证员）参与清算。

（2）清算后如有盈余，则按收取债权、清偿债务、返还出资、按比例分配剩余财产的顺序进行。固定资产和不可分物，可作价卖给合伙人或第三人，其价款参与分配。

（3）清算后如有亏损，不论合伙人出资多少，先以合伙共同财产偿还，合伙财产不足清偿的部分，由合伙人按出资比例承担。

**第十条　纠纷的解决**

合伙人之间如发生纠纷，应共同协商，本着有利于合伙事业发展的原则予以解决。如协商不成，可以诉诸本合伙协议签订地法院。

**第十一条**　本合伙协议自签订之日起生效，合伙人按本协议中规定进行操作。

**第十二条**　本合伙协议如有未尽事宜，应由合伙人集体讨论补充或修改。补充或修改的内容与本合同具有同等效力。

**第十三条**　本合伙协议正本一式两份，合伙人各执一份。

本协议签订地点：　　　　省　　　　市

合伙人签名：　　　　日期：　　年　月　日

合伙人签名：　　　　日期：　　年　月　日

（资料来源：中顾网，作者有修改）

（二）合伙企业的设立程序

1. 提出申请

申请合伙企业设立登记，应当向企业登记机关提交下列文件：

（1）全体合伙人签署的设立登记申请书；

（2）全体合伙人的身份证明；

（3）全体合伙人指定的代表或者共同委托的代理人的委托书；

（4）合伙协议；

（5）出资权属证明；

（6）经营场所证明；

（7）国务院工商行政管理部门规定提交的其他文件。法律、行政法规规定设立合伙企业须报经审批的，还应当提交有关批准文件。

2. 核发营业执照

申请人提交的登记申请材料齐全、符合法定形式，企业登记机关能够当场登记的，应予当场登记，发给营业执照。若申请人提交的资料不全，也不符合法定形式，需要补充有关材料，或企业登记机关需要对有关材料进一步核实，当场难以发给营业执照，企业登记机关可以不予当场登记，但应当自受理申请之日起 20 日内，作出是否登记的决定。予以登记的，发给营业执照。不予登记的，应当给予书面答复，并说明理由。

合伙企业营业执照的签发日期，为合伙企业成立日期。合伙企业领取营业执照前，不得以合伙企业名义从事合伙业务。合伙企业设立分支机构，应当向分支机构所在地的企业登记机关申请登记，领取营业执照。合伙企业登记事项发生变更的，执行合伙事务的合伙人应当自作出变更决定或者发生变更事由之日起 15 日内，向企业登记机关申请办理变更登记。

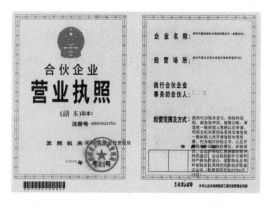

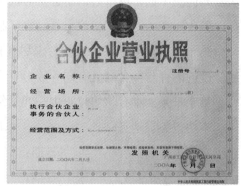

（三）合伙企业财产

1. 合伙企业财产的构成

合伙企业存续期间，合伙人的出资、以合伙企业名义取得的收益和依法取得的其他财产，均为合伙企业的财产。

合伙企业存续期间，合伙企业的财产独立于合伙人个人财产，合伙企业清算前，合伙人不得请求分割合伙企业的财产，但法律另有规定的除外。合伙人在合伙企业清算前私自转移或者处分合伙企业财产的，合伙企业不得以此对抗善意第三人，由此造成的损失只能向该合伙人追索。

2. 合伙人财产份额的转让

合伙企业存续期间，合伙人之间转让在合伙企业中的全部或者部分财产份额时，应当通知其他合伙人。合伙人向合伙人以外的人转让其在合伙企业中的全部或者部分财产份额时，须经其他合伙人一致同意。合伙人依法转让其财产份额的，在同等条件下，其他合伙人有优先受让的权利。

合伙人以其在合伙企业中的财产份额出质的，须经其他合伙人一致同意。未经其他合伙人一致同意，合伙人以其在合伙企业中的财产份额出质的，其行为无效，由此给善意第三人造成损失的，由行为人依法承担赔偿责任。

合伙企业财产的构成及转让见图2-1。

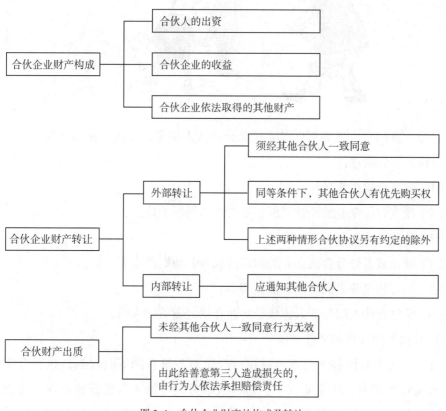

图2-1　合伙企业财产的构成及转让

（四）合伙事务执行

1. 合伙事务执行方式

合伙企业事务可以由全体合伙人共同执行，也可以委托一名或数名合伙人执行。执行合伙企业事务的合伙人，对外代表合伙企业。

委托一名或者数名合伙人执行合伙企业事务的，其他合伙人不再执行合伙事务。但执行合伙事务的人应当依照约定向其他不参加执行合伙事务的合伙人报告事务执行情况以及合伙企业的经营状况和财务状况，其执行合伙企业事务所产生的收益归全体合伙人，所产生的亏损或者民事责任由全体合伙人承担。

经全体合伙人同意，合伙企业可以聘用外部人员，从事合伙企业的日常事务的管理工作。被聘任的合伙企业的经营管理人员应当在合伙企业授权范围内履行职务。因超越合伙企业授权范围从事经营活动，或者在履行职务过程中因故意或者重大过失给合伙企业造成损失的，依法承担赔偿责任。

并非所有的合伙事务都可以委托部分合伙人决定，合伙企业的下列事项应当经全体合伙人一致同意：

（1）改变合伙企业名称；

（2）改变合伙企业的经营范围、主要经营场所的地点；

（3）处分合伙企业的不动产；

（4）转让或者处分合伙企业的知识产权和其他财产权利；

（5）以合伙企业名义为他人提供担保；

（6）聘任合伙人以外的人担任合伙企业的经营管理人员。

2. 合伙人的权利和义务

（1）合伙人的权利主要有：对执行合伙事务享有同等的权利；执行合伙事务的合伙人对外代表合伙企业；不执行合伙事务的合伙人有监督检查权；合伙人具有查阅企业会计账簿等财务资料的权利；合伙人有提出异议的权利和撤销委托的

权利。

（2）合伙人的义务主要有：合伙事务执行人按照约定向不参加执行事务的合伙人报告事务执行情况及企业经营状况和财务状况；合伙人不得自营或者同他人合作经营与本合伙企业相竞争的业务；除合伙协议另有约定或者经全体合伙人同意的之外，合伙人不得同本合伙企业进行交易；合伙人不得从事损害本合伙企业利益的活动。

3. 合伙事务执行的决议办法

合伙人对合伙企业有关事项作出决议，按照合伙协议约定的表决办法办理。合伙协议未约定或者约定不明确的，实行合伙人一人一票并经全体合伙人过半数通过的表决办法。

4. 合伙企业的损益分配

合伙企业的损益分配包括合伙企业的利润分配和亏损分担两个方面。

合伙企业的利润分配和亏损分担，按照合伙协议的约定办理；合伙协议未约定或者约定不明确的，由合伙人协商决定；协商不成的，由合伙人按照实缴出资比例分配、分担；无法确定出资比例的，由合伙人平均分配、分担。

合伙协议不得约定将全部利润分配给部分合伙人或者由部分合伙人承担全部亏损。

（五）合伙企业与第三人的关系

1. 合伙企业对外代表权的效力

根据《合伙企业法》的规定，执行合伙企业事务的合伙人，对外代表合伙企业，执行合伙事务所产生的收益归全体合伙人，所产生的费用和亏损，由全体合伙人承担。可以取得合伙企业对外代表权的合伙人，主要有三种情况：一是由全体合伙人共同执行合伙企业事务的，全体合伙人都有权对外代表合伙企业；二是由部分合伙人执行合伙企业事务的，只有受委托执行合伙企业事务的那一部分合伙人有权对外代表合伙企业；三是由于特别授权在单项合伙事务上有执行权的合伙人，依照授权范围可对外代表合伙企业。

合伙企业对合伙人执行合伙企业事务以及对外代表合伙企业权利的限制，不得对抗不知情的善意第三人。

2. 合伙企业的债务清偿

（1）合伙企业对其债务，应先以其全部财产进行清偿。

（2）合伙企业财产不足清偿的部分，由各合伙人承担无限连带责任。即合伙企业的债权人可以根据自己的清偿利益，请求全体合伙人中一人或数人承担全部清偿责任，也可以按照自己确定的比例向各合伙人分别追偿。被请求的合伙人不得以其出资的份额大小、合伙协议有特别约定等理由拒绝。

（3）合伙人之间按合伙企业亏损分担的比例分担合伙企业的债务。但合伙人之间的分担比例对债权人没有约束力，即合伙企业的债权人可以向任何一个或数个合伙人要求其承担全部清偿责任。如果合伙人实际支付的债务数额超过其依照既定比例所应承担的数额，该合伙人有权就超过部分向其他未支付或者未足额支付应承担数额的合伙人追偿。

3. 合伙人的债务清偿

（1）合伙企业中某一合伙人的债权人，不得以该债权抵销其对合伙企业的债务。合伙企业具有独立的民事主体资格，与合伙人个人是两个不同的民事主体，债权债务不能混淆。

（2）合伙人个人负有债务，其债权人不得代位行使该合伙人在合伙企业中的权利。

（3）合伙人个人财产不足以清偿其个人所负债务时，该合伙人只能以其从合伙企业中分取的收益清偿；债权人也可以依法请求人民法院强制执行该合伙人在合伙企业中的财产份额用于清偿。

需要强调的是：第一，这种清偿必须通过民事诉讼法规定的强制执行程序进行，债权人不得自行接管债务人在合伙企业中的财产份额。第二，人民法院强制执行合伙人的财产份额时，应当通知全体合伙人，其他合伙人有优先购买权；其他合伙人未购买，又不同意将该财产份额转让给他人的，依法为该合伙人办理退伙结算，或者办理削减该合伙人相应财产份额的结算。在强制执行个别合伙人在合伙企业中的财产份额出让时，其他合伙人有优先受让的权利。

（六）入伙与退伙

1. 入伙

入伙，是指在合伙企业存续期间，合伙人以外的第三人加入合伙企业，取得合伙人资格。

新合伙人入伙，除合伙协议另有约定外，应当经全体合伙人一致同意，并依法订立书面入伙协议。订立入伙协议时，原合伙人应当向新合伙人如实告知原合伙企业的经营状况和财务状况。一般来讲，入伙的新合伙人与原合伙人享有同等的权利，承担同等责任，入伙的新合伙人对入伙前合伙企业的债务承担连带责任。但是，如果原合伙人愿意以更优越的条件吸引新合伙人入伙，或者新合伙人愿意以较为不利的条件入伙，也可以在入伙协议中另行约定。

2. 退伙

退伙是指合伙人退出合伙企业，从而丧失合伙人的资格。

合伙人退伙一般有两种原因：一是自愿退伙；二是法定退伙。

（1）自愿退伙。自愿退伙是指合伙人基于自愿的意思表示而退伙。分为协议退伙和通知退伙两种情况。

协议退伙是指，合伙协议中约定合伙企业的经营期限的，有下列情形之一，合伙人可以退伙：① 合伙协议约定的退伙事由出现；② 经全体合伙人同意退伙；③ 发生合伙人难于继续参加合伙企业的事由；④ 其他合伙人严重违反合伙协议约定的义务。

通知退伙是指，合伙协议未约定合伙企业的经营期限的，合伙人在不给合伙企业事务执行造成不利影响的情况下，可以退伙，但应当提前30日通知其他合伙人。

合伙人违反上述规定擅自退伙的，应当赔偿由此给其他合伙人造成的损失。

（2）法定退伙。法定退伙是指合伙人因出现法律规定的事由而退伙。法定退伙分为当然退伙和除名两类。

合伙人有下列情形之一的，当然退伙：① 作为合伙人的自然人死亡或者被依法宣告死亡；② 作为合伙人的法人或者其他组织依法被吊销营业执照、责令关闭、撤销，或者被宣告破产；③ 个人丧失偿债能力；④ 法律规定或者合伙协议约定合伙人必须具有相关资格而丧失该资格；⑤ 合伙人在合伙企业中的全部财产份额被人民法院强制执行。合伙人被依法认定为无民事行为能力人或者限制民事行为能力人的，经其他合伙人一致同意，可以依法转为有限合伙人，普通合伙企业依法转为有限合伙企业。其他合伙人未能一致同意的，该无民事行为能力或者限制民事行为能力的合伙人退伙。当然退伙以退伙事由实际发生之日为退伙生效日。

合伙人有下列情形之一的，经其他合伙人一致同意，可以决议将其除名：① 未履行出资义务；② 因故意或者重大过失给合伙企业造成损失；③ 执行合伙企业事务时有不正当行为；④ 发生合伙协议约定的其他事由。对合伙人的除名决议应当书面通知被除名人。被除名人自接到除名通知之日起，除名生效，被除名人退伙。被除名人对除名决议有异议的，可以在接到除名通知之日起30

日内，向人民法院起诉。

（3）退伙后的相关事务处理。合伙人退伙后的相关事务包括两个方面：一是财产继承问题；二是退伙结算问题。

① 关于财产继承。合伙人死亡或者被依法宣告死亡的，对该合伙人在合伙企业中的财产份额享有合法继承权的继承人，依照合伙协议的约定或者经全体合伙人一致同意，从继承开始之日起，即取得该合伙企业的合伙人资格。合法继承人不愿意成为该合伙企业的合伙人的，合伙企业应退还其依法继承的财产份额。合法继承人为无民事行为能力人或者限制民事行为能力人的，经全体合伙人一致同意，可以依法成为有限合伙人，普通合伙企业依法转为有限合伙企业。全体合伙人未能一致同意的，合伙企业应当将被继承合伙人的财产份额退还该继承人。

② 关于退伙结算。合伙人退伙的，其他合伙人应当与该退伙人按照退伙时的合伙企业的财产状况进行结算，退还退伙人的财产份额。退伙人在合伙企业中财产份额的退还办法，由合伙协议约定或者由全体合伙人决定，可以退还货币，也可以退还实物。合伙人退伙时，合伙企业财产少于合伙企业债务的，退伙人应当依法分担亏损。

合伙人退伙以后，并不能解除对于合伙企业既往债务的连带责任。退伙人对其退伙前已经发生的合伙企业债务，承担无限连带责任。

（七）特殊的普通合伙企业

特殊的普通合伙企业是指以专业知识和专门技能为客户提供有偿服务的专业服务机构。如合伙开办的会计师事务所、律师事务所等。特殊的普通合伙企业名称中应当标明"特殊普通合伙"字样。特殊的普通合伙企业的责任形式分为两种：

1. 有限责任与无限连带责任相结合

一个合伙人或者数个合伙人在执业活动中因故意或者重大过失造成合伙企业债务的，应当承担无限责任或者无限连带责任，其他合伙人以其在合伙企业中的财产份额为限承担责任。

合伙人执业活动中因故意或者重大过失造成的合伙企业债务，以合伙企业财产对外承担责任后，该合伙人应当按照合伙协议的约定对给合伙企业造成的损失承担赔偿责任。

2. 无限连带责任

合伙人在执业活动中非因故意或者重大过失造成的合伙企业债务以及合伙企业的其他债务，由全体合伙人承担无限连带责任。

2.7 注册会计师甲、乙、丙投资设立 A 会计师事务所，该会计师事务所的形式为特殊的普通合伙企业。后甲在对 B 上市公司的年度会计报告进行审计过程中，因重大过失遗漏了一笔销售收入，经人民法院判决由 A 会计师事务所向 B 上市公司的相关股东承担赔偿责任。对于合伙人个人对该债务责任的承担，根据《合伙企业法》的规定，正确的表述是（　　　）。

A. 甲承担无限责任，其他合伙人以其在合伙企业中的财产份额为限承担责任

B. 甲以其在合伙企业中的财产份额为限承担责任，其他合伙人承担无限连带责任

C. 全体合伙人以其在合伙企业中的财产份额为限承担责任

D. 全体合伙人承担无限连带责任

## 三、有限合伙企业

（一）有限合伙企业的特征

1. 合伙人类型不同

有限合伙企业必须包括有限合伙人与普通合伙人两部分。

2. 合伙事务执行人不同

有限合伙人不执行合伙事务，由普通合伙人从事具体的经营管理。

3. 风险承担不同

有限合伙人以其各自的出资额为限承担有限责任，普通合伙人之间承担无限连带责任。

最多把我的投资赔光，我不再承担责任

其他责任全部由我承担

> 有限合伙企业必须包括有限合伙人与普通合伙人

**法律实务:**

## 合伙企业法在风险投资中的运用

2006 年修订的《合伙企业法》增加了有限合伙，为风险投资扫清了法律的障碍，促进了科技创新投入。有限合伙主要适用于风险投资，由具有良好投资意识的专业管理机构或个人作为普通合伙人，承担无限连带责任，负责企业的经营管理；作为资金投入者的有限合伙人享受合伙收益，对企业债务只承担有限责任。有限合伙因结合了避免双重纳税、出资人有限责任等诸多优点，颇受一些投资者尤其是风险投资者的青睐。

1. 有限合伙与风险投资

有限合伙是指在企业中至少有一人或以上者拥有对合伙事务的全面管理权，并对企业的债务承担无限责任，而其他的有限合伙人对企业的债务无须负个人责任，除了投入的资金以外实际上是对合伙业务没有管理权的非法人企业。可见，在有限合伙中，实际存在着普通合伙人与有限合伙人分别对合伙企业债务承担无限连带责任和有限责任的两种形式。所谓风险资本，就是投入到那些具有巨大发展潜力的新的或年轻企业中的资本。传统意义上的风险投资是由职业化的风险投资家从原始投资者手中募集到资金，然后经过精心筛选，选出有成长潜力的企业，给予其包括资金和管理方面的支持，等到企业成长起来，可以通过一般的融资渠道融通资金时，风险资本就从风险企业中撤出来，变现自己投资的一种投资方式。许多著名的互联网企业如 google、百度、携程等，都曾得到过风险资本的哺育。在这里，我们主要关注的是高技术新创企业。有限合伙的风险投资企业涉及三个主要参与者：有限合伙人（个人或机构投资者）、普通合伙人（负责风险资金运作的风险资本家）和风险企业家（高科技企业的管理者）。

2. 风险投资中应用有限合伙的优势

（1）有限合伙引入合伙人有限责任制度，有利于调动各方的投资热情，实现投资者与创业者的最佳结合，尤其适合于风险投资。一方面，有资金实力者出于谨慎不愿投资于须承担无限责任的普通合伙，而公司中所有权与经营权分离可能导致的经营者道德风险也令其望而却步。另一方面，拥有投资管理能力或技术研发能力者往往缺乏资金，在公司体制下难以实现其理想，他们更愿意在享有管理权力和较多利益的情况下成为承担无限责任的普通合伙人。有限合伙制度完全契合了这两种市场需求，确保了资本、技术和管理能力得到最佳组合，获得最大效益。

（2）权益资本市场和处于创业阶段的高科技企业一样，具有高度的信息不对称性和不确定性，并由此引发出代理问题。有限合伙制能通过投资者、风险资本家和风险企业家之间责、权、利的基础制度安排和它们之间一系列激励与约束的契约连接来有效地降低代理风险，保障投资者的利益。从这个意义讲，有限合伙制企业的出现有其必然性。

（3）有限合伙在设立和运营中较之公司更具有操作灵活性与商事保密性。有限合伙以协议为基础，法律对其规定较之公司更为灵活，任意性规则多于强制性规则，很多方面可以由合伙协议决定，这更适合投资者的各种不同需求。尤其是与公司相比，有限合伙通过协议安排，普通合伙人能够实现人力资源出资，投资者根据实际需要分段投资。此外，合伙企业的信息披露义务远比公司宽松，仅以满足债权人保护和政府监管为限，这种商事保密性对出资人更具有吸引力。

（4）良好的政策法规环境促进了有限合伙制的产生与发展。例如，优惠的税收政策，使得与公司制的风险投资公司相比，有限合伙制的经营成本降低了。因为有限合伙制无须缴纳企业所得税，只缴纳个人所得税。有限合伙人转让其合伙份额较之普通合伙更为便利，合伙份额的转让也不会影响有限合伙的继续存在，这为风险投资提供了一条较之公司股份发行上市更为便捷的退出通道。

（资料来源：中顾网，作者有修改）

（二）有限合伙企业设立的特殊规定

凡《合伙企业法》对有限合伙企业有特殊规定的，应当适用其特殊规定；无特殊规定的，适用有关普通合伙企业及其合伙人的一般规定。

1. 有限合伙企业的人数

有限合伙企业由2个以上50个以下合伙人设立，但是，法律另有规定的除外。有限合伙企业至少应当有1个普通合伙人。有限合伙企业仅剩有限合伙人的，应当解散；仅剩普通合伙人的，应当转为普通合伙企业。

2. 有限合伙企业的名称

有限合伙企业的名称中应当标明"有限合伙"字样。

3. 有限合伙企业协议

除符合普通合伙企业合伙协议的规定外，还应当载明下列事项：普通合伙人和有限合伙人的姓名或者名称、住所；执行事务合伙人应当具备的条件和选择程序；执行事务合伙人权限与违约处理办法；执行事务合伙人的除名条件和更换程序；有限合伙人入伙、退伙的条件、程序以及相关责任；有限合伙人和普通合伙人相互转变程序。

4. 有限合伙人出资形式

有限合伙人可以用货币、实物、知识产权、土地使用权或者其他财产权利作价出资。但是，有限合伙人不得以劳务出资。

有限合伙人应当按照合伙协议的约定按期足额缴纳出资；未按期足额缴纳的，应当承担补缴义务，并对其他合伙人承担违约责任。

有限合伙企业登记事项中应当载明有限合伙人的姓名或者名称及认缴的出资数额。

（三）有限合伙企业事务执行的特殊规定

1. 由普通合伙人执行合伙事务

2. 禁止有限合伙人执行合伙事务

有限合伙人不执行合伙事务，不得对外代表有限合伙企业。但是，有限合伙人的下列行为，不视为执行合伙事务：

（1）参与决定普通合伙人入伙、退伙；

（2）对企业的经营管理提出建议；

（3）参与选择承办有限合伙企业审计业务的会计师事务所；

（4）获取经审计的有限合伙企业财务会计报告；

（5）对涉及自身利益的情况，查阅有限合伙企业财务会计账簿等财务资料；

（6）在有限合伙企业中的利益受到侵害时，向有责任的合伙人主张权利或者提起诉讼；

（7）执行事务合伙人怠于行使权利时，督促其行使权利或者为了本企业的利益以自己的名义提起诉讼；

（8）依法为本企业提供担保。

另外，第三人有理由相信有限合伙人为普通合伙人并与其交易的，该有限合伙人对该笔交易承担与普通合伙人同样的责任。有限合伙人未经授权以有限合伙企业名义与他人进行交易，给有限合伙企业或者其他合伙人造成损失的，该有限合伙人应当承担赔偿责任。

有限合伙企业不得将全部利润分配给部分合伙人，但是，合伙协议另有约定的除外。

3. 有限合伙人权利的特殊规定

（1）有限合伙人可以同本有限合伙企业进行交易，但是，合伙协议另有约定的除外。

（2）有限合伙人可以自营或者同他人合作经营与本有限合伙企业相竞争的业务，但是，合伙协议另有约定的除外。

（四）有限合伙企业财产转让的特殊规定

有限合伙人可以按照合伙协议的约定向合伙人以外的人转让其在有限合伙企业中的财产份额，但应当提前 30 日通知其他合伙人。其他合伙人有优先购买权。

有限合伙人可以将其在有限合伙企业中的财产份额出质，但是，合伙协议另有约定的除外。

（五）有限合伙企业入伙与退伙的特殊规定

**1. 入伙**

新入伙的有限合伙人对入伙前有限合伙企业的债务，以其认缴的出资额为限承担责任。

**2. 退伙**

有限合伙人退伙后，对基于退伙前的原因发生的有限合伙企业债务，以其退伙时从有限合伙企业中取回的财产承担责任。

作为有限合伙人的自然人在有限合伙企业存续期间丧失民事行为能力的，其他合伙人不得因此要求其退伙。因为有限合伙人对合伙企业而言，只是投资人，不执行合伙企业事务，其丧失民事行为能力不影响有限合伙企业正常的生产经营。

作为有限合伙人的自然人死亡、被依法宣告死亡或者作为有限合伙人的法人及其他组织终止时，其继承人或者权利承受人可以依法取得该有限合伙人在有限合伙企业中的资格。

（六）合伙人性质转变的特殊规定

除合伙协议另有约定外，普通合伙人转变为有限合伙人或者有限合伙人转变为普通合伙人，应当经全体合伙人一致同意。有限合伙人转变为普通合伙人的，对其作为有限合伙人期间的有限合伙企业发生的债务承担无限连带责任。普通合伙人转变为有限合伙人的，对其作为普通合伙人期间合伙企业发生的债务承担无限连带责任。

**【课堂练习】**

2.8 下列有关有限合伙企业设立条件的表述中，不符合《合伙企业法》规定的是（　　　）。

A. 有限合伙企业至少应当有一个普通合伙人

B. 有限合伙企业名称中应当标明"特殊普通合伙"字样

C. 有限合伙人可以用知识产权作价出资

D. 有限合伙企业登记事项中应载明有限合伙人的姓名或名称

### 四、合伙企业解散与清算

（一）合伙企业解散

合伙企业有下列情形之一时，应当解散：

（1）合伙期限届满，合伙人决定不再经营；

合伙企业解散后应当进行清算，并通知和公告债权人

（2）合伙协议约定的解散事由出现；

（3）全体合伙人决定解散；

（4）合伙人已不具备法定人数满30天；

（5）合伙协议约定的合伙目的已经实现或者无法实现；

（6）依法被吊销营业执照、责令关闭或者被撤销；

（7）法律、行政法规规定的其他原因。

（二）合伙企业的清算

合伙企业解散后应当进行清算，并通知和公告债权人。合伙企业解散，清算人由全体合伙人担任；经全体合伙人过半数同意，可以自合伙企业解散事由出现后15日内指定一个或者数个合伙人，或者委托第三人担任清算人。15日内未确定清算人的，合伙人或者其他利害关系人可以申请人民法院指定清算人。清算人自被确定之日起10日内通知债权人，并于60日内在报纸上公告。债权人应当自接到通知书之日起30日内，未接到通知书的自公告之日起45日内，向清算人申报债权。

清算人在清算期间执行下列事务：清理合伙企业财产，分别编制资产负债表和财产清单；处理与清算有关的合伙企业未了结的事务；清缴所欠税款；清理债权、债务；处理合伙企业清偿债务后的剩余财产；代表合伙企业参与民事诉讼活动。

合伙企业财产在支付清算费用后，按下列顺序清偿：合伙企业所欠职工工资、社会保险费用、法定补偿金；合伙企业所欠税款；合伙企业的债务；剩余财产分配。

清算结束，应当编制清算报告，经全体合伙人签名、盖章后，在15日内向企业登记机关报送清算报告，办理合伙企业注销登记。

合伙企业注销后，原普通合伙人对合伙企业存续期间的债务仍应承担无限连带责任。

**法律实务：**

### 常见的合伙纠纷的处理

合伙纠纷最本质的是权利和利益的纠纷。在盈利时一部分人想排除另一部分人的合伙人资格，或者一部分人想维护或者争到合伙人的资格；在亏损时一部分人想否认自己合伙人的资格或想让另一部分人与自己共同承担亏损，确认另一部分人的合伙人资格。再就是在入伙或者退伙问题上，双方或各个合伙人各怀心腹事。在入伙上，盈利时入伙人想确认自己的入伙有效，亏损时想确认自己的入伙无效；原合伙人则相反。在退伙上，如合伙还有较大盈利，退伙人想确认退伙无效，要共享利益，亏损时退伙人想确认退伙有效，不承担亏损；而其他合伙人往往相反。

1. 确认合伙关系纠纷

有的人在办理个体工商户或者合伙时缺乏资金，向他人拆借一部分甚至全部资金，是完全的借贷关系；也有的当时出资人出于某种原因，如是在职职工、在职工作人员、国家干部以及怕露富等，在出资时口头约定作为合伙人但在登记时不记名；也有的当时说法含混，说挣了钱不能白了你；还有的是出资人自己不便做合伙人而以自己的亲属如夫、妻、子、女、父、母或其他人名字作为合伙人，但不参加经营。在这些情况下虽然有时经营还在继续，却可能发生合伙确认的纠纷。合伙的确认关系到工商户或企业的性质，特别是关系到相关人员的经济权利和义务。如在一起合伙关系确认纠纷中，原告是某银行的工作人员，他利用自己与某工厂熟悉的便利，让工厂借给被告60万元作为办理出租车队的资金，并让自己的妻子参加合伙。后由于有人举报，他个人用建筑材料给工厂抵了债，平了账。由于出租车生意盈利颇丰，加之妻子与自己关系恶化，原告认为既然自己已经用建筑材料款抵了工厂的账，就等于自己投了资。因此，要求确认自己的合伙关系。在这起合伙关系确认纠纷中如果认定原告与被告是借贷关系，就不是合伙；如果认定是合伙，就不是借贷关系。合伙享受分红，而借贷只能享有利息，其经济利益的大小是不一样的。

2. 确认是否退伙、入伙的纠纷

如前所述，在合伙的经营过程中，在利益面前容易发生纠纷。而法院的认定不能为某一方的请求所左右，而应该根据事实和法律去判断。《最高人民法院关于贯彻执行〈中华人民共和国民法通则〉若干问题的意见》第54条规定："合伙人退伙时分割的财产，应当包括合伙时投入的财产和合伙期间积累的财产，以及合伙期间的债权和债务。入伙的原物退伙时原则上应予退还；一次清退有困难的，可以分批分期清退；退还原物有困难的，可以折价处理。"

3. 正确区分合伙的解散和退伙

合伙的退伙只能发生在合伙解散之前，不能发生在合伙解散之后。退伙和解散在不同情况下适用不同的法律。合伙人的内部纠纷，不能对抗外部债权人。

（1）合伙人因对外债务发生纠纷。合伙人在合伙解散之前退伙的，有时对外部的债务如何承担可能有一些约定，但这种约定不能对抗外部债权人，《最高人民法院关于贯彻执行〈中华人民共和国民法通则〉若干问题的意见》第53条规定："合伙经营期间发生亏损，合伙人退出合伙时未按约定分担或者合理分担合伙债务的，退伙人对原合伙的债务，应当承担清偿责任；退伙人已分担合伙债务的，对其参加合伙期间的全部债务仍负连带责任。"因为对外债务是合伙与其他债权人的关系，单纯这个问题不是合伙纠纷，但在外部债权人起诉而部分合伙人承担债务的情况下，则会发生已退伙的合伙人是否承担债务的问题，因而已退伙的合伙人与未退伙的合伙人之间就可能发生纠纷。

（2）注意正确处理合伙的解散问题。合伙在一定情况下会发生解散，《合伙企业法》规定了合伙企业解散的原因。在合伙解散时应当进行清算，清算人由全体合伙人承担或者指定一人或数人进行。合伙企业财产在支付清算费用后，依次支付合伙企业所欠的职工工资和劳动保险费用、合伙企业所欠生产者的欠款、合伙企业的债务，最后返还合伙人的出资。但是在返还出资问题上，因各人投入的标的不同，可能发生纠纷。比如有的投入的是房屋，如散伙时房屋还在，且没抵押等事项，就比较容易返还。有的投入的是金钱，都在产成品或者外部的债权中，就比较难返还。在这些情况下应该执行约定和法律。

（资料来源：中顾网，作者有修改）

【课堂练习】

2.9 合伙企业解散的情形有（　　　）。

A. 合伙期限届满，合伙人决定不再经营

B. 合伙协议约定的解散事由出现

C. 全体合伙人决定解散

D. 合伙人已不具备法定人数满30天

【本节小结】

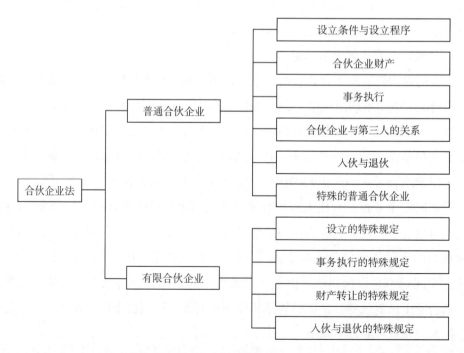

1. 普通合伙企业与有限合伙企业有何不同？
2. 普通合伙企业债务如何承担？
3. 简述特殊的普通合伙企业的特殊性。

## 【本章案例讨论】

2008 年 1 月，甲、乙、丙、丁四人决定投资设立一普通合伙企业，并签订了书面合伙协议。合伙协议的部分内容如下：

（1）甲以货币出资 10 万元，乙以实物折价出资 8 万元，经其他合伙人同意，丙以劳务出资折价 6 万元，丁以货币出资 4 万元；

（2）由甲执行合伙企业事务，对外代表合伙企业，其他三人均不执行合伙企业事务，并且不得过问合伙企业事务；

（3）合伙企业利润甲、乙、丙、丁按 2：2：1：1 的比例分配，亏损由甲一人承担。合伙协议中未约定合伙企业的经营期限。该合伙协议被工商登记机关指出有多处错误，经修订后登记机关签发了营业执照。合伙企业在存续期间，发生下列事实：

（1）2009 年 1 月，合伙人丁提出退伙，其退伙并不给合伙企业造成任何不利影响。2009 年 3 月，合伙人丁撤资退伙。于是，合伙企业又接纳戊入伙，戊出资 4 万元。2009 年 5 月，合伙企业的债权人 A 公司就合伙人丁退伙前发生的 24 万元债务要求合伙企业的现合伙人甲、乙、丙、戊及退伙人丁共同承担连带责任。丁以自己退伙为由拒不承担。戊以该债务是在自己入伙前发生的为由拒不承担。乙、丙表示只按合伙协议约定的比例承担债务。

（2）执行合伙事务的合伙人甲为改善经营，于 2009 年 4 月独自决定聘任合伙人以外的李某担任公司经营管理人员。

（3）2009 年 4 月，合伙人乙在与 D 公司的买卖合同中，无法清偿 D 公司的到期债务 8 万元。D 公司向合伙企业提出自行接管乙在企业中的财产份额。

要求：根据以上事实回答以下问题：

（1）合伙协议约定有哪些不合法之处？

（2）甲以合伙企业名义与 A 公司所签的代销合同是否有效？请说明理由。

（3）丁的主张是否成立？请说明理由。

（4）戊的主张是否成立？请说明理由。

（5）乙、丙的主张是否成立？请说明理由。

（6）甲聘任外人李某为合伙企业经营管理人员的行为是否合法？请说明理由。

（7）D公司的主张是否成立？请说明理由。

（8）合伙人丁的退伙属于何种退伙情况？其退伙应符合哪些条件？

第三章

# 公司法

3

学习本章要求了解公司的分类以及公司法的地位与作用、一人有限责任公司与国有独资公司的相关规定、股份有限公司的设立程序与设立条件、公司债券发行的程序、公积金制度以及公司利润分配制度。理解、掌握公司法的定义与特征、有限责任公司的设立与组织机构、股份有限公司的设立与股份的发行转让、公司债券的转让、公司财务会计报告、公司法的变更和终止以及违反公司法所承担的法律责任。

【案例导入】

1996 年 4 月，某市经济协作开发公司与长征汽车集团公司（私营）等 3 家公司订立了以募集方式设立某汽车配件股份有限公司的发起人协议，公司注册资本 5 000 万元，募集设立。同年 5 月 6 日，省有关部门批准同意组建该公司。3 家发起人公司按协议制定章程，认购部分股份，起草招股说明书，签订股票承销协议、代收股款协议，经国务院证券监督管理机构批准，向社会公开募股。由于该汽车配件公司发展前景光明，所以股份募集顺利。但发行股份股款缴足经约定的验资机构验资证明后，发起人认为已完成任务，迟迟不召开创立大会，经股民强烈要求才在 2 个月后召开创立大会。发起人为图省事，只通知了代表股份总数的 1/3 以上的认股人出席，会议决定了一些法定事项。（资料来源：找法网）

【问题】

1. 汽车配件公司的募集设立存在什么问题？

2. 本案中召开创立大会的程序存在什么问题？

# 第一节　公司与公司法概述

公司是社会主义市场经济下经济发展的重要组织形式，是构成社会主义市场经济结构的重要组成部分。《公司法》是规范我国各项企业制度的规范性法律依据，也关系到整个市场经济的有序发展。学习者应从公司与公司法的定义、特征认识入手，了解公司的分类以及公司法的地位与作用。

## 一、公司的定义

根据我国《中华人民共和国公司法》（以下简称《公司法》）第2条、第3条以及第5条的相关规定，公司可以定义为：依照法定的条件和程序设立，并且以营利为目的的企业法人。依据我国《公司法》第2条的规定，《公司法》中的公司是指依照《公司法》在中国境内设立的有限责任公司和股份有限公司。

> 公司是以营利为目的设立的企业法人

【课堂练习】

3.1 下列属于我国《公司法》调整的公司类型有（　　）。

A. 合伙企业　　　　　　　　B. 有限责任公司

C. 一人有限公司　　　　　　D. 股份有限公司

## 二、公司的特征

（一）依法设立

所谓依法设立，是指在我国设立公司应当遵守《公司法》的相关规定，按照公司设立的有关程序向有关部门申请登记，依法批准手续。依法成立的公司由公司登记机关颁发营业执照，营业执照签发日为公司成立之日。

> 公司法的特征：依法设立；以营利为目的；企业法人

（二）以营利为目的

以营利为目的是指公司设立的目的以及从事生产、经营或者提供劳务等公司运作，是为了获得利润与经济利益。我国《公司法》第 5 条第 2 款规定，公司就是以提高经济效益、劳动生产率和实现保值增值为目的。

（三）公司必须是企业法人

我国《公司法》第 3 条第 1 款规定，公司是企业法人，其中包括有限责任公司与股份有限公司。所谓企业法人，是指具有民事权利能力和民事行为能力，依法独立享有民事权利和承担民事义务的组织。其基本要求包括：有自己独立的财产；有自己的名称；有自己的住所与营业场所；有一定的生产条件；有一定的从业人员；能够独立承担民事责任。

【课堂练习】

3.2 根据我国《公司法》的相关规定，下列属于公司的基本特征的有（    ）。

A. 公司以营利为目的　　　　　B. 公司有自己独立的财产

C. 公司必须依法设立　　　　　D. 公司可以不是企业法人

### 三、公司的分类

（1）按照股东对公司承担的责任不同，将公司分为有限责任公司、无限责任公司以及两合公司。

（2）按照公司的信用基础不同，将公司分为人合公司、资合公司以及人合兼资合公司。

（3）按照公司的股票是否上市流通，将公司分为上市公司和非上市公司。

（4）按照公司之间从属标准，将公司分为母公司和子公司。其中子公司具有独立的法人资格，并可独立对外承担民事责任。

（5）按照管辖系统标准，将公司分为本公司与分公司。其中拥有 3 个以上机构，本公司可称为总公司，且分公司不具有独立主体资格，不对外独立承担民事责任。

我国《公司法》中公司种类仅有两种：有限责任公司、股份有限公司

（6）按照我国《公司法》的相关规定，公司分为有限责任公司和股份有限公司。

【课堂练习】

3.3 在公司的总类中，具有法人资格且可对外独立承担民事责任的公司有（　　）。

A. 有限责任公司      B. 分公司

C. 子公司      D. 股份有限公司

## 四、公司法的定义与适用范围

公司法是有关公司设立、组织、经营、解散、运行的法律规范的总称。根据《公司法》第2条的规定，其主要适用于在中国境内设立的有限责任公司和股份有限公司。这就表明只有在中国境内设立，并进行注册登记的有限责任公司和股份有限公司才属于《公司法》的调整范围。

> 公司法是关于公司设立、组织、经营、解散、运行的法律规范的总称

【课堂练习】

3.4 根据我国《公司法》的相关规定，下列属于《公司法》调整范围的有（　　）。

A. 在中国境内设立的合伙企业

B. 在中国境内设立的个人独资企业

C. 在国外设立的股份有限公司

D. 在中国境内设立的有限责任公司

## 五、公司法人的财产权及股东的股东权

公司是企业法人，有独立的法人财产，享有法人财产权（《公司法》第3条）。虽然公司的财产源于股东投资，但只要股东将财产投入公司，就丧失了对其财产的直接支配权利，只享有对公司的股权，同时由公司享有对该财产的支配权利，即法人财产权。关于股东我国《公司法》第4条规定，公司股东依法享有资产收益、参与重大决策和选择管理者等权利。除该条之外，公司法的其他条文中也规定了股东的具体权利。股东权利归纳起来可分为以下几类：

> 公司股东依法享有资产收益、参与重大决策和选择管理者等权利

（1）发给股票或其他股权证明请求权。

（2）股份转让权。

（3）股息红利分配请求权，即资产收益权。

（4）股东会临时召集请求权或自行召集权。

（5）出席股东会并行使表决权，即参与重大决策权和选择管理者的权利。

（6）对公司财务的监督检查权和会计账簿的查阅权。

（7）公司章程和股东会、股东大会会议记录、董事会会议决定、监事会会议决定的查阅权和复制权，但股份有限公司的股东没有复制权。

（8）优先认购新股权。

（9）公司剩余财产分配权。

（10）权利损害救济权和股东代表诉讼权。

（11）公司重整申请权。

（12）对公司经营的建议与质询权。

**法律实务：**

### 《公司法》规定的股东代表诉讼权

我国现行《公司法》第 152 条规定了股东代表诉讼权。根据该条规定，股东在行使代表诉讼权时受到以下的限制：

第一，"用尽公司内部救济"原则。即股东行使代表诉讼权时，必须先经过一定的程序：当公司权利受到侵害时，符合条件的股东应书面请求公司监事会（或监事）、董事会（或执行董事）向法院提起诉讼；上述机构拒绝或自收到请求之日起30 天内未提起诉讼，或者情况紧急不立即起诉将会使公司利益受到难以弥补的损害的，符合条件的股东可以自己的名义直接向法院起诉。因此，股东在行使代表诉权时，书面向公司法定机构提出请求是必经程序，在提出书面请求后如出现被拒绝或法定期间内未起诉或紧急情况，不立即起诉将给公司利益造成难以弥补损失的，股东可以自己名义直接起诉。即提出请求后，出现上述三种情况之一时，股东行使代表诉权即具备条件。

第二，行使代表诉权的股东资格的限制。为了防止股东滥用诉权，影响公司经营发展，《公司法》在持股数、持股时间上对行使代表诉权的股东资格进行了限制。持股数：股份有限公司单独或者合计持有公司 1% 以上股份的股东；持股时间：股份有限公司连续 180 天持有公司股份的股东。同时，上述条件应当是自股东提起诉讼之日起即具备，并一直持续至诉讼终结，如果提起诉讼的股东在诉讼中失去股东身份或持股条件达不到法定条件，该股东即不具备原告资格。需要注意的是，对股东持股数及持股时间的限制仅仅是针对股份有限公司的股东，有限责任公司的股东无论其持股数多少或持股时间长短，均具备提起代表诉讼的权利。

股东直接诉讼权，指股东单纯为维护自身利益而基于股份所有人的地位向公司或者其他人提起的诉讼。股东直接诉讼权是自益权，是股东为了保护自身的权益而提起的诉讼。《公司法》第153条对股东直接诉讼权的规定进行了完善：公司董事、高级管理人员违反法律、行政法规或公司章程的规定，损害股东利益的，股东可向法院起诉。该条没有规定对股东提起诉讼的范围及可以请求的事项进行限制，即凡是股东的合法权益受到侵害的，股东都可以提起诉讼。

（资料来源：法律快车）

【本节小结】

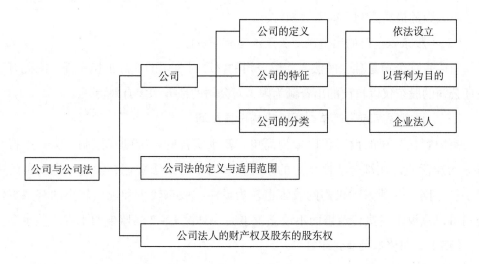

【课后思考】

1. 试述公司的定义与特征。
2. 请举例说明人合公司、资合公司、资合兼人合公司各自的特征。
3. 试述我国《公司法》的调整范围。

# 第二节　有限责任公司

有限责任公司是目前较为普遍的一种公司形式，其优点在于设立较为简单，运行较为方便，股东只需要以自己的出资额为限承担有限的责任，这样既可以鼓励投资，也可以促进经济的发展。学习者应以有限责任公司的相关定义入手，了解有限责任公司的设立与组织机构，以及作为有限责任公司的特殊表现形式——一人有限责任公司与国有独资公司的相关规定。

## 一、有限责任公司的定义与特征

有限责任公司，又称有限公司，是根据法律规定的条件设立，股东以其出资额为限对公司承担责任，公司以其全部财产对公司的债务承担责任的企业法人。有限责任公司具有以下特征：

（一）有限责任公司的股东人数控制严格

我国《公司法》第 24 条规定，有限责任公司由 50 个以下股东出资设立。长久以来我国一直执行的股东设立人数的标准是 2 人至 50 人，但是目前我国《公司法》的修订已经突破了对于股东人数的最低限制，出现了一人有限责任公司，仅仅规定了股东人数的最高限制，即人数 50 人。

（二）股东以自己的出资额对公司承担有限责任

有限责任公司是独立的法人，以公司的财产对公司的债务承担责任。因此有限责任公司的股东仅以自己的出资额为限，对公司的债务承担有限责任。

（三）设立程序较为简单、组织机构设置灵活

有限责任公司的设立程序较为简单，基本实行的是准则登记制，除一些特殊行业的经营外，凡符合法律规定的条件，政府都会给予登记，没有特别复杂的审批手续。同时，其组织机构的设置也较为灵活，股东较少和规模较小的有限责任公司可以只设 1 名执行董事而不设立董事会，只设 1～2 名监事而不设立监事会。

（四）公司资本具有封闭性

有限责任公司不向社会公开募集股份、发行股票，其出资也不能自由转让，股东相对稳定，同时公司的财务会计等信息资料也不需要向社会公开，具有一定的封闭性。

（五）有限责任公司具有资合兼人合性

有限责任公司具有介于无限责任公司和股份有限公司之间的公司属性。一方面，其建立主要是以人的信用为基础，另一方面，股东又以其出资额为限承担有限责任，因此其具有人合兼资合的特性。

【课堂练习】

3.5 有限责任公司的特征主要有（    ）。

A. 公司资本具有封闭性

B. 有限责任公司设立条件较为简单

C. 有限责任公司具有人合兼资合性

D. 有限责任公司的股东需承担无限责任

## 二、有限责任公司的设立

有限责任公司的设立，是指按照我国《公司法》的有关规定设立公司并依法取得法人资格的行为过程。在我国有限责任公司的设立采用的严格准则主义。

（一）有限责任公司的设立程序

有限责任公司的设立程序如图 3-1 所示。

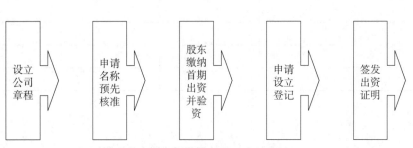

图 3-1　有限责任公司设立程序

1. 设立公司章程

设立公司章程是建立有限责任公司的第一步。公司章程必须采用书面的形式，经全体股东或发起人同意并在公司章程上签名盖章，才能生效。

2. 申请名称预先核准

设立有限责任公司应当提交下列文件：

（1）有限责任公司的全体股东或者股份有限公司的全体发起人签署的名称预先核准申请书（附件 1）；

（2）全体股东或发起人指定代表或共同委托代理人的证明（附件 2）；

（3）国家工商行政管理总局规定要求提供的其他文件。

预先核准的公司名称保留期为 6 个月，并且在保留期内不得从事经营活动或转让。

## 附件 1

### 企业名称预先核准申请书

| 申请企业名称 | |
|---|---|
| 备选企业名称（请选用不同的字号） | 1. |
| | 2. |
| | 3. |
| 拟从事的经营范围 | （只需填写与企业名称行业表述一致的主要业务项目） |

| 注册资本（金） | | | | （万元） |
|---|---|---|---|---|
| 企业类型 | ☐ 公司制 | ☐ 非公司制 | ☐ 个人独资 | ☐ 合伙 |
| 住所地 | | | | |

| 投资人 | | | |
|---|---|---|---|
| 姓名或名称 | 证照号码 | 投资额（万元） | 投资比例 |
| | | | |
| | | | |
| | | | |
| | | | |
| | | | |
| | | | |
| | | | |

## 附件 2

指定代表或者共同委托代理人的证明

指定代表或者委托代理人：

指定代表或委托代理人更正有关材料的权限：

1. 同意 ☐ 不同意 ☐ 修改有关表格的填写错误；

2. 其他有权更正的事项：

指定或者委托的有效期限：自 年 月 日至 年 月 日

| 指定代表或委托代理人联系电话 | 固定电话： |
|---|---|
| | 移动电话： |

（指定代表或委托代理人<br>身份证明复印件粘贴处）

投资人盖章或签字：

年 月 日

注：1. 投资人是拟设立企业的全体出资人。投资人是法人和经济组织的由其盖章；投资人是自然人的由其签字。

2. 指定代表或者委托代理人更正有关材料的权限，选择"同意"或"不同意"并在☐中打√；第 2 项按授权内容自行填写。

3. 股东缴纳首期出资并验资

我国《公司法》第 26 条规定了有限责任公司注册资本的最低限额为人民币 3 万元。同时还规定了有限责任公司的注册资本为在公司登记机关登记的全体股东认缴的出资额。公司全体股东的首次出资额不得低于注册资本的 20%，也不得低于法定的注册资本最低限额，其余部分由股东自公司成立之日起 2 年内缴足；其中，投资公司可以在 5 年内缴足。《公司法》第 27 条规定，作为股东可以用货币出资，也可以用实物、知识产权、土地使用权等可以用货币估价并可以依法转让的非货币财产作价出资。对作为出资的非货币财产应当评估作价，核实财产，不得高估或者低估作价。全体股东的货币出资金额不得低于有限责任公司注册资本的 30%。第 29 条规定股东缴纳出资后，必须经依法设立的验资机构验资并出具证明。

4. 申请设立登记

我国《公司法》第 30 条规定，股东的首次出资经依法设立的验资机构验资后，由全体股东指定的代表或者共同委托的代理人向公司登记机关报送公司登记申请书、公司章程、验资证明等文件，申请设立登记。

5. 签发出资证明

我国《公司法》第 32 条规定，有限责任公司成立后，应当向股东签发出资证明书。出资证明书应当载明下列事项：公司名称；公司成立日期；公司注册资本；股东的姓名或者名称、缴纳的出资额和出资日期；出资证明书的编号和核发日期。出资证明书由公司盖章。

（二）有限责任公司的设立条件

根据我国《公司法》第 23 条的规定，有限责任公司的设立条件主要包括：

（1）股东人数符合法定人数。在我国，有限责任公司由 50 个以下股东出资设立。

（2）股东的出资额达到法定的最低限额。如前所述，有限责任公司注册资本的最低限额为人民币 3 万元。

（3）股东共同制定章程。《公司法》第 25 条规定：有限责任公司章程应当载明下列事项：① 公司名称和住所；② 公司经营范围；③ 公司注册资本；④ 股东的姓名或者名称；⑤ 股东的出资方式、出资额和出资时间；⑥ 公司的机构及其产生办法、职权、议事规则；⑦ 公司法定代表人；⑧ 股东会会议认为需要规定的其他事项。

注册资金3万元　营业执照

**法律实务：**

### 公司章程起草应注意的问题

（一）法律规定的绝对必要记载事项必须予以载明

我国《公司法》关于公司章程规定的事项，都是公司设立和运营所必不可少的，任何事项的遗漏，都会造成公司章程的无效，从而公司也就无法注册登记，因此，在制定有限责任公司章程时，要特别注意章程规定的内容要涵盖所有必要记载事项。同时，还必须做到合法、真实、明确。

（二）我国《公司法》的有关规定是制定公司章程的依据

《公司法》对有限责任公司章程的内容、公司命名规则、注册资本最低限额、股东出资方式、股东转让出资的条件、公司的组织机构、公司的合并与分立、公司的解散与清算等问题都有较为详细的规定。这些规定有些是属于强制性的规范，公司章程必须依照法律的规定制定，以保证其合法性。《公司法》中还有不少任意性规范，这些规范较为系统、合理，可以为公司章程的制定提供一个标准。如公司章程中关于公司组织机构、职权、议事规则等事项的规定，可以完全根据《公司法》的规定来设计制定，这既简便可行，又可做到合法、周密、明确。

（三）制定公司章程，必须充分结合本公司的具体情况

《公司法》的规定只是为公司章程的制定提供了基本要求和框架，它还需要根据拟设立公司的具体情况去充实具体内容。在现实经济生活中，即使同属于有限责任公司，公司与公司间的差异也很大。如有两个股东组成的注册资本为 10 万元的服务公司，与有 40 个股东组成的注册资本为数百万元的公司相比，情况就迥然不

同。因此，制定公司章程，要结合本公司的具体情况来进行。

（四）制定公司章程，必须注意体现全体股东的意志

有限责任公司具有较强的人和性，公司的成功往往基于股东间的合作。全体股东同心同德，才能将公司经营、管理好。为实现这个目标，就应当在制定公司章程时，注意体现全体股东的意志。各个股东依照公司章程所享有的权利和承担的义务，应当公平、合理。制定公司章程要特别注意保护中小股东的权益，以防出现大股东独断专行，操纵公司，损害其他股东利益的情形。只有这样，才能充分调动广大股东的积极性，公司也才有可能兴旺发达。

（资料来源：江苏企业法律服务网）

（4）有公司名称和组织机构。一个公司只能有一个名称，在同一个公司登记机关的辖区内，同一行业的公司不允许有相同或者类似的名称。公司的名称应当包括三项：字号、行业经营特点、组织形式（有限责任公司）。有限责任公司的组织机构包括：股东会（权力机关）、董事会（执行机关）以及监事会（监督机关）。

（5）有固定的生产经营场所和必要的生产经营条件。

【课堂练习】

3.6 有限责任公司的设立条件不包括（　　　）。

A. 股东人数是 2 人以上 50 人以下

B. 有限责任公司的注册资本是 10 万元

C. 有股东共同制定的公司章程

D. 可以有两个公司名称

### 三、有限责任公司的组织机构

（一）股东会

《公司法》第 37 条规定，有限责任公司股东会由全体股东组成。股东会是公司的权力机构，依照公司法行使职权。也就是说，有限责任公司的股东会是公司的最高权力机关，对公司的重大事项作出决议。

1. 股东会行使的职权

我国《公司法》第 38 条规定，股东会行使下列职权：

（1）决定公司的经营方针和投资计划；

（2）选举和更换非由职工代表担任的董事、监事，决定有关董事、监事的报酬事项；

有限责任公司的组织机构包括：最高权力机关股东会、执行机关董事会、监督机关监事会

（3）审议批准董事会的报告；

（4）审议批准监事会或者监事的报告；

（5）审议批准公司的年度财务预算方案、决算方案；

（6）审议批准公司的利润分配方案和弥补亏损方案；

（7）对公司增加或者减少注册资本作出决议；

（8）对发行公司债券作出决议；

（9）对公司合并、分立、解散、清算或者变更公司形式作出决议；

（10）修改公司章程；

（11）公司章程规定的其他职权。对上述所列事项股东以书面形式一致表示同意的，可以不召开股东会会议，直接作出决定，并由全体股东在决定文件上签名、盖章。

2. 股东会会议的召开

我国《公司法》将股东会会议划分为：首次会议、临时会议和定期会议。

（1）首次会议。首次股东会会议是有限公司成立后的第一次会议，由出资最多的股东召集和主持。

（2）临时会议。《公司法》第40条第2款规定，召开临时股东会议的前提是代表1/10以上表决权的股东，1/3以上的董事，监事会或者不设监事会的公司监事提议召开。

（3）定期会议。定期会议应当依照公司章程的规定按时召开。《公司法》第41条规定，有限责任公司设立董事会的，股东会会议由董事会召集，董事长主持；董事长不能履行职务或者不履行职务的，由副董事长主持；副董事长不能履行职务或者不履行职务的，由半数以上董事共同推举1名董事主持。有限责任公司不设董事会的，股东会会议由执行董事召集和主持。董事会或者执行董事不能履行或者不履行召集股东会会议职责的，由监事会或者不设监事会的公司的监事召集和主持；监事会或者监事不召集和主持的，代表1/10以上表决权的股东可以自行召集和主持。

《公司法》第42条规定，召开股东会会议，应当于会议召开15日前通知全体股东；但是，公司章程另有规定或者全体股东另有约定的除外，股东会应当对所议事项的决定作成会议记录，出席会议的股东应当在会议记录上签名。

3. 股东会的表决程序

我国《公司法》第43条规定，股东会会议由股东按照出资比例行使表决权；但是，公司章程另有规定的除外。第44条规定，股东会的议事方式和表决程序，除本法有规定的外，由公司章程规定。同时股东会会议作出修改公司章程、增加或者减少注册资本的决议，以及公司合并、分立、解散或者变更公司形式的决议，必须经代表2/3以上表决权的股东通过。

（二）董事会

1. 董事会的组成

董事会是有限责任公司的执行机关，根据我国《公司法》第45条的规定，其成员为奇数3人至13人，由股东大会选举产生。董事会设董事长1人，可以设副董事长。董事长、副董事长的产生办法由公司章程规定。同时2个以上的国有企业或者2个以上的其他国有投资主体投资设立的有限责任公司，其董事会成员中应当有公司职工代表；其他有限责任公司董事会成员中可以有公司职工代表。董事会中的职工代表由公司职工通过职工代表大会、职工大会或者其他形式民主选举产生。

根据《公司法》第46条的相关规定，董事的任期由公司章程规定，但每届任期不得超过3年。董事任期届满，连选可以连任。董事任期届满未及时改选，或者董事在任期内辞职导致董事会成员低于法定人数的，在改选出的董事就任前，原董事仍应当依照法律、行政法规和公司章程的规定，履行董事职务。

2. 董事会的职权

《公司法》第47条规定，董事会对股东会负责，行使下列职权：

（1）召集股东会会议，并向股东会报告工作；

（2）执行股东会的决议；

（3）决定公司的经营计划和投资方案；

（4）制订公司的年度财务预算方案、决算方案；

（5）制订公司的利润分配方案和弥补亏损方案；

（6）制订公司增加或者减少注册资本以及发行公司债券的方案；

（7）制订公司合并、分立、解散或者变更公司形式的方案；

（8）决定公司内部管理机构的设置；

（9）决定聘任或者解聘公司经理及其报酬事项，并根据经理的提名决定聘任或者解聘公司副经理、财务负责人及其报酬事项；

（10）制定公司的基本管理制度；

（11）公司章程规定的其他职权。

3. 董事会会议的召开与议事表决

《公司法》第48条规定，董事会会议由董事长召集和主持；董事长不能履行职务或者不履行职务的，由副董事长召集和主持；副董事长不能履行职务或者不履行职务的，由半数以上董事共同推举1名董事召集和主持。

《公司法》第49条规定，董事会的议事方式和表决程序，除本法有规定的之外，由公司章程规定。董事会应当对所议事项的决定作成会议记录，出席会议的董事应当在会议记录上签名。董事会决议的表决，实行1人1票。

4. 经理

有限责任公司可以设经理，由董事会决定聘任或者解聘。我国《公司法》第 50 条规定，经理对董事会负责，行使下列职权：

（1）主持公司的生产经营管理工作，组织实施董事会决议；

（2）组织实施公司年度经营计划和投资方案；

（3）拟订公司内部管理机构设置方案；

（4）拟订公司的基本管理制度；

（5）制定公司的具体规章；

（6）提请聘任或者解聘公司副经理、财务负责人；

（7）决定聘任或者解聘除应由董事会决定聘任或者解聘以外的负责管理人员；

（8）董事会授予的其他职权。

公司章程对经理职权另有规定的，从其规定。经理列席董事会会议。

（三）监事会

1. 监事会的组成

《公司法》第 52 条规定，有限责任公司的监事会是公司的监督机关，其成员不得少于 3 人。监事会应当包括股东代表和适当比例的公司职工代表，其中职工代表的比例不得低于 1/3，具体比例由公司章程规定。监事会中的职工代表由公司职工通过职工代表大会、职工大会或者其他形式民主选举产生。监事会设主席 1 人，由全体监事过半数选举产生。监事会主席召集和主持监事会会议；监事会主席不能履行职务或者不履行职务的，由半数以上监事共同推举 1 名监事召集和主持监事会会议。董事、高级管理人员不得兼任监事。股东人数较少或者规模较小的有限责任公司，可以设 1 至 2 名监事，不设监事会。

《公司法》第 53 条规定，监事的任期每届为 3 年。监事任期届满，连选可以连任。监事任期届满未及时改选，或者监事在任期内辞职导致监事会成员低于法定人数的，在改选出的监事就任前，原监事仍应当依照法律、行政法规和公司章程的规定，履行监事职务。

2. 监事会的职权

《公司法》第 54 条规定，监事会、不设监事会的公司的监事行使下列职权：

（1）检查公司财务；

（2）对董事、高级管理人员执行公司职务的行为进行监督，对违反法律、行政法规、公司章程或者股东会决议的董事、高级管理人员提出罢免的建议；

（3）当董事、高级管理人员的行为损害公司的利益时，要求董事、高级管理人员予以纠正；

（4）提议召开临时股东会会议，在董事会不履行本法规定的召集和主持股东会会议职责时召集和主持股东会会议；

（5）向股东会会议提出提案；

（6）对董事、高级管理人员提起诉讼；

（7）公司章程规定的其他职权。

《公司法》第55条规定，监事可以列席董事会会议，并对董事会决议事项提出质询或者建议。监事会、不设监事会的公司的监事发现公司经营情况异常，可以进行调查；必要时，可以聘请会计师事务所等协助其工作，费用由公司承担。

3. 监事会的召开与议事表决

《公司法》第56条规定，监事会每年度至少召开1次会议，监事可以提议召开临时监事会。监事会的议事方式和表决程序，除本法有规定的外，由公司章程规定。监事会决议应当经半数以上监事通过。监事会应当对所议事项的决定作成会议记录，出席会议的监事应当在会议记录上签名。《公司法》第57条规定，监事会、不设监事会的公司的监事行使职权所必需的费用，由公司承担。

【课堂练习】

3.7 有限责任公司的最高权力机关是（　　　）。

A. 股东会　　　　　　　　B. 董事会

C. 监事会　　　　　　　　D. 工会

### 四、有限责任公司股权的转让

（一）股权的转让

1. 股东之间的股权转让

有限责任公司的股东之间可以相互转让其全部或者部分股权。

2. 向股东以外的人转让股权

股东向股东以外的人转让股权，应当经其他股东过半数同意。股东应就其股权转让事项书面通知其他股东征求同意，其他股东自接到书面通知之日起满30日未答复的，视为同意转让。其他股东半数以上不同意转让的，不同意的股东应当购买该转让的股权；不购买的，视为同意转让。

经股东同意转让的股权，在同等条件下，其他股东有优先购买权。两个以上股东主张行使优先购买权的，协商确定各自的购买比例；协商不成的，按照转让时各自的出资比例行使优先购买权。

公司章程对股权转让另有规定的，从其规定。

3. 人民法院依法强制股权转让

有限责任公司股权的转让充分体现了有限责任公司的人合兼资合性

人民法院依照法律规定的强制执行程序转让股东的股权时，应当通知公司及全体股东，其他股东在同等条件下有优先购买权。其他股东自人民法院通知之日起满20日不行使优先购买权的，视为放弃优先购买权。

（二）股权转让后手续的履行

转让股权后，公司应当注销原股东的出资证明书，向新股东签发出资证明书，并相应修改公司章程和股东名册中有关股东及其出资额的记载。对公司章程的该项修改不需再由股东会表决。

（三）异议股东行使股权回购请求权的法定情形

有下列情形之一的，对股东会该项决议投反对票的股东可以请求公司按照合理的价格收购其股权：

（1）公司连续5年不向股东分配利润，而公司该5年连续盈利，并且符合本法规定的分配利润条件的；

（2）公司合并、分立、转让主要财产的；

（3）公司章程规定的营业期限届满或者章程规定的其他解散事由出现，股东会会议通过决议修改章程使公司存续的。

同时，自股东会会议决议通过之日起60日内，股东与公司不能达成股权收购协议的，股东可以自股东会会议决议通过之日起90日内向人民法院提起诉讼。

**法律实务：**

如何防范股权转让

1. 明确交易对象和主体，避免主体不明或者主体错误造成纠纷，明确交易对象股权的实际拥有者、股东。

2. 在合同中明确约定各种股权瑕疵的救济措施，要求出让方提供担保，设定严格的法律责任。如转让股权的股东未出资到位的，受让方成为股东后当然应承担出资责任。这种情形往往是在目标公司已形成亏损时出让方用于逃脱责任和投资风险。因此，有必要在合同中明确约定出让方未出资到位的法律责任。

3. 将股权转让金支付给转让股权的股东。但如果转让股权的股东未出资的，则可以在合同中约定，由受让方承继该股东资格和地位。在受让方按原始出资金额有偿受让的情况下，将股权转让金付给目标公司，并购方就实质上履行了出资义务。实践中，并购方常常将该股权转让金交付出让方。这种情形下，并购方仍应承担出资责任。当然，若出让方因此获得的股权转让金属于不当得利或因重大误解所得，则并购方有权要求其返还。为避免风险，转让合同中还可以约定在并购方承担出资责任的同时，由出让方承担补充责任。

4. 严格按照公司法和公司章程的规定，通过股东会决议的程序进行股权转让，充分保护其他股东的合法权利。

5. 认真审核合同是否生效。没有生效的合同不产生合同权利义务关系，无法保证自身权利的实现，并且在出现法律风险后无法救济。特别注意法定的生效要件或附有约定的生效条件。只有在这些法定的或者约定的条件成就时，合同才生效，相应的权利和义务才会产生，这种条件未成就的合同仅仅是一纸空文。例如，法律规定，国有独资公司和中外合资经营企业的股权转让必须经过相应的审批程序，未经审批的就不产生法律效力，这就是法定生效条件。再如：股权转让合同中约定，合同经并购方股东会决议通过后生效，这就是约定生效条件。因此，签字盖章的股权转让合同并不一定是已经生效的合同。据此，股权转让各方都可以有意识地在股权转让合同中附加延缓或约束生效的条件，以减少风险。但同时也必须严格关注这些条件的成就，避免因疏忽而造成违约，或者忽略对方的违约而丧失法律救济的时机。

6. 严格把好股权转让生效关，避免合同生效了股权却迟迟得不到，甚至同一股权被一卖再卖。股权转让合同的生效不等于股权的转让生效。合同的生效只是在法律上确定了并购各方转让股权的权利和义务，股权的转让生效尚需当事人的实际履行行为，即股权的实际交付。股权转让生效，转让股权才能实现，并购方才能实际获得股权。股权转让合同生效后，如果出让方违反合同约定拒不交付股权，股权的转让就处于合同生效而转让未生效的状态，并购方享有的就只是股权交付和违约赔偿的请求权，而不是股东权。这一点应当引起并购方的足够注意。

7. 不能实际获得股权不等于不能对目标公司进行有效控制。比如可以在股权转让合同中约定，受让方在支付第一期股权转让金后即应取得目标公司法定代表人的全权授权书，掌控公章及财务印鉴。上述这三个环节是控制目标公司的关键。虽然这种约定苛刻了一些，但不失为有效的风险防范措施。

（资料来源：浙江企业法律服务网）

【课堂练习】

3.8 关于有限责任公司股东向股东以外的人转让股权，下列说法错误的是（    ）。

A. 经其他股东 2/3 以上同意

B. 书面通知其他股东征求同意

C. 其他股东半数以上不同意转让，不同意的股东应当购买该转让的股权；不购买的，视为同意转让

D. 经股东同意转让的股权，其他股东在同等条件下有优先购买权

## 五、一人有限责任公司

（一）一人有限责任公司的定义

根据《公司法》第58条第2款，一人有限责任公司，是指只有一个自然人股东或者一个法人股东的有限责任公司。一人有限责任公司与个人独资企业的主要区别是：一人有限责任公司设立者仅需以自己的出资额为限承担有限责任，具有独立的法人资格。而个人独资企业的设立者需要以自己的全部资产承担无限责任，不具有法人资格。

（二）一人有限责任公司的特殊规定

（1）一人有限责任公司的注册资本最低限额为人民币10万元。股东应当一次足额缴纳公司章程规定的出资额。

（2）一个自然人只能投资设立一个一人有限责任公司。该一人有限责任公司不能投资设立新的一人有限责任公司。

（3）一人有限责任公司应当在公司登记中注明自然人独资或者法人独资，并在公司营业执照中载明。

（4）一人有限责任公司不设股东会。股东行使职权时，应当采用书面形式，并由股东签名后置备于公司。

（5）一人有限责任公司应当在每一会计年度终了时编制财务会计报告，并经会计师事务所审计。

（6）一人有限责任公司的股东不能证明公司财产独立于股东自己的财产的，应当对公司债务承担连带责任。

【课堂练习】

3.9 关于一人有限责任公司，下列说法正确的是（　　　）。

A. 一人有限责任公司的注册资本最低限额为人民币 10 万元，并且只能是一次性缴足

B. 自然人或者法人均可以设立一人有限责任公司

C. 一个自然人只能设立一个一人有限责任公司

D. 一个自然人能设立多个一人有限责任公司

## 六、国有独资公司

### （一）国有独资公司的定义

《公司法》第 65 条规定，国有独资公司，是指国家单独出资、由国务院或者地方人民政府授权本级人民政府国有资产监督管理机构履行出资人职责的有限责任公司。

《公司法》第 66 条规定，国有独资公司章程由国有资产监督管理机构制定，或者由董事会制定报国有资产监督管理机构批准。

### （二）国有独资公司的组织机构

#### 1. 股东会

国有独资公司不设股东会，由国有资产监督管理机构行使股东会职权。国有资产监督管理机构可以授权公司董事会行使股东会的部分职权，决定公司的重大事项，但公司的合并、分立、解散、增加或者减少注册资本和发行公司债券，必须由国有资产监督管理机构决定；其中，重要的国有独资公司合并、分立、解散、申请破产的，应当由国有资产监督管理机构审核后，报本级人民政府批准。

#### 2. 董事会

国有独资公司设董事会，依法行使职权。董事每届任期不得超过 3 年。董事会成员中应当有公司职工代表。董事会成员由国有资产监督管理机构委派，但是，董事会成员中的职工代表由公司职工代表大会选举产生。董事会设董事长一人，可以设副董事长。董事长、副董事长由国有资产监督管理机构从董事会成员中指定。国有独资公司设经理，由董事会聘任或者解聘。经国有资产监督管理机构同意，董事会成员可以兼任经理。国有独资公司的董事长、副董事长、董事、高级管理人员，未经国有资产监督管理机构同意，不得在其他有限责任公司、股份有限公司或者其他经济组织兼职。

#### 3. 监事会

国有独资公司监事会成员不得少于 5 人，其中职工代表的比例不得低于 1/3，具体比例由公司章程规定。监事会成员由国有资产监督管理机构委派。但是，监事会成员中的职工代表由公司职工代表大会选举产生。监事会主席由国有资产监督管理机构从监事会成员中指定。

> 国有独资公司的唯一股东是国家，其组织结构主要包括：股东会、董事会以及监事会

3.10 国有独资公司的股东可以是（ 　 ）。

A. 自然人 　 　 　 　 　 　 　 　 B. 国家

C. 合伙企业投资人 　 　 　 　 　 D. 股份有限公司法人代表

【本节小结】

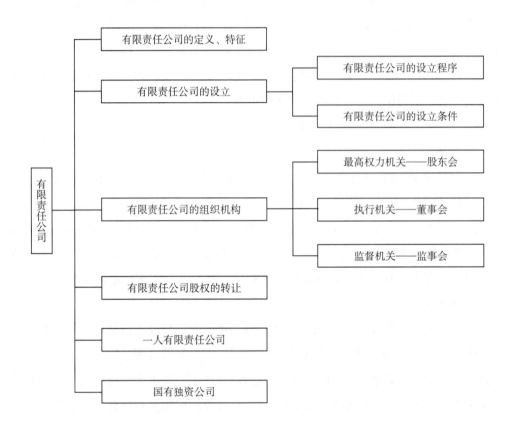

【课后思考】

1. 试述有限责任公司的设立程序。

2. 有限责任公司应当设立哪些组织机构？

3. 一人有限责任公司与个人独资企业的区别是什么？

# 第三节　股份有限公司

股份有限公司与有限责任公司相比最本质的差别是股东人数无上限、资本的等额划分以及自由转让的开放性特征。正是由于股份有限公司的灵活性和开放性导致其在申请设立时的条件和监督管理上更为严格。

学习者应从股份有限公司的定义入手，了解股份有限公司的设立程序、设立条件，熟悉股份有限公司的组织机构，明白股份有限公司股份的发行和转让，以及上市公司的相关知识。

## 一、股份有限公司的定义与特征

股份有限公司，又称股份公司，是指公司全部资本划分为等额股份，股东以其所认购的股份为限对公司承担有限责任的企业法人。对于资本集中这一特征来说，股份有限公司具有较大的优势，是目前大企业普遍采取的企业形式。其特征主要表现在：

（一）股份有限公司是典型的资合公司

股份有限公司的信用基础是资本，股东的个人身份对公司的经营并不重要。在股份有限公司中股东可以随意转让股份，不必经过其他股东的同意。

（二）股份有限公司的股东承担有限责任

在股份有限公司中，股东仅需要按照自己所认购的股份承担有限的责任。

（三）股份有限公司的资本划分为等额股份

股份有限公司的资本划分为股份，且每股的份额相同。同时股份有限公司的股份可以向社会公开发行。这是股份有限公司的最显著的特征。

> 股份有限公司是典型的资合公司，公司全部资本按等额划分，股东以其所持股份对公司承担有限责任

【课堂练习】

3.11 股份有限公司的特征主要表现在（　　　）。

A. 股份有限公司是典型的资合型公司

B. 股份有限公司的股东需要承担无限责任

C. 股份有限公司的股东承担有限责任

D. 股份有限公司的资本划分为等额股份

## 二、股份有限公司的设立

（一）股份有限公司的设立方式

《公司法》第78条规定，股份有限公司的设立，可以采取发起设立或者募集设

立的方式。发起设立，是指由发起人认购公司应发行的全部股份而设立公司。募集设立，是指由发起人认购公司应发行股份的一部分，其余股份向社会公开募集或者向特定对象募集而设立公司。

（二）股份有限公司的设立条件

设立股份有限公司，应当具备下列条件：

（1）发起人符合法定人数。设立股份有限公司，应当有 2 人以上 200 人以下为发起人，其中须有半数以上的发起人在中国境内有住所。

（2）发起人认购和募集的股本达到法定资本最低限额。股份有限公司注册资本的最低限额为人民币 500 万元。法律、行政法规对股份有限公司注册资本的最低限额有较高规定的，从其规定。

《公司法》第 81 条第 1 款规定，股份有限公司采取发起设立方式设立的，注册资本为在公司登记机关登记的全体发起人认购的股本总额。公司全体发起人的首次出资额不得低于注册资本的 20%，其余部分由发起人自公司成立之日起 2 年内缴足。其中，投资公司可以在 5 年内缴足。在缴足前，不得向他人募集股份。

《公司法》第 85 条规定，股份有限公司采取募集方式设立的，注册资本为在公司登记机关登记的实收股本总额。发起人认购的股份不得少于公司股份总数的 35%；但是，法律、行政法规另有规定的，从其规定。

（3）股份发行、筹办事项符合法律规定

（4）发起人制定公司章程，采用募集方式设立的经创立大会通过。股份有限公司章程应当载明下列事项：① 公司名称和住所；② 公司经营范围；③ 公司设立方式；④ 公司股份总数、每股金额和注册资本；⑤ 发起人的姓名或者名称、认购的股份数、出资方式和出资时间；⑥ 董事会的组成、职权和议事规则；⑦ 公司法定代表人；⑧ 监事会的组成、职权和议事规则；⑨ 公司利润分配办法；⑩ 公司的解散事由与清算办法；⑪ 公司的通知和公告办法；⑫ 股东大会会议认为需要规定的其他事项。

（5）有公司名称，建立符合股份有限公司要求的组织机构。设立股份有限公司必须要求公司的名称，同时必须在公司的名称中标明"股份有限"的字样，同时在我国实施的是公司名称登记的预先核准制度。

设立股份有限公司，应依法设立组织机构。发起设立的，发起人交付全部的出资后，选举董事会和监事会。募集设立的，依法召开创立大会，选举董事会、监事会。

（6）有公司住所。

（三）股份有限公司的设立程序

1. 以发起方式设立股份有限公司的程序

发起设立程序如图 3-2 所示。

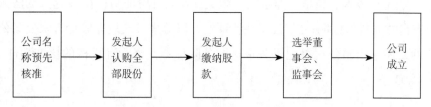

图 3-2　发起设立股份有限公司的设立程序

2. 以募集方式设立股份有限公司的程序

募集设立程序如图 3-3 所示。

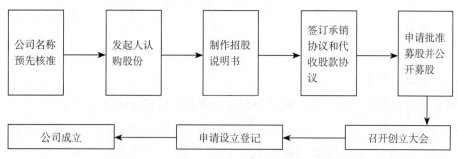

图 3-3　募集设立股份有限公司的设立程序

以募集设立股份有限公司，需要说明以下几点：

（1）招股说明书应当附有发起人制定的公司章程，并载明下列事项：① 发起人认购的股份数；② 每股的票面金额和发行价格；③ 无记名股票的发行总数；④ 募集资金的用途；⑤ 认股人的权利、义务；⑥ 本次募股的起止期限及逾期未募足时认股人可以撤回所认股份的说明（《公司法》第 87 条）。

（2）发起人向社会公开募集股份时，必须向国务院证券管理部门递交募股申请，并报送下列文件：公司章程、发起人协议、发起人姓名或名称、发起人认购的股份数额、出资种类及验资证明、招股说明书、代收股款银行的名称及地址、承销机构名称及有关协议。

（3）发起人应当在创立大会召开 15 日前将会议日期通知各认股人或者予以公告。创立大会应有代表股份总数过半数的发起人、认股人出席，方可举行。创立大会行使下列职权：① 审议发起人关于公司筹办情况的报告；② 通过公司章程；③ 选举董事会成员；④ 选举监事会成员；⑤ 对公司的设立费用进行审核；⑥ 对发起人用于抵作股款的财产的作价进行审核；⑦ 发生不可抗力或者经营条件发生重大变化直接影响公司设立的，可以作出不设立公司的决议。创立大会对前款所列事项作出决议，必须经出席会议的认股人所持表决权过半数通过（《公司法》第 91 条）。

（4）董事会应于创立大会结束后 30 日内，向公司登记机关报送下列文件，申请设立登记：① 公司登记申请书；② 创立大会的会议记录；③ 公司章程；④ 验资证明；⑤ 法定代表人、董事、监事的任职文件及其身份证明；⑥ 发起人的法人资格证明或者自然人身份证明；⑦ 公司住所证明。以募集方式设立股份有限公司公开发行股票的，还应当向公司登记机关报送国务院证券监督管理机构的核准文件（《公司法》第93条）。

【课堂练习】

3.12 股份有限公司发起人向社会公开募集股份时向国务院证券管理部门报送的文件有（　　　）。

A. 公司章程

B. 发起人协议

C. 招股说明书

D. 代收股款银行的名称及地址和承销机构名称及有关协议

### 三、股份有限公司的组织机构

（一）股东大会

股份有限公司股东大会由全体股东组成。股东大会是公司的权力机构。股东大会的职权与有限责任公司股东会的职权相同。

1. 股东大会的召开

《公司法》第101条规定，股东大会应当每年召开一次年会。有下列情形之一的，应当在两个月内召开临时股东大会：① 董事人数不足本法规定人数或者公司章程所定人数的2/3时；② 公司未弥补的亏损达实收股本总额的1/3时；③ 单独或者合计持有公司10%以上股份的股东请求时；④ 董事会认为必要时；⑤ 监事会提议召开时；⑥ 公司章程规定的其他情形。

2. 股东大会的召集和主持

《公司法》第102条规定，股东大会会议由董事会召集，董事长主持；董事长不能履行职务或者不履行职务的，由副董事长主持；副董事长不能履行职务或者不履行职务的，由半数以上董事共同推举一名董事主持。

董事会不能履行或者不履行召集股东大会会议职责的，监事会应当及时召集和主持；监事会不召集和主持的，连续90日以上单独或者合计持有公司10%以上股份的股东可以自行召集和主持。

3. 股东大会的保障措施

《公司法》第103条规定，召开股东大会会议，应当将会议召开的时间、地点和审议的事项于会议召开 20 日前通知各股东；临时股东大会应当于会议召开 15 日前通知各股东；发行无记名股票的，应当于会议召开 30 日前公告会议召开的时间、地点和审议事项。

单独或者合计持有公司 3% 以上股份的股东，可以在股东大会召开 10 日前提出临时提案并书面提交董事会；董事会应当在收到提案后 2 日内通知其他股东，并将该临时提案提交股东大会审议。临时提案的内容应当属于股东大会职权范围，并有明确议题和具体决议事项。

股东大会不得对上述通知中未列明的事项作出决议。

无记名股票持有人出席股东大会会议的，应当于会议召开 5 日前至股东大会闭会时将股票交存于公司。

4. 股东大会的表决程序与规则

（1）股东表决权。《公司法》第 104 条规定，股东出席股东大会会议，所持每一股份有一表决权。但是，公司持有的本公司股份没有表决权。股东大会作出决议，必须经出席会议的股东所持表决权过半数通过。但是，股东大会作出修改公司章程、增加或者减少注册资本的决议，以及公司合并、分立、解散或者变更公司形式的决议，必须经出席会议的股东所持表决权的 2/3 以上通过。

（2）股东大会选举董事、监事的累积投票制。《公司法》第 106 条规定，股东大会选举董事、监事，可以依照公司章程的规定或者股东大会的决议，实行累积投票制。累积投票制，是指股东大会选举董事或者监事时，每一股份拥有与应选董事或者监事人数相同的表决权，股东拥有的表决权可以集中使用。

（3）出席股东大会的代理人。《公司法》第 107 条规定，股东可以委托代理人出席股东大会会议，代理人应当向公司提交股东授权委托书，并在授权范围内行使表决权。

（4）股东大会会议记录。《公司法》第 108 条规定，股东大会应当对所议事项的决定作成会议记录，主持人、出席会议的董事应当在会议记录上签名。会议记录应当与出席股东的签名册及代理出席的委托书一并保存。

（二）董事会

1. 董事会的组成

《公司法》第 109 条规定，股份有限公司设董事会，其成员为 5 人至 19 人。董事会成员中可以有公司职工代表。董事会中的职工代表由公司职工通过职工代表大会、职工大会或者其他形式民主选举产生。《公司法》第 110 条规定，董事会设董事长一人，可以设副董事长。董事长和副董事长由董事会以全体董事的过半数选举产生。董事长召集和主持董事会会议，检查董事会决议的实施情况。副董事长协助董事长工作，董事长不能履行职务或者不履行职务的，由副董事长履行职务；副董事长不能履行职务或者不履行职务的，由半数以上董事共同推举1名董事履行职务。

**2. 董事会的召开**

《公司法》第111条规定，董事会每年度至少召开两次会议，每次会议应当于会议召开10日前通知全体董事和监事。代表1/10以上表决权的股东、1/3以上董事或者监事会，可以提议召开董事会临时会议。董事长应当自接到提议后10日内，召集和主持董事会会议。董事会召开临时会议，可以另定召集董事会的通知方式和通知时间。

**3. 董事会会议的表决程序与规则**

《公司法》第112条规定，董事会会议应有过半数的董事出席方可举行。董事会作出决议，必须经全体董事的过半数通过。董事会决议的表决，实行一人一票。

《公司法》第113条规定，董事会会议，应由董事本人出席；董事因故不能出席，可以书面委托其他董事代为出席，委托书中应载明授权范围。董事会应当对会议所议事项的决定作成会议记录，出席会议的董事应当在会议记录上签名。董事应当对董事会的决议承担责任。董事会的决议违反法律、行政法规或者公司章程、股东大会决议，致使公司遭受严重损失的，参与决议的董事对公司负赔偿责任。但经证明在表决时曾表明异议并记载于会议记录的，该董事可以免除责任。

**4. 经理**

股份有限公司设经理，由董事会决定聘任或者解聘。股份有限公司经理适用于有限责任公司经理职权的规定。同时公司董事会可以决定由董事会成员兼任经理。

**（三）监事会**

**1. 监事会的组成**

《公司法》第118条规定，股份有限公司设监事会，其成员不得少于3人。监事会应当包括股东代表和适当比例的公司职工代表，其中职工代表的比例不得低于1/3，具体比例由公司章程规定。监事会中的职工代表由公司职工通过职工代表大会、职工大会或者其他形式民主选举产生。

监事会设主席1人，可以设副主席。监事会主席和副主席由全体监事过半数选举产生。监事会主席召集和主持监事会会议；监事会主席不能履行职务或者不履行职务的，由监事会副主席召集和主持监事会会议；监事会副主席不能履行职务或者不履行职务的，由半数以上监事共同推举1名监事召集和主持监事会会议。董事、高级管理人员不得兼任监事。

**2. 监事会的召开与表决**

《公司法》第 120 条规定，监事会每 6 个月至少召开一次会议。监事可以提议召开临时监事会会议。监事会的议事方式和表决程序，除《公司法》有规定的外，由公司章程规定。监事会决议应当经半数以上监事通过。监事会应当对所议事项的决定作成会议记录，出席会议的监事应当在会议记录上签名。

**法律实务：**

### 公司治理中表决权与公司控制权争夺

#### ——以国美电器控制权争夺为例

围绕国美电器的管控权问题，在大股东黄光裕一方和以时任董事会主席陈晓为首的高层管理者一方之间，发生着一场激烈的较量，并一度成为热门话题。结合黄光裕一方和陈晓一方对国美电器管控权的争夺，可提出四点看法：

第一，对于以陈晓为首的国美电器管理层的工作，应该给予尊重和肯定。他们在黄光裕案发后，努力维护了国美电器的稳定，并且在多方面促进了国美的发展。这些工作在事实上也维护了股东的利益，包括作为大股东的黄光裕家族的利益。国美电器今天仍是一家很有价值的公司，管理层功不可没。

第二，大股东的声音，应该得到倾听。的确，黄光裕早已不再是国美电器的合适领导人。黄光裕的倒下，应该能够让更多中国企业家引以为戒，坚定走在坦途之上，守住应有的底线，而不是陷入机会主义的陷阱不能自拔。但是，黄光裕作为国美电器大股东的法律地位和法定权利应该得到尊重。当他认为他最初指定的利益代言人不能代表他的意志时，他有权提出新的代理人。这也是他的权利。

第三，管理层和大股东之间，应该建立固定化的、透明的沟通机制。现在的核心问题是，大股东不相信管理层能更好地维护自己的利益；而管理层认为他们已经尽力维护了公司利益，相应地也维护了大股东的利益。有这样的隔阂，更应建立一种参与性的沟通机制，即董事会的重要决策，尤其是和股东利益相关联的主要决策，应该让大股东认可的代表人有知情权和参与权。如果管理层确实是为公司利益着想，确实为公司创造了更高价值，相信大股东也不会迂腐到"非我不可"的境地。目前黄氏家族和黄光裕案发前相比，已经相当弱势，让其在董事会有一席之地（哪怕只是旁听席），并不会动摇现有管理层的管控权。

第四，在管理层和大股东双方的距离越来越远，且正常沟通联系近乎断裂之时，可以由政府相关部门如商务部牵头，组成完全中立的第三方小组，站在一个更高的立场，对双方及其主要利益相关者进行调研，听取意见，并且帮助双方恢复固定的对话和交流机制。这对缓和从内地蔓延到香港的紧张争斗气氛，尽快导向一个理性化的解决通道，是非常有必要的。

最后，特别需要强调的是"制约"二字。黄光裕的悲剧，与国美电器在公司治理实践中缺乏从制度到文化上对他的制约有很大关系。这启示我们，不管公司创办人和最高管理者对公司作出了多大贡献，他都必须在公司整体利益和全体股东利益之下工作，在法律框定的范围内工作，都必须有所敬畏，有所节制，有所约束。以陈晓为首的管理层，同样面临着一个"制约"问题。这不是说管理层存在着什么问题，而是说，从对国美电器长远发展负责的角度，必须把"制约"作为一条铁的原则。不管谁管理国美，掌控国美，都必须忠实地对公司的长期利益和可持续发展负责，凡是负责行为都应该得到公正的评价、激励，但同时，其所有行为也必须被纳入公正的制约之下。之所以提出要建立制度化的管理层和股东之间的沟通机制，甚至希望政府出面组成第三方中立机构进行调研，关键也在于创造出一种"制约"力量。

（资料来源：人民网）

【课堂练习】

3.13 股份有限公司的表决采用的是（　　　　）。

A. 每个股东拥有一个表决权　　　　B. 股东所持每一股份有一表决权

C. 每个股东只有一个表决权　　　　D. 每个股东只有两个表决权

## 四、股份有限公司股份的发行和转让

（一）股份与股票

1. 股份

股份有限公司的股份是指按照相等金额或者相同比例，平均划分公司资本的基本计量单位。

股份的特征主要包括：

（1）股份的金额性，股份有限公司的资本划分为股份，每一股的金额相等，即股份是一定价值的反映，并可以用货币加以度量；

（2）股份的平等性，即同种类的每一股份应当具有同等权利；

（3）股份的可转让性，即股东持有的股份可以依法转让；

（4）股份表现为有价证券。

2. 股票

股票是公司签发的证明股东按其所持股份享有权利和承担义务的凭证，是股份的证券形式。《公司法》第 129 条规定，股票采用纸面形式或者国务院证券监督管理机构规定的其他形式。股票应当载明下列主要事项：① 公司名称；② 公司成立日期；③ 股票种类、票面金额及代表的股份数；④ 股票的编号。股票由法定代表人签名，公司盖章。发起人的股票，应当标明发起人股票字样。

（二）股份的发行

股份的发行是指股份有限公司为设立公司或筹集资金，依照法律的相关规定发售股份的行为。

1. 股份发行的形式

《公司法》第 126 条规定，股份有限公司的资本划分为股份，每一股的金额相等。公司的股份采取股票的形式，股票是公司签发的证明股东所持股份的凭证。

2. 股份发行的原则

股份的发行，实行公平、公正的原则，同种类的每一股份应当具有同等权利。同次发行的同种类股票，每股的发行条件和价格应当相同；任何单位或者个人所认购的股份，每股应当支付相同价额。

3. 股份（股票）的发行形式

《公司法》第 128 条规定，股票发行价格可以按票面金额，也可以超过票面金额，但不得低于票面金额。《公司法》第 130 条规定，公司发行的股票，可以为记名股票，也可以为无记名股票。公司向发起人、法人发行的股票，应当为记名股票，并应当记载该发起人、法人的名称或者姓名，不得另立户名或者以代表人姓名记名。《公司法》第 131 条规定，公司发行记名股票的，应当置备股东名册，记载下列事项：① 股东的姓名或者名称及住所；② 各股东所持股份数；③ 各股东所持股票的编号；④ 各股东取得股份的日期。发行无记名股票的，公司应当记载其股票数量、编号及发行日期。

（三）股份的转让

股东持有的股份可以依法转让。股份转让是股份有限公司的股东（股份所有人）依照法定的方式将自己的股份转让给他人，使他人成为股东的行为。

1. 股份转让的方式

我国《公司法》规定股东转让其股份，应当在依法设立的证券交易场所进行。记名股票，由股东以背书方式或者法律、行政法规规定的其他方式转让；转让后由公司将受让人的姓名或者名称及住所记载于股东名册。股东大会召开前 20 日内或者公司决定分配股利的基准日前 5 日内，不得进行前述规定的股东名册的变更登记。但是，法律对上市公司股东名册变更登记另有规定的，从其规定。无记名股票的转让，由股东将该股票交付给受让人后即发生转让的效力。

2. 股份转让的限制

发起人持有的本公司股份，自公司成立之日起 1 年内不得转让。公司公开发行股份前已发行的股份，自公司股票在证券交易所上市交易之日起 1 年内不得转让。

公司董事、监事、高级管理人员应当向公司申报所持有的本公司的股份及其变动情况，在任职期间每年转让的股份不得超过其所持有本公司股份总数的 25%；所持本公司股份自公司股票上市交易之日起 1 年内不得转让。上述人员离职后半年内，不得转让其所持有的本公司股份。公司章程可以对公司董事、监事、高级管理人员转让其所持有的本公司股份作出其他限制性规定。

3. 股份的购回

公司不得收购本公司股份。但是，有下列情形之一的除外：

（1）减少公司注册资本；

（2）与持有本公司股份的其他公司合并；

（3）将股份奖励给本公司职工；

（4）股东因对股东大会作出的公司合并、分立决议持异议，要求公司收购其股份的。

公司因上述第（1）项、第（2）项的原因收购本公司股份的，应当经股东大会决议。公司依照前款规定收购本公司股份后，属于第（1）项情形的，应当自收购之日起 10 日内注销；属于第（2）项、第（4）项情形的，应当在 6 个月内转让或者注销。

公司依照第（3）项规定收购本公司股份的，不得超过本公司已发行股份总额的 5%；用于收购的资金应当从公司的税后利润中支出；所收购的股份应当在 1 年内转让给职工。

【课堂练习】

3.14 股票应当载明的主要事项包括（　　）。

A. 公司名称

B. 公司成立日期

C. 股票种类、票面金额及代表的股份数

D. 股票的编号

## 五、上市公司

上市公司是指所发行的股票经过国务院或者国务院授权的证券管理部门批准在证券交易所上市交易的股份有限公司。

（一）股票上市的基本要求

（1）股票经国务院证券监督管理机构核准已公开发行；

（2）公司股本总额不少于人民币 3 000 万元；

（3）公开发行的股份达到公司股份总数的 25% 以上，公司股本总额超过 4 亿元的，公开发行股份的比例为 10% 以上；

（4）公司最近 3 年无重大违法行为，财务会计报告无虚假记载。

（二）上市公司的特别规定

1. 上市公司特别重大事项的股东大会决议权

上市公司在一年内购买、出售重大资产或者担保金额超过公司资产总额 30% 的，应当由股东大会作出决议，并经出席会议的股东所持表决权的 2/3 以上通过。

2. 上市公司的独立董事制度

上市公司独立董事是指不在公司担任除董事外的其他职务，并与其所受聘的上市公司及其主要股东不存在可能妨碍其进行独立客观判断的关系的董事。

3. 董事会秘书制度

《公司法》第 124 条规定，上市公司设董事会秘书，负责公司股东大会和董事会会议的筹备、文件保管以及公司股东资料的管理，办理信息披露事务等事宜。

4. 关联董事的回避制度

《公司法》第 125 条规定，上市公司董事与董事会会议决议事项所涉及的企业有关联关系的，不得对该项决议行使表决权，也不得代理其他董事行使表决权。该董事会会议由过半数的无关联关系董事出席即可举行，董事会会议所作决议须经无关联关系董事过半数通过。出席董事会的无关联关系董事人数不足 3 人的，应将该事项提交上市公司股东大会审议。

【课堂练习】

3.15 在我国股票上市的基本要求是（　　　）。

A. 股票经国务院证券监督管理机构核准已公开发行

B. 公司股本总额不少于人民币 3 000 万元

C. 公开发行的股份达到公司股份总数的 25% 以上，公司股本总额超过 4 亿元的，公开发行股份的比例为 10% 以上

D. 公司最近 3 年无重大违法行为，财务会计报告无虚假记载

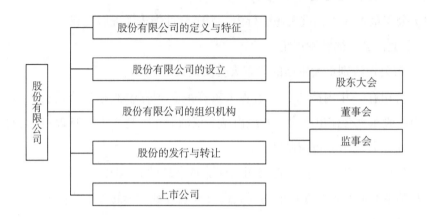

1. 简述股份有限公司的定义与特征。

2. 简述股份有限公司的设立程序。

3. 股份有限公司的组织机构包括哪些？

# 第四节  公 司 债 券

在市场经济条件下，公司为调整和扩大自己的生产规模，需要获得更多的资金投入，一般会选择增加公司资本或者借债的方式。在这两种方式中，增加公司资本的程序较为复杂，而借债的方式较为简便。学习者应从认识公司债券的定义入手，了解公司债券发行的程序，熟知公司债券的转让。

## 一、公司债券的发行

公司债券，是指公司依照法定程序发行、约定在一定期限还本付息的有价证券。公司发行公司债券应当符合《中华人民共和国证券法》（以下简称《证券法》）规定的发行条件。

（一）公司债券的发行主体

根据《公司法》的相关规定，公司债券的发行主体为股份有限公司、国有独资公司和两个以上的国有投资主体投资设立的有限责任公司。除此之外的其他企业、有限责任公司均不得发行公司债券。

公司债券的发行可以为公司的发展获得更多的融资

（二）公司债券的发行条件

（1）股份有限公司的净资产额不低于人民币 3 000 万元，有限责任公司的净资产额不低于人民币 6 000 万元；

（2）累计债券总额不超过公司净资产总额的 40%；

（3）最近 3 年平均可分配利润足以支付公司债券 1 年的利息；

（4）筹集的资金投向符合国家产业政策；

（5）债券利率不得超过国务院限定的利率水平；

（6）国务院规定的其他文件。

（三）不得再次公开发行公司债券的情形

（1）前一次发行的公司债券尚未募足的；

（2）对已发行的公司债券或其他债务有违约或者迟延支付本息的事实，且仍处于继续状态的；

（3）违反证券法的规定，改变公开发行公司债券所募集资金用途的。

（四）公司债券的发行程序

1. 公司权力机构作出决议

公司发行债券，由董事会制定方案，公司的权力机构（有限责任公司的股东会或股份有限公司的股东大会）作出决议。国有独资公司发行公司债券，应由国有资产监督管理机构作出决定。

2. 提出申请并经有关部门核准

公司应当向国务院证券管理部门提出申请并提供相应的文件（包括：公司营业执照、公司章程、公司证券募集办法、资产评估报告和验资报告以及国务院授权的部门或者国务院证券监督管理机构规定的其他文件）。国务院证券管理机构和国务院授权的部门自受理后 3 个月内，对符合《公司法》规定的，予以核准；不符合规定的，不予受理。

3. 公告募集办法并发行债券

《公司法》第 155 条规定，发行公司债券的申请得到核准后，应当公告公司债券的募集方法。公司债券募集办法中应当载明下列主要事项：

（1）公司名称；

（2）债券募集资金的用途；

（3）债券总额和债券的票面金额；

（4）债券利率的确定方式；

（5）还本付息的期限和方式；

（6）债券担保情况；

（7）债券的发行价格、发行的起止日期；

（8）公司净资产额；

（9）已发行的尚未到期的公司债券总额；

（10）公司债券的承销机构。

公司向社会公开发行公司债券，应当与证券机构签订承销协议。

《公司法》第156条规定，公司以实物券方式发行公司债券的，必须在债券上载明公司名称、债券票面金额、利率、偿还期限等事项，并由法定代表人签名，公司盖章。

《公司法》第158条第2款规定，发行无记名公司债券的，应当在公司债券存根簿上载明债券总额、利率、偿还期限和方式、发行日期及债券的编号。

【课堂练习】

3.16 发行无记名公司债券的，应当在公司债券存根簿上载明的事项有（        ）。

A. 债券总额 　　　　　　　　　　B. 利率

C. 偿还期限和方式 　　　　　　　D. 发行日期

## 二、公司债券的转让

《公司法》第160条规定，公司债券可以转让，转让价格由转让人与受让人约定。公司债券在证券交易所上市交易的，按照证券交易所的交易规则转让。《公司法》第161条规定，记名公司债券，由债券持有人以背书方式或者法律、行政法规规定的其他方式转让；转让后由公司将受让人的姓名或者名称及住所记载于公司债券存根簿。无记名公司债券的转让，由债券持有人将该债券交付给受让人后即发生转让的效力。公司债券是债权人的财产权利，可以用于质押，也可以继承。

公司债券是债权人的财产权利，可以用于质押，也可以继承

【课堂练习】

3.17 公司债券可以用于（        ）。

A. 买卖 　　　　　　　　　　　　B. 转让

C. 质押 　　　　　　　　　　　　D. 继承

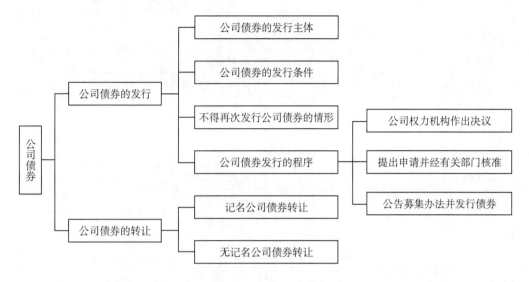

【课后思考】

1. 试述公司债券的发行条件和程序。

2. 举例说明不得再次发行公司债券的情形。

3. 简述记名公司债券转让方式。

# 第五节　公司财务会计制度

在公司的内部管理体制中，公司的财务会计制度起着非常重要的作用。加强公司的内部管理也是公司治理的重中之重。同时，在会计信息发布者与使用者普遍分离的情形下，规范公司财务会计制度也可以有效地保护不同群体的利益。学习者应从认识公司财务会计报告入手，了解公积金制度以及公司利润分配制度，从而提高公司内部控制操作能力。

## 一、公司财务会计报告

公司应当在每一会计年度终了时编制财务会计报告，并依法经会计师事务所审计。财务会计报告应当依照法律、行政法规和国务院财政部门的规定制作。财务会计报告应当包括：资产负债表（见表 3-1）、利润表（见表 3-2）、现金流量表、所有者权益变动表等。

公司财务会计报告主要包括：资产负债表、利润表、现金流量表、所有者权益变动表等

表 3-1　资产负债表　　　　企会 01 表

编制单位：　　　　　　　　　年　月　日　　　　　　　单位：元

| 资　产 | 期末余额 | 年初余额 | 负债及所有者权益 | 期末余额 | 年初余额 |
|---|---|---|---|---|---|
| 流动资产： | | （略） | 流动负债： | | （略） |
| 货币资金 | | | 短期借款 | | |
| 交易性金融资产 | | | 交易性金融负债 | | |
| 应收票据 | | | 应付票据 | | |
| 应收账款 | | | 应付账款 | | |
| 预付款项 | | | 预收款项 | | |
| 应收利息 | | | 应付职工薪酬 | | |
| 应收股利 | | | 应交税费 | | |
| 其他应收款 | | | 应付利息 | | |
| 存货 | | | 应付股利 | | |
| 一年内到期的非流动资产 | | | 其他应付款 | | |
| 其他流动资产 | | | 一年内到期的非流动负债 | | |
| 流动资产合计 | | | 其他流动负债 | | |
| 非流动资产： | | | 流动负债合计 | | |
| 可供出售金融资产 | | | 非流动负债： | | |
| 持有至到期投资 | | | 长期借款 | | |
| 长期应收款 | | | 应付债券 | | |
| 长期股权投资 | | | 长期应付款 | | |
| 投资性房地产 | | | 专项应付款 | | |
| 固定资产 | | | 预计负债 | | |
| 在建工程 | | | 递延所得税负债 | | |
| 工程物资 | | | 其他非流动负债 | | |
| 固定资产清理 | | | 非流动负债合计 | | |
| 生产性生物资产 | | | 负债合计 | | |
| 油气资产 | | | 所有者权益： | | |
| 无形资产 | | | 实收资本（或股本） | | |
| 开发支出 | | | 资本公积 | | |
| 商誉 | | | 减：库存股 | | |
| 长期待摊费用 | | | 盈余公积 | | |
| 递延所得税资产 | | | 未分配利润 | | |
| 其他非流动资产 | | | 所有者权益合计 | | |
| 非流动资产合计 | | | | | |
| 资产总计 | | | 负债和所有者权益总计 | | |

表 3-2  利 润 表       企会 02 表

编制单位：           年 月           单位：元

| 项　目 | 本期金额 | 上期金额 |
|---|---|---|
| 一、营业收入 | | （略） |
| 　　减：营业成本 | | |
| 　　　　营业税金及附加 | | |
| 　　　　销售费用 | | |
| 　　　　管理费用 | | |
| 　　　　财务费用 | | |
| 　　　　资产减值损失 | | |
| 　　加：公允价值变动收益（损失以"-"号填列） | | |
| 　　　　投资收益（损失以"-"号填列） | | |
| 　　　　其中：对联营企业和合营企业的投资收益 | | |
| 二、营业利润 | | |
| 　　加：营业外收入 | | |
| 　　减：营业外支出 | | |
| 　　　　其中：非流动资产处置损益 | | |
| 三、利润总额（亏损总额以"-"号填列） | | |
| 　　减：所得税费用 | | |
| 四、净利润（净亏损以"-"号填列） | | |
| 五、每股收益： | | |
| 　　（一）基本每股收益 | | |
| 　　（二）稀释每股收益 | | |

《公司法》第 166 条规定，有限责任公司应当依照公司章程规定的期限将财务会计报告送交各股东。股份有限公司的财务会计报告应当在召开股东大会年会的 20 日前置备于本公司，供股东查阅；公开发行股票的股份有限公司必须公告其财务会计报告。

【课堂练习】

3.18 公司的财务会计报告包括（　　　）。

A. 资产负债表　　　　　　　B. 现金流量表

C. 所有者权益变动表　　　　D. 利润表

## 二、公司的公积金制度

公积金又称公司储备金，是指公司为增强自身财产能力，扩大生产经营和预防意外亏损，依法从公司利润中提取的款项，不作为股利分配的部分所得或收益。根据资金来源不同，可以将其划分为盈余公积金和资本公积金。根据公积金的提留是否为法律上的强制性规定，将其划分为法定公积金和任意公积金。

### （一）公积金的提取

《公司法》第167条规定，公司分配当年税后利润时，应当提取利润的10%列入公司法定公积金。公司法定公积金累计额为公司注册资本的50%以上的，可以不再提取。公司的法定公积金不足以弥补以前年度亏损的，在依照前款规定提取法定公积金之前，应当先用当年利润弥补亏损。公司从税后利润中提取法定公积金后，经股东会或者股东大会决议，还可以从税后利润中提取任意公积金。

### （二）公积金的用途

《公司法》第169条规定，公司的公积金用于弥补公司的亏损、扩大公司生产经营或者转为增加公司资本。但是，资本公积金不得用于弥补公司的亏损。法定公积金转为资本时，所留存的该项公积金不得少于转增前公司注册资本的25%。

【课堂练习】

3.19 下列关于公积金的用途正确的是（　　　）。

A. 公司的公积金用于弥补公司的亏损

B. 公司的公积金用于扩大公司生产经营或者转为增加公司资本

C. 资本公积金不得用于弥补公司的亏损

D. 法定公积金转为资本时，所留存的该项公积金不得少于转增前公司注册资本的25%

## 三、公司利润分配顺序

### （一）弥补上一年度亏损

公司的法定公积金不足以弥补上一年亏损的，应当用当年的利润进行弥补。

### （二）提取法定公积金

公司弥补亏损和提取公积金后所余税后利润，应按照比例提取法定公积金。

### （三）提取任意公积金

公司通过股东会或者股东大会决议，可以从税后利润中提取任意公积金。

### （四）向股东分配利润

公司弥补亏损和提取公积金后所余税后利润，有限责任公司按照实际出资比例分配；股份有限公司按照股东持有的股份比例分配，但股份有限公司章程规定不按持股比例分配的除外。公司持有的本公司股份不得分配利润。

【课堂练习】

3.20 公司利润分配顺序主要表现在（　　　）。

A. 公司的法定公积金不足以弥补上一年亏损的，应当用当年的利润进行弥补

B. 公司弥补亏损和提取公积金后所余税后利润，应当按照比例提取法定公积金

C. 公司通过股东会或者股东大会决议，可以从税后利润中提取任意公积金

D. 公司弥补亏损和提取公积金后所余税后利润，有限责任公司按照实际出资比例分配；股份有限公司按照股东持有的股份比例分配

【本节小结】

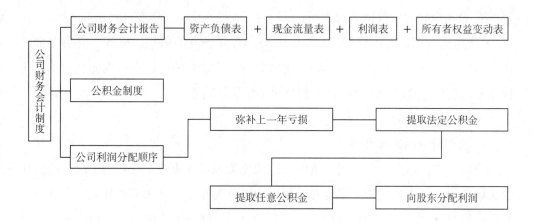

【课后思考】

1. 分析公积金制度的用途是什么？

2. 试述利润分配的顺序。

# 第六节　公司的变更和终止

公司的变更和终止是公司法赋予公司的权利，是公司得以发展的有效措施。学习者应从认识公司的变更和终止的定义入手，了解公司变更和终止的主要内容，从而促进公司的有效发展。

# 一、公司的变更

公司的变更主要包括：公司的合并、公司的分立、公司的增资以及公司的减资

## （一）公司的合并

### 1. 公司合并的定义和形式

公司的合并是指两个或两个以上的公司通过订立合并合同，依照法定程序归并为一个公司的法律行为。《公司法》第 173 条规定，公司合并可以采取吸收合并或者新设合并。一个公司吸收其他公司为吸收合并，被吸收的公司解散。两个以上公司合并设立一个新的公司为新设合并，合并各方解散。

### 2. 公司合并的程序

根据我国《公司法》的相关规定，公司的合并程序主要包括：首先，由公司的最高权力机关股东会或股东大会做出合并决议。其次，双方签订合并协议，并编制资产负债表以及财产清单。再次，为充分保护债权人的合法权益，公司应当自做出合并决议之日起 10 内通知债权人，并于 30 日内在报纸上公告。债权人自接到通知之日起 30 日内，未接到通知书的自公告之日起 45 日内，可以要求公司清偿债务或者提供相应的担保（《公司法》第 174 条）。最后，办理相关登记。

### 3. 公司合并时债权债务的承担

《公司法》第 175 条规定，公司合并时，合并各方的债权、债务，应当由合并后存续的公司或者新设的公司承继。也就是说，新设合并中，由新设的公司承继债权债务；吸收合并中，由合并存续的公司承继债权债务。

## （二）公司的分立

### 1. 公司分立的定义和形式

公司分立，是指一个公司，按照法律的相关规定分成两个或者两个以上的公司的法律行为。公司分立与公司合并类似，主要分为存续分立和解散分立。存续分立是指将原有公司的一个部分分出去成立新的公司，新分出去的公司与原有公司都具有法人资格。解散分立是指原有的一个公司分为两个或者两个以上新公司，原有公司的法人资格取消，新分立的公司分别获得法人资格。

### 2. 公司分立的程序

根据公司法的相关规定，公司分立的程序为：首先，公司最高权力机关股东会或者股东大会作出决议。其次，订立书面的合同并分割财产。再次，实施债权人保护程序。公司应当自作出分立决议之日起 10 日内通知债权人，并于 30 内在报纸上公告。最后，办理相关登记。

### 3. 公司分立中的债务承担

《公司法》第 177 条规定，公司分立前的债务由分立后的公司承担连带责任。但是，公司在分立前与债权人就债务清偿达成的书面协议另有约定的除外。

### （三）公司的增资

公司增加资本，是指公司设立后依照法定条件和程序增加公司的资本总额。公司增加资本的程序包括：首先，公司最高权力机关股东会或股东大会作出增资决议。其次，执行公司增资。有限责任公司增加注册资本时，股东认缴新增资本的出资，依照《公司法》设立有限责任公司缴纳出资的有关规定执行。股份有限公司为增加注册资本发行新股时，股东认购新股，依照《公司法》设立股份有限公司缴纳股款的有关规定执行（《公司法》第 179 条）。最后，办理公司增资登记手续。

### （四）公司的减资

公司减少资本，是指公司设立后依照法定条件和程序，为一定的目的，减少公司资本总额。公司减少资本的程序包括：首先，公司最高权力机关股东会或者股东大会作出减资决议。其次，编制资产负债表和财产清单（《公司法》第 178 条第 1 款）。再次，进行债权人保护程序。公司应当自作出减少注册资本决议之日起 10 日内通知债权人，并于 30 日内在报纸上公告。债权人自接到通知书之日起 30 日内，未接到通知书的自公告之日起 45 日内，有权要求公司清偿债务或者提供相应的担保（《公司法》第 178 条第 2 款）。公司减资后的注册资本不得低于法定的最低限额（《公司法》第 178 条第 3 款）。最后办理公司减资登记手续。

## 【课堂练习】

3.21 下列关于公司分立的说法正确的是（　　　）。

A. 公司分立由董事会作出决议

B. 公司分立应该订立书面合同并分割财产

C. 公司分立无须考虑债权人意见

D. 公司分立无须办理登记

## 二、公司的终止

### （一）公司的解散

公司解散，是指促使公司法人资格消灭的法律行为。《公司法》第 181 条规定，

公司的终止主要包括：公司的解散和公司的清算

公司解散的原因主要包括：

（1）公司章程规定的营业期限届满或者公司章程规定的其他解散事由出现；

（2）股东会或者股东大会决议解散；

（3）因公司合并或者分立需要解散；

（4）依法被吊销营业执照、责令关闭或者被撤销；

（5）公司经营管理发生严重困难，继续存续会使股东利益受到重大损失，通过其他途径不能解决的，持有公司全部股东表决权 10% 以上的股东，可以请求人民法院解散公司。

（二）公司的清算

公司清算，是指清理已解散公司尚未了结的事务，从而使公司归于消灭的程序。公司清算的程序主要包括：

1. 成立清算组

《公司法》第 184 条规定，在解散事由出现之日起 15 日内成立清算组，开始清算。有限责任公司的清算组由股东组成，股份有限公司的清算组由董事或者股东大会确定的人员组成。逾期不成立清算组进行清算的，债权人可以申请人民法院指定有关人员组成清算组进行清算。人民法院应当受理该申请，并及时组织清算组进行清算。

清算组在清算期间行使下列职权：① 清理公司财产，分别编制资产负债表和财产清单；② 通知、公告债权人；③ 处理与清算有关的公司未了结的业务；④ 清缴所欠税款以及清算过程中产生的税款；⑤ 清理债权、债务；⑥ 处理公司清偿债务后的剩余财产；⑦ 代表公司参与民事诉讼活动。

2. 债权人保护程序

《公司法》第 186 条规定，清算组应当自成立之日起 10 日内通知债权人，并于 60 日内在报纸上公告。债权人应当自接到通知书之日起 30 日内，未接到通知书的自公告之日起 45 日内，向清算组申报其债权。债权人申报债权，应当说明债权的有关事项，并提供证明材料。清算组应当对债权进行登记。在申报债权期间，清算组不得对债权人进行清偿。

3. 制定清算方案

《公司法》第 187 条规定，清算组在清理公司财产、编制资产负债表和财产清单后，应当制定清算方案，并报股东会、股东大会或者人民法院确认。公司财产在分别支付清算费用、职工的工资、社会保险费用和法定补偿金，缴纳所欠税款，清偿公司债务后的剩余财产，有限责任公司按照股东的出资比例分配，股份有限公司按照股东持有的股份比例分配。清算期间，公司存续，但不得开展与清算无关的经营活动。公司财产在未依照前款规定清偿前，不得分配给股东。

## 4. 申请宣告破产、公司注销

《公司法》第 188 条规定，清算组在清理公司财产、编制资产负债表和财产清单后，发现公司财产不足清偿债务的，应当依法向人民法院申请宣告破产。公司经人民法院裁定宣告破产后，清算组应当将清算事务移交给人民法院。《公司法》第 189 条规定，公司清算结束后，清算组应当制作清算报告，报股东会、股东大会或者人民法院确认，并报送公司登记机关，申请注销公司登记，公告公司终止。

**法律实务：**

### 如何打破公司的僵局？

通常来说，公司僵局表现为三种情形：

其一，股份有限公司的发起人、有限责任公司的股东往往是基于相互间的信任和共同的发展目标而投资于共同的事业，一旦失去了信任的基础，或股东间、公司管理人员之间发生利益冲突和矛盾，经常会导致公司运行受阻，严重的甚至会使公司的运行机制完全失灵，股东大会、董事会等公司组织机构无法对公司重要事务形成决议，公司职能部门陷于瘫痪，公司运行停滞。

其二，公司尚未达到资不抵债宣告破产的程度，但公司有显著困难，如财务陷于困境，业务不易开展；或者公司意外遭受重大损害，如果继续经营，必然耗费巨大，得不偿失。此时，若股东大会不能形成决议解散公司，公司也将陷入僵局。

其三，公司解散后，公司的法人资格并不因此消灭，尚需进行清算。如果公司应当进入清算程序却无法组成清算组，或成立清算组后由于人为的或客观的原因无法清算下去，形成久算不清的局面，公司也将因无法终止法人资格而陷于僵局，股东、债权人等利害关系人将因此受到波及。

上述公司僵局的三种情况下，多数国家普遍适用以下两种方法来缓解或打破公司僵局：第一，异议股东股权买回请求权；第二，公司的司法解散。

处于僵局中的公司是否可以通过司法程序强制予以解散？世界上大多数国家，无论是英美法系还是大陆法系国家都有类似的规定。我国《公司法》第 183 条规定："公司经营管理发生严重困难，继续存续会使股东利益受到重大损失，通过其他途径不能解决的，持有公司全部股东表决权百分之十以上的股东，可以请求人民法院解散公司。"这个条文为公司法创设了一项由股东请求司法解散公司的新制度，从而第一次以立法的形式正式确立了我国公司的司法解散制度，为公司僵局的解决提供了司法救济的办法，确定了法院对公司内部经营的干预原则。2008 年 5 月 19 日，最高人民法院出台了《关于审理公司解散和清算案件适用法律的若干规定》，其中，第 1 条规定：单独或者合计持有公司全部股东表决权 10% 以上的股东，以下列事由之一提起解散公司诉讼，并符合《公司法》第 183 条规定的，人民法院应予受理：

（1）公司持续两年以上无法召开股东会或者股东大会，公司经营管理发生严重困难的；

（2）股东表决时无法达到法定或者公司章程规定的比例，持续两年以上不能做出有效的股东会或者股东大会决议，公司经营管理发生严重困难的；

（3）公司董事长期冲突，且无法通过股东会或者股东大会解决，公司经营管理发生严重困难的；

（4）经营管理发生其他严重困难，公司继续存续会使股东利益受到重大损失的情形。

债权人如何在司法解散中维权？

显然，最高人民法院《关于审理公司解散和清算案件适用法律的若干规定》的出台对于解决我国长期以来司法界颇感棘手的小股东利益的保护问题，有着积极的现实意义。对于公司形成公平合理的机制，注重各类型股东的利益平衡也有很好的督导作用。在债权人及其他利害关系人的保护上，司法解散不同于命令解散，后者从维护公共利益的角度干预公司的存亡，所以只要利害关系人都可以请求解散公司，而司法解散制度多被认为是保护股东利益的制度，解散判决是以公司的存续不能再为股东设立公司的目的作出贡献为根据的，因此请求权人仅限于股东，其他利害关系人不能申请司法解散。最高人民法院《关于审理公司解散和清算案件适用法律的若干规定》第7条还规定，公司应当依照《公司法》第184条的规定，在解散事由出现之日起15日内成立清算组，开始自行清算。有下列情形之一，债权人申请人民法院指定清算组进行清算的，人民法院应予受理：公司解散逾期不成立清算组进行清算的；虽然成立清算组但故意拖延清算的；违法清算可能严重损害债权人或者股东利益的。这样就从清算角度维护了债权人利益，可谓有异曲同工之妙。

（资料来源：中国网）

【课堂练习】

3.22 公司解散的原因主要包括（　　　）。

A. 依法被吊销营业执照、责令关闭或者被撤销

B. 公司章程规定的营业期限届满或者公司章程规定的其他解散事由出现

C. 股东会或者股东大会决议解散

D. 因公司合并或者分立需要解散

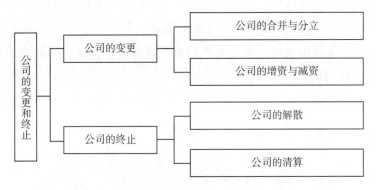

1. 试述公司合并与公司分立的特点。
2. 试述公司增资与公司减资的特点。
3. 简述公司解散的法定事由。
4. 简述公司清算的程序。

# 第七节　违反《公司法》的法律责任

根据我国《公司法》的相关规定，违反《公司法》的法律责任主要体现在：公司登记时的违法行为及其法律责任，出资时的违法行为及其法律责任，违反财务、会计制度的行为及其法律责任，公司在变更清算中的违法行为及其法律责任，资产评估等中介机构的违法行为及其法律责任，公司登记机关及其工作人员的违法行为及其法律责任，其他违法行为及其法律责任以及违反《公司法》的民事责任和刑事责任。

## 一、公司设立时的违法行为及其法律责任

### （一）公司登记时

《公司法》第 199 条规定，虚报注册资本、提交虚假材料或者采取其他欺诈手段隐瞒重要事实取得公司登记的，由公司登记机关责令改正，对虚报注册资本的公司，处以虚报注册资本金额 5% 以上 15% 以下的罚款；对提交虚假材料或者采取其他欺诈手段隐瞒重要事实的公司，处以 5 万元以上 50 万元以下的罚款；情节严重的，撤销公司登记或者吊销营业执照。

公司设立时的违法行为主要有登记时、出资时的违法行为

（二）公司出资时

《公司法》第 200 条规定，公司的发起人、股东虚假出资，未交付或者未按期交付作为出资的货币或者非货币财产的，由公司登记机关责令改正，处以虚假出资金额 5% 以上 15% 以下的罚款。《公司法》第 201 条规定，公司的发起人、股东在公司成立后，抽逃其出资的，由公司登记机关责令改正，处以所抽逃出资金额 5% 以上 15% 以下的罚款。

【课堂练习】

3.23 对于虚报注册资本进行处罚的部门是（　　　）。

A. 工商管理部门　　　　　　　　B. 税务管理部门

C. 政府部门　　　　　　　　　　D. 国有资产委员会

## 二、公司运行过程中的违法行为及其法律责任

（一）财务会计方面

《公司法》第 202 条规定，公司违反《公司法》规定，在法定的会计账簿以外另立会计账簿的，由县级以上人民政府财政部门责令改正，处以 5 万元以上 50 万元以下的罚款。

《公司法》第 203 条规定，公司在依法向有关主管部门提供的财务会计报告等材料上作虚假记载或者隐瞒重要事实的，由有关主管部门对直接负责的主管人员和其他直接责任人员处以 3 万元以上 30 万元以下的罚款。

《公司法》第 204 条规定，公司不依照《公司法》规定提取法定公积金的，由县级以上人民政府财政部门责令如数补足应当提取的金额，可以对公司处以 20 万元以下的罚款。

（二）公司变更、清算中

《公司法》第 205 条规定，公司在合并、分立、减少注册资本或者进行清算时，不依照本法规定通知或者公告债权人的，由公司登记机关责令改正，对公司处以 1 万元以上 10 万元以下的罚款。公司在进行清算时，隐匿财产，对资产负债表或者财产清单作虚假记载或者在未清偿债务前分配公司财产的，由公司登记机关责令改正，对公司处以隐匿财产或者未清偿债务前分配公司财产金额 5% 以上 10% 以下的罚款；对直接负责的主管人员和其他直接责任人员处以 1 万元以上 10 万元以下的罚款。《公司法》第 206 条规定，公司在清算期间开展与清算无关的经营活动的，由公司登记机关予以警告，没收违法所得。

《公司法》第 207 条规定，清算组不依照本法规定向公司登记机关报送清算报

告，或者报送清算报告隐瞒重要事实或者有重大遗漏的，由公司登记机关责令改正。清算组成员利用职权徇私舞弊、谋取非法收入或者侵占公司财产的，由公司登记机关责令退还公司财产，没收违法所得，并可以处以违法所得1倍以上5倍以下的罚款。

【课堂练习】

3.24 对于在法定会计账簿之外另立会计账簿行为的处罚部门是（　　）。

A. 县级以上工商管理部门　　　　B. 县级以上人民政府财政部门

C. 县级以上人民政府　　　　　　D. 国有资产委员会

### 三、中介机构的违法行为及其法律责任

（一）资产评估、验资验证机构

《公司法》第208条规定，承担资产评估、验资或者验证的机构提供虚假材料的，由公司登记机关没收违法所得，处以违法所得1倍以上5倍以下的罚款，并可以由有关主管部门依法责令该机构停业、吊销直接责任人员的资格证书，吊销营业执照。承担资产评估、验资或者验证的机构因过失提供有重大遗漏的报告的，由公司登记机关责令改正，情节较重的，处以所得收入1倍以上5倍以下的罚款，并可以由有关主管部门依法责令该机构停业、吊销直接责任人员的资格证书，吊销营业执照。承担资产评估、验资或者验证的机构因其出具的评估结果、验资或者验证证明不实，给公司债权人造成损失的，除能够证明自己没有过错的外，在其评估或者证明不实的金额范围内承担赔偿责任。

> 中介机构主要包括：资产评估和验证机构以及公司登记机关

（二）公司登记机关

《公司法》第209条规定，公司登记机关对不符合本法规定条件的登记申请予以登记，或者对符合本法规定条件的登记申请不予登记的，对直接负责的主管人员和其他直接责任人员，依法给予行政处分。《公司法》第210条规定，公司登记机关的上级部门强令公司登记机关对不符合本法规定条件的登记申请予以登记，或者对符合本法规定条件的登记申请不予登记的，或者对违法登记进行包庇的，对直接负责的主管人员和其他直接责任人员依法给予行政处分。

【课堂练习】

3.25 下列对于资产评估、验资或者验证的机构提供虚假材料行为的处罚正确的是（　　）。

A. 由公司登记机关没收违法所得，处以违法所得 1 倍以上 6 倍以下的罚款

B. 由公司登记机关没收违法所得，处以违法所得 1 倍以上 5 倍以下的罚款

C. 由有关主管部门依法责令该机构停业、吊销直接责任人员的资格证书，吊销营业执照

D. 由有关主管部门依法责令该机构停业、吊销所有人员的资格证书，没收营业执照

## 四、其他违法行为及其法律责任

### （一）未依法登记

其他违法行为包括未依法登记、无故未开业或停业 6 个月以及未进行变更登记

《公司法》第 211 条规定，未依法登记为有限责任公司或者股份有限公司，而冒用有限责任公司或者股份有限公司名义的，或者未依法登记为有限责任公司或者股份有限公司的分公司，而冒用有限责任公司或者股份有限公司的分公司名义的，由公司登记机关责令改正或者予以取缔，可以并处 10 万元以下的罚款。

### （二）无故未开业或停业

《公司法》第 212 条第 1 款规定，公司成立后无正当理由超过 6 个月未开业的，或者开业后自行停业连续 6 个月以上的，可以由公司登记机关吊销营业执照。

### （三）未进行变更登记

《公司法》第 212 条第 2 款规定，公司登记事项发生变更时，未依照本法规定办理有关变更登记的，由公司登记机关责令限期登记；逾期不登记的，处以 1 万元以上 10 万元以下的罚款。

【课堂练习】

3.26 下列各项说法正确的是（　　　）。

A. 公司成立后无正当理由超过 6 个月未开业的由公司登记机关吊销营业执照

B. 公司成立后无正当理由超过 1 年未开业的由公司登记机关吊销营业执照

C. 开业后自行停业连续 6 个月以上的，由公司登记机关吊销营业执照

D. 开业后自行停业连续 1 年以上的，由公司登记机关吊销营业执照

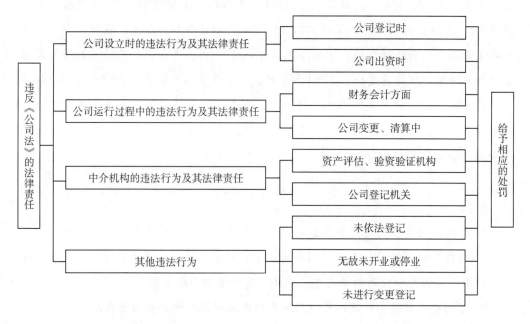

【课后思考】

1. 列举各违反公司法律责任的处罚主体。
2. 列举各违反公司法律责任的处罚内容。

【本章案例讨论】

2007年2月，甲、乙、丙、丁、戊五人共同出资设立北陵贸易有限责任公司（简称北陵公司）。公司章程规定：公司注册资本500万元；持股比例各20%；甲、乙各以100万元现金出资，丙以私有房屋出资，丁以专利权出资，戊以设备出资，各折价100万元；甲任董事长兼总经理，负责公司经营管理；公司前五年若有利润，甲得28%，其他四位股东各得18%，从第六年开始平均分配利润。至2010年9月，丙的房屋仍未过户登记到公司名下，但事实上一直由公司占有和使用。公司成立后一个月，丁提出急需资金，向公司借款100万元，公司为此召开临时股东会议，作出决议如下：同意借给丁100万元，借期6个月，每月利息1万元。丁向公司出具了借条。后来丁虽一直未归还借款，但每月均付给公司利息1万元。千山公司总经理王五系甲好友，千山公司向建设银行借款1 000万元，借期一年，王五请求北陵公司提供担保。甲说："公司章程规定我只有300万元的担保决定权，超过了要上股东会才行。"王五说："你放心，我保证一年到期就归还银行，到时候与你公司无关，只是按银行要求做个手续。"甲碍于情面，自己决定以公司名义给千山公司的贷款银行出具了一份担保函。戊不幸于2008年5月的地震中遇难，其13岁的儿子幸存下来。北陵公司欲向农业银行借款200万元，以设备作为担保，银行同意，双方签订了借款合同和抵押合同，但未办理抵押登记。2010年5月，乙提出欲将其股份全部转让给甲，甲愿意受让。2010年7月，当地发生洪水灾害，此时北陵公司的净资产为120万元，但尚欠万水公司债务150万元一直未还。北陵公司决定向当地的一家慈善机构捐款100万元，与其签订了捐赠合同，但尚未交付。（案例来源：2010年全国司法考试卷四试题六）

**问题**

1. 北陵公司章程规定的关于公司前五年利润分配的内容是否有效？为什么？

2. 丙作为出资的房屋未过户到公司名下，对公司的设立产生怎样的后果？在房屋已经由公司占有和使用的情况下，丙是否需要承担违约责任？

3. 丁向公司借款100万元的行为是否构成抽逃注册资金？为什么？

4. 北陵公司于2010年8月请求丁归还借款，其请求权是否已经超过诉讼时效？为什么？

5. 北陵公司是否有权请求法院确认其向建设银行出具的担保函无效？为什么？

6. 戊13岁的儿子能否继承戊的股东资格而成为公司的股东？为什么？

7. 如北陵公司不能偿还农业银行的200万元借款，银行能否行使抵押权？为什么？

8. 乙向甲转让股份时，其他股东是否享有优先受让权？为什么？

9. 北陵公司与当地慈善机构的捐赠合同是否有效？为什么？万水公司可否请求法院撤销北陵公司的上述行为？为什么？

第四章

合同法

4

## 【学习目标】

学习本章要求了解合同的主要类型和形式；学会合同订立的程序；能起草、修改各种合同，识别合同的效力；准确运用合同履行中的抗辩权和保全措施；理解合同的订立、履行、变更、转让与终止的基本法律制度；辨析并解决现实生活中出现的各种合同纠纷及违约责任的主要形式和适用情况。

## 【案例导入】

某公司发布广告称，泥鳅在国外市场非常畅销，现向社会广泛征求农民为其饲养泥鳅，该公司负责免费提供鳅种和饲养技术手册，并高价收购泥鳅，出口到国外市场。该公司声称，国外进口公司为防止该公司不能履行合同，要求该公司支付巨额的履约保证金。因此，为保证按时交付泥鳅，与该公司签订合同的农民必须向该公司暂时支付 2 000 元押金，公司在农民交付泥鳅时全额退回押金。有很多农民与该公司签订了饲养合同，支付了押金，领回了鳅种和技术手册。

## 【问题】

1. 农民面临什么风险？
2. 合同、协议、意向书一样吗？

# 第一节　合同与合同法概述

合同法是规范市场交易的基本法律，它涉及生产、生活领域的方方面面，与企业的生产经营和人们的生活密切相关。学习者应从合同与合同法的定义、分类认识入手，了解合同法的适用范围与基本原则。

## 一、合同的定义与特征

我国《合同法》第2条规定："本法所称合同是平等主体的自然人、法人、其他组织之间设立、变更、终止民事权利义务关系的协议。"

合同具有以下法律特征：合同的主体具有平等的法律地位；合同的主体是自然人、法人、其他组织；合同是以设立、变更、终止民事权利义务关系为目的的民事法律行为；合同是当事人意思表示一致而达成的一种协议。

> 合同指平等主体之间设立、变更、终止民事权利义务关系的协议

法律实务：

### 合同、协议、意向书问题

所谓协议是指有关国家、政党、企业、事业单位、社会团体或者个人，在平等协商的基础上订立的一种具有政治、经济或其他关系的契约。协议，在其所表示的意义、作用、格式、形式等方面基本上与合同是相同的。从合同的定义中可以看出，合同就是协议。但根据逻辑学的原理，协议是合同的种定义，即所有的合同都是协议，但并非所有的协议都是合同，所以说合同是具有特定内容的协议。

意向书是双方当事人通过初步洽商，就各自的意愿达成一致认识而签订的书面文件，是双方进行实质性谈判的依据，是签订协议（合同）的前奏。

从本质上说，合同和协议没有什么区别。实践中，合同可以以不同的名称出现，如合同、合同书、协议、协议书。合同与协议虽然有其共同之处，但两者也有

其明显区别。合同的特点是明确、详细、具体，而协议的特点是简单、概括、原则。合同与协议这两个既有共同点又有区别的定义，不能只从名称上来区分，而应该根据其实质内容来确定。如果协议的内容写得比较明确、具体、详细、齐全，并涉及违约责任，即使其名称写的是协议，也是合同；如果合同的内容写得比较概括、原则、很不具体，也不涉及违约责任，即使其名称写的是合同，也不能称其为合同，而是协议。而意向书和前两者的区别就太大了。真正的意向书不具有法律约束力，而协议和合同都具有法律约束力。但是，有些意向书实际上已经很接近协议或合同了，不能只从名称上来区分，而应该根据其实质内容来确定。如果意向书的内容写得比较明确、具体、详细、齐全，并涉及违约责任，即使其名称写的是意向书，实际上也是合同。

注意：合同书或协议书所指的不是合同定义，而是关于记载合同或协议内容的具体文件，是合同或协议的载体。

【课堂练习】

4.1 下列各项说法正确的是（ 　　　 ）。

A. 合同的主体具有平等的法律地位

B. 合同的主体是自然人、法人、其他组织

C. 合同是以设立、变更、终止民事权利义务关系为目的的民事法律行为

D. 合同是当事人意思表示一致而达成的一种协议

## 二、合同的分类

### （一）有偿合同与无偿合同

根据当事人之间的权利义务是否互为对价，将合同分为有偿合同和无偿合同。有偿合同指一方依照合同规定享有权利时，需向对方支付相应的代价的合同，如买卖合同等。不支付代价即可享有合同权利的合同为无偿合同，如赠与合同。

### （二）双务合同与单务合同

根据当事人双方是否互付义务为标准，将合同分为双务合同与单务合同。双务合同是指当事人双方互负给付义务，一方的权利和义务即对应为另一方的义务和权利，如买卖合同、租赁合同等。单务合同则表现为权利和义务的分离，一方主要享受权利而另一方承担主要义务或权利与义务之间不存在对应和依赖关系，如赠与合同。

### （三）诺成性合同与实践性合同

根据是否以交付标的物为成立条件，将合同分为诺成性合同与实践性合同。诺

成性合同是指当事人意思表示一致即告成立的合同，如买卖合同、运输合同等。实践性合同是指除了当事人意思表示一致外，还须交付标的物才能成立的合同，如定金合同、没有特殊约定的保管合同等。在实践中，绝大多数的合同都是诺成性合同。

（四）要式合同与非要式合同

根据法律或者当事人对合同的形式是否有专门要求，将合同分为要式合同与非要式合同。要式合同，是指合同的订立必须具备一定的形式，否则合同不能成立或不产生法律效力。非要式合同，是指对于合同形式没有特别要求的合同。

（五）有名合同与无名合同

根据法律是否规定了一定的合同名称，将合同分为有名合同与无名合同。有名合同是指法律对合同的名称和内容有明确的规定，如《中华人民共和国合同法》（以下简称《合同法》）分则中列举了买卖合同、赠与合同、借款合同等15种有名合同。法律未对其名称做出明确规定的称为无名合同，对于无名合同，适用《合同法》总则的规定并参照《合同法》分则或其他法律最相类似的规定。

（六）格式合同与非格式合同

根据合同是否为预先拟定，将合同分为格式合同与非格式合同。格式合同又称标准合同，是当事人为了重复使用而预先拟定，并在订立合同时未与对方协商的合同，如保险合同、电信合同等。由于标准合同是由一方提出，另一方并未参与谈判和协商制定的，因此，各国法律对标准合同中其免责条款的有效性和解释都做出严格规定。与之相对的非格式合同是指无固定形式，且其内容都是双方自愿协商谈判的结果。

（七）主合同与从合同

根据某一合同是否以其他合同的存在为前提而存在，可将合同分为主合同与从合同。主合同是无须以其他合同存在为前提即可独立存在的合同。从合同是必须以其他合同的存在为前提才可存在的合同，如保证合同。从合同不能独立存在，所以又称附属合同。主合同的成立与效力影响到从合同的成立与效力。

【课堂练习】

4.2 美华商场为张某无偿保管一辆自行车；张某借给李某500元钱不要利息；李某把价值2万元的柑橘交给铁路部门运输；铁路部门找木器加工厂加工制作100条长椅。以上四种合同（　　　　）。

A. 第一个合同是实践性合同　　　　B. 第二个合同是实践性合同

C. 第三个合同是实践性合同　　　　D. 第四个合同是实践性合同

### 三、合同法的定义与适用范围

合同法是调整平等主体之间的民事财产关系的法律，它主要规范合同的订立，合同的有效、无效，合同的履行、变更、解除、保全，违反合同的责任等问题。1999 年 3 月 15 日第九届全国人民代表大会第 2 次会议审议通过，1999 年 10 月 1 日起施行的《中华人民共和国合同法》是我国合同法律制度方面的基本法律。

合同法调整的是平等主体之间的民事财产关系。政府的经济管理活动属于行政管理关系，不是民事关系，不适用合同法；企业、单位内部的管理关系不是平等主体间的关系，也不适用合同法；有关婚姻、收养、监护等身份关系的协议，不属于合同法调整范围。

调解协议？

【课堂练习】

4.3 汶川地震后，某地民政局和当地帐篷生产厂家签订了 5 万顶帐篷的供给合同。请问这个合同是否适用合同法？

### 四、合同法的基本原则

我国《合同法》第 3 条、第 4 条、第 5 条、第 6 条、第 7 条分别规定了平等原则、合同自愿原则、公平原则、诚实信用原则及守法与公序良俗原则。

《合同法》第 3 条规定："合同当事人的法律地位平等，一方不得将自己的意志强加给另一方。"

《合同法》第 4 条规定："当事人依法享有自愿订立合同的权利，任何单位和个人不得非法干预。"

《合同法》第 5 条规定："当事人应当遵循公平原则确立各方的权利和义务。"

《合同法》第 6 条规定："当事人行使权利、履行义务应当遵循诚实信用原则。"诚实信用原则通常被称为"帝王规则"，可见其重要性。它既要求当事人在行使权利上不得滥用权利，不损害他方的合法利益，也要求在履行义务上不欺诈，严格遵守诺言；要求当事人既依约定履行主义务，也应依要求履行附随义务。

《合同法》第 7 条规定："当事人订立、履行合同，应当遵守法律、行政法规，尊重社会公德，不得扰乱社会经济秩序，损害社会公共利益。"

【课堂练习】

4.4 合同的基本原则主要包括（       ）。

A. 平等与公平原则          B. 合同自愿原则

C. 诚实信用原则            D. 守法与公序良俗原则

【本节小结】

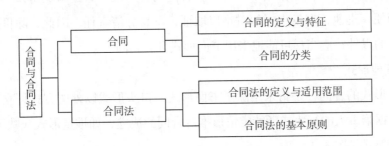

【课后思考】

1. 请举例说明合同分类的意义。

2. 哪些合同不属于合同法的调整范围？

# 第二节　合同的订立与成立

合同的订立、成立和生效是三个不同的定义，但在理论上与实践中常常被人们混淆，造成纠纷和损失。按照《合同法》的规范要求厘清它们之间的关系，有利于《合同法》的正确实施，有利于合同交易的顺畅。学习者应以合同订立的定义入手，了解订立合同的形式与内容，订立合同的程序，合同成立的时间、地点，格式合同，缔约过失责任的相关规定。

## 一、合同订立的形式与内容

（一）合同的订立与成立

合同的订立，是指两个或两个以上的当事人，依法就合同的主要条款经过协商一致，达成协议的法律行为，是当事人之间达成协议的过程；合同的成立是当事人达成协议的结果；合同的生效是已成立的合同在当事人之间产生了一定的法律拘束力。这三者既相互联系，又相互区别。

（二）合同的形式

合同的形式，是指合同当事人意思表示一致的外在表现形式。当事人订立合同一般有三种形式：书面形式、口头形式和其他形式。

1. 书面形式

书面形式是指合同书、信件和数据电文（包括电报、电传、传真、电子数据交换和电子邮件）等可以有形地表现所载内容的形式。书面形式明确、肯定，有据可查，是当事人普遍采用的一种合同形式。

2. 口头形式

口头形式的合同，是指当事人各方就合同内容达成一致的口头协议。口头形式直接、简便、迅速，但发生纠纷时难以取证，不易分清责任。因此，除价款极少或即时履行的以外，应当尽可能地采用书面形式订立合同。

3. 其他形式

其他形式的合同，是指采用除了书面形式、口头形式以外的方式订立合同的形式，即根据当事人的行为或者特定情形推定合同的成立，如推定形式和默示形式。

合同形式见图 4-1。

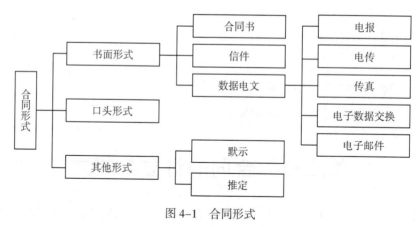

图 4-1  合同形式

（三）合同的内容

1. 合同条款

合同的内容，就是合同当事人的权利与义务，具体体现为合同的各项条款。根据《合同法》规定，在不违反法律强制性规定的情况下，合同条款可以由当事人自由约定，但一般包括以下条款：① 当事人的名称或者姓名和住所；② 标的，即合同双方当事人权利义务所共同指向的对象；③ 数量；④ 质量；⑤ 价款或者报酬；⑥ 履行期限、地点和方式；⑦ 违约责任；⑧解决争议的方法。

**2. 合同条款的解释**

当事人对合同条款的理解有争议的，应当按照合同所使用的词句、合同的有关条款、合同的目的、交易习惯以及诚实信用原则，确定该条款的真实意思。合同文本采用两种以上文字订立并约定具有同等效力的，对各文本使用的词句推定具有相同含义。各文本使用的词句不一致的，应当根据合同的目的予以解释。

**3. 合同的法律适用**

涉外合同的当事人可以选择处理合同争议所适用的法律，但在中华人民共和国境内履行的中外合资经营企业合同、中外合作经营企业合同、中外合作勘探开发自然资源合同，只能适用中华人民共和国法律。

---

**法律实务：**

### 合同主要条款的审查与风险防范

**1. 审查合同双方名称及法定代表人**

根据我国公司企业登记法律法规的规定，企业名称一般由以下几个部分构成：注册区域名称、字号、行业、组织形式等。如果企业名称表述不规范，工商管理机关将拒绝企业注册申请。因此，如果最后签订的书面合同中双方的企业名称表述出现错误，则被错误表述的一方可能会被认定为不是合同的一方当事人，其将不能享有合同上的权利或要求其承担合同上的义务。即使需要追究对方的违约责任，也需要花费很高的人力、物力证明该表述错误的一方就是对方当事人。因此审查合同，应首先审查合同各方企业名称的表述是否完整、准确，法定代表人是否为营业执照上登记的法定代表人，授权代表人是否为企业授权委托书所委托授权的代理人。此外，还应该核对合同上注明的对方企业名称是否和对方营业执照上的企业名称完全一致。

**2. 审查合同名称和内容是否一致**

合同法对现实生活中比较典型的合同作了类型化的规范，合同类型不同，双方的权利义务关系不同，可适用的法律规则也不一样。因此，对于某些根据合同文本可能会对合同的类型和性质做出两种以上判断的情况，合同名称的准确尤为重要，否则对履行合同或者在发生争议时适用法律条款徒增困难。以超市储物箱发生盗窃案为例，如果超市向消费者提供储物箱的行为是一种保管合同，则超市应对消费者的损失承担责任，如认定为借用合同，则超市不会承担任何责任。因此合同类型不同，适用的法律规则不同，最后的法律效果可能完全不同。因此审查合同必须保证合同的名称与合同的内容完全一致。

3. 重点审查有关合同标的物的条款

风险一：合同标的物不具唯一性的风险。在现实生活中，有些词语指向对象并不具有唯一确定，很有可能会出现对合同标的物约定不明确的情形，甚至被对方利用，导致争议的发生。如笔记本电脑市场，各品牌笔记本电脑公司都会根据功能或配置不同生产不同系列的产品，每一系列都有不同的型号，虽然在商务谈判时双方都理解交易对象所指的是哪一种产品，但是，如果为图省事不在合同中以书面形式将标的物的名称、系列、型号确定下来，一旦发生争议诉诸法院，需提供证据证明合同标的的确切型号，徒增交易成本。这就使得本来可以在合同文本中用一句话避免的问题变得复杂起来。

防范应对：应审查合同中对标的物的约定是否具体、明确，包括标的物的名称、性能、成分、适用的质量标准、大小、重量、面积、形状、单价和总价、折扣等。特别地，对标的物的数量应尽量细到它最小的计量单位，因为同样的产品，如果它的计量方法不同，可能会出现不同的后果。如某产品标号有 0.5 公斤装的和 1 公斤装的两种，如果约定不明确，有可能是支付 1 公斤装的价格取得 0.5 公斤装的产品或发送 1 公斤装的产品收取 0.5 公斤装的价款。此外，在标的物需要包装的情况下，应审查该包装标准，包括外包装的材质、内包装或者填充物保护的说明，以及对防潮、防火、防撞击颠簸的要求等，如果采用国家标准或行业标准的，是否已经标明该标准的名称、代号或编号，同时包装费用的承担方式是否已经约定明确。

风险二：标的物侵害他人的知识产权的风险。知识经济在当前的经济关系中发挥着越来越重要的作用，大家对知识产权的保护意识越来越强，企业稍有不慎，就有可能陷入知识产权的侵权纠纷中。如果通过合同交易接受对方的产品或服务侵犯了第三方的知识产权，公司就有可能需要应对第三方的侵权诉讼，承担侵权损害赔偿责任，在事态严重的情况下，企业很有可能还会遭受行政处罚，包括吊销企业营业执照。

防范应对：如果是购买对方的产品，首先要注意对方是否是该产品上的商标的合法持有者，并在合同条款中要求对方保证其提供的产品或服务不得侵犯他人的商标权、著作权、专利权或其他知识产权，并且一旦出现侵犯他人知识产权造成己方损害的情况，应要求对方予以全额赔偿；如果在为对方提供产品或服务，对方要求己方保证不侵害他人知识产权时，应在合同中同时约定己方不对由于对方的原因，包括对方提供的图纸等技术资料或因遵从对方的指示安排而导致侵害他人知识产权的结果承担任何法律责任。

4. 审查价款的支付方式

企业之间交易活动的良性发展建立在交易双方诚信的基础之上，交易的目的是互通有无、各取所需，实现财富的增长。如果交易双方有良好的合作基础，一般情况下不存在回收账款的问题。但商场上的情况瞬息万变，有时前一天还是行业巨子，第二天就陷入经济危机从而丧失偿债能力。如果双方是初次交易，相互之间对对方的企业情况不甚了解，双方尚未建立稳定的信任关系，就必须特别当心货款支付的问题。因此，为了确保能够及时足额地收回货款，必须严格审查货款支付条款，从源头上控制经营风险。首先，最好采用先付款后发货的方式，如果是提供服务的合同，尽量约定分期付款，合同签订后支付一定的预付款，项目进行中支付部分服务费，项目完成审核验收后结清全部价款。其次，如果先支付货款有一定的难度，可以采用先交部分定金的方式来减少供方的风险，并在合同中约定自交付定金之日起合同生效。如果对方未交付定金，合同未生效，己方无义务发送货物。再次，如果一定要采用先发货后付款的方式，则在合同签订前要注重把握好对方的整体实力、信誉度及付款时间的长短等。最后，为避免在合同履行中发生对价款支付的争议，要详细列明每项商品的单价，特别在标的物是多类商品的购销合同中，不应为图省事只在合同中明确商品的总价款，而不确定具体每种商品的单价，否则一旦合同部分履行后发生争议，就难以确定尚未履行的部分商品的价款。

5. 审查质量标准条款

在合同纠纷中，因为质量问题发生的争议占很大的比例，特别是对合同产品没有可适用的质量标准或者国际标准、国家标准、行业标准及企业标准等几个标准存在的情况下，质量标准约定不明确时更容易发生纠纷。而一旦发生质量争议，就需要一个客观标准进行衡量来确定责任。因此，为防止争议发生，首先应在合同中约定所适用的客观标准；如果约定有几个标准时，应明确在几个标准的要求不一致时哪个标准优先的问题。如果没有具体的质量标准，则应在合同中具体、详细地约定合同产品的质量要求，并尽量避免以某一方的主观判断为标准，规定在约定不明确的情况下必须由双方本着诚信原则协商解决。其次，合同产品的质量保证期应有限制。规定供应方对产品质量保证的期间和环境条件，只有在规定的时间和期限内发生的质量问题，才承担保证责任；超过这一限度，就不再承担质量责任。同时质量保证期的计算一般应从产品交付之日起算，而不得以接受方销售或安装产品之日起算，否则若由于接受方在其仓库长期积压而引起的质量问题，供应方仍要承担质量保证责任。

6. 审查违约责任条款

审查违约责任条款应注意审查有无不平等的违约责任条款和加重己方责任的违约责任条款。在约定责任承担方式时，一般只能在违约金和经济损失中选择其中一种，如果既主张违约金又主张赔偿损失就可能得不到法院的支持。因此，如果对违约的损失能够预先估计，约定一定金额或一定比例的违约金可以免除争议发生后举证证明损失额多少的问题。但是，如果损失无法估计，则应当约定违约方向守约方赔偿因违约实际造成的损失。

### 7. 争议处理条款的确定

合同争议管辖法院有原告所在地法院、被告所在地法院、合同签订地法院、合同履行地法院、标的物所在地法院。因此在需要通过法院诉讼解决争议时，各方都希望争议能在己方所在地的法院进行诉讼，从而发生法院管辖争议。但是如果能在合同中约定具体的管辖法院，就会避免合同争议解决前的法院关系纠纷了。

合同约定法院管辖时应如意避免如下问题：① 表述不清楚，容易产生歧义。如"如果发生争议，可由双方所在地法院管辖"，实际上约定本身隐含了纠纷。② 约定由五个地方以外的法院管辖，因超出法院管辖范围导致约定无效。③ 约定违反了级别管辖或专属管辖的规定，导致约定的受诉法院实际上没有管辖权，错失争议解决的最佳时机。

如果采用仲裁的方式，仲裁条款或仲裁协议一定要约定明确。第一，约定的仲裁机构必须真实存在。我国仲裁机构是在直辖市和省、自治区人民政府所在地的市设立，以及其他设区的市设立，县一级人民政府所在地不设立仲裁机构，如果约定区／县一级政府所在地的"仲裁委员会"管辖，因为该仲裁机构根本不存在，则约定无效。第二，仲裁机构的名称应具体、明确，不得笼统约定由甲方（或乙方）所在地仲裁部门解决，因为这样的仲裁条款只是约定了仲裁地点而对仲裁机构没有约定。不过，如果约定由某地仲裁机构仲裁，而该地区只有一家仲裁机构，一般认为该约定指定了确定的仲裁机构。第三，不得同时约定法院和仲裁机构同时管辖，否则视为约定不明确导致无效，争议由法院管辖。第四，约定仲裁可以不必限于各自所在地，因为仲裁没有地域管辖的问题，为了避免地方仲裁机构的地方保护主义倾向，可以约定由双方以外的地区的仲裁机构仲裁。

【课堂练习】

4.5 合同的订立形式主要包括（　　　）。

A. 书面形式　　　　　　　　　B. 口头形式

C. 其他形式　　　　　　　　　D. 声音形式

## 二、合同订立的一般程序

（一）要约

### 1. 要约的定义

当事人订立合同，采取要约、承诺方式

要约是指希望和他人订立合同的意思表示。要约可以向特定人发出，也可以向非特定人发出。根据《合同法》的规定，要约的意思表示应当符合下列规定：① 内容具体确定，此项条件要求该意思表示已经具备了未来合同的必要内容；② 表明经受要约人承诺，要约人即受该意思表示约束。

2. 要约邀请

要约邀请又称引诱要约，是希望他人向自己发出要约的意思表示。要约邀请与要约不同：要约是一种法律行为，一经对方承诺，合同即告成立；而要约邀请处于合同的准备阶段，没有法律约束力。实践中要约与要约邀请很难区别，关键要看其内容是否具体、翔实。合同法规定，寄送的价目表、拍卖公告、招标公告、招股说明书等都属于要约邀请，商业广告的内容符合要约规定的，视为要约。

3. 要约的生效时间

要约到达受要约人时生效。采用数据电文形式订立合同，收件人指定特定系统接收数据电文的，该数据电文进入该特定系统的时间视为到达时间；未指定特定系统的，该数据电文进入收件人的任何系统的首次时间视为到达时间。

4. 要约的撤回

要约可以撤回。撤回要约的通知应当在要约到达受要约人之前或者与要约同时到达受要约人。撤回要约是在要约尚未生效的情形下发生的。如果要约已经生效，则不是要约的撤回，而是要约的撤销。

5. 要约的撤销

要约可以撤销。撤销要约的通知应当在受要约人发出承诺通知之前到达受要约人。但下列情形下的要约不得撤销：

（1）要约人确定了承诺期限的；

（2）以其他形式明示要约不可撤销的；

（3）受要约人有理由认为要约是不可撤销的，并已经为履行合同做了准备工作。

6. 要约的失效

有下列情形之一的，要约失效：

（1）拒绝要约的通知到达要约人；

（2）要约人依法撤销要约；

（3）承诺期限届满，受要约人未作出承诺；

（4）受要约人对要约的内容作出实质性变更。

（二）承诺

1. 承诺的定义

承诺是受要约人同意要约的意思表示。承诺应当由受要约人向要约人作出。

2. 承诺的内容

承诺的内容应当与要约的内容一致，这在学理上称为镜像规则。但严格执行镜像规则不能适应市场发展的需要。在实践中，受要约人可能对要约的文字乃至内容作出某些修改，此时承诺是否具有法律效力需根据具体情况予以确认。《合同法》规定，受要约人对要约的内容作出实质性变更的，为新要约。有关合同标的、数量、质量、价款或者报酬、履行期限、履行地点和方式、违约责任和解决争议方法等内容的变更，是对要约内容的实质性变更。承诺对要约的内容作出非实质性变更的，除要约人及时表示反对或者要约表明承诺不得对要约的内容作出任何变更的以外，该承诺有效，合同的内容以承诺的内容为准。

3. 承诺期限

承诺应当在要约确定的期限内到达要约人。要约没有确定承诺期限的，承诺应当依照下列规定到达：① 要约以对话方式作出的，应当即时作出承诺，但当事人另有约定的除外；② 要约以非对话方式作出的，承诺应当在合理期限内到达。所谓合理期限，是指依通常情形可期待承诺到达的期间，一般包括要约到达受要约人的期间、受要约人作出承诺的期间、承诺通知到达要约人的期间。

要约以信件或者电报作出的，承诺期限自信件载明的日期或者电报交发之日开始计算。信件未载明日期的，自投寄该信件的邮戳日期开始计算。要约以电话、传真等快速通信方式作出的，承诺期限自要约到达受要约人时开始计算。

受要约人超过承诺期限发出承诺的，为迟延承诺，除要约人及时通知受要约人该承诺有效的以外，迟延的承诺应视为新要约。

4. 承诺的生效时间

承诺自通知到达要约人时生效。承诺不需要通知的，自根据交易习惯或者要约的要求作出承诺的行为时生效。采用数据电文形式订立合同，收件人指定特定系统接收数据电文的，该数据电文进入该特定系统的时间，视为承诺到达时间；未指定特定系统的，该数据电文进入收件人的任何系统的首次时间，视为承诺到达时间。

**5. 承诺的撤回**

承诺人发出承诺后反悔的，可以撤回承诺，其条件是撤回承诺的通知应当在承诺通知到达要约人之前或者与承诺通知同时到达要约人，即在承诺生效前到达要约人。

**法律实务：**

拍　　卖

拍卖是以公开竞价的形式，将特定物品或者财产权利转让给最高应价者的买卖方式。大陆法认为，在拍卖活动中，拍卖公告、拍卖展示、拍卖说明属于要约邀请，竞买人出价为要约，拍卖人击锤或者以其他方式拍定为承诺。

拍卖可分为有底价拍卖和无底价拍卖。有底价拍卖是在拍卖前将拍卖标的进行估价，确定一个比较合理的保留价，竞买人的最高应价如未达到保留价，则该应价不发生效力，拍卖师应当停止拍卖标的的拍卖。如竞买人的最高应价达到保留价，经拍卖师落槌或者以其他方式公开表示买定的方式确认后，拍卖成交。拍卖实务中，有底价拍卖多于无底价拍卖。按照我国拍卖法的规定，在拍卖时，拍卖标的无保留价的，拍卖师应当在拍卖前予以说明。如未说明，则视为有保留价。

在有底价拍卖中，拍卖广告、拍卖展示、拍卖说明均属于要约邀请。这些表示意思缺乏价格这一买卖合同的关键条款，不具备要约内容的确定性；二是表意人根本没有受自己意思表示的约束，从而成立合同的意图。买主是被请求提供出价而不是被授权接受一个出售要约。出价是要约，而不是承诺。如果用一个最恰如其分的成语来形容拍卖广告行为人主观意思的话，那就是"待价而沽"。仅仅宣布要拍卖某物并不构成可以接受的要约。因为，没有一个神志正常的人会认为，卖主已保证要拍卖这个货物。例如，他可以在拍卖之前私下接受一个要约。为了使最高叫价达到委托人的理想价位，有无保留价是公开的，保留价的数额是保密的，这使得委托人得以坐观竞买人竞价，拍卖广告与竞买人竞价两个意思表示的结合无法形成一个合同法律行为。

**【课堂练习】**

4.6 根据合同法律制度的规定，下列情形中要约没有发生法律效力的是（　　　）。

A. 撤回要约的通知与要约同时到达受要约人

B. 撤销要约的通知在受要约人发出承诺通知之前到达

C. 同意要约的通知到达要约人

D. 受要约人对要约的内容作出实质性变更

### 三、格式合同

（一）格式合同与格式条款的定义

格式合同是指当事人一方预先拟定合同条款，对方只能表示全部同意或者不同意的合同。因此，对于格式合同的非拟定条款的一方当事人而言，要订立格式合同，就必须全部接受合同条件，否则就不订立合同。现实生活中的车票、船票、飞机票、保险单、提单、仓单、出版合同等都是格式合同。

格式条款，又称为标准条款，依我国《合同法》第 39 条第 2 款规定，"是当事人为了重复使用而预先拟定，并在订立合同时未与对方协商的条款"。

（二）格式条款的限制规定

由于格式条款在订立时未与对方协商，容易造成权利义务的不公平，因此，《合同法》对格式条款的使用从以下三个方面予以限制：

1. 提供格式条款的一方的义务

提供格式条款的一方有提示说明义务，应采取合理的方式提请对方注意免除或限制其责任的条款，按照对方的要求对该条款予以说明。

2. 某些格式条款无效

（1）提供格式条款的一方免除其责任，加重对方责任，排除对方主要权利的条款无效。

（2）格式条款具有《合同法》第 52 条规定的无效情形，即一方以欺诈、胁迫手段订立合同，损害国家利益；恶意串通，损害国家、集体或第三人的利益；以合法形式掩盖非法目的；损害社会公共利益；违反法律、行政法规的强制性规定等。

（3）格式条款具有《合同法》第 53 条规定的情形时无效，即有造成对方人身伤害的免责条款；有因故意或重大过失造成对方财产损失的免责条款。

3. 对格式条款的解释

对格式条款有两种以上解释的，应当做出不利于提供格式条款一方的解释；格式条款和非格式条款不一致的，应当采用非格式条款。

4.7 李某赴外地出差，晚间到旅馆投宿。办理住宿手续时，服务员拿出一张事先印好的"住宿须知"请李某过目，而后李某签字同意，其中一条写明"除日用必需品之外的贵重物品，请交由总服务台统一保管，否则，若遗失本店不负责"。李某签字后就立即回房间休息，因旅途疲惫李某用手机向本单位领导简单汇报了一下工作进展，并将一些重要内容输入笔记本电脑后，便立即睡下，直至次日早上8：00方醒。醒来后，李某发现自己房间的窗户被人打开，房门也大开，手机与笔记本电脑不翼而飞。李某遂以旅馆未尽到保护义务为由诉至法院，要求旅馆赔偿损失，旅馆则以李某签字同意的"住宿须知"为由不予赔偿。经查实，李某睡觉前已关好门窗，且手机电脑被盗属实，另外，当地治安状况不佳，常有入室盗窃案件发生，但是旅馆未聘请保安人员。

问：双方就"住宿须知"中"除日用必需品之外的贵重物品"一句的理解发生争议，应如何予以解释？

## 四、合同成立的时间、地点

（一）合同成立的时间

承诺生效时合同即告成立，当事人于此时开始享有合同权利、承担合同义务。合同成立的具体时间依不同情况而定，具体有：

（1）当事人采用合同书形式订立合同的，自双方当事人签字或盖章时合同成立。

（2）当事人采用信件、数据电文等形式订立合同的，可以在合同成立之前要求签订确认书，签订确认书时合同成立。

（3）法律、行政法规规定或者当事人约定采用书面形式订立合同，当事人未采用书面形式，但一方已经履行主要义务并且对方接受的，该合同成立；采用合同书形式订立合同，在签字或盖章之前，当事人一方已经履行主要义务并且对方接受的，合同成立，即"事实合同"。

（4）当事人签订要式合同的，以法律、法规规定的特殊形式要求完成的时间为合同成立的时间。

（二）合同成立的地点

承诺生效的地点为合同的成立地点，具体包括：

（1）采用数据电文形式订立合同的，收件人的主营业地为合同成立的地点；没有主营业地的，其经常居住地为合同成立的地点。

> 承诺生效时间即合同成立时间；承诺生效地点即合同成立地点

（2）当事人采用合同书、确认书形式订立合同的，双方当事人签字或盖章的地点为合同成立的地点。

（3）合同需要完成特殊的约定或法律形式才能成立的，以完成合同的约定形式或法定形式的地点为合同的成立地点。

（4）当事人对合同的成立地点另有约定的，按照其约定。

【课堂练习】

4.8 根据《合同法》的规定，下列各项中，属于合同成立情形的有（　　　）。

A. 甲向乙发出要约，乙作出承诺，该承诺除对履行地点提出异议外，其余内容均与要约一致

B. 甲、乙约定以书面形式订立合同，但在签订书面合同之前甲已履行主要义务，乙接受了履行

C. 甲、乙采用书面形式订立合同，但在双方签章之前，甲履行了主要义务，乙接受了履行

D. 甲于5月10日向乙发出要约，要约规定承诺期限截止到5月20日，乙于5月28日发出承诺信函，该信函5月31日到达甲

五、缔约过失责任

缔约过失责任是指当事人在订立合同过程中，因故意或者过失致使合同未成立、未生效、被撤销或无效，给他人造成损失而应承担的损害赔偿责任

缔约过失责任，亦称缔约过错责任，是指当事人在订立合同过程中，因故意或者过失致使合同未成立、未生效、被撤销或无效，给他人造成损失而应承担的损害赔偿责任。

《合同法》规定，当事人在订立合同过程中有下列情形之一，给对方造成损失的，应当承担损害赔偿责任：

（1）假借订立合同，恶意进行磋商。

（2）故意隐瞒与订立合同有关的重要事实或者提供虚假情况。

（3）当事人泄露或者不正当地使用在订立合同过程中知悉的商业秘密。

（4）有其他违背诚实信用原则的行为。

缔约过失责任与违约责任存在区别：

（1）两种责任产生的时间不同。缔约过失责任发生在合同成立之前；而违约责任产生于合同生效之后。

（2）适用的范围不同。缔约过失责任适用于合同未成立、合同未生效、合同无效等情况；违约责任适用于生效合同。

（3）赔偿范围不同。缔约过失赔偿的是信赖利益的损失，而违约责任赔偿的是

可期待利益的损失。原则上，可期待利益的损失要大于信赖利益的损失。

**法律实务：**

### 合同订立中的先合同义务与缔约过失责任

所谓先合同义务，又称先契约义务、缔约过程中的附随义务，是指自缔约当事人因签订合同而相互接触磋商，至合同有效成立之前，双方当事人依诚实信用原则负有协助、通知、告知、保护、照顾、保密、忠实等义务。

缔约过失责任，是指当事人在订立合同过程中，因过错违反依诚实信用原则所应尽的先合同义务，导致合同不成立，或者合同虽然成立，但不符合法定的生效条件而被确认无效、被变更或被撤销，给对方造成损失时所应承担的民事责任。

按传统民法，当事人在合同成立前相互之间并无任何权利义务关系，彼此并不承担任何责任。但是随着实践的发展，人们逐渐认识到，由于合同当事人一方的过错致使合同不能成立，而导致信赖该合同能够成立而为此积极准备的相对方遭受损失，此种损失仅因合同没有成立而失去对过错方的约束，有违诚实信用原则的要求。合同关系是一种基于信赖而发生的法律上的特别结合关系。当事人为了缔结合同而进行磋商之际，已由一般普通关系进入特殊结合关系，这就要求订立合同的双方当事人应超出一般普通关系所要求的侵权行为法上的注意义务，而负起保护这种特殊信赖关系的协作义务、通知义务、照顾义务、保护义务、保密义务等附随义务。

我国《合同法》第42条仅规定缔约过失行为应承担损害赔偿责任，但对赔偿责任的范围却没有具体规定。实践中一般包括：① 订立合同所支出的费用，如交通费、通信费、考察费、餐饮住宿费等；② 就准备履行或履行合同所支付的必要费用，如运输费、包装费、仓储费、保险费等；③ 诉讼费用。

【课堂练习】

4.9 当事人在订立合同过程中给对方造成损失，应当承担损害赔偿责任的情形包括（　　　）。

A. 假借订立合同，恶意进行磋商

B. 故意隐瞒与订立合同有关的重要事实或者提供虚假情况

C. 当事人泄露或者不正当地使用在订立合同过程中知悉的商业秘密

D. 有其他违背诚实信用原则的行为

【本节小结】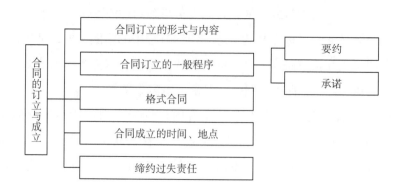

```
                    ┌─────────────────────┐
                    │  合同订立的形式与内容  │
                    ├─────────────────────┤        ┌──────────┐
                  ┌─┤  合同订立的一般程序    ├────────┤   要约    │
  合              │ ├─────────────────────┤        ├──────────┤
  同   合         │ │                     │        │   承诺    │
  的   同         │ │       格式合同        │        └──────────┘
  订   的         ┼─┤                     │
  立   订  │      │ ├─────────────────────┤
  与   立         │ │  合同成立的时间、地点  │
  成   与         │ ├─────────────────────┤
  立   成         └─┤     缔约过失责任       │
        立         └─────────────────────┘
```

【课后思考】

1. 什么是格式合同与非格式合同？它们的区分有何法律意义？

2. 法律对要约人的撤销权做了哪些例外规定？

3. 缔约过失责任与违约责任有何区别？

# 第三节 合同的效力

合同的效力是指依法成立的合同对当事人具有的法律约束力。有效合同对当事人具有法律约束力，违反合同规定就应当承担法律责任。无效合同不具有法律约束力。学习者应从合同生效的定义入手，了解我国《合同法》对合同的效力规定的四种情形：有效合同、无效合同、可撤销合同、效力待定合同。

## 一、合同的生效

（一）合同生效的条件

合同的生效要件是判断合同是否具有法律约束力的标准。合同生效必须具备三个实质条件，即行为人具备相应的民事行为能力、意思表示真实、不违反法律或者社会公共利益。

1. 主体合格

合同的当事人应当具有相应的民事行为能力。民事行为能力包括合同行为能力和相应的缔约行为能力。对自然人而言，原则上须有完全行为能力，限制行为能力人和无行为能力人不得亲自签订合同，而应由其法定代理人代为签订。但是，限制民事行为能力人可以独立签订与其年龄、智力相适应的合同；对于非自然人而言，必须是依法定程序成立后才具有合同行为能力，同时，还要具有相应的缔约能力，即必须在法律、行政法规及有关部门授予的权限范围内签订合同。

2. 意思表示真实

即当事人的行为应当真实地反映其内心的想法，合同是当事人双方意思表示一致的法律行为。

3. 不违反法律和社会公共利益

当事人签订的合同从目的到内容都不能违反法律的强制性规定，不能违背社会公德、扰乱社会公共秩序、损害社会公共利益。

（二）合同生效的时间

合同是否成立是一个事实问题，需要考察当事人间是否有要约和承诺。合同生效是一个价值判断，需要考察当事人之间的合同是否符合法律的精神与规定，能否发生法律所认可的效力。《合同法》根据合同类型的不同，分别规定了不同的合同生效的时间：

（1）依法成立的合同，原则上自成立时生效。

（2）法律、行政法规规定应当办理批准、登记等手续生效的，在依照其规定办理批准、登记等手续后生效。对于这类合同，在法院审理案件过程中，一审法庭辩论终结前当事人仍未办理批准手续的，或者仍未办理批准、登记等手续的，人民法院应当认定该合同未生效。

法律、行政法规规定合同应当办理登记手续，但未规定登记后生效的，当事人未办理登记手续不影响合同的效力，但合同标的所有权及其他物权不能转移。根据《中华人民共和国物权法》（以下简称《物权法》）的规定，需要办理登记的抵押合同及商品房买卖合同均属于这类合同，即未登记不影响合同的生效，只影响物权的成立或者转移。

（3）当事人对合同的效力可以附条件或者附期限。附生效条件的合同，自条件成就时生效。附解除条件的合同，自条件成就时失效。当事人为自己的利益不正当地阻止条件成就的，视为条件已成就；不正当地促成条件成就的，视为条件不成就。附生效期限的合同，自期限届至时生效。附终止期限的合同，自期限届满时失效。例如，"本买卖合同自买方向卖方交付定金时生效。"

【课堂练习】

4.10 合同生效的条件包括（　　　）。

A. 行为人具备相应的民事行为能力　　B. 意思表示真实

C. 不违反法律　　　　　　　　　D. 不违反社会公共利益

## 二、效力待定的合同

效力待定的合同，是指合同订立后尚未生效，须经权利人追认才能生效的合同。效力待定的合同主要有以下几种类型：

（一）限制民事行为能力人独立订立的与其年龄、智力、精神状况不相适应的合同

《合同法》规定，限制民事行为能力人订立的合同，经法定代理人追认后，该合同有效，但纯获利益的合同或者与其年龄、智力、精神健康状况相适应而订立的合同，不必经法定代理人追认。

法律在保护限制民事行为能力人合法权益的同时，为避免合同相对人的利益因为合同效力待定而受损，特别规定了相对人的催告权和善意相对人的撤销权。相对人可以催告法定代理人在一个月内予以追认。法定代理人未作表示的，视为拒绝追认。合同被追认之前，善意相对人有撤销的权利。撤销应当以通知的方式作出。其中的"善意"是指相对人在订立合同时不知道与其订立合同的人欠缺相应的行为能力。

（二）无权代理人订立的合同

《合同法》规定，行为人没有代理权、超越代理权或者代理权终止后以被代理人名义订立的合同，未经被代理人追认，对被代理人不发生效力，由行为人承担责任。相对人可以催告被代理人在一个月内予以追认。被代理人未作表示的，视为拒绝追认。合同被追认之前，善意相对人有撤销的权利。撤销应当以通知的方式作出。

（三）无处分权人订立的合同

《合同法》规定，无处分权人处分他人财产，经权利人追认或者无处分权人订立合同后取得处分权的，该合同有效。

**法律实务：**

### （1）表见代理的表现形式

《合同法》第49条规定："行为人没有代理权、超越代理权或者代理权终止后以被代理人名义订立合同，相对人有理由相信行为人有代理权的，该代理行为有效。"这是我国《合同法》关于表见代理的规定。为了保护动态交易的安全，我国《合同法》规定表见代理的法律后果由本人承担，并且不问本人是否有过错。

表见代理的表现形式：本人以自己的行为明示或者默示授予他人代理权而实际上并未授予，或者明知他人以自己的名义从事民事行为而不作否认表示，造成第三

人误以为行为人有代理权的，本人要对相对人的行为承担实际授权人的责任。

1. 被代理人以直接或间接的形式，积极作为的授权意思表示。

（1）被代理人将具有代理权证明意义的文书交与他人，使他人得以凭借其代理人身份实施民事行为。被代理人虽然没有授权给行为人，但由于被代理人对授权委托书以及其他具有代理权证明意义的文书管理不善，让行为人获得，从而使相对人相信行为人具有代理权。这里有几种具体情形：① 被代理人将其印章、空白委托书、空白介绍信或者空白合同书等交给本单位或者外单位人员携带使用，虽无具体的授权意思表示，但足以构成授权的表象，应认定为表见代理。② 被代理人虽然没有将空白委托文书交给相关人员，但这些证明文件存放和保管随意，单位人员或其他人员无须采取秘密手段就可以获得，由此导致行为人持有授权委托书等与相对人进行交易，应认定为表见代理。③ 被代理人对授权委托书等有严密管理制度和防范措施，但是行为人和管理人员串通，管理人员私自将授权委托书等交给行为人，行为人持有授权委托书等与相对人进行交易，应认定为表见代理。④ 被代理人虽然对授权委托书等有严密的管理制度和防范措施，但行为人采取盗窃手段获得授权委托书等，而与相对人进行交易，由此应分两种情况：一是被代理人对被盗、丢失负有疏忽责任的，应认定为行为人的代理行为构成表见代理。二是被代理人对被盗、丢失没有任何责任，则行为人代理行为不构成表见代理。

（2）以书面或口头方式直接或间接向特定的或者不特定的第三人表示以他人为代理人，但事实上并未授权。比如某甲准备购买某乙的产品，并表示将授权某丙代为签订买卖合同。后来某甲并未实际向某丙授权，但某丙却以某甲的名义与某乙签订了买卖合同，某丙的代理行为构成表见代理。

（3）因特定的环境和特定的关系而成形的表见代理。特定的空间环境是产生对行为人信任的重要条件，如无权代理人利用被代理人办公场所从事与被代理人相同的业务。当本人与行为人有特定的法律关系时，有时也会构成表见代理。这一类特殊的法律关系主要有：夫妻关系、父母子女关系和行为人与所属机构的职务关系（经理、业务员等）。但这类特殊的法律关系不是构成表见代理的必然因素。

2. 被代理人对授权表面持消极不作为的态度，即被代理人知道他人以自己的名义实施民事行为而不作否认表示的，构成表见代理。

3. 允许他人以自己的名义挂靠经营，从事民事活动。在经济生活的实践中，特别是建筑、旅游和医药销售等行业的一些企业为获取经济利益，允许未经工商注册、登记的企业使用自己的营业执照、印章、账户等对外从事经营活动，从中收取管理费。由于行为人使用了被挂靠方的营业执照等，使不知情的相对人有理由相信挂靠经营者有代理权，挂靠经营者的行为构成表见代理。善意相对人因此遭到不合理的损失，被挂靠单位应承担责任。

### （2）房屋连环买卖中的合同效力与物权变动分析

基本案情：甲将自己的房屋卖给乙，买卖合同签订后甲即将房屋交付给乙，并将房产证也交给乙，但没有办理过户登记。乙在住了半年后，又将房屋转卖给丙，并将房屋交给丙占有。丙从乙处取得甲的房产证，但也没有办理过户登记手续。在丙居住期间，该房屋价格迅速上涨。甲就将房产证挂失，并将房屋高价卖给丁，且办理了过户登记手续。丙于是起诉乙，要求办理过户登记手续。乙抗辩并非其不愿履行过户登记，实则因甲迟迟不配合办理过户登记。在诉讼中发现甲此前将房产证挂失，并已将房屋高价卖给丁，且办理了过户登记手续。丙遂申请追加甲、丁为共同被告，请求确认甲、丁之间的买卖合同无效，要求三被告协助办理房屋过户登记手续。丁提出其为善意第三人的抗辩理由，并反诉要求丙退出房屋。

问题聚焦：不动产物权转让合同（房屋买卖合同）的效力是否受不动产物权变动（房屋过户登记）的影响？在房屋双重买卖中，房屋的事实占有人能否对抗房屋善意取得人？

物权变动与合同效力分析：

我国物权法以"定纷止争、物尽其用"作为立法宗旨，就是要以法律规范明确各种财产的归属和责任，解决法律主体对于财产的纷争，并由此确定稳定、高效、安全的市场交易。房屋连环买卖中的物权变动常涉及多方主体，如本案例中涉及连环交易的四个主体、三份房屋买卖合同，集中体现了不动产物权变动中的利益冲突。

依据《物权法》第15条关于"当事人之间订立有关设立、变更、转让和消灭不动产物权的合同，除法律另有规定或者合同另有约定外，自合同成立时生效；未办理物权登记的，不影响合同效力"的规定，不动产登记只是物权变动的成立要件，而不是买卖合同的生效要件，买卖合同的效力与物权变动的效力二者是相区分的。甲、乙未办理过户登记手续只是不发生房屋所有权移转，并不影响买卖合同本身的效力。甲、乙之间订立的房屋买卖合同应确认为有效合同，乙可要求甲承担相应的违约责任。

《合同法》第51条规定："无处分权的人处分他人财产，经权利人追认或者无处分权的人订立合同后取得处分权的，该合同有效。"按照反对解释，如果订立无权处分合同后，权利人不予追认，处分人也未取得处分权的，该合同无效。故无权处分合同属效力待定合同。依据该条规定，从表面上看，乙在尚未取得所有权前将房屋转卖给丙构成无权处分，在嗣后未取得所有权或甲未予追认的情况下，应认定乙、丙之间的买卖合同无效。但从利益衡量角度看，这样的处理结果显然对买受人丙极不公平。因为合同效力完全依赖于乙是否积极取得所有权及甲的追认，交易风险全部由丙承担，乙和甲可待时投机，易诱发道德风险。如本案中假如房价高涨，乙、甲见有利可图，乙不积极向甲主张办理过户登记以取得所有权，甲也拒绝追认，导致合同无效。丙在支付对价并接受乙的交付占有房屋后，因未及时办理登记，不能适用善意取得制度，其权利又无法得到合同保护，丙须向乙方返还房屋，其只能依靠缔约过失责任寻求救济。

所以应当明确乙对房屋的占有属有权占有，乙享有要求甲履行办理过户登记手续的债权请求权，乙仍有取得所有权之可能。在甲将房屋交付给乙占有后，在未办理过户登记之前，甲仅是名义上的登记所有权人，其享有的是受限制的所有权，其处分权已受限制。如甲将房屋再转卖他人，须对乙方承担相应的民事责任。房屋事实上已不属于甲的财产，乙对房屋享有一定的处分权。因此，乙将房屋转卖丙的事实不属于无处分权的人处分他人财产，不应归入《合同法》第51条规范的构成要件，不应据此认定乙、丙之间的买卖合同无效。而且，即使认定甲对房屋享有完全所有权，乙、丙双方订立合同时均明知房屋尚登记在甲名下，当事人自愿接受合同拘束并承担风险，不存在隐瞒欺诈等情形，其交易性质属于未来物的买卖，在无其他无效事由的情形下，也应认定为有效。

以上分析认为，乙、丙之间的房屋买卖合同有效，故假如不存在丁的情况下，丙有权要求乙依约办理过户登记手续，甚至在乙怠于行使对甲的过户登记请求权的情况下，可以行使代位权，要求甲履行过户登记义务。但当甲将房屋又卖给丁，并且办理了过户登记，在符合《物权法》第106条（无处分权人将不动产或者动产转让给受让人的，所有权人有权追回；除法律另有规定外，符合下列情形的，受让人取得该不动产或者动产的所有权：受让人受让该不动产或者动产时是善意的；以合理的价格转让；转让的不动产或者动产依照法律规定应当登记的已经登记，不需要登记的已经交付给受让人）构成要件的情况下，丁作为善意取得人成为房屋所有权人，而甲乙、乙丙之间的买卖合同对丁没有约束力，丁有权要求占有房屋。丙基于买卖合同的占有不能对抗非合同当事人的所有权人丁。丁作为不动产善意取得人的请求权基础成立，丙只能行使债权请求权，基于买卖合同向乙主张违约责任。

【课堂练习】

4.11 甲因出国留学，将自家一幅名人字画委托好友乙保管。在此期间乙一直将该字画挂在自己家中欣赏，来他家的人也以为这幅字画是乙的。后来乙因做生意急需用钱，便将该幅字画以3万元价格卖给丙。甲回国后，发现自己的字画在丙家中，询问情况后，向法院起诉。下列有关该纠纷的表述中正确的是（　　　　）。

A. 乙与丙之间的买卖合同属于无效合同

B. 乙与丙之间的买卖合同属于效力未定的合同

C. 甲对该幅字画享有所有权

D. 丙对该幅字画享有所有权

## 三、无效合同、可撤销合同及其法律后果

### （一）无效合同

根据《合同法》的规定，下列情形的合同无效：

（1）一方以欺诈、胁迫的手段订立合同，损害国家利益。

（2）恶意串通，损害国家、集体或者第三人利益。

（3）以合法形式掩盖非法目的。

（4）损害社会公共利益。

（5）违反法律、行政法规的强制性规定。

### （二）可撤销合同

#### 1. 可撤销合同的定义

可撤销合同是指因合同当事人意思表示的瑕疵，撤销权人可以请求人民法院或者仲裁机构予以撤销或者变更的合同。

与无效合同相比，可撤销合同在撤销前已经生效。在被撤销以前，其法律效果可以对抗除撤销权人以外的任何人。而无效合同从一开始即不发生法律效力。可撤销合同的撤销，应由撤销权人以撤销行为为之，人民法院不主动干预。无效合同在内容上具有明显的违法性，故对无效合同的确认，司法机关和仲裁机构可以主动干预，宣告其无效。

#### 2. 可撤销合同的类型

根据《合同法》规定，可撤销合同主要有：

（1）因重大误解订立的合同。所谓重大误解是指当事人对合同的性质、对方当事人、标的物的种类、质量、数量等涉及合同后果的重要事项存在错误认识，违背其真实意思表示订立合同，并因此可能受到较大损失的行为。合同订立后因商业风险等发生的错误认识，不属于重大误解。

（2）在订立合同时显失公平的合同。显失公平是指一方当事人利用优势或者对方没有经验，在订立合同时致使双方的权利与义务明显违反公平、等价有偿原则的行为。此类合同的"显失公平"必须发生在合同订立时，如果合同订立以后因为商品价格发生变化而导致的权利义务不对等不属于显失公平。

（3）一方以欺诈、胁迫的手段或者乘人之危，使对方在违背真实意思的情况下订立的合同。对于这种类型的可撤销合同，应注意几点：① 因一方欺诈、胁迫而订

可撤销合同是指因合同当事人意思表示的瑕疵，撤销权人可以请求人民法院或者仲裁机构予以撤销或者变更的合同

立的合同，如损害到国家利益，则属于无效合同。对于乘人之危订立的合同，则不用考虑是否损害国家利益，一律属于可撤销合同。② 并非所有的合同当事人都享有撤销权，只有合同的受损害方，即受欺诈方、受胁迫方等才享有撤销权。

3. 撤销权

为了确保当事人之间法律关系的稳定性，《合同法》特别规定撤销权因一定的事由或者期限而消灭：

（1）具有撤销权的当事人自知道或者应当知道撤销事由之日起 1 年内没有行使撤销权。

（2）具有撤销权的当事人知道撤销事由后明确表示或者以自己的行为放弃撤销权。

（三）合同无效或者被撤销后的法律后果

（1）无效或者可撤销的合同在被认定无效或者被撤销后自始没有法律约束力。

（2）合同部分无效，不影响其他部分效力的，其他部分仍然有效。

（3）合同无效、被撤销或者终止的，不影响合同中独立存在的有关解决争议方法的条款的效力。如关于管辖权、法律适用的条款即属于有关争议方法的条款。

（4）合同无效或者被撤销后，因该合同取得的财产，应当予以返还；不能返还或者没有必要返还的，应当折价补偿。有过错的一方应当赔偿对方因此所受到的损失；双方都有过错的，应当各自承担相应的责任。当事人恶意串通，损害国家、集体或者第三人利益的，因此取得的财产收归国家所有或者返还集体、第三人。

违章建筑，不受保护

【课堂练习】

4.12 2010 年 4 月 5 日，甲授权乙以甲的名义将甲的一台笔记本电脑出售，价格不得低于8 000元。乙的好友丙欲以6 000元的价格购买。乙遂对丙说："大家都是好朋友，甲说最低要8 000元，但我想6 000元卖给你，他肯定也会同意的。"乙遂以甲的名义以6 000元将笔记本电脑卖给丙。下列说法中，正确的是（　　　）。

A. 该买卖行为无效 　　　　 B. 乙是无权代理行为

C. 乙可以撤销该行为 　　　 D. 甲可以追认该行为

【本节小结】

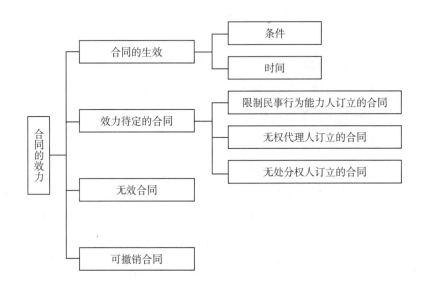

【课后思考】

1. 什么是附条件与附期限合同？它们之间有何区别？

2. 无权代理与表见代理有何异同？

3. 缔约过失责任与违约责任有何区别？

# 第四节　合同的履行

市场主体订立合同是为了实现一定的经济目的，只有合同所规定的义务得到履行，市场主体的目的和需求才能变为现实。合同履行应遵循诚实信用的原则，承担通知、协助，以及保密等义务，遵循全面履行、协作履行、经济合理及情势变更等原则。学习者应从合同履行的规则入手，了解双务合同履行中的抗辩权、合同保全规定。

## 一、合同的履行规则

合同生效后，合同的双方当事人应当正确、适当、全面地完成合同中规定的各项义务。在合同的履行中，当事人应当遵循诚实信用原则，根据合同的性质、目的和交易习惯履行通知、协助、保密等义务。

### （一）合同条款约定不明

合同生效后，当事人就质量、价款或者报酬、履行地点等内容没有约定或者约定不明确的，可以协议补充；不能达成补充协议的，按照合同有关条款或者交易习惯确定。依照上述履行原则仍不能确定的，适用《合同法》的下列规定：

（1）质量要求不明确的，按照国家标准、行业标准履行；没有国家标准、行业标准的，按照通常标准或者符合合同目的的特定标准履行。

（2）价款或者报酬不明确的，按照订立合同时履行地的市场价格履行；依法应当执行政府定价或者政府指导价的，按照规定履行。

（3）履行地点不明确，给付货币的，在接受货币一方所在地履行；交付不动产的，在不动产所在地履行；其他标的，在履行义务一方所在地履行。

（4）履行期限不明确的，债务人可以随时履行，债权人也可以随时要求履行，但应当给对方必要的准备时间。

（5）履行方式不明确的，按照有利于实现合同目的的方式履行。

（6）履行费用的负担不明确的，由履行义务一方负担。

合同生效后，当事人不得因姓名、名称的变更或者法定代表人、负责人、承办人的变动而不履行合同义务。

### （二）涉及第三人履行问题

合同的履行中常常会涉及第三人，如当事人约定由债务人向第三人履行或由第三人向债权人履行。

《合同法》规定，当事人约定由债务人向第三人履行债务的，债务人未向第三人履行债务或者履行债务不符合约定，应当向债权人承担违约责任。当事人约定由第三人向债权人履行债务的，第三人不履行债务或者履行债务不符合约定，债务人应当向债权人承担违约责任。从这两个规定来看，对于向第三人履行和由第三人履行，《合同法》严格遵循合同的相对性规则，并不将参与履行的第三人作为合同相对人对待，使其既不承担合同项下的义务，也不享有合同项下的权利。

### （三）中止履行、提前履行与部分履行

#### 1. 中止履行

债权人分立、合并或者变更住所没有通知债务人，致使履行债务发生困难的，债务人可以中止履行或者将标的物提存。

#### 2. 提前履行

在合同的履行中，当事人应当遵循诚实信用原则，根据合同的性质、目的和交易习惯履行通知、协助、保密等义务

债权人可以拒绝债务人提前履行债务，但提前履行不损害债权人利益的除外。债务人提前履行债务给债权人增加的费用，由债务人负担。需要注意的是，《合同法》第208条的规定把提前履行作为借款人的一项权利对待，因此属于提前履行规则的例外。

3. 部分履行

债权人可以拒绝债务人部分履行债务，但部分履行不损害债权人利益的除外。债务人部分履行债务给债权人增加的费用，由债务人负担。

【课堂练习】

4.13 下列说法中正确的是（　　　）。

A. 质量要求不明确的，按照国家标准、行业标准履行

B. 没有国家标准、行业标准的，按照通常标准或者符合合同目的的特定标准履行

C. 价款或者报酬不明确的，按照订立合同时履行地的市场价格履行

D. 依法应当执行政府定价或者政府指导价的，按照规定履行

## 二、双务合同的履行抗辩权

双务合同中的双方当事人互为债权人和债务人，双方的履行给付具有牵连性。为了体现双方权利义务的对等及保护交易安全，《合同法》为双务合同的债务人规定了同时履行抗辩权、后履行抗辩权和不安抗辩权三种履行抗辩权，使得债务人可以在法定情况下对抗相对人的请求权，使保留给付的行为不构成违约。

（一）同时履行抗辩权

同时履行抗辩权，是指双务合同的当事人应同时履行义务的，一方在对方未履行前，有拒绝对方请求自己履行合同的权利。《合同法》规定，当事人互负债务，没有先后履行顺序的，应当同时履行。一方在对方履行之前有权拒绝其对自己提出的履行要求。一方在对方履行债务不符合约定时，有权拒绝其相应的履行要求。

（二）后履行抗辩权

后履行抗辩权，是指双务合同中应先履行义务的一方当事人未履行时，对方当事人有拒绝对方请求履行的权利。《合同法》规定，当事人互负债务，有先后履行顺序，先履行一方未履行的，后履行一方有权拒绝其履行要求。先履行一方履行债务不符合约定的，后履行一方有权拒绝其相应的履行要求。

（三）不安抗辩权

不安抗辩权，是指双务合同中应先履行义务的一方当事人，有确切证据证明相对人财产明显减少或欠缺信用，不能保证对待给付时，有暂时中止履行合同的权

利。《合同法》规定，应当先履行债务的当事人，有确切证据证明对方有下列情形之一的，可以中止履行：① 经营状况严重恶化；② 转移财产、抽逃资金，以逃避债务；③ 丧失商业信誉；④ 有丧失或者可能丧失履行债务能力的其他情形。主张不安抗辩权的当事人如果没有确切证据中止履行的，则应当承担违约责任。

当事人行使不安抗辩权中止履行的，应当及时通知对方。对方提供适当担保时，应当恢复履行。中止履行后，对方在合理期限内未恢复履行能力并且未提供适当担保的，中止履行的一方可以解除合同。

【课堂练习】

4.14 下列可以履行不安抗辩权的情形有（　　　）。

A. 经营状况严重恶化

B. 转移财产、抽逃资金，以逃避债务

C. 丧失商业信誉

D. 有丧失或者可能丧失履行债务能力的其他情形

### 三、合同的保全

合同的保全是合同的一般担保，是指为了保护一般债权人不因债务人的财产不当减少而受损害，允许债权人干预债务人处分自己财产行为的法律制度。合同保全主要有代位权与撤销权。

（一）代位权

代位权，是指债务人怠于行使其对第三人（次债务人）享有的到期债权，危及债权人债权实现时，债权人为保障自己的债权，可以自己的名义代位行使债务人对次债务人的债权的权利。

1. 代位权行使的条件

（1）债权人对债务人的债权合法。

（2）债务人怠于行使其到期债权，对债权人造成损害。债务人的懈怠行为必须是债务人不以诉讼方式或者仲裁方式向次债务人主张其享有的具有金钱给付内容的到期债权。

（3）债务人的债权已到期。代位权的行使条件中虽然没有明确债权人的债权是否到期，但是根据《关于适用〈中华人民共和国合同法〉若干问题的解释（一）》（以下简称《合同法解释（一）》）的规定，债权人在主张代位权时，要求债权人的债权已经到期。

（4）债务人的债权不是专属于债务人自身的债权。所谓专属于债务人自身的债

代位权是针对债务人消极不行使自己债权的行为；撤销权则是针对债务人积极侵害债权人债权实现的行为

权，是指基于扶养关系、抚养关系、赡养关系、继承关系产生的给付请求权和劳动报酬、退休金、养老金、抚恤金、安置费、人寿保险、人身伤害赔偿请求权等权利。

2. 代位权诉讼中的主体及管辖

根据《合同法解释（一）》，在代位权诉讼中，债权人是原告，次债务人是被告，债务人为诉讼上的第三人。因此在代位权诉讼中，如果债权人胜诉的，由次债务人承担诉讼费用，且从实现的债权中优先支付。其他必要费用则由债务人承担。代位权诉讼由被告住所地人民法院管辖。

3. 代位权行使的法律效果

根据《合同法解释（一）》规定，债权人向次债务人提起的代位权诉讼经人民法院审理后认定代位权成立的，由次债务人向债权人履行清偿义务，债权人与债务人、债务人与次债务人之间相应的债权债务关系即予消灭。从此规定来看，债权人的债权就代位权行使的结果有优先受偿权利。在代位权诉讼中，次债务人对债务人的抗辩，可以向债权人主张。

（二）撤销权

撤销权是指债权人对债务人滥用其处分权而损害债权人债权的行为，可以请求人民法院予以撤销的权利。《合同法》规定，因债务人放弃其到期债权或者无偿转让财产，对债权人造成损害的，债权人可以请求人民法院撤销债务人的行为。

引起撤销权发生的要件是债务人有损害债权人债权的行为发生，主要指债务人以赠与、免除等无偿行为处分债权，包括放弃到期债权、无偿转让财产或以明显不合理的低价转让财产。无偿行为不论第三人是善意还是恶意取得，均可撤销；有偿转让行为，只有在第三人恶意取得的情况下方可撤销。

撤销权自债权人知道或应知道撤销事由之日起 1 年内行使。自债务人的行为发生之日起 5 年内没有行使撤销权的，该撤销权消灭。

撤销权的行使范围以债权人的债权为限，债权人行使撤销权的必要费用，由债务人负担。

---

**法律实务：**

### 合同履行中的告知与通知

合同履行中的告知，除合同明确规定的告知义务外，如合同履行过程中的技术交底、订货的技术要求、安装条件等，一般是依据诚实信用的原则，各方当事人依据交易习惯，为共同实现合同目的而应当履行的义务。告知的方式可以是多种多样的，应当依据告知内容的不同性质、不同要求选择不同的形式。

合同履行中的催告，一般是基于对方在未能依据合同的约定，及时适当地履行合同义务时向对方发出的要求。其主要内容一般是要求对方及时、尽快或限时履行，或要求其按照合同继续履行。

例示如下：

催告履行通知书

致 ×××公司：

我公司与你公司于 2010 年 7 月 14 日订立 ×××买卖合同。合同约定你公司应于 2010 年 10 月 15 日向我公司交付，但你公司至今未向我公司依据合同约定进行交付。

我公司特致函你公司在接到本通知十日内向我公司进行交付。如在十日内你公司仍未依合同向我公司进行交付，我公司将依合同约定（或法律规定）解除合同。

特此函告。

×××公司

20××年×月××日

如果发现对方交付的产品的质量出现瑕疵，则应毫不迟延地向其发出产品质量异议书。可采取发文签收的方式。但最好是要求对方当事人或使用人、代理人在文本上签字。如果对方不愿签收则可采取邮寄方式，保留邮寄凭证，并且要在快件的详情单上填明邮寄的内容：×××质量异议书。

例示如下：

质量异议通知书

致 ××××公司：

我公司与你公司于 2010 年 7 月 14 日订立 ××××买卖合同。你公司于 2010 年 10 月 15 日向我公司交付。我公司在使用过程中发现你公司交付的产品，具有以下严重质量问题：

1. ……

2. ……

3. ……

我公司特就上述问题向你公司提出异议，请你公司在收到本异议书后立即前来我公司协商解决有关产品质量问题。

××××公司

20××年×月××日

质量异议通知书的核心在于对产品质量所出现的问题，向对方进行通知并提出异议，具备条件可以直接提出有关质量问题的权利请求，但至少要将产品出现的问题明确列明。

【课堂练习】

4.15 甲欠乙5 000元，乙多次催促，甲拖延不还。后乙通知甲必须在半个月内还钱，否则将对甲提起诉讼。甲立即将家中仅有的九成新电冰箱和彩电以每台1 500元的价格卖给知情的丙，被乙发现。根据合同法律制度的规定，下列表述中，正确的是（　　　）。

A. 乙可书面通知甲、丙，撤销该买卖合同

B. 如乙发现之日为2008年5月1日，则自2009年5月2日起，乙不再享有撤销权

C. 如乙的撤销权成立，则乙为此支付的律师代理费、差旅费应由丙承担

D. 如乙的撤销权成立，则乙为此支付的律师代理费、差旅费应由甲、丙承担

【本节小结】

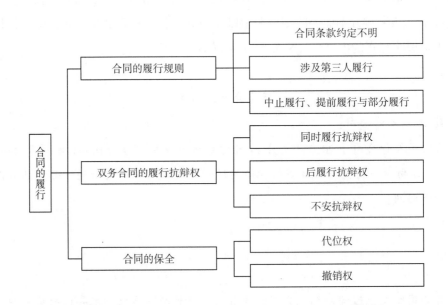

【课后思考】

1. 什么是合同相对性原理？

2. 如何理解双务合同履行中的抗辩权？

3. 代位权与撤销权有何区别？

# 第五节 合同的担保

合同的担保，是指对于已经成立的合同关系，为促使债务人履行债务，确保债权人实现其债权的法律制度。学习者应把握合同担保的五种方式：定金、保证、抵押、质押和留置。留置是直接依据法律规定而设立，其他方式由当事人约定。由于抵押、质押和留置属于物的担保，所以又涉及物权问题，它们分别对应抵押权、质权、留置权。

## 一、定金

### （一）定金的定义及种类

定金是指合同当事人约定一方向对方给付一定数额的货币作为债权的担保。按照定金的目的和功能，可以把定金分为立约定金、成约定金、违约定金、解约定金等。《中华人民共和国担保法》（以下简称《担保法》）规定的定金原则上属于违约定金。

### （二）定金的生效与法律效力

《担保法》规定，定金应当以书面形式约定。当事人在定金合同中应当约定交付定金的期限。定金合同从实际交付定金之日起生效，故定金合同是实践性合同。

定金的效力表现为以下几个方面：

（1）定金一旦交付，定金所有权发生移转。当定金由给付定金方转移至收受定金方时，定金所有权即发生移转，此为货币的特点所决定的。

（2）给付定金一方不履行约定的债务的，无权要求返还定金；收受定金的一方不履行约定的债务的，应当双倍返还定金。当事人一方不完全履行合同的，应当按照未履行部分所占合同约定内容的比例，适用定金罚则。

（3）在迟延履行或者有其他违约行为时，并不能当然适用定金罚则。只有因当事人一方存在迟延履行或者其他违约行为，致使合同目的不能实现，才可以适用定金罚则。当然，法律另有规定或者当事人另有约定的除外。

（4）当事人约定的定金数额不得超过主合同标的额的20%。超过20%的，超过部分无效。

（5）因不可抗力、意外事件致使主合同不能履行的，不适用定金罚则。因合同关系以外第三人的过错，致使主合同不能履行的，适用定金罚则。受定金处罚的一方当事人，可以依法向第三人追偿。

（6）如果在同一合同中，当事人既约定违约金，又约定定金的，在一方违约时，当事人只能选择适用违约金条款或者定金条款，不能同时要求适用两个条款。

> 定金是作为债权的担保，给付定金的一方不履行合同，无权要求返还定金；收受定金的一方不履行合同，应当双倍返还定金

4.16 甲与乙订立了 100 台电视机的买卖合同,总价款为 20 万元,双方在合同中约定买方甲须向乙交付定金 3 万元。后甲并未支付,乙的下列请求会得到法院支持的是(　　　)。

A. 请求强制甲支付定金 3 万元

B. 请求强制甲支付定金 3 万元并支付逾期利息

C. 请求甲继续履行合同

D. 请求甲承担违约责任

## 二、保证

### (一)保证人

《担保法》规定,具有代为清偿债务能力的法人、其他组织或公民,可以作保证人。国家机关、学校、幼儿园、医院等以公益为目的的事业单位、社会团体,企业法人的分支机构、职能部门,不得作保证人。但是,在经国务院批准为使用外国政府或国际经济组织贷款进行转贷的情况下,国家机关可以作保证人;企业法人的分支机构有法人书面授权的,可以在授权范围内提供保证。

### (二)保证内容和保证方式

#### 1. 保证内容

保证内容应当由保证人与债权人在以书面形式订立的保证合同中加以确定,保证人与债权人可以就单个主合同分别订立保证合同,也可以协议在最高债权额限度内就一定期间连续发生借款合同或者某项商品交易合同订立一个保证合同。

保证合同的内容应当包括:被保证的主债权种类、数额,债务人履行债务的期限,保证的方式,保证担保的范围,保证的期间,以及双方认为需要约定的其他事项。

#### 2. 保证方式

保证的方式分为一般保证和连带保证两种。

一般保证是指当事人在合同中约定,债务人不能履行债务时,由保证人承担保证责任。一般保证也称"补差保证",保证人享有先诉抗辩权,即债权人在主合同纠纷未经审判或仲裁,并就债务人财产依法强制执行仍不能履行债务前,对债权人可以拒绝承担保证责任。

连带保证的债务人在主合同规定的债务履行期届满没有履行债务的,债权人既可以要求债务人履行债务,也可以要求保证人在其保证范围内承担保证责任。

保证是指第三人为债务人的债务履行作担保,由保证人和债权人约定,当债务人不履行债务时,保证人按照约定履行债务或承担责任的行为当事人对保证方式没有约定或约定不明确的，按照连带责任承担保证责任。

（三）保证责任

1. 保证责任的范围

《担保法》规定，保证担保的责任范围包括主债权及利息、违约金、损害赔偿金和实现债权的费用。保证合同对责任范围另有约定的，按照约定执行。当事人对保证担保的范围没有约定或者约定不明确的，保证人应当对全部债务承担责任。

2. 主合同变更与保证责任承担

保证期间，债权人依法将主债权转让给第三人，保证债权同时转让，保证人在原保证担保的范围内对受让人承担保证责任。但是保证人与债权人事先约定仅对特定的债权人承担保证责任或者禁止债权转让的，保证人不再承担保证责任。

保证期间，债权人许可债务人转让债务的，应当取得保证人书面同意，保证人对未经其同意转让的债务部分，不再承担保证责任。

保证期间，债权人与债务人协议变更主合同的，应当取得保证人书面同意。未经保证人同意的主合同变更，如果减轻债务人的债务的，保证人仍应当对变更后的合同承担保证责任；如果加重债务人的债务的，保证人对加重的部分不承担保证责任。债权人与债务人对主合同履行期限作了变动，未经保证人书面同意的，保证期间为原合同约定的或者法律规定的期间。债权人与债务人协议变动主合同内容，但并未实际履行的，保证人仍应当承担保证责任。

主合同当事人双方协议以新贷偿还旧贷，除保证人知道或者应当知道者外，保证人不承担民事责任，但是新贷与旧贷系同一保证人的除外。

3. 保证责任与共同担保

在同一债权上既有保证又有物的担保的，属于共同担保。《物权法》规定，被担保的债权既有物的担保又有人的担保的，债务人不履行到期债务或者发生当事人约定的实现担保物权的情形，债权人应当按照约定实现债权；没有约定或者约定不明确，债务人自己提供物的担保的，债权人应当先就该物的担保实现债权；第三人提供物的担保的，债权人可以就物的担保实现债权，也可以要求保证人承担保证责任。提供担保的第三人承担担保责任后，有权向债务人追偿。

（四）保证期间

保证人在与债权人约定的保证期间或法律规定的保证期间内承担保证责任。保证人与债权人未约定保证期限的，保证期间为主债务履行期届满之日起6个月。在6个月内债权人不行使权利，保证责任解除。保证人就连续发生的债权作保证，未约定保证期间的，保证人可以随时书面通知债权人终止保证合同，但保证人对于通知到达债权人前所发生的债权承担保证责任。

**法律实务：**

### 企业防范保证担保风险策略

目前，在我国保证担保实践中还存在许多问题，主要表现在：一是不注意审查保证人的主体资格，使有些不能担保或者没有条件担保的单位和个人进行了担保，致使保证合同无效。二是保证担保的程序不健全。在实际担保中，一些企业在担保时只在主合同上签字或盖章，没有另行签订保证合同，从而产生保证方式不明确、保证范围和保证期限不明确等一系列问题，造成保证人丧失先诉抗辩权、保证范围扩大以及保证期限延长等不利后果，加大了保证人的风险。三是缺乏风险意识。不少企业在债权得到担保后，以为万事无忧，忽视了对保证人的动态调查，因而有些担保企业采取合并、分立等变更企业组织形式或者隐匿、转移抵押物甚至申请破产，从而出现了不具备代为清偿能力的"空壳"企业进行担保，致使债权无法实现。四是盲目提供担保。有些企业在为第三人提供保证担保时，对第三人不作偿债能力分析，仅凭个人之间的信任关系盲目提供担保，给企业造成重大损失。

针对保证担保实践中存在的问题，为防范保证担保的风险，企业应注意以下问题：

（1）注意审查保证人的主体资格。

（2）严格审查被担保企业的资信状况，降低信用风险。企业担保具有一定的风险，这从客观上要求企业提供担保时要通过对被担保企业的信用品质进行评估，审查其信誉程度，从而了解被担保企业履行偿债义务的可能性。这可以通过了解被担保企业提供的付款记录，判断其是否具有按期足额偿还债务的良好信誉。同时，担保企业还可以审查被担保企业的偿债能力，即其资产数量、质量以及负债比例。也就是用"资产负债率、流动比率和速动比率"等指标来衡量，对被担保企业的变现能力、支付能力和财务实力有所了解，然后再以被担保企业目前的经营状况做补充，判断出被担保企业的偿债能力。

（3）加大对保证担保的管理力度。企业必须从严控制下属企业及分支机构或控股、参股企业对外提供担保。对外提供担保应得到企业出资者的认可或授权。担保人不得为外商投资企业注册资本提供担保，内资企业和中资金融机构不得为外商投资企业中的外方投资部分的对外债务提供担保。内资企业只能为其直属子公司或者其参股企业中方投资比例部分对外债务提供对外担保，但被担保人为以发行 B 股、H 股等方式在境外上市的外商投资企业除外。非金融企业法人对外提供的对外担保余额不得超过其净资产的 50%，并不得超过其上年外汇收入。对外担保合同必须履行审批和登记手续。否则，担保合同无效。

（4）适当运用反担保，减少直接风险损失。《担保法》第 4 条规定："第三人为债务人提供担保时，可以要求债务人提供反担保。"谨慎的企业在为债务人向债权人提供担保时，特别是在担保人与债务人并无直接的利益关系或隶属关系，而且对承担保证责任后追偿权能否实现把握不准的情况下，必须要求债务人提供反担保。运用反担保手段可以取得一种实在的求偿权，这种求偿权是有抵押物、质押物和留置物等具体指向的，是一种减少直接风险损失的有效措施。

（5）树立风险意识，建立担保的保险制度。当保证合同经公证成立后，担保企业可以要求债务人对担保合同所涉及的物、款再次向保险公司投保，以分散并转移风险。当企业交纳保险费后，将由保险公司进行多方面的审查、监督，并进行事前、事中稽核控制，从而将担保企业的风险降到最低点。

（6）选择保证方式，减轻保证责任。在多数人担保的情况下，应明确保证担保的份额，尽量缩小保证范围，约定保证期间。在可以选择保证方式的情况下，力争选择一般保证，回避连带责任保证，将被保证企业推为第一债务人。这样担保企业可以在主合同纠纷未经审判或仲裁，并就债务人财产依法强制执行仍不能履行债务前，对债权人拒绝承担保证责任。对强制执行后不足部分，可由担保企业承担。

（7）注意运用保证责任的免除。企业在进行保证担保时，需要特别注意保证责任免除问题。根据《担保法》的规定，在下列情况下，保证人不再承担保证责任：① 保证合同中没有约定保证责任期限或约定期限不明确的，在一般保证时，主债务履行届满 6 个月后，在连带责任保证时，超过 6 个月的法定保证期间，债权人未在该期限内向保证人主张权利的，保证人不再承担保证责任。② 保证期间，保证人对未经其同意转让的债务，不再承担保证责任。③ 未经保证人书面同意，债权人与债务人协议变更主合同的，保证人对加重负担部分不再承担保证责任。

【课堂练习】

4.17 2009 年 4 月，甲企业与乙银行签订借款合同，借款金额为 10 万元人民币，借款期限为 1 年，由丙企业作为保证人。合同签订 3 个月后，甲企业因扩大生产规模急需资金，遂与乙银行协商，将贷款金额增加到 15 万元，甲企业和乙银行通知了丙企业，丙企业未予答复。后甲企业到期不能偿还债务。根据《合同法》的规定，下列表述中正确的是（　　）。

　　A. 丙企业不再承担保证责任，因为甲、乙变更借款合同未得到丙的同意

　　B. 丙企业对 10 万元应承担保证责任，对增加的 5 万元不承担保证责任

　　C. 丙企业应承担 15 万元的保证责任，因为丙企业对于甲企业和乙银行的通知未予答复，视为同意

D. 丙企业不再承担保证责任，因为甲、乙变更了合同金额而致保证合同无效

## 三、抵押

抵押是指以债务人或第三人的特定财产在不转移占有的前提下，将该财产作为债权的担保。当债务人不履行债务时，债权人有权依照法律规定以该财产折价或拍卖、变卖该财产的价款优先受偿。该债务人或第三人为抵押人，债权人为抵押权人，提供担保的财产为抵押物。

（一）抵押财产

根据《物权法》、《担保法》的规定，可以作为抵押物的财产有：

（1）建筑物和其他土地附着物。土地上的附着物包括尚未与土地分离的农作物，但当事人以农作物和与其尚未分离的土地使用权同时抵押的，土地使用权部分的抵押无效。因为种植农作物的土地属于耕地的范畴，根据法律规定，不属于可以抵押的财产。

（2）建设用地使用权。对于建筑物和建设用地使用权的抵押，结合《物权法》的规定，要注意几点：第一，以建筑物抵押的，该建筑物占用范围内的建设用地使用权同时抵押。以建设用地使用权抵押的，应当将抵押时该国有土地上的房屋同时抵押。即"地随房走，房随地走，房地一体"。如果抵押人未依照前款规定一并抵押，未抵押的财产视为一并抵押。第二，以城市房地产设定抵押的，土地上新增的房屋不属于抵押物。抵押权实现时，可以依法将该土地上新增的房屋与抵押物一同变价。但对新增房屋的变价所得，抵押权人无权优先受偿。第三，乡镇、村企业的建设用地使用权不得单独抵押。以乡镇、村企业的厂房等建筑物抵押的，其占用范围内的建设用地使用权一并抵押。

（3）以招标、拍卖、公开协商等方式取得的荒地等土地承包经营权。

（4）生产设备、原材料、半成品、产品。经当事人书面协议，企业、个体工商户、农业生产经营者可以将现有的以及将有的生产设备、原材料、半成品、产品抵押，债务人不履行到期债务或者发生当事人约定的实现抵押权的情形，债权人有权就实现抵押权时的动产优先受偿。但是特别需要注意的是，根据这条规定设定抵押的，不得对抗正常经营活动中已支付合理价款并取得抵押财产的买受人。

（5）正在建造的建筑物、船舶、航空器。另外，依法获准尚未建造的或者正在建造中的房屋或者其他建筑物也属于可以抵押的标的物。

（6）交通运输工具。

（7）法律、行政法规未禁止抵押的其他财产。

下列财产不得用于抵押：

（1）土地所有权。

（2）耕地、宅基地、自留地、自留山等集体所有的土地使用权，但法律另有规

定的除外。

（3）学校、幼儿园、医院等以公益为目的的事业单位、社会团体的教育设施、医疗卫生设施和其他社会公益设施。

（4）所有权、使用权不明或有争议的财产。

（5）依法被查封、扣押、监管的财产。

（6）依法不得抵押的其他财产。如违法、违章的建筑物抵押的，抵押无效。

抵押人所担保的债权不得超出其抵押物的价值。财产抵押后，该财产的价值所担保债权的余额部分，可以再次抵押，但不得超出其余额部分。

（二）抵押登记

抵押物登记的效力有两种情形：

1. 登记是抵押权的设立条件

根据《物权法》的规定，如果以建筑物和其他土地附着物，以建设用地使用权，以招标、拍卖、公开协商等方式取得的荒地等土地承包经营权，或者以正在建造的建筑物设定抵押的，应当办理抵押物登记。抵押权自登记之日起设立。

2. 登记为对抗第三人的效力

当事人以《物权法》规定的生产设备、原材料、半成品、产品，正在建造的船舶、航空器、交通运输工具设定抵押，或者以《物权法》规定的动产设定抵押，抵押权自抵押合同生效时设立。未经登记，不得对抗善意第三人。因此，对这些财产是否进行抵押登记，完全由当事人决定。抵押权自抵押合同签订之日起设立，并对当事人产生拘束力。

（三）抵押的效力

抵押担保的范围包括主债权及利息、违约金、损害赔偿金和实现抵押权的费用。

抵押设定以后，抵押人并不丧失对抵押物的所有权。抵押人有权将抵押物转让给他人，但抵押人处分财产的权利受到如下限制：第一，根据《物权法》的规定，抵押期间，抵押人经抵押权人同意转让抵押财产的，应当将转让所得的价款向抵押权人提前清偿债务或者提存。转让的价款超过债权数额的部分归抵押人所有，不足部分由债务人清偿。抵押期间，抵押人未经抵押权人同意，不得转让抵押财产，但受让人代为清偿债务消灭抵押权的除外。因此抵押财产转让要生效是以抵押权人的同意为条件的。第二，如果抵押物未经登记的，则抵押权不能对抗善意第三人。因此给抵押权人造成损失的，由抵押人承担赔偿责任。第三，抵押物依法被继承或者赠与的，抵押权不受影响。

抵押人将已出租的财产抵押的，应当书面告知承租人，原租赁合同继续有效。

（四）抵押权的实现

债务履行期届满，债务人未履行债务即抵押权人未受清偿的，抵押权人可以与抵押人协议以抵押物折价或拍卖、变卖该抵押物所得的价款受偿；协议不成的，可以向人民法院提起诉讼。抵押物折价或者拍卖、变卖后，其价款超过债权数额的部分归抵押人所有，不足部分由债务人清偿。

1. 抵押权清偿的规定

同一财产向两个以上债权人抵押的，拍卖、变卖抵押物所得的价款按照以下规定清偿：

（1）抵押权已登记的，按照登记的先后顺序清偿；顺序相同的，按照债权比例清偿。

（2）抵押权已登记的先于未登记的受偿。

（3）抵押权未登记的，按照债权比例清偿。

（4）顺序在先的抵押权与该财产的所有权归属一人时，该财产的所有权人可以以其抵押权对抗顺序在后的抵押权。

（5）顺序在后的抵押权所担保的债权先到期的，抵押权人只能就抵押物价值超出顺序在先的抵押担保债权的部分受偿。

2. 抵押权与其他物权并存时的清偿顺序

当抵押权与其他物权并存时，也存在位序问题：

（1）抵押权与质权并存。同一财产法定登记的抵押权与质权并存时，抵押权人优先于质权人受偿。

（2）抵押权与留置权并存。同一财产抵押权与留置权并存时，留置权人优先于抵押权人受偿。

（3）抵押权与其他权利并存。如果同一财产有抵押权与《合同法》第286条规定的优先受偿权并存时，《合同法》第286条规定的优先受偿权优先于抵押权。

抵押权因抵押物灭失而灭失，灭失所得的赔偿金，应作为抵押财产。

【课堂练习】

4.18 陈某向贺某借款20万元，借期2年。张某为该借款合同提供保证担保，担保条款约定，张某在陈某不能履行债务时承担保证责任，但未约定保证期间。陈某同时以自己的房屋提供抵押担保并办理了登记。抵押期间，谢某向陈某表示愿意以50万元购买陈某的房屋。根据《物权法》的规定，下列表述中正确的是（　　）。

A. 陈某将该房屋卖给谢某应得到贺某的同意

B. 如陈某经贺某同意将该房屋卖给了谢某，则应将转让所得价款提前清偿债务或者提存

C. 如谢某代为偿还20万元借款，则陈某的转让行为无须得到贺某同意

D. 张某的保证期间为主债务履行期届满之日起 6 个月

## 四、质押

质押是指债务人或第三人将为提供担保而移交的财产或权利，当债务人不履行债务时，债权人有删除多余权以该财产或权利价值优先受偿的权利。质押包括动产质押和权利质押。

（一）动产质押

1. 动产质押的设定

设定动产质押，出质人和质权人应当以书面形式订立质押合同。质押合同是诺成合同，并不以质物占有的移转作为合同的生效要件。

质权自质物移交给质权人占有时设立。因此，只有出质人将出质的动产移交给债权人占有，债权人才能取得质权。在质押期间，质权人也必须控制抵押物的占有。对于动产质押中标的物占有移转要注意以下几点：

（1）标的物的占有移转不是动产质押合同的生效条件，但是质权设立的条件。

（2）债务人或者第三人未按质押合同约定的时间移交质物的，质权不成立，由此给质权人造成损失的，出质人应当根据其过错承担赔偿责任。

（3）出质人代质权人占有质物的，质权没有设立。

（4）因不可归责于质权人的事由而丧失对质物的占有，质权人可以向不当占有人请求停止侵害、恢复原状、返还质物。

（5）出质人以间接占有的财产出质的，书面通知送达占有人时视为移交。占有人收到出质通知后，仍接受出质人的指示处分出质财产的，该行为无效。

（6）质押合同中对质押的财产约定不明，或者约定的出质财产与实际移交的财产不一致的，以实际交付占有的财产为准。

和抵押合同一样，质权人在债务履行期届满前，不得与出质人约定债务人不履行到期债务时质押财产归债权人所有。如果违反该规定，则约定的"流质条款"无效，但不影响质押合同其他部分的效力。

2. 动产质押的效力

动产质押设立后，在主债务清偿以前，质权人有权占有质物，并有权收取质物所生的孳息。质权人收取孳息，并非取得孳息所有权，而是将孳息作为质押标的。

质权人在质权存续期间，为担保自己的债务，经出质人同意，以其所占有的质物为第三人设定质权的，应当在原质权所担保的债权范围之内，超过的部分不具有优先受偿的效力。转质权的效力优于原质权。

（二）权利质押

根据《物权法》的规定，可以作为权利质押的权利有：① 汇票、支票、本票；

质押与抵押最大的不同就是转移财产的占有。质押包括动产质押和权利质押

② 债券、存款单；③ 仓单、提单；④ 可以转让的基金份额、股权；⑤ 可以转让的注册商标专用权、专利权、著作权等知识产权中的财产权；⑥ 应收账款；⑦ 法律、行政法规规定可以出质的其他财产权利。

权利质押生效的条件：

（1）有价证券的质押。以汇票、支票、本票、债券、存款单、仓单、提单出质的，当事人应当订立书面合同。质权自权利凭证交付质权人时设立。没有权利凭证的，质权自有关部门办理出质登记时设立。

（2）可以转让的基金份额、股权的质押。根据《物权法》的规定，以基金份额、股权出质的，当事人应当订立书面合同。以基金份额、证券登记结算机构登记的股权出质的，质权自证券登记结算机构办理出质登记时设立；以其他股权出质的，质权自工商行政管理部门办理出质登记时设立。

由于此类权利的质押是以可以转让为前提的，因此还应当符合《公司法》关于股权转让的相关规定。

（3）知识产权的质押。依法可以转让的商标专用权、专利权、著作权中的财产权可以质押。对于这类权利质押，注意几点：① 知识产权的内容既包括财产权，也包括人身权，但设定质押的知识产权仅限于可以转让的财产权。以知识产权中的人身权设定质押无效。② 设定质权后，未经质权人同意不得转让或者许可他人使用。未经许可转让或者许可他人使用，应当认定为无效，因此给质权人或者第三人造成损失的，由出质人承担民事责任。③ 以知识产权设定质押，应当向有关管理部门办理出质登记，才能使得质权生效。

（4）应收账款的质押。根据《物权法》的规定，以应收账款出质的，当事人应当订立书面合同，质权自信贷征信机构办理出质登记时设立。公路桥梁、公路隧道或者公路渡口等不动产收益权实际上就是应收账款的一种。

（5）依法可以质押的其他权利。

【课堂练习】

4.19 下列可以作为权利质押的是（　　　）。

A. 王某的小汽车　　　　　　　　B. 张某持有的国库券若干

C. 李某的存款单　　　　　　　　D. 赵某的记名支票

## 五、留置

留置是指依照《担保法》和其他法律的规定，债权人按照合同约定占有债务人的动产，债务人不按照合同约定的期限履行债务的，债权人有权依法留置该财产，以该财产折价或以拍卖、变卖该财产的价款优先受偿。

　　留置的设立根据是法律的直接规定，所以又称法定担保物权。留置一般适用于劳务服务性合同，如保管合同、运输合同、承揽合同以及法律规定可以留置的其他合同发生的债权。

　　留置权人负有妥善保管留置物的义务。因保管不善致使留置物毁损的，留置权人应当承担民事责任。留置担保的范围包括：主债权及利息、违约金、损害赔偿金、留置物保管费用和实现留置权的费用。

　　债权人与债务人应在合同中约定，债权人留置财产后，债务人应在不少于 2 个月的期限内履行债务。未约定的，应确定 2 个月以上的期限，通知债务人在该期限内履行债务。

**【课堂练习】**

　　4.20 下列合同中，债权人无权行使留置权的是（　　　）。

A. 保管合同　　　　　　　　　B. 运输合同

C. 加工承揽合同　　　　　　　D. 购销合同

**【本节小结】**

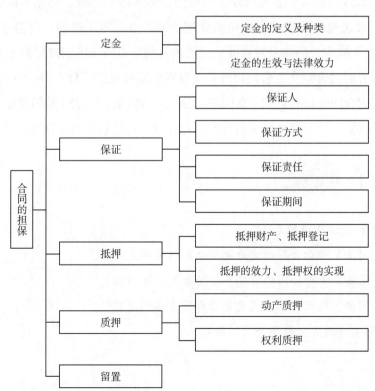

1. 物的担保方式有哪些?

2. 保证方式有哪些? 有何异同?

3. 质押和典当是否一样?

# 第六节　合同的变更、转让和终止

依法成立的合同受法律保护，对当事人具有法律约束力。当事人应当按照合同的约定履行自己的义务，不得擅自变更或者解除合同。如果在合同订立之后，因为各种原因使得合同内容或者合同主体发生了变更，则为合同的变更与转让。如果当事人基于履行、提存、抵销等原因使得合同消灭，即为合同的终止。学习者学习合同的变更、转让与终止。

## 一、合同的变更

《合同法》所称合同的变更是指合同内容的变更，不包括合同主体的变更。合同主体的变更属于合同的转让。

合同是双方当事人合意的体现，因此经当事人协商一致，当然可以变更合同。但法律、行政法规规定变更合同应当办理批准、登记等手续的，应当办理相应手续。《合同法》规定，当事人对合同变更的内容约定不明确的，推定为未变更。

除了双方通过合意变更合同以外，还存在法定变更的情形，即一方当事人单方通知对方变更合同的权利。如《合同法》分则第 308 条、第 258 条的规定。

合同的变更，仅对变更后未履行的部分有效，对已履行的部分无溯及力。

> 合同的变更是指合同内容的变更。经当事人协商一致，可以变更合同

【课堂练习】

4.21 下列说法正确的是（　　）。

A.《合同法》所称合同的变更是指合同内容的变更

B.《合同法》所称合同的变更不包括合同主体的变更

C.《合同法》所称合同的变更包括合同主体的变更

D. 合同主体的变更属于合同的转让

## 二、合同的转让

合同的转让,即合同主体的变更,指当事人将合同的权利和义务全部或者部分转让给第三人。合同的转让分为债权的转让和债务的转让,当事人一方经对方同意,也可以将自己在合同中的权利和义务一并转让给第三人,即合同的概括移转。

### (一)合同债权的转让

#### 1. 债权转让的定义及条件

债权转让,是指债权人将合同的权利全部或者部分转让给第三人的法律制度。其中债权人是转让人,第三人是受让人。《合同法》规定,债权人转让权利的,无须债务人同意,但应当通知债务人。未经通知,该转让对债务人不发生效力。债权人转让权利的通知不得撤销,但经受让人同意的除外。

#### 2. 禁止债权转让的情形

《合同法》规定,下列情形的债权不得转让:

(1)根据合同性质不得转让。主要指基于当事人特定身份而订立的合同,如出版合同、赠与合同、委托合同、雇用合同等。

(2)按照当事人约定不得转让。

(3)依照法律规定不得转让。

#### 3. 债权转让的效力

对债权人而言,在全部转让的情形,原债权人脱离债权债务关系,受让人取代债权人的地位。在部分转让的情形,原债权人就转让部分丧失债权。

对受让人而言,债权人转让权利的,受让人取得与债权有关的从权利,如抵押权,但该从权利专属于债权人自身的除外。

对债务人而言,债权人权利的转让,不得损害债务人的利益,不应影响债务人的权利:

(1)债务人接到债权转让通知后,债务人对让与人的抗辩可以向受让人主张,如提出债权无效、诉讼时效已过等事由的抗辩。

(2)债务人接到债权转让通知时,债务人对让与人享有债权,并且其债权先于转让的债权到期或者同时到期的,债务人可以向受让人主张抵销。

### (二)合同债务的承担

《合同法》规定,债务人将合同义务的全部或者部分转移给第三人的,应当经债权人同意。这是因为新债务人的资信情况和偿还能力须得到债权人的认可,以免债权人的利益受到不利影响。债务人转移义务的,新债务人可以主张原债务人对债权人的抗辩。新债务人应当承担与主债务有关的从债务,但该从债务专属于原债务人自身的除外。

### （三）合同债权债务的概括移转

合同权利义务的概括移转，是指合同一方当事人将自己在合同中的权利义务一并转让的法律制度。《合同法》规定，当事人一方经他方当事人同意，可以将自己在合同中的权利义务一并转让给第三人。当事人订立合同后合并的，由合并后的法人或者其他组织行使合同权利，履行合同义务。当事人订立合同后分立的，除债权人和债务人另有约定的以外，由分立的法人或者其他组织对合同的权利和义务享有连带债权，承担连带债务。

【课堂练习】

4.22 乙公司欠甲公司 30 万元的到期货款，同时甲公司又欠乙公司 20 万元的到期货款。甲公司在 2007 年 9 月 18 日与丙公司签订书面协议，转让其对乙公司的 30 万元债权。2007 年 9 月 24 日，乙公司接到甲公司关于转让债权的通知后，便主张 20 万元的抵销权。根据合同法律制度的规定，下列表述中正确的是（　　　）。

A. 甲公司与丙公司之间的债权转让合同于 9 月 24 日生效

B. 乙公司接到债权转让通知后，即负有向丙公司清偿 30 万元的义务

C. 乙公司可以向丙公司主张 20 万元的抵销权

D. 丙公司可以就 30 万元债务的清偿，要求甲公司和乙公司承担连带责任

### 三、合同的终止

#### （一）合同终止的原因

合同的终止，是指因发生法律规定或当事人约定的情况，使当事人之间的权利义务关系消灭，而使合同终止法律效力。

《合同法》规定的终止原因有：

（1）债务已经按照约定履行；

（2）合同解除；

（3）债务相互抵销；

（4）债务人依法将标的物提存；

（5）债权人免除债务；

（6）债权债务同归于一人，即混同；

（7）法律规定或者当事人约定终止的其他情形。

合同的权利义务终止后，有时当事人还负有后合同义务，应当遵循诚实信用原则，根据交易习惯履行通知、协助、保密等义务。

（二）合同的解除

合同的解除，是指合同有效成立以后，没有履行或者没有完全履行之前，双方当事人通过协议或者一方行使解除权的方式，使得合同关系终止的法律制度。合同的解除，分为合意解除与法定解除两种情况。

1. 合意解除

合意解除，是指根据当事人事先约定的情况或经当事人协商一致而解除合同。其中协商解除是以一个新的合同解除旧的合同。而约定解除则是一种单方解除，即双方在订立合同时，约定了合同当事人一方解除合同的条件，一旦该条件成就，解除权人就可以通过行使解除权而终止合同。法律规定或者当事人约定了解除权行使期限的，期限届满当事人不行使的，该权利消灭。法律没有规定或者当事人没有约定解除权行使期限，经对方催告后在合理期限内不行使的，该权利消灭。合同订立后，经当事人协商一致，也可以解除合同。

2. 法定解除

法定解除，是指根据法律规定而解除合同。《合同法》规定，有下列情形之一的，当事人可以解除合同：

（1）因不可抗力致使不能实现合同目的；

（2）在履行期限届满之前，当事人一方明确表示或者以自己的行为表明不履行主要债务；

（3）当事人一方迟延履行主要债务，经催告后在合理期限内仍未履行；

（4）当事人一方迟延履行债务或者有其他违约行为致使不能实现合同目的；

（5）法律规定的其他情形。

当事人一方行使解除权，或依照《合同法》规定主张解除合同的，应当通知对方。合同自通知到达对方时解除。对方有异议的，可以请求人民法院或者仲裁机构确认解除合同的效力。当事人解除合同，法律、行政法规规定应当办理批准、登记等手续的，应依照其规定办理。

合同解除后，尚未履行的，终止履行；已经履行的，根据履行情况和合同性质，当事人可以要求恢复原状、采取其他补救措施，并有权要求赔偿损失。

合同的权利义务终止，不影响合同中结算和清理条款的效力。

（三）抵销

抵销是双方当事人互负债务时，一方通知对方以其债权充当债务的清偿或者双方协商以债权充当债务的清偿，使得双方的债务在对等额度内消灭的行为。抵销分为法定抵销与约定抵销。

1. 法定抵销

《合同法》规定，当事人互负到期债务，该债务的标的物种类、品质相同的，任何一方可以将自己的债务与对方的债务抵销，但依照法律规定或者按照合同性质不得抵销的除外。

2. 约定抵销

《合同法》规定，当事人互负债务，标的物种类、品质不相同的，经双方协商一致，也可以抵销。

（四）提存

1. 提存的定义

提存是指非因可归责于债务人的原因，导致债务人无法履行债务或者难以履行债务的情况下，债务人将标的物交由提存机关保存，以终止合同权利义务关系的行为。《合同法》规定的提存是以清偿为目的，所以是债消灭的原因。

2. 提存的原因

《合同法》规定，有下列情形之一，难以履行债务的，债务人可以将标的物提存：

（1）债权人无正当理由拒绝受领；

（2）债权人下落不明；

（3）债权人死亡未确定继承人或者丧失民事行为能力未确定监护人；

（4）法律规定的其他情形。

3. 提存的法律后果

标的物提存后，毁损、灭失的风险由债权人承担。提存期间，标的物的孳息归债权人所有，提存费用由债权人负担。标的物不适于提存或者提存费用过高的，债务人依法可以拍卖或者变卖标的物，提存所得的价款。

标的物提存后，合同虽然终止，但债务人还负有后合同义务。除债权人下落不明的以外，债务人应当及时通知债权人或者债权人的继承人、监护人。

债权人可以随时领取提存物，但债权人对债务人负有到期债务的，在债权人未履行债务或者提供担保之前，提存部门根据债务人的要求应当拒绝其领取提存物。债权人领取提存物的权利，自提存之日起5年内不行使则消灭，提存物扣除提存费用后归国家所有。

（五）免除与混同

债权人免除债务人部分或者全部债务的，合同的权利义务部分或者全部终止。债权和债务同归于一人，即债权债务混同时，合同的权利义务终止，但涉及第三人利益的除外。

**法律实务：**

解除合同的通知

解除合同的通知是合同法实务中非常重要的一种通知。合同的解除需要具备法定或者约定解除权，并且要在合同约定的合同解除权行使期限内，向对方发出解除合同的通知。

1. 合同解除通知的方式

无论采取何种方式，这种方式应当足以证明：① 你向对方发出了通知；② 发出通知的时间；③ 表明发出通知的主要内容。关于对方是否收到，只需在通常情况下可以及时到达即可。

2. 通知的主要内容

（1）当事人之间订立合同的事实。

（2）当事人违约等导致发生合同解除权的事实。

（3）合同中约定的合同解除权。

（4）绝对明确的解除合同的意思表示。

（5）对对方违约责任追究的权利保留。

例示如下：

解除合同通知书

致 ××× 公司：

我公司与你公司于 2005 年 7 月 14 日订立 ××× 买卖合同。你公司于 2005 年 7 月 15 日向我公司交付。我公司于 2005 年 7 月 15 日使用过程中发现你公司交付的产品具有以下严重质量问题：

1. ……

2. ……

我公司于当日就上述问题向你公司提出异议，并请你公司立即前来我公司协商解决有关产品质量问题，但至今你公司未派人前来解决质量问题。

依据双方于 2010 年 7 月 14 日订立的 ××× 买卖合同第 4.2 条之规定，我公司特向你公司通知如下：

由于（文句应参照合同约定或法律规定的相应的解除权条件）你公司交付的产品质量存在上述严重问题，我公司特依合同约定通知你公司解除合同。同时，我公司将保留进一步追究你公司违约责任的权利。

特此通知

××× 公司

年　月　日

4.23 根据合同法律制度的规定，由于债权人的原因，债务人无法向债权人交付合同标的物时，可以将该标的物交给提存部门，从而消灭债务。在标的物提存后，标的物毁损、灭失风险责任的承担者是（　　　）。

A. 债权人                    B. 债务人

C. 债权人和债务人            D. 提存部门

【本节小结】

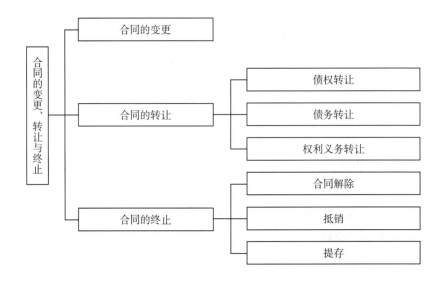

【课后思考】

1. 简述合同权利转让的要件。

2. 什么是合同解除？什么是单方解除？什么是协议解除？什么是约定解除？

3. 简述提存的原因。

# 第七节　违　约　责　任

违约责任，又称违反合同的民事责任，是指合同当事人不按合同的约定或者法律的规定履行义务所应承担的民事责任。违约责任的成立以有效的合同关系为基础，如果不存在合同关系或者合同无效或被撤销，就无所谓违约责任问题。学习者应从违约责任的定义入手，学习承担违约责任的主要形式、违约责任的免除等相关规定。

## 一、承担违约责任的主要形式

违约责任，即违反合同的民事责任，是指合同当事人一方不履行合同义务或者履行合同义务不符合约定时，依照法律规定或合同约定所承担的法律责任。一般来说，违约责任的追究要在合同履行期限届满时才能行使，但在合同生效后履行期限届满前，当事人一方明确表示或以自己的行为表明不履行合同义务的，对方可以在履行期限届满之前要求其承担违约责任。根据《合同法》的规定，违约的当事人承担违约责任的主要形式有：

（一）继续履行

继续履行，又称实际履行，是指合同一方当事人不履行合同或者履行合同不符合约定的情况下，要求违约方仍然按照合同的约定履行义务的一种承担违约责任的方式。但在下列情况下除外：一是法律上或事实上不能履行，如破产等；二是债务的标的不适于强制履行或者履行费用过高；三是债权人在合理期限内未要求履行。

（二）采取补救措施

《合同法》规定，质量不符合约定的，应当按照当事人的约定承担违约责任。对违约责任没有约定或者约定不明确的，依照《合同法》第61条的规定仍不能确定的，受损害方根据标的的性质以及损失的大小，可以合理选择要求对方承担修理、更换、重作、退货、减少价款或者报酬等违约责任。

（三）赔偿损失

赔偿损失是指合同当事人一方不履行合同或者不适当履行合同给对方造成损失的，应依法或依照合同约定承担赔偿责任。损失赔偿额应相当于因违约所造成的损失，包括合同履行后可以获得的利益，但不得超过违反合同一方订立合同时预见到或者应当预见到的因违反合同可能造成的损失。

当事人一方违约后，对方应当采取适当措施防止损失的扩大；没有采取适当措施致使损失扩大的，不得就扩大的损失要求赔偿。当事人因防止损失扩大而支出的合理费用，由违约方承担。

（四）支付违约金

违约金是指当事人在合同中约定，一方当事人不履行合同义务或履行合同义务不符合约定时应当根据情况向对方支付一定数额的货币。

当事人可以约定一方违约时应当根据违约情况向对方支付一定数额的违约金，

承担违约责任的形式：（1）继续履行；（2）采取补救措施；（3）赔偿损失；（4）支付违约金；（5）定金责任

也可以约定因违约产生的损失赔偿额的计算方法。约定的违约金低于造成的损失的，当事人可以请求人民法院或者仲裁机构予以增加；约定的违约金过分高于造成的损失的，当事人可以请求人民法院或者仲裁机构予以适当减少。

（五）定金责任

定金既是一种债的担保形式，又是一种违约责任形式。当事人既约定定金，又约定违约金的，一方违约时，对方可以选择适用违约金或者定金。

【课堂练习】

4.24 甲与乙订立了一份苹果购销合同，双方约定：甲向乙交付 20 万公斤苹果，货款为 40 万元，乙向甲支付定金 4 万元；如任何一方不履行合同应支付违约金 6 万元。甲因将苹果卖给丙而无法向乙交付苹果。根据合同法律制度的规定，乙提出的下列诉讼请求中，既能最大限度保护自己的利益，又能获得人民法院支持的是（      ）。

A. 请求甲双倍返还定金 8 万元

B. 请求甲双倍返还定金 8 万元，同时请求甲支付违约金 6 万元

C. 请求甲支付违约金 6 万元，同时请求返还支付的定金 4 万元

D. 请求甲支付违约金 6 万元

## 二、违约责任的免除

违约责任的免除是指在合同的履行过程中，由于法律规定的或者当事人约定的免责事由致使当事人不能履行合同义务或者履行合同义务不符合约定的，当事人可以免于承担违约责任。

一般来说，在合同订立之后，如果一方当事人没有履行合同或者合同不符合约定，不论是自己的原因，还是第三人的原因，都应当向对方承担违约责任，即我国使用的是无过错责任原则。只有在法定的免责事由或约定的免责事由导致合同不能

免责事由：不可抗力、免责条款和法律的特别规定

履行时，才能免责。

《合同法》规定了三种免责事由：不可抗力、免责条款和法律的特别规定。

（一）不可抗力

不可抗力，是指不能预见、不能避免并不能克服的客观情况。《合同法》规定，因不可抗力不能履行合同的，根据不可抗力的影响，部分或者全部免除责任。但是，当事人迟延履行后发生不可抗力的，不能免除责任。

不可抗力包括某些自然现象和某些社会现象（如战争等）。当事人一方因不可抗力不能履行合同的，应当及时通知对方，以减轻可能给对方造成的损失，并应当在合理期限内提供证明。

（二）免责条款

当事人可以在合同中约定，当出现一定的事由或条件时，可免除违约方的违约责任。但免责条款不得违反法律、行政法规的强制性规定。

（三）法律的特别规定

在法律有特别规定的情况下，可以免除当事人的违约责任。如承运人对运输过程中货物的毁损、灭失承担损害赔偿责任，但承运人证明货物的毁损、灭失因不可抗力、货物本身的自然性质或者合理损耗以及托运人、收货人的过错造成的，不承担损害赔偿责任。

【课堂练习】

4.25 下列属于违约责任中免责事由的是（　　　）。

A. 不可抗力          B. 免责条款

C. 法律的一般规定      D. 法律的特别规定

【本节小结】

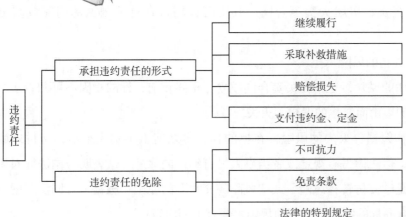

【课后思考】

1. 简述承担违约责任的形式。

2. 继续履行与违约金是否有冲突？

3. 违约金与定金、赔偿金之间关系如何？

# 第八节  主 要 合 同

主要合同又称具体合同，这里主要介绍买卖合同、借款合同、租赁合同、赠与合同以及运输合同。要求学习者熟练掌握各类合同的定义、特征，熟悉各具体合同的相关内容，为今后的实践打下良好的基础。

## 一、买卖合同

### （一）买卖合同的定义

买卖合同是出卖人转移标的物的所有权于买受人，买受人支付价款的合同。买卖关系的主体是出卖人和买受人，交付财产取得价款的一方称为出卖人，接受财产支付价款的一方称为买受人。

### （二）买卖合同的标的物

出卖的标的物，应当属于出卖人所有或者出卖人有权处分的物，可以是现实存在的物，也可以是将来产生的物。法律禁止流通的物不得作为买卖标的物。

1. 标的物所有权的转移

标的物的所有权自标的物交付时起转移，但法律另有规定或者当事人另有约定的除外。在一般情况下，合同标的物何时交付，标的物所有权就何时转移，即二者同步转移。但在特殊情况下，标的物所有权并非与标的物的交付同时转移，如机动车买卖、房屋买卖等合同，其所有权均自在有关国家部门完成登记之时转移。

2. 标的物的风险承担

标的物的风险，是指在买卖合同成立后至终止前，标的物因不可归责于当事人任何一方的事由而发生的毁损、灭失。

标的物毁损、灭失的风险，在标的物交付之前由出卖人承担，交付之后由买受人承担，但法律另有规定或者当事人另有约定的除外。这表明我国法律对风险承担采取的是"交付转移风险"或"风险随交付"的原则。根据《合同法》的有关规定，买卖合同标的物风险承担的规则主要有下列内容：

> 买卖合同是出卖人转移标的物的所有权于买受人，买受人支付价款的合同

（1）一般情形下，标的物风险在标的物交付之前由出卖人承担，交付之后由买受人承担。

（2）因买受人的原因致使标的物不能按照约定的期限交付的，买受人应当自违反约定之日起承担标的物风险。

（3）出卖人出卖交由承运人运输的在途标的物，除当事人另有约定外，买受人应自合同成立时起承担标的物风险。

（4）当事人没有约定交付地点或者约定不明确，而由出卖人将标的物交付给第一承运人的，买受人自标的物交付时起承担标的物风险。

（5）出卖人按照约定或者依照法律有关规定将标的物置于交付地点，买受人违反约定没有收取的，买受人自违反约定之日起承担标的物风险。

（6）出卖人未按照约定交付有关标的物的单证和资料的，不影响标的物风险的转移，即标的物风险的转移不受上述单证、资料是否交付的影响。

（7）因标的物质量不符合质量要求，致使不能实现合同目的，买受人拒绝接受或者解除合同的，标的物风险由出卖人承担。

（三）标的物的检验

出卖人交付标的物后，买受人应对收到的标的物在约定的检验期间内检验。没有约定检验期间的，应当及时检验。当事人约定检验期间的，买受人应当在检验期间内将标的物存在的问题及时通知出卖人。买受人怠于通知的，视为标的物符合约定。

**法律实务：**

### 合同履行中产品质量问题的风险防范

质量问题，无论对于买卖合同还是租赁合同均是核心问题。因产品质量发生争议的情况非常常见。

1. 订立合同后，对方交付的产品明显不符合质量要求的对策

如果订立合同后，合同中约定的质量要求是明确的，而对方交付的产品明显不符合质量要求，如交付的产品的规格、品种等显然与合同约定不符，即属显然违约。此时，买方应当当即提出质量异议，并作如下处理：

（1）如不符合合同目的，可以拒收。《合同法》148条规定："因标的物质量不符合质量要求，致使不能实现合同目的的，买受人可以拒绝接受标的物或者解除合同。"

（2）如对交付产品尚可接受，可与对方协商变更合同，或协商减少价款。协商尽可能采用书面形式。《合同法》第77条规定："当事人协商一致，可以变更合同。"

（3）要求对方限时退换，或以其他方式解决质量问题。同时双方能就此质量问题的处理意见形成书面协议。在书面协议中，要表明如对方不能按此协议解决质量问题，将保留追究其违约责任的权利。

要防止以下做法：

（1）只是表达不满，不向对方明确提出质量异议。

（2）提出异议，但没有明确的要求。

（3）有异议、要求，但没有对异议的提出及处理结果形成书面的或其他可证明的形式。

2. 在验收后发现质量问题的对策

（1）迅速地、毫不迟延地向对方发出质量异议的通知，并提供相应的证明。向对方提供的只需是质量瑕疵存在的证据。同时要注意保留对该瑕疵是表面检查不易发现的这一特征的证明、对已发出通知的证明。尽可能地采取可证明的通知方式，如快递、电报、电话（可查、可录）。毫不迟延地催促对方采取补救措施尽快解决质量问题。

（2）退换、修理可以完成合同需要的，可以通知对方限时退换、修理。费用由对方承担。

（3）减少价款。

3. 使用过程中发现产品质量问题的对策

使用过程中发现质量问题的处理与验收后的处理并无太大区别，但此时多已造成一定损失，因此要注意质量瑕疵证据的保留，并在向对方发出的通知中提出损失赔偿要求或保留权利。

要在合同履行过程中将应取得的赔偿问题解决，切勿等合同全部履行完毕再单一地去追究对方的违约损害赔偿责任，那样的话就有些被动了。

【课堂练习】

4.26 下列属于买卖合同标的物风险承担规则的是（　　　）。

A. 标的物风险在标的物交付之前由出卖人承担，交付之后由买受人承担

B. 因买受人的原因致使标的物不能按照约定的期限交付的，买受人应当自违反约定之日起承担标的物风险

C. 出卖人出卖交由承运人运输的在途标的物，除当事人另有约定外，买受人应自合同成立时起承担标的物风险

D. 当事人没有约定交付地点或者约定不明确，而由出卖人将标的物交付给第

一承运人的，买受人自标的物交付时起承担标的物风险

## 二、借款合同

借款合同是借款人向贷款人借款，到期返还借款并支付利息的合同。订立借款合同，贷款人可以要求借款人依照《担保法》的规定提供担保。

借款合同采用书面形式，但自然人之间借款另有约定的除外。

借款人应当按照约定的期限返还借款。贷款人未按照约定的日期、数额提供借款，造成借款人损失的，应当赔偿损失。借款人未按照约定的借款用途使用借款的，贷款人可以停止发放借款、提前收回借款或者解除合同。

借款的利息不得预先在本金中扣除。利息预先在本金中扣除的，应当按照实际借款数额返还借款并计算利息。借款人应当按照约定的期限支付利息。对支付利息的期限没有约定或约定不明确的，当事人可以协议补充；不能达成补充协议时，借款期间不满 1 年的，应当在返还借款时一并支付；借款期间在 1 年以上的，应当在每届满 1 年时支付，剩余期间不满 1 年的，应当在返还借款时一并支付。

自然人之间的借款合同对支付利息没有约定或约定不明确的，视为不支付利息；约定支付利息的，借款的利率不得违反国家有关限制借款利率的规定。

借款人未按照约定的期限返还借款的，应当按照约定或国家有关规定支付逾期利息。借款人提前偿还借款的，除当事人另有约定的以外，应当按照实际借款的期间计算利息。

**【课堂练习】**

4.27 借款人未按照约定的借款用途使用借款的，贷款人可以（　　　）。

A. 停止发放借款　　　　　　B. 提前收回借款

C. 解除合同法律的一般规定　　D. 必须继续发放借款

## 三、租赁合同

租赁合同是出租人将租赁物交付给承租人使用、收益，承租人支付租金的合同。租赁合同的内容包括租赁物的名称、数量、用途、租赁期限、租金及其支付期限和方式、租赁物维修等条款。

租赁期限不得超过 20 年；超过 20 年的，超过部分无效。租赁期间届满，当事人可以续订租赁合同，但约定的租赁期限自续订之日起不得超过 20 年。租赁期限 6 个月以上的，应当采用书面形式。未采用书面形式的，都视为不定期租

赁，当事人可以随时解除合同，但出租人解除合同应当在合理期限之前通知承租人。

出租人应依照合同约定的时间和方式交付租赁物，并在租赁期间履行租赁物的维修义务，保持租赁物符合约定的用途。承租人应当按照约定的方法或按照租赁物的性质使用租赁物，并应当妥善保管租赁物，如因保管不善造成租赁物毁损、灭失的，应当承担损害赔偿责任。

承租人应当按照约定的期限支付租金。承租人无正当理由未支付租金或延期支付租金的，出租人可以要求承租人在合理期限内支付。承租人逾期不支付的，出租人可以解除合同。承租人不得擅自改善和增设他物。承租人经出租人同意，可以对租赁物进行改善和增设他物。承租人未经出租人同意对租赁物进行改善和增设他物的，出租人可以请求承租人恢复原状或赔偿损失。

承租人转租租赁物须经出租人同意。转租期间，承租人与出租人的租赁合同继续有效，第三人不履行对租赁物妥善保管义务造成损失的，由承租人向出租人负赔偿责任。承租人未经同意而转租的，出租人可终止合同。

租赁物在租赁期间发生所有权变动的，不影响租赁合同的效力，即"买卖不破租赁"。

租赁期间届满，承租人继续使用租赁物，出租人没有提出异议的，原租赁合同继续有效，但租赁期限为不定期。

【课堂练习】

4.28 租赁合同的内容包括（　　　）。

A. 租赁物的名称　　　　　　　　　B. 数量

C. 用途　　　　　　　　　　　　　D. 租赁期限

## 四、赠与合同

### （一）赠与合同概述

赠与合同是赠与人将自己的财产无偿给予受赠人，受赠人表示接受赠与的合同。赠与合同是单务、无偿、诺成性合同。赠与的财产依法需要办理登记等手续的，应当办理有关手续。

赠与可以附义务。赠与附义务的，受赠人应当按照约定履行义务。

因赠与人故意或者重大过失致使赠与的财产毁损、灭失的，赠与人应当承担损害赔偿责任。赠与的财产有瑕疵的，赠与人不承担责任。附义务的赠与，赠与的财产有瑕疵的，赠与人在附义务的限度内承担与出卖人相同的责任。赠与人故意不告知瑕疵或者保证无瑕疵，造成受赠人损失的，应当承担损害赔偿责任。

赠与合同成立后，赠与人的经济状况显著恶化，严重影响其生产经营或者家庭生活的，可以不再履行赠与义务。

（二）赠与合同的撤销

赠与合同的撤销分为任意撤销和法定撤销。

任意撤销，是指赠与人基于赠与合同的无偿性及单务性特征，在赠与财产的权利转移之前可以撤销赠与。但具有救灾、扶贫等社会公益、道德义务性质的赠与合同或者经过公证的赠与合同，不得撤销赠与。对于这类赠与合同，如果赠与人不交付赠与的财产的，受赠人可以要求交付。

法定撤销，是指当受赠人有忘恩行为时，无论赠与财产的权利是否转移，赠与是否具有救灾、扶贫等社会公益、道德义务性质或者经过公证，赠与人或者赠与人的继承人、法定代理人可以撤销赠与的情形。

1. 赠与人的撤销权

受赠人有下列情形之一的，赠与人可以行使撤销权：

（1）严重侵害赠与人或者赠与人的近亲属；

（2）对赠与人有扶养义务而不履行；

（3）不履行赠与合同约定的义务。

赠与人的撤销权，自知道或者应当知道撤销原因之日起一年内行使。

2. 赠与人的继承人、法定代理人的撤销权

因受赠人的违法行为致使赠与人死亡或者丧失民事行为能力的，赠与人的继承人或者法定代理人可以撤销赠与。赠与人的继承人或者法定代理人的撤销权，自知道或者应当知道撤销原因之日起6个月内行使。

如果是法定撤销情形，则撤销权人撤销赠与的，可以向受赠人要求返还赠与的财产。

【课堂练习】

4.29 赠与合同属于（　　　）合同。

A. 单务合同　　　　　　　　　B. 双务合同

C. 无偿合同　　　　　　　　　D. 诺成性合同

## 五、运输合同

### （一）运输合同概述

运输合同是承运人将旅客或者货物从起运地点运输到约定地点，旅客、托运人或者收货人支付票款或者运输费用的合同。运输合同分为客运合同、货运合同和多式联运合同。

### （二）客运合同

客运合同自承运人向旅客交付客票时成立，但当事人另有约定或者另有交易习惯的除外。

#### 1. 旅客的权利义务

旅客应当持有效客票乘运。旅客可以自行决定解除客运合同。旅客因自己的原因不能按照客票记载的时间乘坐的，应当在约定的时间内办理退票或者变更手续。逾期办理的，承运人可以不退票款，并不再承担运输义务。

旅客在运输中违反规定携带或者夹带违禁物品的，承运人可以将违禁物品卸下、销毁或者送交有关部门。旅客坚持携带或者夹带违禁物品的，承运人应当拒绝运输。

#### 2. 承运人权利义务

承运人应当向旅客及时告知有关不能正常运输的重要事由和安全运输应当注意的事项。承运人应当按照客票载明的时间和班次运输旅客。承运人迟延运输的，应当根据旅客的要求安排改乘其他班次或者退票。承运人擅自变更运输工具而降低服务标准的，应当根据旅客的要求退票或者减收票款；提高服务标准的，不应当加收票款。

承运人应当对运输过程中旅客，包括按照规定免票、持优待票或者经承运人许可搭乘的无票旅客的伤亡，承担损害赔偿责任，但伤亡是旅客自身健康原因造成的或者承运人证明伤亡是旅客故意、重大过失造成的除外。

### （三）货运合同

#### 1. 托运人的权利义务

托运人办理货物运输，应当向承运人准确表明收货人的名称或者姓名或者凭指示的收货人，货物的名称、性质、重量、数量，收货地点等有关货物运输的必要情况。因托运人申报不实或者遗漏重要情况，造成承运人损失的，托运人应当承担损害赔偿责任。

托运人应当按照约定的方式包装货物。对包装方式没有约定或者约定不明确的，依照合同法有关规定仍不能确定的，应当按照通用的方式包装；没有通用方式的，应当采取足以保护标的物的包装方式。托运人违反此项规定的，承运人可以拒绝运输。

托运人托运易燃、易爆、有毒、有腐蚀性、有放射性等危险物品的，应当按照国家有关危险物品运输的规定对危险物品妥善包装，作出危险物标志和标签，并将有关危险物品的名称、性质和防范措施的书面材料提交承运人。托运人违反此项规定的，承运人可以拒绝运输，也可以采取相应措施以避免损失的发生，因此产生的费用由托运人承担。

在承运人将货物交付收货人之前，托运人可以要求承运人中止运输、返还货物、变更到达地或者将货物交给其他收货人，但应当赔偿承运人因此受到的损失。

2. 承运人的权利义务

货物运输到达后，承运人知道收货人的，应当及时通知收货人，收货人应当及时提货。收货人逾期提货的，应当向承运人支付保管费等费用。

收货人提货时应当按照约定的期限检验货物。对检验货物的期限没有约定或者约定不明确，依照合同法有关规定仍不能确定的，应当在合理期限内检验货物。收货人在约定的期限或者合理期限内对货物的数量、毁损等未提出异议的，视为承运人已经按照运输单证的记载交付货物的初步证据。但以后如收货人有证据证明货物的毁损、灭失发生在运输过程中，仍可向承运人索赔。

承运人对运输过程中货物的毁损、灭失承担损害赔偿责任，但承运人证明货物的毁损、灭失是因不可抗力、货物本身的自然性质或者合理损耗以及托运人、收货人的过错造成的，不承担损害赔偿责任。货物在运输过程中因不可抗力灭失，未收取运费的，承运人不得要求支付运费；已收取运费的，托运人可以要求返还。

托运人或者收货人不支付运费、保管费以及其他运输费用的，承运人对相应的运输货物享有留置权，但当事人另有约定的除外。

（四）多式联运合同

多式联运经营人负责履行或者组织履行多式联运合同，对全程运输享有承运人的权利并承担其义务。多式联运经营人可以与参加多式联运的各区段承运人就多式联运合同的各区段运输约定相互之间的责任，但该约定不影响多式联运经营人对全程运输承担的义务。

多式联运经营人收到托运人交付的货物时，应当签发多式联运单据。按照托运人的要求，多式联运单据可以是可转让单据，也可以是不可转让单据。

因托运人托运货物时的过错造成多式联运经营人损失的，即使托运人已经转让多式联运单据，托运人仍然应当承担损害赔偿责任。

货物的毁损、灭失发生于多式联运的某一运输区段的，多式联运经营人的赔偿责任和责任限额，适用调整该区段运输方式的有关法律规定。货物毁损、灭失发生的运输区段不能确定的，依照合同法有关运输合同的规定承担损害赔偿责任。

4.30 下列属于旅客权利义务的是（　　　）。

A. 旅客应当持有效客票乘运

B. 可以自行决定解除客运合同

C. 旅客因自己的原因不能按照客票记载的时间乘坐的，应当在约定的时间内办理退票或者变更手续

D. 逾期办理的，承运人可以不退票款，并不再承担运输义务

【本节小结】

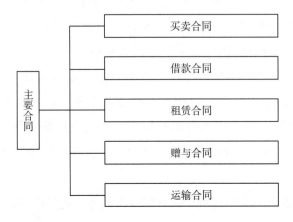

【课后思考】

1. 简述合同所有权与风险转移时间。

2. 赠与合同的法定撤销与任意撤销有何不同？

【本章案例讨论】

甲公司委派业务员张某去乙公司采购大蒜，张某持盖章空白合同书以及采购大蒜授权委托书前往。

甲、乙公司于 2010 年 3 月 1 日签订大蒜买卖合同，约定由乙公司代办托运，货交承运人丙公司后即视为完成交付。大蒜总价款为 100 万元，货交丙公司后甲公司付 50 万元货款，货到甲公司后再付清余款 50 万元。双方还约定，甲公司向乙公司交付的 50 万元货款中包含定金 20 万元，如任何一方违约，需向守约方赔付违约

金 30 万元。

张某发现乙公司尚有部分绿豆要出售，认为时值绿豆销售旺季，遂于 2010 年 3 月 1 日擅自决定与乙公司再签订一份绿豆买卖合同，总价款为 100 万元，仍由乙公司代办托运，货交丙公司后即视为完成交付。其他条款与大蒜买卖合同的约定相同。

2010 年 4 月 1 日，乙公司按照约定将大蒜和绿豆交给丙公司，甲公司将 50 万元大蒜货款和 50 万元绿豆货款汇付给乙公司。按照托运合同，丙公司应在十天内将大蒜和绿豆运至甲公司。

2010 年 4 月 5 日，甲、丁公司签订以 120 万元价格转卖大蒜的合同。4 月 7 日因大蒜价格大涨，甲公司又以 150 万元价格将大蒜卖给戊公司，并指示丙公司将大蒜运交戊公司。4 月 8 日，丙公司运送大蒜过程中，因山洪暴发大蒜全部毁损。戊公司因未收到货物拒不付款，甲公司因未收到戊公司的货款拒绝支付乙公司大蒜尾款 50 万元。

后绿豆行情暴涨，丙公司以自己的名义按 130 万元价格将绿豆转卖给不知情的己公司，并迅即交付，但尚未收取货款。甲公司得知后，拒绝追认丙公司的行为，要求己公司返还绿豆。

问题

1. 大蒜运至丙公司时，所有权归谁？为什么？

2. 甲公司与丁、戊公司签订的转卖大蒜的合同的效力如何？为什么？

3. 大蒜在运往戊公司途中毁损的风险由谁承担？为什么？

4. 甲公司能否以未收到戊公司的大蒜货款为由，拒绝向乙公司支付尾款？为什么？

5. 乙公司未收到甲公司的大蒜尾款，可否同时要求甲公司承担定金责任和违约金责任？为什么？

6. 甲公司与乙公司签订的绿豆买卖合同效力如何？为什么？

7. 丙公司将绿豆转卖给己公司的行为法律效力如何？为什么？

8. 甲公司是否有权要求己公司返还绿豆？为什么？

（案例来源：2010 年全国司法考试卷四试题四）

第五章

# 票据法

**5**

通过本章的学习，熟练掌握票据、汇票、本票、支票的定义和特征，掌握票据行为、票据权利、票据抗辩、票据的伪造与变造、票据的丧失与补救、票据利益补偿请求权，掌握汇票的出票、背书、承兑、保证、付款与汇票的追索权，掌握本票和支票的特殊规则。

【案例导入】

张某是某研究所的研究员，因专利发明获得了大量收入，银行为其开设了支票账户。2008年张某因家庭生活受到刺激，导致精神失常。

2008年4月1日张某签了一张60万元的转账支票给某房地产公司购买有关房屋，某房地产公司希望有保证人进行保证。张某找到其朋友赵某保证。

房地产公司收受支票后，4月15日以背书的方式将该支票转让给了某租赁公司以支付所欠的建筑机械租金。

4月19日某租赁公司持该支票向某现代商城购置计算机设备。

4月26日某现代商城通过其开户银行提示付款时，开户银行以超越提示付款期为由作了退票处理。某现代商城只好通知其前手进行追索。

在追索的过程中，租赁公司和房地产公司均以有保证人为由推卸自己的责任，保证人赵某以张某系精神病人，其签发支票无效为由，拒不承担责任。

经鉴定，张某确属精神不正常，属无行为能力人。

【问题】

1. 无行为能力人的票据行为是否有效？其所签发的票据是否有效？

2. 在有保证人存在的情况下，票据行为人应否负票据责任？

3. 本案中的保证人应否承担保证责任？

# 第一节　票据法概述

票据是特殊的有价证券，具有无因性、文义性、流通性等，成为经济往来中不可或缺的工具。为了促进票据的流通，同时保障其安全，票据法规定了票据行为的实质要件和形式要件、票据权利的行使及其限制、票据的伪造和变造、票据的补救等。在票据权利的行使过程中，应特别注意票据时效与利益补偿权。

## 一、票据与票据法的定义

（一）票据的定义

票据一词，在学理上有广义和狭义两种理解。广义的票据涵盖各种有价证券和凭证，如股票、国库券、企业债券、发票、提单、仓单等，甚至日常生活中使用的车船票、邮票、门票、发票等也可以被称为票据。

狭义的票据则专指票据法上的票据，即出票人依法签发的，约定自己或委托付款人在见票时或指定的日期向收款人或持票人无条件支付一定金额并可转让的有价证券。我国《票据法》第2条第2款规定："本法所称票据，是指汇票、本票和支票。"

我国票据法上的票据具有以下特点：

（1）票据是设权证券。在票据作成之前票据权利不存在，票据权利是在票据做成的同时才产生的。

（2）票据是无因证券。票据权利的行使以持有票据为必要条件，持票人无须证明其取得票据的原因。只要票据形式要件合法，票据权利人取得票据的基础关系是否有效，不影响票据权利人行使票据权利。

（3）票据是金钱证券。票据是以支付一定金额货币为目的而创设的有价证券。

（4）票据是文义证券。票据所创设的一切权利和义务，必须完全地依票据上所记载的文字为准，不得以票据之外的任何事由变更其效力。

（5）票据是要式证券。票据的作成必须依票据法规定的记载事项和格式，否则会造成票据无效。

（6）票据是流通证券。在票据到期前，票据权利可以依法转让，其流通方式灵活简便。

（7）票据是完全有价证券。票据所表示的权利与票据不可分离，票据权利的发生、转移、行使，都必须持有票据。

（二）票据法的定义

票据法是指规定票据的种类、形式、内容以及各当事人之间权利义务关系的法律规范的总称。1995 年 5 月 10 日，我国第八届全国人大常委会第十三次会议审议通过了《中华人民共和国票据法》（以下简称《票据法》），自 1996 年 1 月 1 日起施行。《票据法》出台之后，中国人民银行组织制定了《票据管理实施办法》和《支付结算办法》等有关票据方面的实施办法及配套规定，最高人民法院于 2000 年 11 月 14 日公布了最高人民法院《关于审理票据纠纷案件若干问题的规定》。至此，我国的票据法体系已初步形成。

**法律实务：**

### 票据无因性的规定

《票据法》第 10 条第 1 款规定："票据的签发、取得和转让，应当遵循诚实信用的原则，具有真实的交易关系和债权债务关系。"第 21 条规定："汇票的出票人必须与付款人具有真实的委托付款关系，并且具有支付汇票金额的可靠资金来源。"这两条规定将出票行为与有关基础关系相联系，实际上否定了票据的无因性。这在理论上和实践中都是行不通的。针对这一缺陷，我国最高人民法院《关于审理票据纠纷案件若干问题的规定》第 14 条规定："票据债务人以票据法第十条、第二十一条的规定为由，对业经背书人转让票据的持票人进行抗辩的，人民法院不予支持。"该条虽仍未明确规定票据无因性原则，但其在无因性上取得了一定的进步。此外，我国《票据法》有很多条款均对无因性作了肯定，比如第 4 条、第 6 条、第 13 条、第 14 条第 2 款、第 19 条、第 22 条、第 57 条等，这些规定与国际通行做法相一致，完全符合无因性理论的发展趋势。

【课堂练习】

5.1 A 与 B 签订了一份假烟买卖合同。A 供货后，B 于 3 月 10 日签发了一张面额为 50 万元、期限为 3 个月的商业承兑汇票交付给 A。3 月 20 日，A 将该汇票依法转让给 C 以支付原材料货款。之后，假烟被查封，买卖合同被裁定无效。试分析：票据到期后，C 提示付款，B 公司能否以买卖合同无效为由拒绝兑现票据金额？

## 二、票据行为

### （一）票据行为的定义

票据行为是指票据关系的当事人之间以发生、变更或终止票据关系为目的而进行的法律行为。我国票据法规定的票据行为包括出票、背书、承兑、保证四种行为。其中出票属于基础票据行为，背书、承兑、保证属于附属票据行为。

（二）票据行为的生效要件

票据行为属于特殊的民事法律行为，除具备一般民事法律行为成立的一般条件外，还必须符合票据法规定的条件。主要包括以下三方面：

1. 行为人必须具有票据能力

票据能力包括权利能力和行为能力。对于法人的票据能力，我国票据法并无限制法人可以依法从事各种票据行为。对于自然人的票据能力，《票据法》第6条作了明确的限制："无民事行为能力人或者限制民事行为能力人在票据上签章的，其签章无效……"可见，无民事行为能力人和限制民事行为能力人不具有票据行为能力，只有完全行为能力人才具有票据行为能力。

2. 行为人的意思表示必须真实或无瑕疵

由于票据具有文义性和无因性，在票据转让过程中，为了保护善意第三人的权利，应该更注重票据行为的外在表示形式，即形式上的合法性。民法关于意思表示的规则只能有限制地适用于票据行为。如我国《票据法》第12条规定："以欺诈、偷盗或者胁迫等手段取得票据的，或者明知有前列情形，出于恶意取得票据的，不得享有票据权利。"这一规定表明，尽管票据的形式符合法定条件，但行为人的意思表示不真实或存在瑕疵，票据持有人亦不得享有票据上的权利。

3. 票据行为必须符合法定形式

具体包括以下几个方面：

（1）票据纸张。票据纸张必须是票据法规定的特定纸张，票据行为人在非法定的纸张上为票据行为，不可能产生票据权利义务关系。我国票据法规定，票据的格式、联次、颜色、规格及防伪技术要求和印制，由中国人民银行规定。

（2）签章。签章是票据行为生效的一个重要条件。我国《票据法》第4条规定，在票据上签章的人，必须按照票据上的记载事项承担票据责任。

对于签章的形式，我国《票据法》第7条规定，自然人在票据上的签章，可以是签名、盖章或者签名加盖章。法人和其他单位不仅需要加盖公章，还必须由单位的法定代表人或授权代理人签章，二者缺一不可。

票据的签名，应当为该当事人的本名，即户口簿或身份证件上的姓名，而不能使用乳名、学名、笔名等来签名。

（3）记载事项。票据记载相关事项是票据行为的一项重要内容。票据记载事项分为绝对必要记载事项、相对必要记载事项、任意记载事项、禁止记载事项等。绝对必要记载事项是指票据法明文规定必须记载的，如无记载，票据即为无效的事项；相对必要记载事项是指某些应该记载而未记载，适用法律的有关规定而不使票据失效的事项；任意记载事项是指票据法规定由当事人选择是否记载，但是一经记载即发生票据法上的效力的记载事项；禁止记载事项是指票据法禁止行为人在票据上记载的事项，包括记载无益事项和记载有害事项两种类型，前者是指记载本身不发生票据法效力的记载，后者是指导致票据无效的记载。

（4）交付。我国票据法没有明文规定票据行为必须以交付为要件，但《票据法》第10条中使用了"票据的签发"，应当理解为票据的"签章"和"发出"，而发出即为交付。一般来讲，只要持票人是票面上记载的票据权利人，法律就推定为有合法的交付行为。

（三）票据行为的代理

票据行为的代理，除适用民法的代理规则外，还要符合我国票据法对票据行为代理的特别规定。

1. 票据行为代理的要件

《票据法》第5条第1款规定："票据当事人可以委托其代理人在票据上签章，并应当在票据上表明其代理关系。"根据这一规定，票据行为的代理必须具备以下条件：第一，票据当事人必须有委托代理的意思表示。第二，代理人必须按被代理人的委托在票据上签章。第三，代理人应在票据上表明代理关系，即注明"代理"字样或类似的文句。

2. 票据行为代理的特殊规定

我国《票据法》第5条第2款对票据行为的无权代理和越权代理有特殊规定：没有代理权而以代理人名义在票据上签章的，应当由签章人承担票据责任，即承担向持票人支付票据金额的义务。与此相同，代理人超越代理权限的，应当就其超越权限的部分承担票据责任。

【课堂练习】

5.2 下列属于我国票据法中规定的票据行为有（　　　）。

A. 出票　　　　　　　　　　B. 背书

C. 承兑　　　　　　　　　　D. 保证

### 三、票据权利与抗辩

（一）票据权利

1. 票据权利的定义

票据权利是指持票人向票据债务人请求支付票据金额的权利。我国《票据法》第4条第4款规定：票据权利"包括付款请求权和追索权"。

票据权利也称票据上的权利，其不同于票据法上的权利。票据法上的权利是指

票据权利包括付款请求权和追索权。票据抗辩制度的目的是为了对票据抗辩进行限制，以保护票据权利人的票据权利

根据票据法规定的票据权利以外的有关票据的权利。票据法上的权利并不直接体现在票据上，其行使无须凭票据。例如，我国《票据法》规定的利益偿还请求权就是一种票据法上的权利。

2. 票据权利的取得

票据权利以持有票据为前提，行为人合法取得票据，即取得了票据权利。取得票据主要有以下几种途径：第一，从出票人处取得。出票是创设票据权利的票据行为，从出票人处取得票据，即取得票据权利。第二，从持有票据的人处受让票据。票据通过背书或交付等方式可以转让他人，以此取得票据即获得票据权利。第三，依税收、继承、赠与、企业合并等方式获得票据。

依法取得票据权利时，应注意以下几个问题：

（1）票据的取得，必须给付对价。即应当给付票据双方当事人认可的相对应的代价，如提供相当的商品或服务等。如果票据的取得无对价或无相当对价，那么只要持票人取得票据不存在欺诈、偷盗、胁迫等，仍然享有票据权利，但其票据权利不得优于其前手。这也称为票据权利的善意取得。

（2）因税收、继承、赠与可以依法无偿取得票据的，不受给付对价之限制。但是，所享有的票据权利不得优于其前手的权利。非票据法上的票据权利取得，只能由民法或其他相关法律来调整，票据法上的特别规定并不适用。

（3）因欺诈、偷盗、胁迫、恶意或重大过失而取得票据的，即使票据的要式齐全、票据的背书连续，仍不得享有票据权利。

3. 票据权利的消灭

票据权利的消灭是指因发生一定的法律事实而使票据权利不复存在。票据权利消灭之后，票据上的债权债务关系也随之消灭。一般情况下，票据权利可因履行、免除、抵销等事由而消灭。《票据法》则详细规定了票据权利因时效而消灭的四种情形：

第一，持票人对票据的出票人和承兑人的权利，自票据到期日起 2 年。见票即付的汇票、本票，自出票日起 2 年。持票人对票据的出票人和承兑人、本票的发票人享有的付款请求权，自票据到期日起 2 年内不行使，见票即付的汇票、本票的付款请求权，自出票日起 2 年内不行使，其权利归于消灭。

第二，持票人对支票出票人的权利，自出票日起 6 个月。持票人对支票的出票人的付款请求权，自出票日起 6 个月内不行使，其权利归于消灭。

第三，持票人对前手的追索权，在被拒绝承兑或者被拒绝付款之日起 6 个月。持票人的付款请求权被拒绝之后，自被拒绝承兑或者被拒绝付款之日起 6 个月不行使追索权的，该项权利归于消灭。

第四，持票人对前手的再追索权，自清偿日或者被提起诉讼之日起 3 个月。

（二）票据抗辩

1. 票据抗辩的定义

票据抗辩是指票据的债务人依照票据法的规定，对票据债权人拒绝履行义务的行为。票据债务人行使抗辩权，旨在阻止票据权利人行使票据权利。票据抗辩不同于民法上的抗辩制度。民法注重保护债务人的利益，因此规定了抗辩权的继续。票据法则注重保护债权人的利益，为了保证票据的流通性，在规定票据抗辩权的同时，还规定了票据抗辩切断制度。因此，票据法规定票据抗辩制度的根本目的是为了对票据抗辩进行限制，以保护票据权利人的票据权利，促进票据流通。

2. 票据抗辩的种类

根据抗辩原因以及抗辩效力的不同，票据抗辩可分为对物抗辩和对人抗辩两种。

（1）对物抗辩。这是基于票据本身的事由而发生的抗辩，又称为绝对抗辩。票据债务人的这一抗辩可以对抗一切票据债权人。主要包括两类：

第一类，一切票据债务人可以对一切票据债权人行使的抗辩。主要情形有：① 票据上欠缺绝对必要记载事项或者记载了禁止记载的事项，而使票据无效。② 票据的付款日期尚未届至。③ 票据债权因票据债务人依法付款而归于消灭。④ 票据债权因票据债务人依法提存而归于消灭。

第二类，特定票据债务人可对一切票据债权人行使的抗辩。主要情形有：① 欠缺票据行为能力的抗辩。无民事行为能力人或限制民事行为能力人在票据上签章的，其签章无效，他可以以自己欠缺票据行为能力为由对抗所有持票人。② 票据伪造、变造的抗辩。发生票据伪造时，被伪造人未在票据上签章，因此不负票据责任，可以对任何票据债权人进行抗辩。发生票据变造时，在变造前签名的票据债务人，只对变造前的记载事项承担票据责任，对变造后的记载事项不承担票据责任。③ 无权代理的抗辩。无权代理及超越代理而实施的票据行为，被代理人不承担票据责任，可以此对抗所有持票人。④ 票据债权因时效届满而消灭的抗辩。票据法上的权利，对于不同的义务人有不同的时效期间，票据债务人可根据法律的具体规定对持票人行使抗辩。⑤ 票据权利的保全手续欠缺而为的抗辩。如应作成拒绝证书而未作等。

（2）对人抗辩。这是指基于票据债务人与特定的票据债权人之间的关系而发生的抗辩，又称为相对抗辩。人的抗辩也可分为两类：

第一，一切票据债务人可以对特定的票据债权人行使的抗辩。主要情形有：① 票据权利人欠缺实质上受领票据金额资格的抗辩。如票据权利人为无民事行为能力人或者因被宣告破产而失去受领能力，票据债务人可以此抗辩。② 票据权利人欠缺形式上受领票据金额资格的抗辩。如果票据背书欠缺连续性，票据债务人可以此抗辩。③ 票据债权人恶意取得票据因而不享有票据权利的抗辩。如果票据债务人知道票据债权人存在恶意或者重大过失，就可以此抗辩。

第二，特定票据债务人可以向特定的票据债权人行使的抗辩。主要情形有：① 欠缺对价的抗辩。在直接相对的当事人之间，如果票据权利的转让是以支付约定对价为条件的，在票据债权人没有向票据债务人支付约定对价的情况下，票据债务人可以此抗辩。② 票据行为无效的抗辩。票据行为是由依法记载和交付两个行为组成，所以当票据已记载但尚未交付而遗失或被盗窃时，票据债务人可以对拾得者和盗窃者行使抗辩权拒绝向其付款。③ 原因关系欠缺或已消灭的抗辩等。

3. 抗辩切断

抗辩切断亦称票据抗辩的限制，是指票据债务人基于其与特定票据债权人的关系而享有的抗辩，在票据依法转让后，该抗辩事由不得随之转移，即票据债务人不得以原抗辩事由对抗后手票据债权人。这是各国立法普遍采用的做法。我国《票据法》第13条第1款规定："票据债务人不得以自己与出票人或者与持票人的前手之间的抗辩事由，对抗持票人。但是，持票人明知存在抗辩事由而取得票据的除外。"根据这一规定，我国票据法中对票据抗辩的限制主要表现在以下方面：

（1）票据债务人不得以自己与出票人之间的抗辩事由对抗持票人。例如，票据债务人（承兑人或付款人）与出票人之间因合同关系或者资金关系而存在抗辩事由，该票据债务人不得以此抗辩事由对抗善意持票人。

（2）票据债务人不得以自己与持票人的前手之间的抗辩事由对抗持票人。例如，票据债务人与持票人的前手（如背书人、保证人等）存在抵销关系，而持票人的前手将票据转让给了持票人，票据债务人就不能以其与持票人的前手存在抗辩事由而拒绝向持票人付款。

4. 恶意抗辩

恶意抗辩亦称票据抗辩的限制的例外，是指票据债务人仍可以自己与出票人或持票人前手之间的抗辩事由，对恶意或者重大过失取得票据的持票人进行抗辩。抗辩切断旨在保护票据善意持有人的权利，如果持票人取得票据是出于恶意或有重大过失，则票据法对之不予保护。恶意抗辩的主要情形有：

（1）持票人以欺诈、盗窃或者胁迫等非法手段取得票据，或者明知有前列情形，出于恶意取得票据。

（2）持票人明知票据债务人与出票人或与出票人的前手之间存在抗辩，仍取得票据。这表明持票人具有主观恶意，票据债务人可以对其主张抗辩，拒绝付款。在此情况下，票据债务人应对持票人的恶意行为承担举证责任。

票据抗辩制度框架见图 5-1。

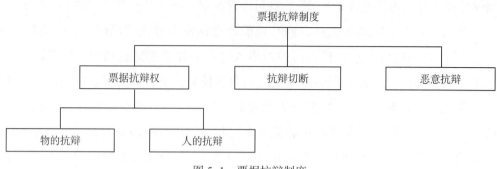

图 5-1　票据抗辩制度

【课堂练习】

5.3 下列各项中，银行承兑汇票债务人不可以对持票人行使抗辩权的事由是（　　）。

A. 背书不连续

B. 出票人存入汇票债务人的资金不足

C. 汇票债务人与持票人的前手存在抵销关系

D. 汇票债务人与出票人之间存在合同纠纷

## 四、票据的伪造和变造

（一）票据的伪造

票据的伪造是指假冒他人名义进行的票据行为，包括票据的伪造和票据上签章的伪造两种。前者是指假冒他人名义进行出票行为，如在空白票据上伪造出票人的签章或者盗盖出票人的印章而进行出票；后者是指假冒他人名义，伪造背书签章、承兑签章、保证签章等。

对于被伪造人，由于其自己未在票据上签章，因此不负票据法上的责任，并且可以对抗一切持票人。对伪造人而言，由于未以自己名义在票据上签章，因此也不应承担票据责任。但是，如果伪造人的行为给他人造成损害的，必须承担民事责任，构成犯罪的，还应承担刑事责任。

票据上有伪造签章的，不影响票据上其他真实签章的效力。在票据上真正签章的人，仍应对被伪造的票据的持票人承担票据责任，票据债权人按票据法的规定提示承兑、提示付款或行使追索权时，在票据上真正签章人不能以伪造为由进行抗辩。

（二）票据的变造

票据的变造是指无权更改票据内容的人，对票据上签章以外的记载事项加以变

变更票据上的签章的，属于票据的伪造，而不属于票据的变造

更的行为。《票据法》第9条规定："票据金额、日期、收款人名称不得更改，更改的票据无效。"对票据上的其他记载事项，原记载人可以更改，更改时原记载人应当签章证明。无变更权的人所作的更改才属于票据的变造。应当注意的是，变更票据上的签章的，属于票据的伪造，而不属于票据的变造。

票据的变造应依照签章是在变造之前或之后来承担责任。如果当事人签章在变造之前，应按原记载的内容负责；如果当事人签章在变造之后，则应按变造后的记载内容负责；如果无法辨别是在票据被变造之前或之后签章的，视同在变造之前签章。

变造票据是一种违法行为，变造人给他人造成经济损失的，应承担赔偿责任，构成犯罪的，还应承担刑事责任。

## 【课堂练习】

5.4 甲私刻乙公司印章，以该印章签发支票，甲的行为属于票据法上的（      ）。

A. 伪造印章　　　　　　　B. 伪造票据

C. 欺诈行为　　　　　　　D. 越权行为

### 五、票据的补救

票据是完全有价证券，票据的占有与票据权利的行使密不可分。票据一旦丧失，票据权利人将无法依照票据法规定的程序行使票据权利。因此，我国《票据法》第15条规定了票据丧失后的三种补救措施，即挂失止付、公示催告、普通诉讼。

我国票据法规定了票据丧失后的三种补救措施，即挂失止付、公示催告、普通诉讼

一张面值10万元的"银行汇票"不慎丢失，要求挂失止付。

汇票未填明"现金"字样和代理付款人，不允许挂失止付。

（一）挂失止付

挂失止付是我国传统商事习惯上对票据丧失的补救方法。票据丧失后，失票人可以及时通知票据的付款人挂失止付，但是，未记载付款人或者无法确定付款人及其代理付款人的票据除外。付款人对通知止付的票据，应承担停止付款的义务，否则，则应承担民事赔偿责任。

失票人在通知票据的付款人或者代理付款人挂失止付时，应当填写挂失止付通知书并签章。挂失止付通知书应当记载票据丧失的时间和事由，票据种类、号码、金额、出票日期、付款日期、付款人名称、收款人名称，挂失止付人的名称、营业场所或者住所及联系方法。付款人或者代理付款人自收到挂失止付通知书之日起12日内没有收到人民法院的止付通知书的，自第13日起，挂失止付通知书失效。但是，如果付款人或者代理付款人在收到挂失止付通知书前，已经依法向持票人付款的，不再接受挂失止付。

需要注意的是，挂失止付作为一种临时性措施并不是票据丧失后票据权利补救的必经程序。失票人既可在票据丧失后先采取挂失止付，再申请公示催告或提起诉讼；也可以不采取挂失止付，直接向人民法院申请公示催告，由法院在受理后发出停止支付通知，或向法院直接起诉。

（二）公示催告

公示催告是指法院依据失票人的申请，以公告方法通知不确定的利害关系人限期申报权利，逾期未申报者，则权利失效，并由人民法院作出除权判决宣告所丧失的票据无效的一种制度或程序。公示催告的程序主要有：

（1）失票人向票据支付地的基层人民法院提出公示催告的申请。申请书应当写明票面金额、出票人、持票人、背书人及申请的理由以及事实等。如果是已通知挂失止付的，应当在通知挂失止付后3日内向人民法院提出申请。

（2）人民法院决定受理申请后，应当同时向付款人及代理付款人发出止付通知，付款人接到停止付款通知后，应当停止支付，直至公示催告程序终结。如果付款人擅自解付票据金额，则不能免除其票据责任。同时，人民法院自立案之日起3日内发出公示催告的公告。公告应当在全国性的报刊上登载，期间不得少于60日。涉外票据可根据情况适当延长，但最长不得超过90日。

（3）人民法院收到利害关系人的申报后，应当裁定终结公示催告程序。

（4）公示催告期间届满，没有利害关系人申报权利的，人民法院应根据申请人的申请作出除权判决，宣告该票据无效。判决应当公告，并通知付款人。判决生效后，公示催告申请人有权依据判决向付款人请求付款或向其他票据债务人行使追索权。

（三）普通诉讼

失票人在丧失票据后，可以直接向人民法院提起民事诉讼，要求法院判定付款人向其支付票据金额。

票据丧失后的诉讼，一般以付款人为被告，也可将出票人、背书人、保证人等作为被告。此外，失票人向法院起诉时，应当提供担保，担保的数额相当于票据载明的金额。

【课堂练习】

5.5 我国《票据法》中关于票据丧失后的补救措施主要包括（　　）。

A. 挂失支付　　　　　　　　　B. 公示催告

C. 普通诉讼　　　　　　　　　D. 新闻登报

## 六、利益偿还请求权

为了促进票据的流通，保证票据的安全性，票据法对票据权利规定了短期消灭时效，同时对票据权利的行使规定了较为严格的形式要件，持票人稍有疏忽，就有可能丧失票据权利。与此同时，出票人或者承兑人却可能由于持票人不能行使票据权利而获得利益。为了平衡票据当事人之间的利益，补救持票人的损失，票据法规定了利益偿还请求权制度。票据利益偿还请求权是指票据权利因票据失效或者保全手续的欠缺而丧失，持票人对于出票人或承兑人于其所受利益限度内请求返还其利益的权利。利益偿还请求权的成立要件有：

为了平衡票据当事人之间的利益，补救持票人的损失，票据法规定了利益偿还请求权制度

（1）票据上的权利曾经有效存在并且确实存在。因绝对必要记载事项欠缺或记载了禁止记载的事项而导致票据失效的情况下，就不存在利益返还请求权。

（2）票据上的权利因超过时效或者欠缺保全手续而丧失。票据权利丧失是主张利益返还请求权的前提。

（3）出票人或者承兑人必须因此受益。需要注意的是，利益返还请求权属于非票据权利，不能与票据付款请求权或追索权同时行使。

【课堂练习】

5.6 为了平衡票据当事人之间利益，补救持票人损失，票据法规定了（　　）。

A. 利益偿还请求权制度　　　　B. 利益偿还赔偿权制度

C. 利益赔偿请求权制度　　　　D. 利益赔付请求权制度

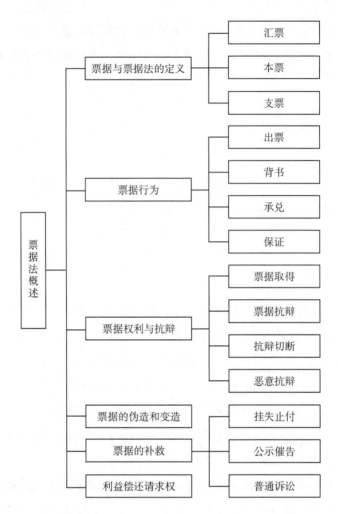

1. 简述票据的特点。

2. 简述票据行为的要件。

3. 简述票据抗辩情形及其限制。

4. 2002 年 9 月 10 日，A 向 B 订购一批花木。为此 A 签发了一张票面金额为 8 万元的现金支票交付给 B。B 的工作人员在去银行提款过程中，不慎遗失了支票。B 随即电告 A 此事，请其协助防范。A 接到报告后，遂以申请人的身份向法院申请公示催告，要求宣告遗失票据无效。请分析：

（1）人民法院是否应该受理 A 的申请？

（2）如申请公示催告，应向哪一个法院申请？由谁申请？应该经过怎样的程序？

# 第二节　汇　票

汇票主要分为银行汇票和商业汇票。汇票票据行为从出票到付款，往往要经过出票、背书、承兑、保证等多项票据行为。汇票出票必须严格依照票据法的规定记载，汇票转让的基本方式为背书交付，也是我国《票据法》确认的唯一转让方式。确定汇票上的权利义务关系的汇票行为是承兑，为特定汇票债务人履行其债务提供担保的汇票行为是保证，使汇票关系消灭的汇票行为是付款，补充付款请求权的方式是追索权。

## 一、汇票的特征和分类

我国《票据法》第 19 条第 1 款规定，汇票是出票人签发的，委托付款人在见票时或者在指定日期无条件支付确定的金额给收款人或者持票人的票据。

（一）汇票的特征

（1）汇票的基本当事人有三个，即出票人、付款人和收款人。票据除出票外，往往还要经过背书、承兑、保证等多项票据行为，因此被背书人、保证人等也成为汇票上的当事人。

（2）汇票是一种委托他人支付的票据，属于委托证券，而非自付证券。

（3）汇票的到期日。指定到期日是指见票即付、定日付款、出票后定期付款、见票后定期付款四种形式。

（二）汇票的分类

（1）根据汇票出票人的不同，汇票可分为银行汇票和商业汇票。

（2）以付款期限长短为标准，汇票可分为即期汇票和远期汇票。即期汇票是指见票即付的汇票。远期汇票是指载明在一定期间或特定日期付款的汇票，包括定期付款汇票、出票日后定期付款汇票（也叫计期汇票）和见票后定期付款汇票（注期汇票）。

（3）以记载收款人的方式不同为标准，汇票可分为记名式汇票和无记名式汇票。

> 汇票是出票人签发的，委托付款人在见票时或者在指定日期无条件支付确定的金额给收款人或者持票人的票据

---

**法律实务：**

### 实践中的银行汇票和商业汇票

银行汇票是指银行签发的汇票。出票人是指"签发行"。根据我国现行做法，

只有参加"全国联行往来"的银行才能签发汇票。汇票一般由汇款人将款项交存当地银行，由银行签发给汇款人并持往异地办理转账结算或支取现金。单位、个体工商户和个人需要使用各种款项，均可使用银行汇票。

商业汇票是指银行以外的企事业单位、机关、团体等其他主体签发的汇票。在我国目前的经济生活中，商业汇票的出票人限制在具有法人资格的工商企业和事业单位。商业汇票按承兑人的不同，分为银行承兑汇票和商业承兑汇票。前者是由银行承兑、付款的汇票，后者是由银行以外的人承兑、付款的汇票。

【课堂练习】

5.7 汇票的基本当事人主要包括（　　　）。

A. 出票人　　　　　　　　　B. 付款人

C. 收款人　　　　　　　　　D. 收票人

## 二、出票

### （一）出票的定义

《票据法》第20条规定："出票是指出票人签发票据并将其交付给收款人的票据行为。"出票实际包括两个行为：一是出票人依照票据法的规定作成票据，即在原始票据上记载法定事项并签章；二是交付票据，即将做成的票据交付给他人占有。这两者相辅相成，缺一不可。

商业承兑汇票票样见图5-2。

出票是指出票人签发票据并将其交付给收款人的票据行为

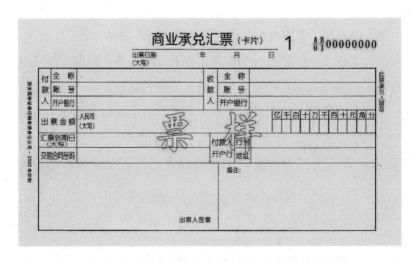

此联为商业承兑汇票第一联"卡片"，由承兑人留查。办理结算时，出票人在该联"出票人签章"处加盖预留印鉴

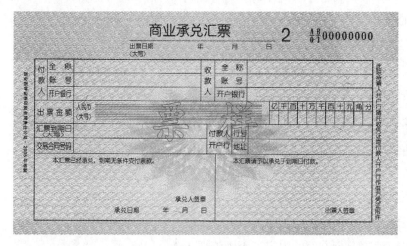

此联为商业承兑汇票第二联"借方凭证"，是收款人委托银行收款的凭证，汇票到期日由收款人随托收凭证寄付款行，作为付款人开户银行反映银行存款减少的凭证。办理业务时，承兑人即付款人在"承兑人签章"处加盖预留印鉴

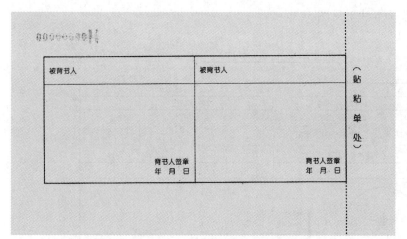

此图为商业承兑汇票第二联的背面，商业承兑汇票背书转让时，在其背面加盖"背书人"和"被背书人"的"财务专用章"和"法人名章"

此联为商业承兑汇票第三联"存根"，由出票人存查

图 5-2　商业承兑汇票票样

（二）汇票的记载事项

汇票是一种要式证券，汇票出票必须依据票据法的规定记载一定的事项，符合法定的格式。汇票的记载事项主要分为以下几类：

1. 绝对必要记载事项

（1）表明"汇票"的字样。

（2）无条件支付的委托。如我国银行汇票通常已印制了固定文句"本汇票请你行承兑，到期无条件付款"。

（3）确定的金额。

（4）付款人名称。

（5）收款人名称。

（6）出票日期。

（7）出票人签章。

汇票必须完整记载这七个方面的内容，否则汇票无效。

商业承兑汇票（卡片）见图5-3。

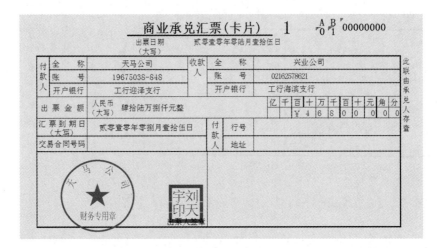

图5-3　商业承兑汇票（卡片）

2. 汇票的相对必要记载事项

（1）付款日期。汇票上未记载付款日期的，为见票即付。

（2）付款地。汇票上未记载付款地的，付款人的营业场所、住所或者经常居住地为付款地。

（3）出票地。汇票未记载出票地的，出票人的营业场所、住所或者经常居住地为出票地。

3. 汇票的任意记载事项

出票人在汇票上记载"不得转让"字样的，汇票不得转让。

4. 禁止记载事项

出票人签发汇票后，即承担保证该汇票承兑和付款的责任。如果出票人记载了"免除担保承兑和付款"，则该项记载无效，而汇票仍然有效。在汇票上记载了附条件的委托付款或不确定金额，则整个汇票无效。

**5. 不发生票据法效力的记载事项**

出票人在汇票上可以记载票据法规定事项以外的其他出票事项，但这些记载事项不具有汇票上的效力。

**（三）出票的效力**

**1. 对出票人的效力**

出票人必须对其签发的汇票承担承兑担保和付款担保的责任。收款人或者持票人如果在汇票到期日前不获承兑，可以请求出票人偿还票据金额、利息和有关费用；如果汇票到期时，付款人虽已承兑但拒绝付款，可以要求出票人承担清偿责任。

**2. 对收款人的效力**

收款人取得出票人签发的汇票后即取得票据权利，包括付款请求权和追索权。

**3. 对付款人的效力**

出票行为是单方法律行为，出票行为一旦完成，付款人即取得一种地位或权限，可以依据其与出票人的约定，选择是否对汇票进行承兑。付款人不对汇票承兑的，则不负付款义务，只有在付款人对汇票进行承兑后，才能成为汇票上的主债务人。

银行承兑汇票票样见图5-4。

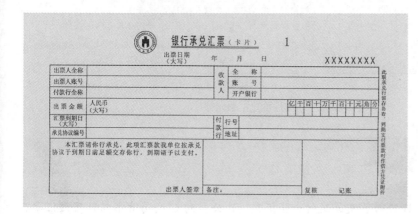

此联为银行承兑汇票第一联"卡片"，由承兑银行留查。到期支付票款时作借方凭证附件。办理结算时，出票人在该联"出票人签章"处加盖预留印鉴

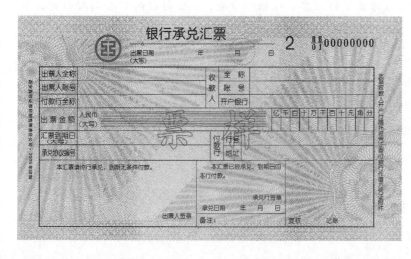

此联为银行承兑汇票第二联，是收款人开户银行随托收凭证寄付款行作借方凭证附件。办理业务时，承兑行和出票人在相应位置分别签章

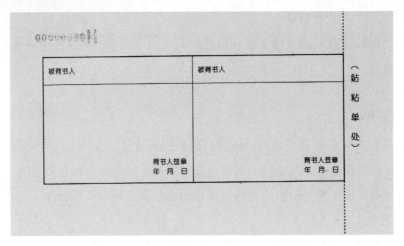

此图为银行承兑汇票第二联的背面，银行承兑汇票背书转让时，在其背面加盖"背书人"和"被背书人"的"财务专用章"和"法人名章"

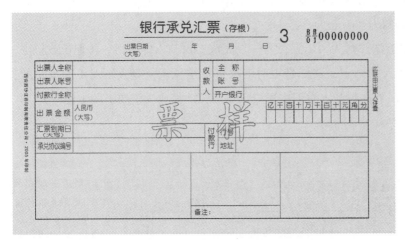

此联为银行承兑汇票第三联"存根"，由出票人存查

图5-4 银行承兑汇票票样

【课堂练习】

5.8 A公司向B公司签发并交付一张汇票，B公司向C公司背书转让了该汇票，后C公司又向D公司转让了该汇票。经银行审查，B公司在向C公司转让时，其签章不符合规定。对此，下列说法正确的是（　　）。

A. 该汇票无效

B. B公司的签章无效，但不影响其他真实签章的效力

C. 因A公司的签章有效，尽管B公司的签章不符合规定，但其背书仍然有效

D. B公司的签章无效，但不影响A公司签章的效力

## 三、背书

### （一）背书的定义和种类

票据是流通证券，而票据流通的前提就是票据的转让。一般而言，票据转让主

> 背书是指在票据背面或粘单上记载有关事项并签章的票据行为

要有背书交付和单纯交付两种。单纯交付只适用于无记名汇票和空白背书汇票，而我国票据法不承认这两种汇票，因此背书是汇票转让的唯一方式。背书是指持票人以转让票据权利为目的，在票据背面或粘单上记载有关事项并签章的票据行为。我国《票据法》第 27 条第 4 款规定："背书是指在票据背面或者粘单上记载有关事项并签章的票据行为。"

以背书的目的为标准可将背书分为两类：一是转让背书，即以转让为目的的背书，；二是非转让背书，即以设立委托收款或票据质押为目的的背书。转让背书又可分为完全背书和空白背书。非转让背书也可分为两类：一是以委托他人取款为目的的委任背书；二是以为担保债务而在汇票上设定质权为目的的设质背书。我国《票据法》第 35 条肯定了这两种背书。

（二）转让背书

背书是一种要式行为，必须记载一定的事项。对此我国《票据法》作了明确的规定。

1. 背书签章和背书日期

背书由背书人签章并记载背书日期。背书未记载日期的，视为在汇票到期日前背书。

2. 被背书人名称

**法律实务：**

### 空白背书的实际应用

空白背书又称无记名背书，指不记载被背书人名称而仅由背书人签章的背书。国外的票据实践中存在空白背书的情况。在日内瓦票据法体系中空白背书的效力与正式背书的效力相同。我国《票据法》第 30 条规定："汇票以背书转让或者以背书将一定的汇票权利授予他人行使时，必须记载被背书人名称。"这一规定表明，我国票据法不承认不记名背书。如果汇票不记载被背书人名称，汇票转让将不能成立，背书行为无效。因此，被背书人名称是背书应记载之绝对事项。但是，根据最高人民法院《关于审理票据纠纷案件若干问题的规定》第 49 条之规定，背书人未记载被背书人名称即将票据交付他人的，持票人在票据被背书人栏内记载自己的名称与背书人记载具有同等法律效力。

3. 禁止背书的记载

当背书人不愿意对其后手承担票据责任时，可以在背书时记载"不得转让"字样，如果该直接后手又将汇票背书转让，虽然该背书行为仍然有效，但原背书人对后手的被背书人不再承担票据责任。

4. 粘单的使用

如果由于票据转让次数较多，票据背面没有记载的余地，背书人可以使用粘单。粘单上第一个记载人应当在粘接处签章，否则该粘单记载的内容无效。

5. 不得记载事项

背书不得附有条件，如果附有条件的，所附条件不具有汇票上的效力，背书仍然有效。但是背书将汇票金额的一部分转让或者将汇票金额分别转让给二人以上的，背书行为无效。

（三）背书连续

《票据法》第 31 条第 1 款规定："以背书转让的汇票，背书应当连续。持票人以背书的连续，证明其汇票权利……"背书连续是指在票据转让中，转让汇票的背书人与受让汇票的被背书人在汇票上的签章依次前后衔接。背书连续主要是指背书在形式上连续。

背书连续在票据法上具有十分重要的意义。持票人所持汇票上的背书只要具有连续性，票据法就推定其为正当的汇票权利人，可以享有汇票上的一切权利。汇票债务人对于背书不连续的持票人可以免除付款的义务。当然，汇票债务人应当对此负举证责任。此外，对于非经背书转让，而以其他合法方式取得汇票的，不涉及背书连续的问题。如因税收、继承、赠与等方式而取得票据的，都不是依背书而取得的票据，只要取得票据的人依法举证，表明其取得票据的合法性，就能享有票据上的权利。

（四）非转让背书

1. 委任背书

委任背书是指持票人以行使汇票权利为目的，授予被背书人以代理权的背书。委任背书确立的法律关系是背书人与被背书人之间在民法上的代理关系，被背书人可以代理行使票据上的一切权利，背书人仍是票据权利人。

《票据法》第 35 条第 1 款规定："背书记载'委托收款'字样的，被背书人有权代背书人行使被委托的汇票权利。但是，被背书人不得再以背书转让汇票权利。"委任背书与其他背书一样，持票人依据法律规定的记载事项作成背书并交付，才能生效。

2. 设质背书

设质背书是指持票人以在票据权利上设定质权为目的所为的背书。设质背书确立了背书人与被背书人之间的质押关系，背书人仍然是票据权利人。当背书人不履行其债务时，被背书人可以行使票据权利，包括付款请求权和追索权等。当然，如果背书人履行了所担保的债务，被背书人则必须将票据返还给背书人。

《票据法》第 35 条第 2 款规定，质押时应当以背书记载"质押"字样。此外，贷款人恶意或者有重人过失从事票据质押贷款的，人民法院应当认定质押行为无效。

（五）法定禁止背书

法定禁止背书是指根据《票据法》的规定而禁止背书转让的情形。由于法律规定在某些情况下汇票不得背书转让，因此，背书人将此类汇票以背书方式转让的，应当承担汇票责任。《票据法》第36条规定法定禁止背书的情形有三种：

1. 被拒绝承兑的汇票

被拒绝承兑的汇票是指持票人在汇票到期日前，向付款人提示承兑而遭拒绝的汇票。在付款人拒绝承兑的情况下，收款人或持票人只能向其前手行使追索权，取得票据金额；如果其将这种票据转让的，受让人取得该汇票时，也只能通过向其前手行使追索权，取得票据金额。

2. 被拒绝付款的汇票

被拒绝付款的汇票是指对不需承兑的汇票或者业已经付款人承兑的汇票，持票人于汇票到期日向付款人提示付款而被拒绝的汇票。如果持票人将该种汇票再行转让，背书人应承担汇票责任，受让人有权向其前手行使追索权。

3. 超过付款提示期限的汇票

超过付款提示期限的汇票是指持票人未在法定付款提示期间内向付款人提示付款的汇票。如果收款人或持票人未在此期间内行使付款请求权的，即丧失对其前手的追索权。因此，背书人以背书将该种票据进行转让，应该承担汇票责任。

【课堂练习】

5.9 ［判断］背书是一种非要式行为，无须记载一定的事项。（　　　）

## 四、承兑

（一）承兑的定义

承兑是指汇票付款人承诺在汇票到期日支付汇票金额的一种附属票据行为。承兑是汇票特有的制度，其目的在于确定汇票上的权利义务关系。出票人的出票行为完成之后，并不当然对付款人产生约束力，收款人享有的仅仅是一种期待权。只有在付款人表示愿意在到期日支付汇票金额后，持票人才可于汇票到期日向付款人行使付款请求权。

（二）承兑的程序

1. 提示承兑

提示承兑是指持票人向付款人出示汇票，并要求付款人承诺付款的行为。根据我国《票据法》的有关规定，因汇票付款日期的形式不同，提示承兑的期限亦

承兑是指汇票付款人承诺在汇票到期日支付汇票金额的一种附属票据行为

不一样。

（1）定日付款或者出票后定期付款的汇票，持票人应当在汇票到期日前向付款人提示承兑。

（2）见票后定期付款的汇票，持票人应当自出票日起1个月内向付款人提示承兑。

（3）见票即付的汇票无须提示承兑。这种汇票主要包括两种：一是汇票上明确记载有"见票即付"的汇票；二是汇票上没有记载付款日期，根据法律直接规定视为见票即付的汇票。

2. 承兑成立

（1）承兑时间。付款人对向其提示承兑的汇票，应当自收到提示承兑的汇票之日起3日内承兑或者拒绝承兑。

（2）接受承兑。付款人收到持票人提示承兑的汇票时，应当向持票人签发收到汇票的回单。回单上应当记明汇票提示承兑日期并签章。这一手续办理完毕，即意味着接受承兑。

（3）承兑的格式。付款人办理承兑手续时，应在汇票上记载承兑的事项包括承兑文句、承兑日期、承兑人签章。在这三个记载事项中，承兑文句和承兑人签章是绝对必要记载事项，缺一不可，否则承兑行为无效。而承兑日期则属于相对必要记载事项。如果该内容欠缺，即以付款人三天的承兑考虑时间的最后一天为承兑日期。与此同时，见票后定期付款的汇票，付款还应当在承兑时记载付款日期。

商业承兑汇票实例见图5-5。

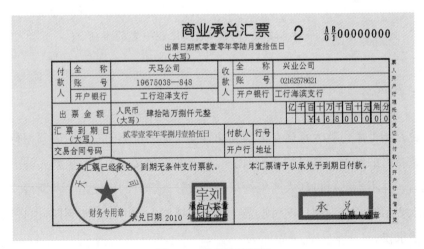

图 5-5　商业承兑汇票

承兑的各项记载事项必须记载于汇票的正面，而不能记载于汇票的背面或粘单上。在实务中，一般已全部印在正式的标准格式上，因而只需付款人填写即可。

（4）退回已承兑的汇票。付款人依承兑格式填写完毕应记载事项后，并不意味着承兑生效，只有在其将已承兑的汇票退回持票人才产生承兑的效力。

（三）不单纯承兑

不单纯承兑是指付款人对原汇票文义或附加限制或予以变更所为的承兑。《票据法》第43条规定："付款人承兑汇票，不得附有条件；承兑附有条件的，视为拒绝承兑。"我国《票据法》不允许不单纯承兑。如果附有条件，则应视为拒绝承兑，持票人可以请求作成拒绝证明，向其前手行使追索权。

（四）承兑的效力

付款人承兑汇票后，应当承担到期付款的责任，这是一种绝对责任。其表现在：第一，承兑人于汇票到期日必须向持票人无条件地支付汇票上的金额，否则其必须承担迟延付款责任；第二，承兑人必须对汇票上的一切权利人承担责任，包括付款请求权人和追索权人；第三，承兑人不得以其与出票人之间资金关系来对抗持票人，拒绝支付汇票金额；第四，承兑人的票据责任不因持票人未在法定期限提示付款而解除。

【课堂练习】

5.10 承兑是指汇票付款人承诺在（　　）支付汇票金额的一种附属票据行为。

A. 汇票到期日　　　　　　　B. 汇票出票日

C. 汇票承兑日　　　　　　　D. 汇票转让日

## 五、保证

（一）保证的定义

保证即是票据保证，是指票据债务人以外的第三人，为担保特定债务人履行票据债务，以负担同一内容的汇票债务为目的而为的一种附属票据行为。我国《票据法》第45条第4款规定了汇票的保证制度："汇票的债务可以由保证人承担保证责任。"

保证的作用在于加强持票人票据权利的实现，确保票据付款义务的履行，促进票据流通。

（二）保证的当事人

保证的当事人为保证人与被保证人。就保证人而言，根据《票据法》第45条第2款之规定，其由汇票债务人以外的他人担当。就被保证人而言，这是指票据关系中已有的债务人，包括出票人、背书人、承兑人。

（三）保证的格式

汇票保证是要式票据行为，根据《票据法》第46条之规定，保证人必须在汇票或粘单上记载下列事项：

（1）表明"保证"的字样；

（2）保证人名称和住所；

（3）被保证人的名称；

（4）保证日期；

（5）保证人签章。

保证不得附有条件，如果附有条件，则记载无效，不影响对汇票的保证责任。

（四）保证的效力

保证行为成立之后，保证人就成为票据上的债务人，必须向被保证人的一切后手承担票据责任，即满足被保证人票据权利的实现。但是，如果被保证人的债务因形式要件欠缺而无效，保证人可不负保证责任。

保证人的责任范围与被保证人完全一致，保证人应当与被保证人对持票人承担连带责任。汇票到期后得不到付款的，持票人有权向保证人请求付款，保证人应当足额付款。

当保证人为二人以上时，称为共同保证。共同保证人之间承担连带责任。

（五）保证人的追索权

保证人在向持票人清偿债务后，依法取得持票人的地位，可以向汇票上的其他债务人行使追偿权。

【课堂练习】

5.11 下列事项中保证人必须在汇票或粘单上记载的是（　　　）。

A. 表明"保证"的字样　　　　B. 保证人名称和住所

C. 被保证人的名称　　　　　　D. 保证日期

## 六、付款

### （一）付款的定义

付款是指汇票的付款人或其代理付款人支付票据金额，以消灭票据关系的行为。付款是票据流转的终点，是实现汇票功能的最后一个环节。

### （二）付款的程序

1. 付款提示

付款提示是指持票人向付款人或承兑人出示票据，请求付款的行为。持票人提示付款的法定期限如下：第一，见票即付的汇票，自出票日起 1 个月内向付款人提示付款；第二，定日付款、出票后定期付款或者见票后定期付款的汇票，自到期日起 10 日内向承兑人提示付款。在实践中，持票人可能会因不可抗力等原因而不能在法定提示付款期间提示付款，如果持票人由此而丧失对其前手的追索权不尽合理，因此，法律规定在持票人作出说明后，承兑人或者付款人仍应当继续对持票人承担付款责任。

2. 实际支付

持票人依照规定提示付款的，付款人必须在当日足额付款。付款人或承兑人不能当日足额付款的，应承担迟延付款的责任。付款人或者代理付款人在付款时应当尽审查义务，如审查汇票背书的连续、提示付款人的合法身份证明或者有效证件等。但这种审查义务仅限于汇票形式上的审查，而不负责实质上的审查。此外，如果付款人对定日付款、出票后定期付款或者见票后定期付款的汇票在到期日前付款，应由付款人自行承担责任。

3. 交回汇票

持票人获得付款的，应当在汇票正面签章，表明持票人已经获得付款，并将汇票交给付款人。

### （三）付款的效力

根据《票据法》第 60 条之规定，付款人依法足额付款后，全体汇票债务人的责任解除。付款人依照票据文义支付票据金额之后，票据关系随之消灭，付款人和全体汇票债务人的责任因此而解除。

【课堂练习】

5.12 付款的程序包括（　　　）。

A. 付款提示　　　　　　　　B. 实际支付

C. 交回汇票　　　　　　　　D. 销毁汇票

## 七、追索权

### （一）追索权的定义

汇票追索权是汇票上的第二次权利。行使追索权必须履行法定的保全追索权的手续

追索权是指持票人在票据到期不获付款或期前不获承兑或有其他法定原因，并在依法行使或保全了汇票权利后，可以向其前手请求偿还票据金额、利息及其他法定款项的一种票据权利。汇票追索权是汇票上的第二次权利，是在票据权利人的付款请求权得不到满足时，法律赋予持票人对票据债务人进行追偿的权利。

根据持票人行使追索权的时间不同，可分为期前追索权、期后追索权和再追索权。期前追索权是指在汇票上所载的到期日届至之前，因到期付款的可能性显著降低，持票人所行使的追索权。期后追索权是指在票据到期时，持票人因不获付款而行使的追索权。再追索权是指被追索人在履行了自己的追索义务，向追索人偿还追索金额后，得向其前手行使的追索权。

### （二）追索权的要件

#### 1. 实质要件

在发生以下情形之一时，持票人可以行使追索权：第一，汇票到期被拒绝付款；第二，汇票在到期日前被拒绝承兑；第三，在汇票到期日前，承兑人或付款人死亡、逃匿；第四，在汇票到期日前，承兑人或付款人被依法宣告破产或因违法被责令终止业务活动。

#### 2. 形式要件

行使追索权的形式要件是指持票人行使追索权必须履行一定的保全手续而不致使追索权丧失。保全追索权的手续包括遵期提示承兑或提示付款、作成拒绝证明。拒绝证明包括两种形式：一是拒绝证书，二是退票理由书。根据《票据法》第 62 条的规定，持票人提示承兑或者提示付款被拒绝的，有权要求承兑人或者付款人出具拒绝证书，或者出具退票理由书。

---

**法律实务：**

#### 实务中拒绝证明的取得

拒绝证书的作成主体是拒绝承兑人或者拒绝付款人。拒绝证书没有统一的格式，可以单独作成一个证明文件，也可以由承兑人或付款人在汇票上作出记载并签章。根据相关行政规章，拒绝证书主要包括以下内容：① 拒绝人和被拒绝人的名称；② 汇票的内容，即汇票记载的事项；③ 提示日期；④ 拒绝事由或无从提示的原因；⑤ 作成日期；⑥ 公证机关和公证员盖章。

退票理由书是指付款人或者代理付款银行拒绝付款时，向持票人出具的记载不付款理由的书面证明。退票理由书的作成主体是付款人或者付款人委托的付款银行。退票理由书可以证明持票人已行使其权利而未获结果，所以持票人有退票理由

---

书就无须再请求作成拒绝证书。根据《支付结算办法》第 42 条的规定，退票理由书应包括下列事项：① 所退票据的种类；② 退票的事实依据和法律依据；③ 退票时间；④ 退票人签章。

在特殊情况下，持票人可以用其他证明文件来替代拒绝证明。如持票人因承兑人或者付款人死亡、逃匿或者其他原因，不能取得拒绝证明的，可以依法取得其他有关证明，如死亡证明、失踪证明书等。这些证明也具有拒绝证明的作用。再如承兑人或者付款人被人民法院依法宣告破产或者因违法被责令终止业务活动的，人民法院的有关司法文书或者有关行政主管部门的处罚决定也具有拒绝证明的效力。

持票人不能出示拒绝证明、退票理由书或者未按照规定期限提供其他合法证明的，丧失对其前手的追索权。但是，承兑人或者付款人仍应当对持票人承担责任。

（三）追索权的行使

1. 发出追索通知

持票人为向其前手行使追索权就必须先将汇票不获承兑或不获付款的事实告知其前手，也称追索通知。

持票人应当自收到被拒绝承兑或者被拒绝付款的有关证明之日起 3 日内，将被拒绝事由书面通知其前手；其前手应当自收到通知之日起 3 日内书面通知其再前手。持票人也可以同时向各汇票债务人发出书面通知。通知应当以书面形式发出。书面通知应记明汇票的主要记载事项，并说明该汇票已被退票。如果持票人未按规定期限发出追索通知或其前手收到通知未按规定期限再通知其前手，持票人仍可以行使追索权，因延期通知给其前手或者出票人造成损失的，由没有按照规定期限通知的汇票当事人承担赔偿责任，但是所赔偿的金额以汇票金额为限。

2. 确定追索对象

汇票的出票人、背书人、承兑人和保证人对持票人承担连带责任。持票人可以不按照汇票债务人的先后顺序，对其中任何一人、数人或者全体行使追索权，也称选择追索权。持票人对汇票债务人中的一人或者数人已经进行追索的，对其他汇票债务人仍可以行使追索权，也称变更追索权。

3. 请求清偿金额和受领

持票人行使追索权，可以请求被追索人支付汇票金额和费用。该金额和费用包括：① 被拒绝付款的汇票金额；② 汇票金额自到期日或者提示付款日起至清偿日止，按照中国人民银行规定的同档次流动资金贷款利率计算的利息；③ 取得有关拒绝证明和发出通知书的费用。被追索人向持票人支付清偿金额及费用后，可以向其他汇票债务人行使再追索权，请求其他汇票债务人支付相应的金额和费用。被追索人清偿债务，其责任解除。

【课堂练习】

5.13 追索权的行使主要包括（　　）。

A. 发出追索通知　　　　　　　B. 确定追索对象

C. 请求清偿金额和受理　　　　D. 向有关部门申报

【本节小结】

【课后思考】

1. 简述汇票的绝对必要记载事项和相对必要记载事项。

2. 简述转让背书的效力。

3. 简述承兑的程序。

# 第三节 本 票

本票是由出票人自己对收款人支付并承担绝对付款责任的票据。这是本票与汇票和支票的根本区别。与汇票相比，本票除了不具有承兑、拒绝承兑证明等特征外，其他各项制度均与汇票相同。为避免重复，对本票除另有规定外，其他规则都适用或准用汇票的规定。

## 一、本票概述

### （一）本票的定义

本票是出票人签发的，承诺自己在见票时无条件支付确定的金额给收款人或者持票人的票据。本票是由出票人约定自己付款的一种自付证券，其基本当事人有两个，即出票人和收款人，在出票人之外不存在独立的付款人。

在出票人完成出票行为之后，即承担了到期日无条件支付票据金额的责任，不需要在到期日前进行承兑。因此，本票与汇票是不同的。

### （二）本票的种类

依照不同的标准，可以对本票作不同分类，例如记名式本票、指定式本票和不记名本票；远期本票和即期本票；银行本票和商业本票等。根据我国《票据法》第73条第2款和第75条之规定，本票仅限于银行本票，且为记名式本票和即期本票。

本票样票见图5-6。

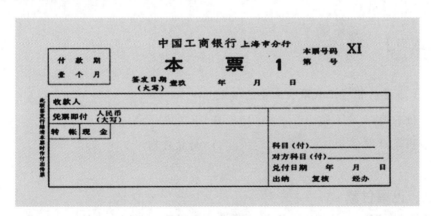

图 5-6 本票票样

【课堂练习】

5.14 下列关于本票的表述中正确的有（　　　　）。

A. 付款日期是本票的绝对必要记载事项

B. 本票的基本当事人只有出票人和收款人

C. 本票无须承兑

D. 本票是由出票人本人对持票人付款的票据

## 二、出票

本票的出票包括作成票据和交付票据。本票的出票是指出票人表示自己承担支付本票金额债务的票据行为。因此，《票据法》第74条规定："本票的出票人必须具有支付本票金额的可靠资金来源，并保证支付。"

由此可见，本票出票人是票据金额的直接支付人，与汇票的承兑人相同，这与汇票的出票人只承担担保责任是不同的。本票的出票必须按一定的格式记载相关内容。

《票据法》第75条规定，本票的绝对必要记载事项包括：

（1）表明"本票"字样。这是本票文句记载事项，无此记载，本票即为无效。

（2）无条件支付的承诺。

（3）确定的金额。

（4）收款人名称。

（5）出票日期。

（6）出票人签章。

我国《票据法》第76条规定，本票的相对必要记载事项包括：

① 付款地。本票上未记载付款地的，出票人的营业场所为付款地。

② 出票地。本票上未记载出票地的，出票人的营业场所为出票地。

**【课堂练习】**

5.15 本票的相对记载事项主要包括（　　　）。

A. 付款地　　　　　　　　　　B. 出票地

C. 出票日期　　　　　　　　　D. 付款日期

## 三、见票付款

根据《票据法》的规定，银行本票是见票付款的票据，收款人或持票人在取得银行本票后，随时可以向出票人请求付款。为了防止收款人或持票人久不提示票据而给出票人造成不利，《票据法》第78条规定了本票的付款提示期限，即"本票自出票日起，付款期限最长不得超过二个月。"

持票人依照前述规定的期限提示本票的，出票人必须承担付款的责任。如果持票人超过提示付款期限不获付款的，在票据权利时效内向出票银行作出说明，并提供本人身份证或单位证明，可持银行本票向出票银行请求付款。从上可见，本票的出票人是票据上的主债务人，负有向持票人绝对付款的责任。

本票的持票人未按照规定期限提示本票的，则丧失对出票人以外的前手的追索权，但持票人仍对出票人享有付款请求权和追索权，只是丧失对背书人及其保证人的追索权。

【课堂练习】

5.16 本票自出票日起，付款期限最长不得超过（　　　）。

A. 1 个月　　　　　　　　　B. 2 个月

C. 3 个月　　　　　　　　　D. 4 个月

【本节小结】

【课后思考】

1. 简述本票的必要记载事项。

2. 简述本票与汇票的异同。

3. 简述本票的效力。

# 第四节　支　　票

我国《票据法》仅确认了银行或其他金融机构为支票付款人。支票是指出票人委托银行或其他金融机构无条件向持票人支付一定金额的票据行为。与汇票和本票相比，支票的无因性受到很大程度的限制，突出表现为《票据法》禁止签发空头支票，但仍确认支票的出票人和背书人对空头支票的民事责任。

## 一、支票概述

（一）支票的定义

支票是出票人签发的，委托办理存款业务的银行或者其他金融机构见票时无条件支付确定的金额给收款人或者持票人的票据。支票的基本当事人有三个：出票人、付款人和收款人。支票是一种委付证券，与汇票相同，与本票不同。支票与汇票和本票相比，有两个显著的特点：第一，以银行或者其他金融机构作为付款人；第二，见票即付。

（二）支票的种类

依不同的分类标准，可以对支票作不同的分类，例如记名支票、无记名支票、指示支票，对己支票、指己支票、受付支票等。我国《票据法》按照支付票款方式，将支票分为普通支票、现金支票和转账支票。

1. 普通支票

该种支票未印有"现金"或"转账"字样，其既可以用来支取现金，亦可用来转账。根据《票据法》第83条第1款的规定，普通支票用于转账时，应当在支票正面注明。

2. 现金支票

《票据法》第83条第2款规定，支票中专门用于支取现金的，可以另行制作现金支票，现金支票只能用于支取现金。

3. 转账支票

《票据法》第83条第3款规定，支票中专门用于转账的，可以另行制作转账支票，转账支票只能用于转账，不得支取现金。

在实践中，我国一直采用的是现金支票和转账支票，没有普通支票，但为了方便当事人并借鉴国外的方法经验，我国《票据法》便规定了普通支票的形式。

转账支票票样见图5-7，开具转账支票流程见图5-8。

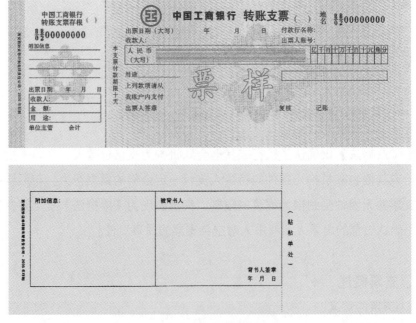

图 5-7　转账支票票样

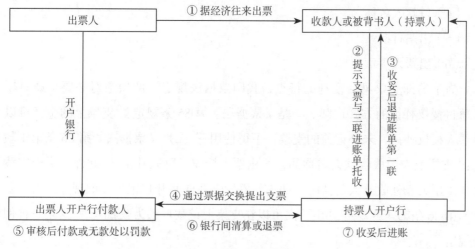

图 5-8　开具转账支票流程

【课堂练习】

5.17 支票的总类可以分为（　　　　）。

A. 普通支票　　　　　　　　B. 现金支票

C. 转账支票　　　　　　　　D. 划线支票

## 二、出票

（一）出票的定义

出票人签发支票并交付的行为即为出票。但是，出票人签发支票必须具备一定的条件，即为在经中国人民银行当地分支行批准办理支票业务的银行机构开立可以使用支票的存款账户的单位和个人。《票据法》第82条规定："开立支票存款账户，申请人必须使用其本名，并提交证明其身份的合法证件。开立支票存款账户和领用支票，应当有可靠的资信，并存入一定的资金。开立支票存款账户，申请人应当预留其本名的签名式样和印鉴。"这些规定主要在于保证支付支票票款的安全，保护支票权利义务各方当事人的合法权益。

（二）支票的格式

支票的绝对必要记载事项有：

（1）表明"支票"字样。这是支票文句的记载事项，无此内容即为无效。

（2）无条件支付的委托。这是支票有关支付文句的记载事项。我国现行使用的支票记载支付的文句，一般是支票上已印好的"上列款项请从我账户内支付"的字样。

（3）确定的金额。

（4）付款人名称。

（5）出票日期。

（6）出票人签章。

为了发挥支票灵活便利的特点，我国票据法规定了两项绝对必要记载事项可以通过授权补记的方式记载。一是《票据法》第 85 条规定："支票上的金额可以由出票人授权补记，未补记前的支票，不得使用。"二是《票据法》第 86 条第 1 款规定："支票上未记载收款人名称的，经出票人授权，可以补记。"此外，由于实践中存在出票人兼任收款人的情况，如单位签发支票向其开户银行领取现金，故《票据法》第 86 条第 4 款规定："出票人可以在支票上记载自己为收款人。"这是一种例外性规定。

《票据法》第 86 条第 2 款、第 3 款规定了相对必要记载事项：

（1）付款地。根据《票据法》第 86 条第 2 款之规定，支票上未记载付款地的，付款人的营业场所为付款地。

（2）出票地。根据《票据法》第 86 条第 3 款之规定，支票上未记载出票地的，出票人的营业场所、住所或者经常居住地为出票地。

（三）出票的其他法定条件

出票的其他法定条件有：第一，支票的出票人所签发的支票金额不得超过其付款时在付款人处实有的存款金额。如果出票人签发的支票金额超过其付款时在付款人处实有的存款金额，则属于空头支票。第二，支票的出票人不得签发与其预留本名的签名式样或者印鉴不符的支票。签发空头支票或者签发与其预留的签章不符的支票，以骗取财物为目的的，构成票据欺诈，承担刑事责任；不以骗取财物为目的的，由中国人民银行处以票面金额 5% 但不低于 1 000 元的罚款。同时，给他人造成损失的，出票人和背书人应当承担民事责任。

（四）出票的效力

出票人作成支票并交付之后，对出票人产生相应的法律效力。依照《票据法》第 89 条第 1 款之规定，出票人必须按照签发的支票金额承担保证向该持票人付款的责任。这一责任包括两项：一是出票人必须在付款人处存有足够可处分的资金，以保证支票票款的支付；二是当付款人对支票拒绝付款或者超过支票付款提示期限的，出票人应向持票人承担付款责任。

【课堂练习】

5.18 支票记载事项中，可以授权补记的是（　　　）。

A. 付款人　　　　　　　　　　B. 支票的金额

C. 收款人　　　　　　D. 出票日期

## 三、付款

我国《票据法》第 90 条规定："支票限于见票即付，不得另行记载付款日期。另行记载付款日期的，该记载无效。"因此，出票人在付款人处的存款足以支付支票金额时，付款人应当在见票当日足额付款。

支票为见票即付的票据。《票据法》第 91 条第 1 款规定："支票的持票人应当自出票日起十日内提示付款；异地使用的支票，其提示付款的期限由中国人民银行另行规定。"如果持票人超过了提示期限，付款人可以拒绝付款。

持票人在提示期间内向付款人提示票据，付款人在对支票进行审查之后，如未发现有不符规定之处，即应向持票人付款。

付款人的依法付款行为具有免除其责任的效力。《票据法》第 92 条规定："付款人依法支付支票金额的，对出票人不再承担受委托付款的责任，对持票人不再承担付款的责任。但是，付款人以恶意或者有重大过失付款的除外。"

【课堂练习】

5.19 支票的持票人应当自出票日起（　　　　）日内提示付款。

A. 10　　　　　　　　B. 20

C. 25　　　　　　　　D. 30

【本节小结】

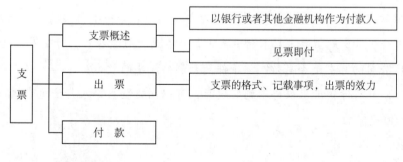

【课后思考】

1. 简述支票的必要记载事项。

2. 简述支票与汇票的异同。

3. 李某是个体户，拥有支票账户。2010年4月5日李某签发了一张10 000元的转账支票给某家电公司购买空调，其朋友小张出具了保证书。家电公司收受支票后，于4月8日以背书的方式将该支票转让给了云大科技公司以购买1台电脑。4月12日云大科技公司持该支票向某超市购置办公用品。4月16日超市通过其开户银行提示付款时，开户银行以超越提示付款期为由作了退票处理。云大科技公司和家电公司均以有保证书为由推卸自己的票据责任。

试分析：

（1）云大科技公司、家电公司拒不承担责任的理由是否符合规定？为什么？

（2）本案中小张应否承担保证责任？为什么？

## 【本章案例讨论】

A公司为支付所欠B公司货款，于2009年8月9日开出一张100万元的商业承兑汇票。B公司将此汇票背书转让给C公司以购买一批商品。但事后不久，B公司发现C公司提供的商品是假冒商品，于是立即通知付款人停止向C公司支付票款。而C公司获此票据后，已将该票据背书转让给了D公司以支付所欠工程款。D公司又将此汇票背书转让给E公司以购买一批水泥，背书时注明了"货到后此汇票方生效"。E公司于2009年10月9日向付款人请求付款。付款人在对该汇票审查后拒绝付款，理由是：C公司以欺诈行为从B公司获得票据的行为是无效票据行为，B公司已通知付款人停止付款；该汇票未记载付款日期，且背书附有条件，为无效票据。随即付款人作成退票理由书，交付于E公司。

问题

1. 付款人能否以C公司的欺诈行为为由拒绝向E公司支付票款？为什么？

2. A公司开出的汇票未记载付款日期，是否为无效票据？为什么？

3. D公司的背书是否有效？该条件是否影响汇票的效力？

4. E公司的付款请求权得不到实现时，可以向哪些当事人行使追索权？其追索期限是如何规定的？

第六章
反不正当
竞争法

6

## 【学习目标】

学习本章要求了解反不正当竞争法的定义、特征以及基本原则，不正当竞争行为的定义特征，不正当竞争行为的监督检查部门与相关职权。理解掌握反不正当竞争法的调整对象、不正当竞争行为的具体规定以及违反反不正当竞争法的法律责任。

## 【案例导入】

广州市好迪化妆品有限公司早在1992年8月已成立，原名广州市荔湾区好迪化妆品厂，几经更名后采用了现在的企业名称，并自1994年起先后注册了多个"好迪"商标，还取得了核定使用在第3类商品上的"好迪及图"香港特别行政区商标注册证、澳门特别行政区商标注册证、马德里国际注册证等。自20世纪90年代初至今，广州好迪公司通过包括中央电视台在内的全国多家电视台以及广播、报刊等媒体对其"好迪"系列产品进行了广告宣传，其"好迪"系列产品销售范围遍布全国各地。经过多年努力，广州好迪公司及其"好迪"品牌获得了较多的荣誉，他们的图形等商标自2001年至2008年连续被评为广州市著名商标、广东省著名商标。尤其是"好迪"牌美发用品近年来始终列同类产品市场综合占有率前五位。但随着品牌日渐被消费者认同，"好迪"也招来了不少仿冒。2007年7月，以相同的"好迪"注册的上海好迪化妆品有限公司出现在上海，这家公司的经营范围同样是化妆品、日用百货等。上海的"好迪"公司在中国化妆品招商网上发布了企业介绍，对外进行商品招商，引起了广州好迪公司的注意。2008年10月，广州好迪公司在上海好迪公司处取得了印有"上海好迪妆业"字样的宣传资料、化妆品外包装等，遂于2009年1月起诉到法院，要求上海"好迪"公司停止使用含有"好迪"字样的企业名称，限期变更企业名称，赔偿因调查和制止上海"好迪"不正当竞争行为所支付的合理费用人民币3 600元，并在《中国工商报》、《化妆品报》上刊登声明、消除影响。

（资料来源：中国法院网）

## 【问题】

1. 本案所涉及的不正当竞争行为是什么？
2. 广州好迪公司的诉求能否得到支持？
3. 如果你是法官，你审理本案的依据是什么？

# 第一节　反不正当竞争法概述

　　竞争是市场经济最基本的运行机制。竞争过程中会出现正当与不正当的竞争行为。各种不正当竞争行为往往会造成对公平竞争秩序的破坏，影响市场经济的健康发展。学习者应从反不正当竞争法的定义与特征、基本原则认识入手，学会掌握反不正当竞争法的调整对象。

## 一、反不正当竞争法的定义与特征

　　竞争是市场经济最基本的运行机制。竞争过程中会出现正当与不正当的竞争行为。各种不正当竞争行为往往会造成对公平竞争秩序的破坏，影响市场经济的健康发展。为此 1993 年 12 月 1 日起实施的《中华人民共和国反不正当竞争法》（以下简称《反不正当竞争法》）对我国市场经济的发展起到了极其重要的作用。

反不正当竞争法属于市场秩序规制法律范畴

　　反不正当竞争法是调整国家在对经营者违反商业道德的竞争行为进行规制过程中所产生的社会关系法律规范的总称，属于市场秩序规制法律范畴。反不正当竞争法作为经济法的部门法，与知识产权法、合同法、消费者权益保护法有着密切的联系。

　　反不正当竞争法具有下列特征：

　　（1）国家强制干预性，即由国家对不正当行为进行干预。

　　（2）调整对象唯一性，即调整对象就是不正当竞争行为。

　　（3）相关法律竞合性，即与其他市场秩序规制法律在内容上、运用上产生竞合。

　　（4）保护权益社会性，即其不仅保护竞争者还保护消费者以及国家的合法权益和公共利益。

【课堂练习】

　　6.1 我国《反不正当竞争法》具有的特征包括（　　　）。

　　A. 国家强制干预性　　　　　　　B. 调整对象唯一性

　　C. 相关法律竞合性　　　　　　　D. 保护权益社会性

## 二、反不正当竞争法的基本原则

　　根据我国《反不正当竞争法》第 2 条的规定，经营者在市场交易中，应当遵守自愿、平等、公平、诚实信用的原则，遵守公认的商业道德。我们可以认为《反不正当竞争法》所确立的基本原则包括：

（1）自愿原则，是指公民、法人等任何民事主体在市场交易中都应遵守的原则。任何以欺诈、胁迫、威胁等违背真实交易主体意志的不正当竞争行为，都要受到法律的制裁。

（2）平等与公平原则，是指当事人之间在从事市场交易等民事活动中享有法律地位平等，以及不享有任何特权的原则。

（3）诚实信用原则，是指经营者在经营活动中应当遵守，任何人不得弄虚作假，违背以诚待人、恪守信用的原则。

（4）遵守公认的商业道德原则，是反不正当竞争法规定的一项特定基本原则，即要求经营者在经营活动中遵守市场经济中约定俗成的商业习惯和准则，不得违反行业规则与国际惯例的原则。

【课堂练习】

6.2 反不正当竞争法的基本原则包括（　　　）。

A. 自愿原则　　　　　　　　　B. 平等与公平原则

C. 诚实信用原则　　　　　　　D. 遵守公认的商业道德原则

### 三、反不正当竞争法的调整对象

（一）经营者与经营者

经营者与经营者所形成的不正当竞争行为主要包括：以假冒或仿冒等混淆手段从事市场交易、商业贿赂的行为；以排挤对手为目的低于成本价格销售商品、商品诽谤、串通招投标的行为；在市场占有独占地位的经营者的强制性交易行为。

（二）经营者与消费者

经营者与消费者之间的不正当竞争行为主要包括：侵犯商业秘密、引人误解的虚假宣传行为；违反规定的有奖销售、搭售或附其他不合理条件销售商品的行为。

（三）经营者与国家

经营者与国家之间的不正当竞争行为主要是指政府及其各部门滥用行政权力限制竞争的行为。

国家

消费者　　　经营者

**法律实务：**

### 设立反不正当竞争法的原因

与反垄断法诞生于北美的加拿大和美国的情形完全不同，欧洲的英国、法国和德国则是反不正当竞争法律制度的开先河者。早在 1824 年，英国的司法判例就确认了被称为仿冒行为（passing-off）的侵权行为，由此对受到侵害的竞争者提供相应的救济。随后，英国的衡平法院逐步形成了一系列反仿冒的不正当竞争案例。

在 1850 年前后，法国法院在适用《法国民法典》第 1382 条有关侵权行为的法律规范处理某些案例时，首先提出了"不正当竞争"的定义，即所谓虽未侵犯工业产权，但在某些商业活动中导致欺诈并使人误解或对此负有责任的行为，并由此确立了依靠侵权法制止不正当竞争行为的法例。

而德国最终在 1896 年 5 月 27 日通过了《反不正当竞争法》，这是世界上第一部法典式的反不正当竞争单行法，是竞争法历史上继《谢尔曼法》诞生之后的又一座丰碑，当然也注定成为后进国家着力效仿的典范之一。

值得关注的是，反不正当竞争制度也引起了国际法律界的关注，《保护工业产权巴黎公约》在其布鲁塞尔 1900 年修订本中对此作出专门规定，并由此成为世界上第一个规定反不正当竞争行为的国际条约。以后，随着各国立法和司法实践的发展，有关反不正当竞争的法律制度日益丰富和完善起来。

（资料来源：国律网）

**【课堂练习】**

6.3　下列属于反不正当竞争法所调整内容的有（　　　　）。

A. 以假冒或仿冒等混淆手段从事市场交易、商业贿赂的行为

B. 以排挤对手为目的低于成本价格销售商品、商品诽谤、串通招投标的行为

C. 违反规定的有奖销售、搭售或附其他不合理条件销售商品的行为

D. 政府及其各部门滥用行政权力限制竞争的行为

【本节小结】

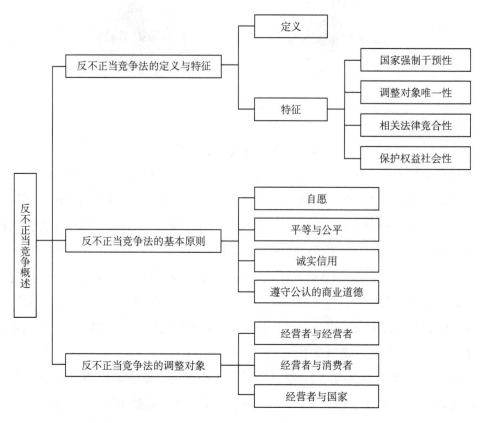

【课后思考】

1. 反不正当竞争法的特征是什么？

2. 反不正当竞争法的调整对象主要包括哪些？

3. 如何理解反不正当竞争法在市场经济中的作用与地位？

# 第二节　不正当竞争行为

不正当竞争行为的确定为市场经济的有序发展提供了依据，明确了反不正当竞争法所调整的对象。学习者应从不正当竞争行为的定义入手，充分认识不正当竞争行为的特征，同时掌握我国法律中所规定的不正当竞争行为。

## 一、不正当竞争行为概述

### （一）不正当竞争行为的定义

我国《反不正当竞争法》第2条中明确规定，不正当竞争是指经营者违反法律的规定，损害其他经营者的合法权益，扰乱社会经济秩序的行为。此处的经营者是指从事商品经营或者营利性服务的法人、其他经济组织和个人，即非经营者不是竞争行为的主体。

不正当竞争行为的本质特征是具有违法性

### （二）不正当竞争行为的特征

（1）不正当竞争行为主体的特定性，即市场交易中的经营者。

（2）不正当竞争行为本质的违法性，即违反了反不正当竞争法等相关法律的规定。

（3）不正当竞争行为性质的侵权性，即侵犯了其他当事人的合法权益。

（4）不正当竞争行为内容的破坏性，即扰乱了社会经济秩序。

【课堂练习】

6.4 不正当竞争行为的特征包括（ 　　 ）。

A. 主体的特定性 　　　　　　　B. 本质的违法性

C. 性质的侵权性 　　　　　　　D. 内容的破坏性

## 二、不正当竞争行为的内容

### （一）欺骗性交易行为

欺骗性交易行为，是指经营者用假冒、仿冒或者其他虚假标志从事交易，误导消费者，损害竞争对手，牟取非法利益的行为，主要包括：

《反不正当竞争法》规定了11项不正当竞争行为

（1）假冒他人的注册商标。

（2）擅自使用知名商品特有的名称、包装、装潢，或者使用与知名商品近似的名称、包装、装潢，造成和他人的知名商品相混淆，使购买者误认为是该知名商品。

（3）擅自使用他人的企业名称或者姓名，引人误认为是他人的商品。

（4）在商品上伪造或者冒用认证标志、名优标志等质量标志，伪造产地，对商品质量作引人误解的虚假表示。

---

**法律实务：**

在解决欺骗性交易行为纠纷诉讼中应注意的问题

1. 关于知名商品的认定标准

（1）时间上看，知名产品应早于被控侵权产品在市场上出现。在这类案件中，

---

律师应注意查明知名产品与被告产品的上市时间。

（2）知名产品一般获得过各种奖励。产品获得奖励能够在相关领域中形成一定的知名度，说明该产品在一定的地域范围内、相关公众领域内，享有较高的知名度和良好的声誉。

（3）由于知名产品的权利人享有的保护其特有的名称、包装、装潢不受侵犯的权利，不是有关部门核准、登记或者授予的，也没有法定的权利期限，而是在市场经营活动中逐步形成的，因此，权利人应当在市场上进行宣传，不断努力扩大其知名度，扩展产品市场占有率。所以律师应注意举证销售额、市场份额，特别是在广告宣传方面的支出情况。

（4）对于特殊商品，如药品等，还要考察其生产、经营行为的合法性。

（5）对知名商品的形成时间法律没有明确限制。

除了从以上五点进行综合判断之外，也可以参照法律、行政法规中对知名商品的认定。

2. 包装、装潢与商品商标的关系

在判断被控侵权产品的包装、装潢与知名商品的特有包装、装潢是否相近似时，即使两者的商标有所不同，可以区别，也不应考虑。否则法律规定保护知名商品特有的包装、装潢就没有什么作用了。

3. "误认"的标准问题

《反不正当竞争法》第5条第2项规定："擅自使用知名商品特有的名称、包装、装潢，或者使用与知名商品近似的名称、包装、装潢，造成和他人的知名商品相混淆，使购买者误认为是该知名商品。"误认不等于误购，误认不以是否发生消费者误购为前提。权利人不必承担已经有消费者误购的举证责任。

（资料来源：律师维权网）

（二）商业贿赂行为

贿赂行为，包括行贿行为和受贿行为。所谓商业贿赂，是指经营者为了获取交易机会或者竞争优势，向能够影响交易的人秘密给付财物或者其他经济利益的行为。我国《反不正当竞争法》第8条规定：经营者不得采用财物或者其他手段进行贿赂以销售或者购买商品。在账外暗中给予对方单位或者个人回扣的，以行贿论处；对方单位或者个人在账外暗中收受回扣的，以受贿论处。经营者销售或者购买商品，可以以明示方式给对方折扣，可以给中间人佣金。经营者给对方折扣、给中间人佣金的，必须如实入账。接受折扣、佣金的经营者必须如实入账。

**法律实务：**

附赠是否构成商业贿赂

附赠是现代商业活动中经营者为了吸引消费者而广泛采取的一种促销手段，是经营者在商品交易过程中，附带地向对方无偿提供一定数量的现金和物品的行为。现实生活中，附赠的形式多种多样，根据附赠的具体形式分为现金附赠与物品附赠。附赠虽然也是一种促销手段，但是与商品销售活动中的回扣、折扣、佣金都有区别。对于经营活动中的附赠行为，我国反不正当竞争法没有明确界定。《关于禁止商业贿赂行为的暂行规定》第 8 条规定，经营者在商品交易中不得向对方单位或者个人附赠现金或者物品，但按照商业惯例赠送小额广告礼品的除外。违反前款规定的，视为商业贿赂行为。由此可见，我国现行法律、法规或规章并不是禁止所有的商业附赠行为，"按照商业惯例赠送小额广告礼品"的做法，作为一种约定俗成的商业习惯，还是被认同和接受的。但超过法定界限的过度附赠行为则是被法律禁止的。过度附赠，是指经营者用于附赠的现金或实物具有较高的价值，相对于所附着的商品或服务的价值而言，超出了正常比例。如果过度附赠行为的实施对象是经营者，并且附赠违反法律、法规或规章的规定，就应当认定附赠行为实施人构成商业贿赂行为。

（资料来源：四川刑事律师网）

（三）虚假宣传行为

虚假宣传是指在商业活动中经营者利用广告或者其他对商品或者服务做出与实际不相符的虚假信息，导致客户或消费者误解的行为。这种行为违反诚实信用原则，违反公认的商业原则，是一种严重的不正当竞争行为。

我国《反不正当竞争法》第 9 条规定，经营者不得利用广告或者其他方法，对商品的质量、制作成分、性能、用途、生产者、有效期限、产地等作引人误解的虚假宣传。广告的经营者不得在明知或者应知的情况下代理、设计、制作、发布虚假广告。

虚假宣传行为与欺骗性交易行为有很大的区别：两者虽然都属欺诈行为，但很明显两者的重点不同。虚假宣传侧重的是宣传，而欺骗性交易侧重的是交易过程。或者说两者在商业行为过程中的顺序不同，虚假宣传在前，交易在后。一般情况下，虚假宣传不等于已造成严重后果，属于违章，而欺骗性交易本身就是一种既定事实，属于违法。另外，欺骗性交易一般涉及金融犯罪，罪行较大。

（四）侵犯商业秘密行为

商业秘密，是指不为公众所知悉、能为经营者带来经济利益、具有实用性并经权利人采取保密措施的技术信息和经营信息。商业秘密可分为技术型商业秘密和经营型商业秘密两类。

根据我国《反不正当竞争法》第10条的规定，侵犯商业秘密的行为表现在：

（1）以盗窃、利诱、胁迫或者其他不正当手段获取权利人的商业秘密；

（2）披露、使用或者允许他人使用以前项手段获取的权利人商业秘密；

（3）违反约定或者违反权利人有关保守商业秘密的要求，披露、使用或者允许他人使用其所掌握的商业秘密。

第三人明知或者应知前款所列违法行为，获取、使用或者披露他人的商业秘密，视为侵犯商业秘密。

（五）以排挤竞争对手为目的低于成本价格销售的行为

以排挤竞争对手为目的低于成本价格销售的行为是以排挤竞争对手为目的，以牺牲自身的暂时经济利益为代价，一旦达到目的就会抬高价格，最终损害消费者的合法权益，损害社会经济的有序发展。我国《反不正当竞争法》第11条规定，经营者不得以排挤竞争对手为目的，以低于成本的价格销售商品。

有下列情形之一的，不属于不正当竞争行为：

（1）销售鲜活商品；

（2）处理有效期限即将到期的商品或者其他积压的商品；

（3）季节性降价；

（4）因清偿债务、转产、歇业降价销售商品。

---

**法律实务：**

### 京东 VS 当当零利润 "黏"客是否构成不正当竞争

2010年，京东商城与当当网的价格PK引发了电子商务市场的公开化竞争大战。双方都不惜斥巨资进行降价销售，甚至表示价格直至降到零，"战火"从图书领域蔓延到了数码领域。两大电子商务网站为什么燃起烽烟？这其中又是否存在不正当竞争行为呢？

## 价格战相中"宅人"市场

京东和当当这场价格大战的起因，是2010年11月京东商城图书上线，并抛出图书降价20%的"炸弹"，当当立即予以降价回击，卓越亚马逊随后也加入其中。

仅仅数月前，京东还曾明确表示不会涉足图书市场，其CEO刘强东表示："国内图书市场因为盗版的原因导致价格太低，经营的利润根本不足以抵消经营的成本。"那么，为何数月后京东就"食言"了呢？

当当是卖书起家，依靠其图书市场领域取得的领先地位"黏"住了大量用户，近年来百货化的趋势已十分明显。京东主营业务是电子产品，而当当进军数码领域的强劲势头让京东感觉到了威胁。

从当当身上，京东意识到图书是吸引客户的上佳工具之一，尤其在网上买书的多是有网购习惯的宅男宅女，这些"宅人"在买书的同时往往会"顺手"采购一些别的商品。利用零利润图书吸引并"黏"住这些喜欢网购的宅男宅女，借机抢占市场份额就成为京东新的战略。

## 是否构成不正当竞争

市场经济条件下，价格竞争已经成为一种常态，商家利用降价手段来吸引消费者、扩大市场份额本是再正常不过的营销策略。但是，市场经济不等于完全开放自由的无序经济，价格竞争应保持在一个合理合法的范围内，超过一定的"度"，就会变为不正当竞争，为法律所禁止。

我国《反不正当竞争法》提出，不正当竞争是指"经营者违反本法规定，损害其他经营者的合法权益，扰乱社会经济秩序的行为"。同时，《反不正当竞争法》第11条规定："经营者不得以排挤竞争对手为目的，以低于成本的价格销售商品"；《中华人民共和国价格法》亦将"为了排挤竞争对手或者独占市场，以低于成本的价格倾销，扰乱正常的生产经营秩序，损害国家利益或者其他经营者的合法权益"的行为界定为"不正当价格行为"；《中华人民共和国反垄断法》也有类似规定，明令禁止具有市场支配地位的经营者以低于成本的价格销售商品。

京东和当当都曾放话："追求零利润或负利润"，这样，图书的标价必然低于经营成本，即符合不正当竞争的要件之一：以低于成本的价格销售商品。再来看双方价格战的目的，如果说是为了消灭竞争对手未免言过其实，并且以双方今日之地位和实力相互消灭也无现实可能性，但为了抢占市场份额而排挤竞争对手应是没有曲解其意，这样又符合了不正当竞争的另一个要件：以排挤竞争对手为目的。可见，双方的价格战即构成了不正当竞争。

### 不正当价格竞争伤害了谁

国家法律之所以明令禁止不正当价格竞争，是因为其危害是多方面的：

（1）损害了消费者利益。很多人认为在降价竞争中消费者是坐收渔翁之利，其实不然。低于成本的降价竞争，使生产企业无利润，很难进行必要的技术改造和产品更新换代，这对消费者消费层次的提高是十分不利的。特别是有些企业为了保证价低利不低，在产品的技术、质量、分量以及包装和服务上都大打折扣，使消费者的实际利益受到了损失。如果企业以假充真、以次充好，坑蒙拐骗消费者，消费者的合法权益甚至于人身安全将受到更大的伤害。

（2）影响了企业的扩大再生产及长远发展。大幅度降价，满足了消费者图便宜的心理，刺激了其购买欲望，短期内市场需求必然有增长，企业可以加速资金回笼。但这种接近或低于成本的降价，使企业的利润摊薄，甚至无利可图，正常的生产经营得不到应有的回报，必然影响企业扩大再生产的积极性。同时，不正当价格竞争使企业把主要精力用在了如何降低成本和相关费用上，难免忽视新产品、新技术的研发生产，从而影响了企业的长远发展。

（3）破坏了正常的市场经济秩序。不正当价格竞争虽然能够刺激一部分消费者积极消费，但也让另一部分消费者产生持币观望的情绪。另一方面，降价竞销对企业也产生了误导，对通过技术创新提高产品质量的正当经营者造成极大冲击，令假冒伪劣商品乘虚而入。此外，一些具有市场支配地位的经营者为达到排挤对手、独占市场的目的而进行低价倾销，使一些实力相对弱小或者刚起步的同类经营者因无力招架而夭折，形成行业垄断，破坏公平竞争的市场环境。

（资料来源：京报网－北京晚报）

（六）强行搭售行为

所谓强行搭售是指经营者出售商品或者提供服务时，违背对方的意愿，强行搭售其他商品的行为。强行搭售行为在国外属于反垄断法所调整的限制竞争行为的一种，其出发点就在于维护交易双方自愿交易，使经营者公平、合法竞争，以维护社会主义市场经济的良性运转。其他不合理条件是指除搭售以外的不合理的交易条件，如限制转售区域、限制技术受让方在合同技术基础上进行新技术的研制开发等。我国《反不正当竞争法》第12条明确规定：经营者销售商品，不得违背购买者的意愿搭售商品或者附加其他不合理的条件。

（七）不正当有奖销售行为

不正当有奖销售行为，是指经营者违反诚实信用原则和公平竞争原则，利用物质、金钱或其他经济利益引诱购买者与之交易，排挤竞争对手的不正当竞争行为。我国《反不正当竞争法》第13条规定，经营者不得从事下列有奖销售：

（1）采用谎称有奖或者故意让内定人员中奖的欺骗方式进行有奖销售；

（2）利用有奖销售的手段推销质次价高的商品；

（3）抽奖式的有奖销售，最高奖的金额超过 5 000 元。

**法律实务：**

### 关于禁止有奖销售活动中不正当竞争行为的若干规定

国家工商局令 1993 年第 19 号

**第一条** 为了制止有奖销售活动中的不正当竞争行为，根据《中华人民共和国反不正当竞争法》（以下简称《反不正当竞争法》）的有关规定，制定本规定。

**第二条** 本规定所称有奖销售，是指经营者销售商品或者提供服务，附带性地向购买者提供物品、金钱或者其他经济上的利益的行为。包括：奖励所有购买者的附赠式有奖销售和奖励部分购买者的抽奖式有奖销售。

凡以抽签、摇号等带有偶然性的方法决定购买者是否中奖的，均属于抽奖方式。

经政府或者政府有关部门依法批准的有奖募捐及其他彩票发售活动，不适用本规定。

**第三条** 禁止下列欺骗性有奖销售行为：

（一）谎称有奖销售或者对所设奖的种类，中奖概率，最高奖金额，总金额，奖品种类、数量、质量、提供方法等作虚假不实的表示。

（二）采取不正当的手段故意让内定人员中奖。

（三）故意将设有中奖标志的商品、奖券不投放市场或者不与商品、奖券同时投放市场；故意将带有不同奖金金额或者奖品标志的商品、奖券按不同时间投放市场。

（四）其他欺骗性有奖销售行为。

前款第（四）项行为，由省级以上工商行政管理机关认定。省级工商行政管理机关作出的认定，应当报国家工商行政管理局备案。

**第四条** 抽奖式的有奖销售，最高奖的金额不得超过五千元。

以非现金的物品或者其他经济利益作奖励的，按照同期市场同类商品或者服务的正常价格折算其金额。

**第五条** 经营者不得利用有奖销售手段推销质次价高的商品。

前款所称"质次价高"，由工商行政管理机关根据同期市场同类商品的价格、质量和购买者的投诉进行认定，必要时会同有关部门认定。

**第六条** 经营者举办有奖销售，应当向购买者明示其所设奖的种类、中奖概率、奖金金额或者奖品种类、兑奖时间、方式等事项。属于非现场即时开奖的抽奖式有奖销售，告知事项还应当包括开奖的时间、地点、方式和通知中奖者的时间、方式。

经营者对已经向公众明示的前款事项不得变更。

在销售现场即时开奖的有奖销售活动，对超过五百元以上奖的兑奖情况，经营者应当随时向购买者明示。

**第七条** 违反本规定第三条、第四条、第五条第一款的，由工商行政管理机关依照《反不正当竞争法》第二十六条的规定处罚。

违反本规定第六条，隐瞒事实真相的，视为欺骗性有奖销售，比照前款规定处理。

**第八条** 有关当事人因有奖销售活动中的不正当竞争行为而受到侵害的，可以根据《反不正当竞争法》第二十条的规定，向人民法院起诉，请求赔偿。

**第九条** 在《反不正当竞争法》施行前发生的、属于《反不正当竞争法》禁止的有奖销售行为，《反不正当竞争法》施行后，一律不得继续实施。但预先设定的开奖、兑奖时间在一九九三年十二月一日之后的，经营者仍然应当在预定时间按照预定事项履行其开奖、兑奖的义务。

**第十条** 本规定自发布之日起施行。

（八）诋毁商誉行为

诋毁商誉行为，是指经营者传播有关竞争对手的虚假信息，以破坏竞争对手的商业信誉的不正当竞争行为。

诋毁商誉的构成主要包括：

1. 诋毁商誉行为的主体

作为竞争行为的诋毁商誉，其行为主体是经营者。

2. 诋毁商誉行为的主观方面

诋毁商誉行为可以是故意，也可以是过失，总之存在主观过错。

3. 诋毁商誉行为的客观方面

（1）诋毁商誉行为是传播信息的行为。

（2）传播的是虚假信息。

（3）该虚假信息与竞争对手有关。

我国《反不正当竞争法》第14条规定，经营者不得捏造、散布虚伪事实，损害竞争对手的商业信誉、商品声誉。

**法律实务：**

**"网络水军"发帖毁谤牟利 五毛钱毁掉一个行业**

"三聚氰胺"事件的风波尚未完全平息，中国乳制品业内最近又起狂澜：据报道，蒙牛公司高管与北京博思智奇公关顾问有限公司共同商讨制定网络攻击方案，打击竞争对手伊利"QQ星儿童奶"。整个网络炒作历时一个月，其中点击量最高的一个帖子点击数达20余万人次。因该行为涉嫌刑事犯罪，内蒙古呼和浩特警方已对相关涉案人员采取了司法措施。

激烈的商战中，经营者竞争的法律界限和道德底线是什么？什么样的行为会构成不正当竞争，甚至刑事犯罪？"网络水军"充当了什么角色？是否要承担法律责任？这些问题都引起公众深思。

### 市场竞争　不能挑战法律界限

商场如战场，要想在竞争激烈的市场上生存发展并不容易。我们能够理解竞争中存在的策略手段甚至是尔虞我诈，但不代表市场竞争可以没有法律界限和道德底线。为了规范市场，我国1993年即颁布了《反不正当竞争法》，主要将仿冒、虚假宣传、商业诋毁和侵犯商业秘密等行为列为不正当竞争行为，予以禁止。

在司法实践中，在判定一个行为是否构成不正当竞争的时候，主要依据两个原则：从行为人的主观方面看，是否违反了诚实信用的基本原则；从客观方面看，这种行为是不是影响了公平有序的市场竞争环境。

此次蒙牛"诽谤门"事件，"可能"构成我国《反不正当竞争法》第14条规定的商业诋毁行为。商业诋毁，也称商业诽谤，指市场竞争者对他人的产品或服务进行了消极的虚假陈述，并且损害了他人的商誉。该行为有两个主要构成要件：一是是否捏造、散布虚伪事实；二是是否损害竞争对手的商业信誉、商品声誉。

具体到本案，蒙牛攻击伊利"QQ星儿童奶"的主要理由是：该产品所添加的深海鱼油含EPA成分会导致儿童性早熟。说蒙牛"可能"构成商业诋毁行为，是因为如果散布的"深海鱼油导致儿童性早熟"系子虚乌有，凭空捏造，并且对伊利的商业信誉造成损害，就会构成不正当竞争；如果散布的事实不是捏造的，而是真实的，那就不构成不正当竞争，但监管部门对此目前尚无定论。

### 不正当竞争　情节严重可追刑责

如果构成不正当竞争，视情况可以承担民事、行政或刑事三种责任。给被侵害的经营者造成损害的，侵害方应当承担赔偿责任。对于较为严重的不正当竞争行为，我国反不正当竞争法还规定了相应的行政责任。对于特别严重的不正当竞争行为，我国反不正当竞争法和刑法还规定了可以追究刑事责任。捏造并散布虚伪事实，损害他人的商业信誉、商品声誉，给他人造成重大损失或者有其他严重情节的，处二年以下有期徒刑或者拘役，并处或者单处罚金。

根据相关司法解释，此处的"重大损失"是指给他人造成的直接经济损失数额在50万元以上的；"严重情节"是指严重妨害他人正常生产经营活动或者导致停产、破产的，或者造成恶劣影响的。

### "网络水军" 可载舟亦可覆舟

在网络论坛的非广告位置灌水，借助论坛的人气打广告、做宣传，已经成了流行的营销方式。那些受雇于网络公关公司，为他人发帖、回帖造势的网络人员，在"网络推手"的带领下，手法多样，战绩显著，由于人数众多，被形象地称为"网络水军"。"水军"发帖通常五毛钱一条，因此行内又叫他们"五毛党"。

随着蒙牛"诽谤门"事件暴露，此前曾被广泛关注过的网络公关公司再次成为舆论焦点。社会公众也意识到"网络水军"的双重性。一方面，"网络水军"可以为新开发、新成立的网络产品提高人气，吸引网民关注和参与。另一方面，公众也为"网络水军"的兴风作浪担心。

某些"网络水军"帮助幕后企业诋毁、诽谤竞争对手，影响其正常运营，这不仅严重侵害了受害企业的商誉，也严重扰乱了社会主义市场经济秩序。专业化"网络水军"的出现，使得这类事件变得更加隐蔽化、复杂化，蒙牛"诽谤门"事件通过"网络水军"的参与，让公众对国产乳业再度产生信任危机。

### 网络打黑 势在必行、任重道远

只是轻轻点一点鼠标，一个企业甚至一个行业就面临生存危机，"网络水军"要不要负责任？我国法律规定，对于没有商业诽谤的故意，听信他人传谣，散布虚伪事实乃至对虚伪事实进行某种程度的加工的行为，一般不定为损害商业信誉、商品声誉罪；而对于共同故意实施了损害他人商业信誉和商品声誉的行为，给受害方造成了严重后果的，构成刑法上的损害商业信誉、商品声誉罪，公关公司作为共同犯罪人需要承担相应的刑事责任。

互联网是一个倡导平等、自由的世界，快速激增的中国网民通过互联网充分表达意见，推动着社会文明的进步。当下，"网络监督"和"网络暴力"的界限有些模糊，面对众多被类似"网络水军"控制的言论，网络同样需要"打黑"，只有如此，网络才能成为真实表达民意的平台。

（资料来源：北京日报）

（九）不正当投标行为

不正当投标行为，是指投标者和招标者为排挤对手，在招投标过程中相互勾结，故意抬高或压低标价的不正当竞争行为。其中包括串通投标，抬高或压低标价的行为；投标者和招标者相互勾结，以排挤竞争对手的行为。我国《反不正当竞争法》第15条规定，投标者不得串通投标，抬高标价或者压低标价。投标者和招标者不得相互勾结，以排挤竞争对手的公平竞争。

（十）具有特殊地位经营者的强制性交易行为

具有特殊地位经营者的强制性交易行为是指公用企业或者其他依法具有独占地位的经营者，为了排挤其他经营者而限定他人购买其指定的经营者商品的行为。公用企业主要包括：电力、自来水、煤气、热力、公共运输等满足人们物质生活需要的企业。

国家工商行政管理局1993年12月24日颁布的《关于禁止公用企业限制竞争行为的若干规定》明确规定，公用企业在市场交易中，不得实施下列限制竞争的行为：

（1）限定用户、消费者只能购买和使用其附带提供的相关商品，而不得购买和使用其他经营者提供的符合技术标准要求的同类商品；

（2）限定用户、消费者只能购买和使用其指定的经营者生产或者经销的商品，而不得购买和使用其他经营者提供的符合技术标准要求的同类商品；

（3）强制用户、消费者购买其提供的不必要的商品及配件；

（4）强制用户、消费者购买其指定的经营者提供的不必要的商品；

（5）以检验商品质量、性能等为借口，阻碍用户、消费者购买、使用其他经营者提供的符合技术标准要求的其他商品；

（6）对不接受其不合理条件的用户、消费者拒绝、中断或者削减供应相关商品，或者滥收费用；

（7）其他限制竞争的行为。

（十一）滥用行政权力限制竞争行为

滥用行政权力限制竞争行为，是指政府及其所属部门滥用行政权力，限定他人购买其制定的经营者商品，以及限制其他经营者正当的经营活动，或者限制外地商品进入本地市场，以及限制本地商品流向外地市场的行为。

【课堂练习】

6.5 下列各项属于不正当竞争行为的是（　　）。

A. 欺骗性交易行为

B. 侵犯商业秘密行为

C. 以排挤竞争对手为目的低于成本价格销售的行为

D. 具有特殊地位经营者的强制性交易行为

【本节小结】

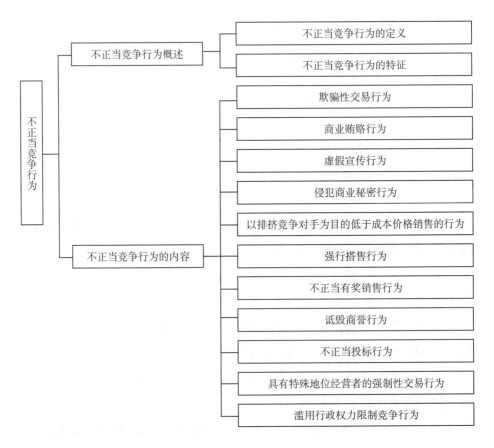

【课后思考】

1. 列举不正当竞争行为的类型。

2. 运用所学知识分析奇虎360与腾讯QQ之间的纠纷。

3. 运用所学知识分析开心网（kaixin001）与千橡网（kaixin）之间的纠纷。

# 第三节　不正当竞争行为的监督检查

在我国，不正当竞争行为的监督检查部门主要分为两类，它们在不同的领域中履行着各自的职责。学习者应从认识不正当竞争行为的监督检查部门入手，掌握不正当竞争行为的监督检查部门职权，同时履行自己在社会中的社会监督职责。

## 一、不正当竞争行为的监督检查部门

依照我国《反不正当竞争法》的相关规定，我国对不正当竞争行为进行监督检查的部门主要包括两类：一是县级以上的监督检查部门，即工商行政管理局，具有统一管理性；二是其他相关部门，即其他具有监督检查资格的部门，如专利局、技术监督局、药品监督管理局、国务院证券监督管理机构、银行业监督管理机构、保险监督管理机构、文化局和新闻出版局、城建局和建设行政管理部门、商务管理部门、监察部门及各公用事业（交通、邮电、铁路、民航等）主管机关，具有广泛管理性。

【课堂练习】

6.6　下列属于不正当竞争行为的监督检查部门的有（　　　）。

A. 国家工商管理局　　　　　　B. 文化局和新闻出版局

C. 城建局和建设行政管理部门　D. 商务部门管理

## 二、不正当竞争行为的监督检查部门职权

监督检查部门在监督检查不正当竞争行为时，有权行使下列职权：① 按照规定程序询问被检查的经营者、利害关系人、证明人，并要求提供证明材料或者与不正当竞争行为有关的其他资料。② 查询、复制与不正当竞争行为有关的协议、账册、单据、文件、记录、业务函电和其他资料。③ 检查与法律规定的不正当竞争行为有关的财物，必要时可以责令被检查的经营者说明该商品的来源和数量，暂停销售，听候检查，不得转移、隐匿、销毁该财物（《反不正当竞争法》第17条）。

同时，监督检查部门工作人员监督检查不正当竞争行为时，应当出示检查证件（《反不正当竞争法》第18条）。监督检查部门在监督检查不正当竞争行为时，被检查的经营者、利害关系人和证明人应当如实提供有关资料或者情况（《反不正当竞争法》第19条）。

> 我国对不正当竞争行为进行监督检查的部门主要包括两类

> 不正当竞争行为的监督检查部门工作人员监督检查不正当竞争行为时，应出示检查证件

6.7 下列关于不正当竞争行为监督检查部门的职权说法正确的是（　　）。

A. 按照规定程序询问被检查的经营者、利害关系人、证明人，并要求提供证明材料或者与不正当竞争行为有关的其他资料

B. 查询、复制与不正当竞争行为有关的协议、账册、单据、文件、记录、业务函电和其他资料

C. 检查与法律规定的不正当竞争行为有关的财物，必要时可以责令被检查的经营者说明该商品的来源和数量，暂停销售，听候检查

D. 检查与法律规定的不正当竞争行为有关的财物，不得转移、隐匿、销毁该财物

### 三、不正当竞争行为的社会监督

我国《反不正当竞争法》第4条第1款规定，国家鼓励一切组织和个人对不正当竞争行为进行社会监督。在我国，由于反不正当竞争行为涉及社会经济生活的很多方面，仅靠政府部门进行监督是不够的，因此需要全社会各个成员共同进行。国家对于这些社会监督予以鼓励和支持。

> 国家鼓励一切组织和个人对不正当竞争行为进行社会监督

6.8 国家鼓励一切组织和个人对不正当竞争行为进行（　　）。

A. 社会监督　　　　　　　　B. 政府以及各部门的监督

C. 群众自发组织的监督　　　D. 自我行为规范的监督

【本节小结】

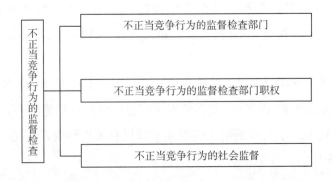

1. 不正当竞争行为的监督检查部门有哪些？

2. 不正当竞争行为的监督检查部门职权包括哪些？

# 第四节　违反《反不正当竞争法》的法律责任

在我国，对不正当竞争行为的处理采用民事责任、行政责任以及刑事责任相结合的综合责任制度，同时还明确规定了具体的不正当竞争行为所应承担的法律责任。学习者应从认识民事责任、行政责任以及刑事责任相关问题入手，理解和掌握具体的不正当竞争行为的法律责任规定，从而在日常生活中学以致用。

## 一、违反反不正当竞争法的责任形式

在我国，对不正当竞争行为的处理采用民事责任、行政责任以及刑事责任相结合的综合责任制度。其中，民事责任主要包括：停止侵害、消除影响以及赔偿损失；行政责任主要包括：宣布行为无效、责令停止违法行为、责令改正、没收违法所得、罚款、行政处分以及吊销营业执照；刑事责任主要是对于性质恶劣案件给予的司法强制救济。

> 民事责任、行政责任以及刑事责任构成了我国不正当竞争行为的责任划分制度

【课堂练习】

6.9 在我国，对不正当竞争行为处理采用的责任制度可以划分为（　　　）。

A. 民事责任　　　　　　　　B. 行政责任

C. 刑事责任　　　　　　　　D. 经济责任

## 二、违反反不正当竞争法的具体责任

（一）假冒、仿冒的法律责任

经营者假冒他人的注册商标，擅自使用他人的企业名称或者姓名，伪造或者冒用认证标志、名优标志等质量标志，伪造产地，对商品质量作引人误解的虚假表示的，依照我国商标法和产品质量法的规定承担责任。

经营者擅自使用知名商品特有的名称、包装、装潢，或者使用与知名商品近似的名称、包装、装潢，造成和他人的知名商品相混淆，使购买者误认为是该知名商品的，监督检查部门应当责令停止违法行为，没收违法所得，可以根据情节处以违

> 掌握违反反不正当竞争法的具体责任有利于学习者进行司法自救

法所得 1 倍以上 3 倍以下的罚款；情节严重的可以吊销营业执照；销售伪劣商品，构成犯罪的，依法追究刑事责任（《反不正当竞争法》第 21 条）。

经营者利用广告或者其他方法，对商品作引人误解虚假宣传的，监督检查部门应当责令停止违法行为，消除影响，可以根据情节处以 1 万元以上 20 万元以下的罚款。

广告的经营者，在明知或者应知的情况下，代理、设计、制作、发布虚假广告的，监督检查部门应当责令停止违法行为，没收违法所得，并依法处以罚款（《反不正当竞争法》第 24 条）。

（二）侵犯商业秘密的法律责任

经营者侵犯商业秘密的，监督检查部门应当责令停止违法行为，可以根据情节处以 1 万元以上 20 万元以下的罚款（《反不正当竞争法》第 25 条）。

（三）商业贿赂的法律责任

经营者采用财物或者其他手段进行贿赂以销售或者购买商品，构成犯罪的，依法追究刑事责任；不构成犯罪的，监督检查部门可以根据情节处以 1 万元以上 20 万元以下的罚款，有违法所得的，予以没收（《反不正当竞争法》第 22 条）。

（四）不当附奖赠促销的法律责任

经营者违反反不正当竞争法的相关规定进行有奖销售的，监督检查部门应当责令停止违法行为，可以根据情节处以 1 万元以上 10 万元以下的罚款（《反不正当竞争法》第 26 条）。

（五）违反反不正当竞争法的损害赔偿责任

经营者违反反不正当竞争法的规定，给被侵害的经营者造成损害的，应当承担损害赔偿责任；被侵害的经营者损失难以计算的，赔偿额为侵权人在侵权期间因侵权所获得的利润，并应当承担被侵害的经营者因调查该经营者侵害其合法权益的不正当竞争行为所支付的合理费用。被侵害的经营者的合法权益受到不正当竞争行为损害的，可以向人民法院提起诉讼（《反不正当竞争法》第 20 条）。

（六）监管人员违法的法律责任

监督检查不正当竞争行为的国家机关工作人员滥用职权、玩忽职守，构成犯罪的，依法追究刑事责任；不构成犯罪的，给予行政处分（《反不正当竞争法》第 31 条）。

监督检查不正当竞争行为的国家机关工作人员徇私舞弊，对明知有违反反不正当竞争法规定构成犯罪的经营者故意包庇，不使他受追诉的，依法追究刑事责任（《反不正当竞争法》第 32 条）。

6.10 【判断】监督检查不正当竞争行为的国家机关工作人员滥用职权、玩忽职守，构成犯罪的，依法追究刑事责任；不构成犯罪的，给予行政处分。（　　）

【本节小结】

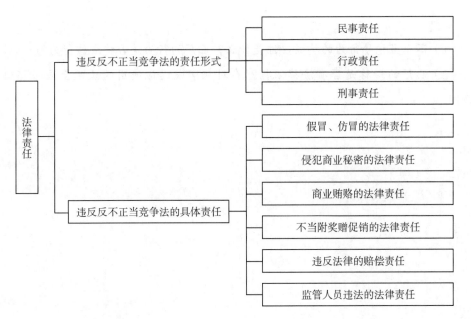

【课后思考】

1. 试述违反反不正当竞争法责任形式的具体内容。

2. 列举违反反不正当竞争法中各项具体责任的责任形式划分。

【本章案例讨论】

贵州某甲厂生产的"玉叶"牌名称为"千里香"的白酒行销本省及西南地区。该酒自 1980 年起销售，广告力度较大，在西南各省乡镇、农村都可见到此酒的广告及销售点。此酒物美价廉，在西南农村广受欢迎。该酒的包装装潢是将酒瓶设计成葫芦形，并贴有黑底及金色字体的"千里香"名称，"香"字占据瓶贴 1/2 面积，极为醒目。

贵州某乙厂从 2000 年起生产"清玉"牌酒。酒瓶也设计成葫芦形，并贴有黑底金字瓶贴，酒的名称为"久久香"，其中"香"字也占瓶贴的1/2，很是突出。该酒也在西南地区销售。

甲厂向执法部门投诉，诉乙厂行为属假冒仿冒行为。乙方辩称：①甲厂生产使用的是"玉叶"商标，乙厂使用的是"清玉"商标，购买者不会误认；②甲厂商品名称为"千里香"，乙厂商品名称"久久香"，根本不同，没有构成假冒；③将两种酒摆在一起，细细观察，差别是明显的，所以不能认定为假冒仿冒。（案例来源：宁海电大）

问题

（1）不正当竞争行为的构成要件是什么？乙厂的行为是否构成该行为？

（2）乙厂的辩称是否有法律依据？在对相同或近似使用的认定上应根据哪些准则？

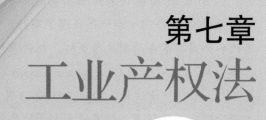

# 第七章
# 工业产权法

7

学习本章要求能正确区别知识产权的类型；了解知识产权与工业产权的构成与保护的意义；掌握商标注册条件及保护注册商标的措施；掌握专利的类型及申请程序；熟练运用知识产权法保护企业的工业产权。

【案例导入】

中华老字号"王致和"创立于 1669 年。新中国成立后，经过几十年的发展，"王致和"品牌越做越大，北京王致和食品集团有限公司（以下简称"王致和公司"）现已发展成为拥有金狮牌系列酱油、龙门牌系列食醋、王致和牌系列腐乳等几大类百余种产品的集团。

从 20 世纪 90 年代末开始拓展国际市场以来，王致和公司已在美国、加拿大、东南亚等 10 多个国家和地区注册了商标。2006 年 7 月，出于拓展德国市场的需要，王致和公司准备在德国注册商标，却被意外告知，王致和腐乳、调味品、销售服务三类商标已经被德国 Okai Import Export GmbH（以下简称"欧凯公司"）于 2005 年 11 月 21 日申请注册，并在 2006 年 3 月 24 日起开始公示。欧凯公司是德国一个主营中国商品的超市，超市的主人是德籍华人，在德国销售包括王致和产品在内的多种中国知名商品。得知"王致和"商标被抢注后，王致和公司立即与对方进行协商，但一直没有得到回应。2007 年 8 月王致和公司诉欧凯公司商标侵权和不正当竞争案，在德国慕尼黑地方法院开庭。双方争议焦点主要集中在：

1. 王致和公司主张欧凯公司是恶意抢注，欧凯公司则强调其在德国是合法注册。

2. 王致和公司主张对"王致和"的图文结合商标享有著作权，欧凯公司则提出王致和公司的标识是通用的"中国古代士兵头像"。

3. 王致和公司主张欧凯公司违反德国的反不正当竞争法，欧凯公司则辩称其注册王致和的商标是对自己的保护。

2007 年 11 月，德国慕尼黑地方法院做出一审判决，判决欧凯公司在德国停止使用王致和商标，并撤销其抢注的王致和商标，"王致和商标抢注案"王致和公司一审胜诉。2009 年 4 月 23 日上午，位于德国慕尼黑的巴伐利亚州高等法院宣布了对德国欧凯公司恶意抢注中国百年老字号"王致和"商标一案的二审裁决，基本维持一审裁决，王致和方面胜诉。目前，王致和公司已经在全球 34 个国家和地区抓紧注册，以避免商标再次在国外被抢注。

【问题】

1. 王致和德国维权给我们哪些法律启示？

2. 知识产权可以为企业创造利益吗？

3. 老字号应建立怎样的知识产权战略？

# 第一节 知识产权概述

知识经济是建立在知识和信息的生产、分配和使用基础之上的经济。换言之，知识经济时代是"以知识（智力）资源的占有、配置、生产、分配、使用（消费）为最重要因素的经济时代"。知识产权法律制度就是承认和保护知识价值的法律制度，其对于发展知识经济的重要意义是不言自明的。学习者应从知识产权的定义与范围、特征入手，理解知识产权法的基本法律制度，掌握维护知识产权尤其是专利与商标的法律手段。

## 一、知识产权的定义与范围

产权的基本含义是指财产所有权，它包括对财产的占有、使用、收益、处分及其他与财产有关的权利。产权的客体是财产，根据财产的最一般的分类，产权被分为有形财产权和无形财产权。知识产权是一种无形财产权。知识产权是指智力成果的创造人对所创造的智力成果和工商活动的行为人对所拥有的标记依法所享有的权利的总称。

根据我国《民法通则》的规定，知识产权包括著作权、专利权、商标权、发现权、发明权和其他科技成果权。而根据 1967 年签订的《建立世界知识产权组织公约》的有关规定，知识产权的范围则包括：关于文学、艺术和科学作品的权利（即著作权）；关于表演艺术家的演出、录音制品和广播节目的权利（即邻接权）；关于人类在一切领域的发明的权利（即发明专利权及科技奖励意义上的发明权）；关于科学发现的权利（即发现权）；关于工业品外观设计的权利（即外观设计专利权或外观设计权）；关于商标、服务标志、厂商名称和标志的权利（即商标权、商号权）；关于制止不正当竞争的权利（即反不正当竞争权）；以及一切在工业、科学、文学或艺术领域由于智力活动产生的其他权利。作为 WTO 规则重要组成部分的《与贸易有关的知识产权协议》对知识产权范围也作了明确的规定，其界定为：著作权及其相关权利（即邻接权）；商标权；地理标志权；工业品外观设计权；专利权；集成电路布图设计权；未公开信息的保护权（即商业秘密权）。

知识产权的范围见图 7-1。

> 知识产权是指智力成果的创造人对所创造的智力成果和工商活动的行为人对所拥有的标记依法所享有的权利的总称

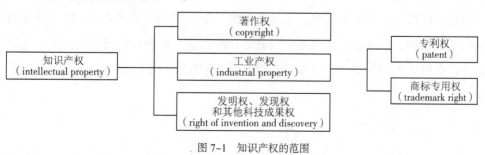

图 7-1　知识产权的范围

【课堂练习】

7.1 在我国《民法通则》中规定的知识产权包括（　　　）。

A. 著作权 　　　　　　　　　　　B. 专利权

C. 商标权 　　　　　　　　　　　D. 其他科技成果权

## 二、知识产权的特征

知识产权是一种与物权、债权并列的独立的民事权利，其具有如下特征：

（一）知识产权的无形性

知识产权的客体是智力成果或具有财产价值的标记，是一种没有形体的财富。知识产权客体的非物质性，是知识产权的本质属性，这是其与其他有形财产所有权最根本的区别。

（二）知识产权的法定性

知识产权的法定性是指知识产权的范围和产生由法律规定。知识产权的法定性是由无形性决定的。由于其没有形体，因此其可以同时为多个主体所共同占有，很难为拥有者所完全控制，因此，知识产权必须通过法律加以确认。

（三）知识产权的专有性

专有性即排他性。知识产权的专有性主要体现在两个方面：一是知识产权为权利人所独占，权利人垄断这种专有权并受到严格保护，没有法律规定或未经权利人许可任何人不得使用权利人的知识产品；二是对同一项知识产品，不允许有两个或两个以上的主体同时对同一属性的知识产品享有权利。知识产权的专有性是相对的，受到许多权能方面的限制，如合理使用、强制许可、法定许可等。

（四）知识产权的地域性

知识产权作为专有权在空间上的效力并不是无限的，而要受到地域的限制，在一国获得的知识产权只在该国范围内受到法律保护，其他国家是否授予这种专有权，视这一国家的法律而定，知识产权没有域外效力。

（五）知识产权的时间性

知识产权作为一种民事权利，有时间上的限制。即知识产权只有在法律规定的期限内受到保护，一旦超过法律规定的有效期限，这一权利就自行消灭，这一点同其他产权有很大不同。动产和不动产权没有时间限制，只要这些财产存在，权利即存在。

> 知识产权具有无形性、法定性、专有性、地域性、时间性的特征

7.2 知识产权的特征主要包括（　　）。

A. 无形性 　　　　　　　　　　　B. 法定性

C. 专有性 　　　　　　　　　　　D. 地域性

## 三、知识产权法的定义与我国立法概况

（一）知识产权法的定义

知识产权法是指调整在创造、利用智力成果和商业标记过程中所产生的各种权利义务关系的法律规范的总称。

我国没有专门就知识产权制定统一的法律，而是在《民法通则》规定的总的指导原则下，根据知识产权的不同类型制定有不同的单项法律、法规以及规章，这些法律、法规和规章共同构成了我国知识产权的法律体系。

（二）我国知识产权立法概况

新中国成立后，我国政府曾经颁布过一些保护知识产权的法规、条例，但是，真正建立知识产权制度并逐步完善还是从20世纪80年代开始的。下述法律法规以及加入的国际公约构成了我国知识产权保护的法律体系。

在国内立法上，1982年全国人大常委会通过了《中华人民共和国商标法》（1993年第一次修改，2001年第二次修改）；1984年全国人大常委通过了《中华人民共和国专利法》（1992年第一次修改，2000年第二次修改）；1986年全国人大审议通过的《民法通则》专节规定了知识产权；1990年全国人大常委会审议通过了《中华人民共和国著作权法》（2001年第一次修改）；1991年国务院常务会议通过了《计算机软件保护条例》（2001年第一次修改）；1993年全国人大常委会通过了《中华人民共和国反不正当竞争法》；1995年国务院颁布《中华人民共和国知识产权海关保护条例》等。

此外，我国自1980年以后陆续加入了《世界知识产权组织公约》、《保护工业产权巴黎公约》、《商标国际注册马德里协定》、《关于集成电路知识产权条例》、《保护文学艺术作品伯尔尼公约》、《世界版权公约》、《保护录音制品制作者防止未经许可复制其录音制品日内瓦公约》、《专利合作条约》、《商标注册用商品和服务国际分类尼斯协定》、《与贸易有关的知识产权协议》等。

鉴于经济类专业学生及工作人员在从事职业活动中主要涉及工业产权中的商标与专利法律制度，故本章只介绍商标法与专利法。

> 知识产权法是指调整在创造、利用智力成果和商业标记过程中所产生的各种权利义务关系的法律规范的总称

7.3 下列属于我国加入的国家知识产权公的条约有（    ）。

A.《世界知识产权组织公约》

B.《保护工业产权巴黎公约》

C.《商标国际注册马德里协定》

D.《关于集成电路知识产权条约》

【本节小结】

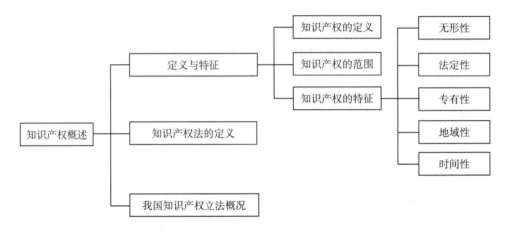

【课后思考】

1. 什么是知识产权？其财产属性有哪些特点？

2. 简述知识产权法的定义及其内容。

3. 简述中国知识产权法的体系。

# 第二节　专　利　法

在知识产权法中，专利法占有极为重要的地位。一般而言，凡涉及技术方案法律保护的问题多属专利法调整范围，故专利法是企业保护技术方案的最为重要的法律。

学习者应从专利权与专利法定义入手，了解专利权的主体、专利法保护的对象即发明、实用新型和外观设计。掌握授予专利权的条件、专利的申请原则、专利申请的程序、专利权的终止与无效以及专利保护的相关知识。

## 一、专利权与专利法定义

（一）专利权的定义

专利权是指专利权人在法定期限内对其发明创造成果享有的专有权利。它是国家专利行政部门授予发明人或申请人生产经营其发明创造并禁止他人生产经营其发明创造的某种特权，是对发明创造的独占的排他权。

（二）专利法的定义

专利法是指调整因发明创造的开发、实施及其保护等发生的各种社会关系的法律规范的总称。专利法有广义和狭义之分。狭义的专利法仅指全国人大常委会通过的《中华人民共和国专利法》（以下简称《专利法》）。广义的专利法除《专利法》外，还包括国家有关法律、行政法规和规章中关于专利的法律规范，如《中华人民共和国专利法实施细则》、《专利代理条例》、《专利管理机关查处冒充专利行为规定》、《专利行政执法办法》等。我国参加缔结的有关专利权国际保护方面的条约、协定，经批准公布具有国内法效力的，也属于广义的专利法的范畴。

> 专利权是指专利权人在法定期限内对其发明创造成果享有的专有权利

【课堂练习】

7.4 下列属于我国法律、行政法规和规章中关于专利法律规范的是（      ）。

A.《中华人民共和国专利法实施细则》

B.《专利代理条例》

C.《专利管理机关查处冒充专利行为规定》

D.《专利行政执法办法》

## 二、专利权的主体

专利权的主体是指具体参加特定的专利权法律关系并享有专利权的人。根据《专利法》的规定，发明人或者设计人、职务发明创造的单位、外国人、外国企业或者外国其他组织都可以成为专利权的主体。专利权的主体见图7-2。

> 发明人或者设计人、职务发明创造的单位、外国人和外国企业或者外国其他组织都可以成为专利权的主体

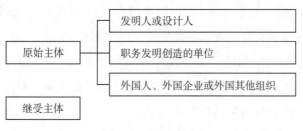

图 7-2 专利权的主体

（一）发明人或者设计人

《专利法》所称发明人或者设计人，是指对发明创造的实质性特点作出创造性贡献的人。在完成发明创造过程中，只负责组织工作的人、为物质技术条件的利用提供方便的人或者从事其他辅助工作的人，不是发明人或者设计人。

**法律实务：**

### 发明人或者设计人与专利申请人的认定

发明人或者设计人为自然人。发明创造是人类脑力劳动的成果，是智慧的结晶，发明创造必须依靠人的大脑才得以完成，因此，发明人或者设计人只能是自然人。

发明人或者设计人的认定不受其民事行为能力的限制。由于发明创造行为是一种事实行为，不是法律行为，因此，不论从事发明创造的人作为法律上的主体是否具备完全行为能力，只要其完成了发明创造，都可以被认定为发明人或者设计人。

发明人或者设计人必须是对发明创造的实质性特点作出创造性贡献的人。发明人或者设计人必须参与了发明创造活动，存在现实的智力投入，且其智力投入对发明创造的创造性的实质特点的获得起了不可或缺的作用。在完成发明创造过程中，只负责组织工作的人、为物质技术条件的利用提供方便的人或者从事其他辅助工作的人，都不应认定为发明人或者设计人。

与发明人或者设计人相关的一个定义是专利申请人。专利申请人是指有资格就发明创造向专利行政部门申请专利的人或者是已经向专利行政部门提出专利申请的自然人或法人。专利申请人可以是发明人、设计人，也可以不是发明人、设计人。因为，专利申请人只要对符合专利法规定的发明创造具有合法所有权即可，故职务发明创造的单位，发明创造的受让人、发明人或者设计人的合法继承人，都可以成为专利申请人。

两个以上单位或者个人合作完成的发明创造、一个单位或者个人接受其他单位或者个人委托所完成的发明创造，除另有协议的以外，申请专利的权利属于完成或者共同完成的单位或者个人。当事人一方不同意申请专利的，另一方不得申请专利；当事人一方放弃申请专利的，另一方可以申请专利；当事人一方转让其共有的专利申请权的，其他各方享有以同等条件优先受让的权利。

委托开发完成的发明创造，除当事人另有约定的外，申请专利的权利属于研究开发人。研究开发人取得专利权的，委托人可以免费实施该专利；研究开发人转让专利申请权的，委托人在同等条件下有优先权。

（二）职务发明创造的单位

职务发明创造是指发明人或者设计人执行本单位的任务，或者主要是利用本单位的物质技术条件所完成的发明创造。凡是不能被证明为职务发明创造的，为非职务发明创造。

根据《专利法》及其实施细则的规定，发明人或者设计人作出的发明创造，凡符合下列条件之一的，均属于职务发明创造：

（1）在本职工作中作出的发明创造。这里所称本职工作，是指发明人或者设计人的职务范围，即工作责任的范围，而不是指单位的业务范围，也不是指个人所学专业的业务范围。

（2）履行本单位交付的本职工作之外的任务所作出的发明创造。是指本职工作之外的任务，主要是工作人员根据单位领导的要求承担的短期或临时的任务，属于领导一般性的同意或赞成不能作为本单位交付的任务。

（3）退职、退休或者调动工作后1年内作出的，与其在原单位承担的本职工作或者原单位分配的任务有关的发明创造。

（4）主要利用本单位的物质技术条件完成的发明创造。这里所称本单位的物质技术条件，是指本单位的资金、设备、零部件、原材料或者不对外公开的技术资料等。

如果职务发明属于单位，非职务发明属于发明人或者设计人。

完成单位交给的一项技术改造项目，这项技术成果的专利权是单位的还是我个人的？

对于职务发明创造，申请专利的权利属于该单位，申请被批准后，该单位为专利权人。对于非职务发明创造，申请专利的权利属于发明人或者设计人，申请被批准后，该发明人或者设计人为专利权人。利用本单位的物质技术条件所完成的发明创造，单位与发明人或者设计人订有合同，对申请专利的权利和专利权的归属作出约定的，从其约定。

（三）外国人、外国企业或者外国其他组织

外国人、外国企业或者外国其他组织在我国申请和取得专利权，依照有关规定，应按照以下情况办理：

（1）在中国有经常居所或者营业所的外国人、外国企业或者外国其他组织在中国申请专利的，根据《保护工业产权巴黎公约》（简称《巴黎公约》）的规定和国际惯例，享有与我国国民同等的待遇。

（2）在中国没有经常居所或者营业所的外国人、外国企业或者外国其他组织在中国申请专利的，依照其所属国同中国签订的协议或者共同参加的国际条约，或者依照互惠原则，根据专利法的规定处理。

（3）在中国没有经常居所或者营业所的外国人、外国企业或者外国其他组织在中国申请专利和办理其他专利事务的，应当委托国务院专利管理机关指定的专利代理机构办理。

**法律实务：**

### 职务发明还是非职务发明的认定

甲为福康医院麻醉科主治医师。在给口腔病人做手术麻醉时，甲看到喉镜上没有麻醉配件，病人手术时非常痛苦，便思考能否将喉镜与麻醉系统连为一体，以减轻病人的痛苦。1988年1月，甲完成了"多功能喉镜"设计构思，同年3月2日用草图向国家专利局申请"多功能喉镜"实用新型专利，并于1989年3月21日被授予专利权。1991年1月，甲准备将该专利转让给华光医疗器械厂，并达成了专利技术转让协议。福康医院得知后，派人去华光厂，说明该项专利为福康医院的职务发明，甲不是专利权人。华光厂遂终止与甲的技术转让协议。此后，福康医院领导开会并下文要求甲将专利证书上交，由医院开发利用该项专利技术，否则，对甲职称晋升、工资晋级不予申报。这种情况下，甲于1991年4月函告国家专利局，说明原由其申请的"多功能喉镜"属于职务发明，经与医院协商，同意将该专利转归福康医院所有，并填写了"权利转让登记请求书"。同年10月，甲又致函国家专利局，申明上次所为是迫于压力，并非真实意思表示，应当无效。1992年5月，福康医院从华光厂取走甲的专利证书。甲要求其返还未果，遂向法院提起诉讼，要求医院返还其专利证书。

医院辩称，1988年2月，甲借用医院新喉镜、手柄、窥镜各一件作为构思发明草图的参考（后已归还）。4月，甲以"多功能喉镜"研制费名义向医院借款300元。1989年10月16日，甲又以"多功能喉镜"申请费名义向医院报销费用205元。甲使用了本单位的物质条件完成发明创造，属于职务发明，专利权应当归医院所有。

问：甲的发明是职务发明还是非职务发明？"多功能喉镜"专利权应当归谁所有？

**案例点评**

本案的核心是：甲完成发明创造是否是执行本单位的任务，是否主要利用了福康医院的物质条件，这是判断职务发明与非职务发明的关键。

1. 甲是麻醉医师，职责是为病人手术时实施麻醉，并没有为单位研制发明的责任和义务。而且，单位也从未向甲下达过研制"多功能喉镜"的任务。所以，甲的发明不属于执行本单位的任务。

2. 甲于1988年2月向本单位借用一些器械，是作为发明构思参考，而不是作为"多功能喉镜"的零部件，并且，这些器械已经归还医院，不属于利用单位物质条件。

3. 甲于1988年4月向单位借款300元，虽然名义上是"多功能喉镜"研制费，但是，第一，这是甲与医院的借贷关系，不是使用单位资金。第二，甲申请专利在前（3月），借贷资金在后（4月），这300元并非用于甲构思发明创造，与利用单位物质条件无关。

4. 甲于1989年10月以"多功能喉镜"申请费名义向医院报销费用205元，发生在专利申请和授予专利权之后，这些费用与发明创造本身没有直接关系。

综上所述，甲构思和研制的"多功能喉镜"，既不是执行本单位的任务，也不是主要利用本单位的物质条件完成，属于非职务发明。非职务发明的专利申请权和专利权属于发明人本人。甲迫于压力而转让专利权的行为无效，"多功能喉镜"的专利权应当归甲所有。

【课堂练习】

7.5 甲是乙公司的研发人员，经长期研究，完成单位交付的研发任务，开发出了一种抗癌新药，现欲申请专利。以下关于该成果权利归属的说法中，正确的是（　　）。

A. 专利申请权及专利权均归乙公司

B. 专利申请权归乙公司，专利权归甲

C. 专利申请权归甲，专利权归乙公司

D. 乙公司转让专利权时，甲在同等条件下有优先受让权

## 三、专利权的客体

专利权的客体，也称专利法保护的对象，是指可以获得专利法保护的发明创造。我国专利法规定的发明创造是指发明、实用新型和外观设计。

专利权的客体，也称专利法保护的对象，指发明、实用新型和外观设计

（一）发明

1. 发明的定义及特征

发明是指对产品、方法或者其改进所提出的新的技术方案。发明具有如下两个特征：

（1）发明是利用自然规律而进行的创造。自然规律是脱离人的思维而独立存在的客观事物，发明则是在利用自然规律的基础上进行的一种创造。发明与发现不同，发现是对自然规律本身的新的认识，并不是利用，因此发现不能称之为发明。

（2）发明是具体的技术方案。发明应能够解决特定的技术难题，必须产生一定的技术效果，具有一定的实用性。

2. 发明的分类

发明一般分为产品发明和方法发明两类。产品发明是指人们通过研究开发出来的关于各种新产品、新材料、新物质等的技术方案，如电子计算机、超导材料等。方法发明是指人们为制造产品或者解决某个技术课题而研究开发出来的操作方法、制造方法以及工艺流程等技术方案，如汉字输入方法、无铅汽油的提炼方法等。

产品发明专利权仅及于其产品本身；方法发明专利权不仅及于其方法本身，而且及于用该方法直接获得的产品。

产品发明专利被侵权后，诉讼中的举证责任在原告；方法发明专利被侵权后，诉讼中的举证责任在被告。

（二）实用新型

实用新型是指对产品的形状、构造或者其结合所提出的适于实用的新的技术方案。实用新型具有如下特征：

（1）实用新型是一种新的技术方案。

（2）实用新型仅限于产品，不包括方法。

（3）实用新型要求产品必须是具有固定的形状、构造的产品。气态、液态、凝胶状或颗粒粉末状的物质或者材料，不属于实用新型的产品范围。

（三）外观设计

外观设计是指对产品的形状、图案或者其结合以及色彩与形状、图案的结合所作出的富有美感并适于工业应用的新设计。外观设计具有如下特征：

（1）外观设计必须与产品相结合。外观设计是产品的外观设计，外观设计必须以产品的外表为依托，构成产品与设计的组合。

（2）外观设计必须能在产业上应用。外观设计必须能够用于生产经营目的的制造或生产。如果设计不能用工业的方法复制出来，或者达不到批量生产的要求，就不是专利法意义上的外观设计。

（3）外观设计富有美感。外观设计包含的是美术思想，即解决产品的视觉效果问题，而不是技术思想。这一点与实用新型相区别。

（四）不授予专利权的项目

1. 科学发现

科学发现是指人们通过自己的智力活动对客观世界已经存在的但未被揭示出来的规律、性质和现象等的认识。与发明创造相比，两者存在本质区别，科学发现指对前所未知的自然规律的认识，而发明创造则是前所未有的东西。

2. 智力活动的规则和方法

智力活动的规则和方法是指人们进行推理、分析、判断、记忆等思维活动的规则和方法，如体育竞赛规则、游戏规则、计算方法、生产管理方法等。虽然智力活动的规则和方法本身不能被授予专利权，但进行智力活动的设备、装置或者根据智力活动的规则和方法而设计制造的仪器、用具等，如果具备专利条件，可以被授予专利权。

3. 疾病的诊断和治疗方法

由于疾病的诊断和治疗方法不能用工业的方法制造和使用，因此不适用于专利法保护。但是对于血液、毛发、尿样等脱离了人体的物质的化验方法则不属于疾病的诊断和治疗方法，因此如果具备专利条件，可以授予专利权。另外，对于用于诊断或者治疗疾病的仪器、设备或者器械等，如果具备专利条件，可以被授予专利权。

4. 动物和植物品种

动物和植物品种分为天然生长和人工培养两种。天然生长的动植物品种不是人类智力活动的发明创造，因此不能被授予专利权。人类培养的动植物品种，虽然是人类智力活动的成果，但其不是用工业的方法进行制造、生产出来的，而是通过动植物母体培养出来的，有其自身的发生和成长规律，套用产品发明的模式保护不太合适，因此我国专利法明确对动植物品种不授予专利权。但是对动植物品种的生产方法，可以依照专利法的规定授予专利权。

5. 用原子核变换方法获得的物质

原子核变换方法获得的物质，关系到国防和国家重大利益，也涉及科研和公共生活的各个方面，不宜被垄断，因此不授予专利权。

此外，我国专利法还规定，对违反国家法律、社会公德或者妨害公共利益的发明创造，不授予专利权，如专用于伪造货币的方法或者工具等。若发明创造本身的目的并不违法，但其实施可能破坏社会公德或者妨害公共利益，如万能钥匙等，这样的发明创造也不能被授予专利权。

7.6 根据专利法律制度的规定，下列各项中不授予专利权的有（　　）。

A. 甲发明了仿真伪钞机

B. 乙发明了对糖尿病特有的治疗方法

C. 丙发现了某植物新品种

D. 丁发明了某植物新品种的生产方法

## 四、授予专利权的条件

（一）授予专利权的发明和实用新型应当符合的条件

我国专利法规定，授予专利权的发明和实用新型应当具备新颖性、创造性和实用性。

1. 新颖性

（1）新颖性的定义。新颖性是指在申请日以前没有同样的发明或者实用新型在国内外出版物上公开发表过、在国内公开使用过或者以其他方式为公众所知，也没有同样的发明或者实用新型由他人向国务院专利行政部门提出过申请并且记载在申请日以后公布的专利申请文件中。

（2）新颖性的判断标准。

① 已有（现有）技术的范围。已有技术（即现有技术）是指申请日（有优先权的指优先权日）前在国内外出版物上公开发表、在国内公开使用或者以其他方式为公众所知的技术。

② 公开。包括公开的方式、公开的地域标准、公开的时间标准，构成了新颖性判断标准的重要内容。

第一，公开的方式。专利法上公开的方式有三种：一是出版物公开或书面公开。即把发明创造的内容在出版物上予以描述。这里的出版物是指以书面形式描述并公开出版和发行的有形物，它可以是印刷品、胶片、磁带、电子出版物等。二是使用公开。使用公开是指由于使用将发明或实用新型的技术内容公开，公众可以从技术的应用中得知其技术内容。使用公开包括产品的制造、使用、销售、公开演示、展览等。三是其他方式的公开，包括口头公开、广播公开等。但如果是以其他方式公开，要求公开的内容完整、清楚，公众能够根据其公开的内容实现发明或实用新型。

第二，公开的地域标准。关于公开的地域标准，目前有三种标准：一是世界性标准，即凡是在世界任何一个地方公开过的技术，都不具备新颖性。二是本国标准，即凡是在本国公开过的技术，都不具备新颖性。三是混合标准，即关于出版物的公开采用世界性的标准，而其他方式的公开采用本国标准。从我国《专利法》的规定看，我国采用的是混合标准。

第三，公开的时间标准。关于公开的时间标准，目前有两种标准：一是以发明日为标准，即只要在发明创造完成时该发明创造是新的，就具有新颖性。二是以申请日为标准，即发明创造在申请日时是新的便具有新颖性。从我国专利法的规定看，我国采取的是申请日的时间标准，即以国务院专利行政部门收到专利申请文件之日为申请日。

③ 抵触申请。所谓抵触申请是指由于在先申请的存在，使得在后申请的同一发明创造不具备新颖性。如果出现抵触申请，必须把后申请的发明创造的技术内容与先申请的发明创造的技术内容进行比较，只要后申请的内容在先申请的内容中已经有所披露，则后申请不能获得专利权。需要指出的是，如果先申请在被公布以前撤回、放弃或者被视为撤回或者被驳回，则不能构成抵触申请。

（3）丧失新颖性的例外。丧失新颖性的例外是指在某些特殊情况下，尽管申请专利的发明或者实用新型在申请日或者优先权日前公开，但在一定期限内提出专利申请的，则不丧失新颖性。《专利法》规定，申请专利的发明创造在申请日以前6个月内，有下列情形之一的，不丧失新颖性：① 在中国政府主办或者承认的国际展览会上首次展出的；② 在规定的学术会议或者技术会议上首次发表的；③ 他人未经申请人同意泄露其内容的。

2. 创造性

创造性是指同申请日以前已有的技术相比，该发明有突出的实质性特点和显著的进步，该实用新型有实质性特点和进步。

创造性的衡量标准可以从该发明或者实用新型是否存在"实质性特点"和"进步"而得到判断。

所谓实质性特点是指发明创造具有一个或几个技术特征，与现有技术相比有本质的区别。因此，凡是发明创造所属技术领域的普通技术人员都不能直接从现有技术中得出构成该发明创造的全部必要技术特征的，都应认为具有实质性特点。在评定一项发明创造是否具有实质性特点时，不仅要考虑技术方案本身的内容，还要考虑它的目的和效果，并把它们作为一个整体来理解。

所谓进步是指与现有技术相比有所发展和前进。如克服了现有技术存在的缺点和不足，或者具有新的优点或效果，或者代表了某种新的技术趋势。

3. 实用性

实用性是指该发明或者实用新型能够制造或者使用，并且能够产生积极效果。实用性一般具备三个条件：

（1）具有可实施性。即发明创造必须能够解决技术问题，并且能够在产业中应用，能够制造或者使用。

（2）具有再现性。即所属技术领域的技术人员根据公开的技术内容，能够重复实施专利申请中为解决技术问题所采用的技术方案。

（3）具有有益性。即发明创造能够在经济、技术和社会等领域产生积极和有益的效果。

（二）授予专利权的外观设计应当符合的条件

《专利法》规定，授予专利权的外观设计，应当同申请日以前在国内外出版物上公开发表过或者国内公开使用过的外观设计不相同和不相近似，并不得与他人在先取得的合法权利相冲突。

由于外观设计是产品的一种新设计，是产品外在的东西，其本身并不涉及技术上的创造，因此，对于外观设计授予专利权的条件更多地体现在与同类产品比较是否具有新颖性。根据我国法律规定，外观设计的新颖性在判断标准上与发明、实用新型的新颖性基本相同。

【课堂练习】

7.7 以下对象中可获得外观设计专利权的是（　　　）。

A. 一种新型饮料　　　　　　B. 饮料的包装盒

C. 饮料的制造方法　　　　　D. 饮料的配方

## 五、专利权的取得、终止和无效

（一）专利权的取得

1. 专利的申请原则

专利申请的原则：先申请原则、单一性原则、优先权原则

（1）先申请原则。先申请原则是指在两个以上的申请人分别就同样的发明创造申请专利的情况下，对先提出申请的申请人授予专利权。先申请的判断标准是专利申请日。如果两个以上申请人在同一日分别就同样的发明创造申请专利的，应当在收到专利行政管理部门的通知后自行协商确定申请人。

（2）单一性原则。单一性原则是指一份专利申请文件只能就一项发明创造提出专利申请，即"一申请一发明"原则。专利申请应当符合专利法有关单一性的规定。就发明或者实用新型的专利申请而言，一件发明或者实用新型专利申请应当限

于一项发明或者实用新型。属于一个总的发明构思的两项以上的发明或者实用新型，可以作为一件申请提出。但该两项以上的发明或者实用新型应当在技术上相互关联，包含一个或者多个相同或者相应的特定技术特征，其中特定技术特征是指每一项发明或者实用新型作为整体，对现有技术作出贡献的技术特征。就外观设计的专利申请而言，一件外观设计专利申请应当限于一种产品所使用的一项外观设计。用于同一类别并且成套出售或者使用的产品的两项以上的外观设计，可以作为一件申请提出。同一类别是指产品属于分类表中同一小类。成套出售或者使用是指各产品的设计构思相同，并且习惯上同时出售、同时使用。

（3）优先权原则。优先权原则是指将专利申请人首次提出专利申请的日期，视为后来一定期限内专利申请人就相同主题在他国或本国提出专利申请的日期。专利申请人依法享有的这种权利称为优先权，享有优先权的首次申请日称为优先权日。优先权包括外国优先权和本国优先权。外国优先权是指，申请人自发明或者实用新型在外国第一次提出专利申请之日起 12 个月内，或者自外观设计在外国第一次提出专利申请之日起 6 个月内，又在中国就相同主题提出专利申请的，依照该外国同中国签订的协议或者共同参加的国际条约，或者依照相互承认优先权的原则，可以享有优先权。本国优先权是指，申请人自发明或者实用新型在中国第一次提出专利申请之日起 12 个月内，又向国务院专利行政部门就相同主题提出专利申请的，可以享有优先权。申请人要求优先权的，应当在申请的时候提出书面声明，并且在 3 个月内提交第一次提出的专利申请文件的副本；未提出书面声明或者逾期未提交专利申请文件副本的，视为未要求优先权。

2. 专利申请的程序

（1）专利申请的提出。专利权不能自动取得，申请人必须履行专利法规定的专利申请手续，向国务院专利行政部门提交必要的申请文件。

（2）专利申请的修改。专利申请的修改，可以由申请人自己主动提出修改，也可以根据国务院专利行政部门的要求进行修改。对于根据国务院专利行政部门的要求进行修改的，申请人应当在指定的期限内修改申请，逾期不修改的，应视为撤回；经修改后仍不符合专利法规定的，国务院专利行政部门应当予以驳回。

（3）专利申请的撤回。申请人可以在被授予专利权之前随时撤回其专利申请。申请人撤回其专利申请的，应当向国务院专利行政部门提出书面的撤回申请，写明发明创造的名称、申请号和申请日。

3. 专利申请的审查批准

（1）发明专利申请的审查批准。发明专利申请的审查批准，一般要经过如下程序：

① 初步审查。国务院专利行政部门收到发明专利申请后，应当进行初步审查。

②申请公开。国务院专利行政部门对发明专利申请经初步审查认为符合专利法规定要求的，自申请日起满 18 个月，即行公布。国务院专利行政部门还可以根据申请人的请求早日公布其申请。

③实质审查。实质审查是国务院专利行政部门根据申请人的请求，对发明的新颖性、创造性、实用性等实质性条件进行的审查。发明专利申请自申请日起 3 年内，国务院专利行政部门可以根据申请人随时提出的请求，对其申请进行实质审查；申请人无正当理由逾期不请求实质审查的，该申请即被视为撤回。国务院专利行政部门认为必要时，可以自行对发明专利申请进行实质审查。

④授权决定。国务院专利行政部门对发明专利申请进行实质审查后，认为不符合专利法规定的，应当通知申请人，要求其在指定的期限内陈述意见，或者对其申请进行修改；无正当理由逾期不答复的，该申请即被视为撤回。发明专利申请经申请人陈述意见或者进行修改后，国务院专利行政部门仍然认为不符合专利法规定的，应当予以驳回。发明专利申请经实质审查没有发现驳回理由的，由国务院专利行政部门作出授予发明专利权的决定，发给发明专利证书，同时予以登记和公告。发明专利权自公告之日起生效。发明专利申请程序见图 7-3。

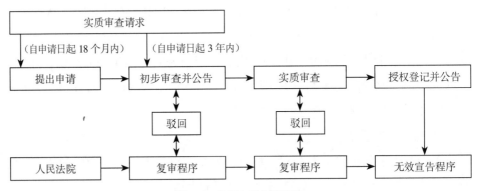

图 7-3　发明专利申请程序

（2）实用新型和外观设计专利申请的审查批准。国务院专利行政部门受理实用新型和外观设计专利申请后，只进行初步审查，不进行申请公开和实质审查程序。实用新型专利权和外观设计专利权自公告之日起生效。实用新型和外观设计申请程序见图 7-4。

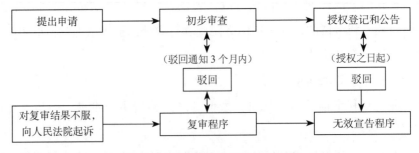

图 7-4　实用新型和外观设计申请程序

4. 专利的复审

国务院专利行政部门设立专利复审委员会。专利申请人对国务院专利行政部门驳回申请的决定不服的，可以自收到通知之日起 3 个月内，向专利复审委员会请求复审。专利复审委员会复审后，作出复审决定，并通知专利申请人。专利申请人对专利复审委员会的复审决定不服的，可以自收到通知之日起 3 个月内向人民法院起诉。

（二）专利权的终止

专利权的终止，是指专利权因期限届满或者其他原因在期限届满前失去法律效力。专利权终止后，被授予专利权的发明创造成为人类的共同财富，任何单位和个人都可以无偿使用。

根据《专利法》的规定，有下列情形之一的，专利权终止：

（1）专利权的期限届满；

（2）没有按照规定缴纳年费的；

（3）专利权人以书面声明放弃其专利的；

（4）专利权人死亡，无继承人或受遗赠人的。

专利权在期限届满前终止的，由国务院专利行政部门登记和公告。

（三）专利权的无效

1. 专利权无效的定义和理由

专利权无效是指已经取得的专利权因不符合专利法的规定，根据有关单位或个人的请求，经专利复审委员会（而非人民法院）审核后被宣告无效。

宣告专利权无效的理由：

（1）授予专利权的发明创造不符合专利法规定的授予专利权的实质性条件；

（2）授予专利权的发明创造不符合专利法规定的关于专利申请文件的撰写要求或者专利申请文件修改范围的规定；

（3）授予专利权的发明创造不符合专利法规定的发明、实用新型和外观设计；

（4）授予专利权的发明创造不符合先申请原则和单一性原则；

（5）授予专利权的发明创造属于专利法规定的不能授予专利权的项目；

（6）授予专利权的发明创造属于依照专利法关于申请在先取得专利权的规定而不能取得专利权的项目。

2. 专利权宣告无效的程序

请求宣告专利权无效的单位或个人，应当向专利复审委员会提出请求书，并说明理由。对专利复审委员会宣告专利权无效或者维持专利权的决定不服的，可以自收到通知之日起 3 个月内向人民法院起诉。

3. 专利权宣告无效的法律效力

根据《专利法》的规定，专利权宣告无效的法律效力具体体现为：

（1）宣告无效的专利权视为自始即不存在。

（2）宣告专利权无效的决定，对在宣告专利权无效前人民法院作出并已执行的专利侵权的判决、裁定，已经履行或者强制执行的专利侵权纠纷处理决定，以及已经履行的专利实施许可合同和专利权转让合同，不具有追溯力。但是因专利权人的恶意给他人造成的损失，应当给予赔偿。

（3）如果依照上述规定，专利权人或者专利权转让人不向被许可实施专利人或者专利权受让人返还专利使用费或者专利权转让费，明显违反公平原则的，专利权人或者专利权转让人应当向被许可实施专利人或者专利权受让人返还全部或者部分专利使用费或者专利权转让费。

【课堂练习】

7.8 专利权的申请原则主要包括（　　　）。

A. 先申请原则　　　　　　　　B. 单一性原则

C. 优先权原则　　　　　　　　D. 后申请原则

## 六、专利权的内容和限制

专利权的内容，是指专利权人依法享有的权利和应承担的义务。

（一）专利权人的权利

1. 独占使用权

这是专利权的核心。专利权人在专利权的有效期内自己制造、使用、销售专利产品和使用专利方法，并禁止他人实施其专利的权利。

2. 转让权

专利转让权是指专利权人通过订立书面合同，将专利所有权或持有权转让给他人。专利权的转让应当订立书面合同，经专利行政部门登记后方为有效。

3. 许可权

许可权是指专利权人允许其他单位或个人实施其专利权并获得报酬的权利。

4. 标记权

标记权是指专利权人在其专利产品或该项产品的包装上标明专利标记和专利号的权利。

5. 放弃权

专利权人可以在专利权的期限届满之前以书面形式声明或不按规定缴纳年费等方式放弃其专利权。专利权放弃后，成为社会公共财富，任何人都可以免费实施。

6. 阻止权

除法律另有规定外，专利权人有权阻止他人未经许可而以生产经营为目的进口其专利产品或进口以其专利方法直接获得产品的权利。

（二）专利权人的义务

专利权人负有实施专利、缴纳专利年费、保持充分公开专利的义务。在职务发明中，作为专利权人的单位有给予发明人或设计人精神和物质奖励、在专利实施后给予报酬的义务。

（三）专利权的限制

1. 不视为侵犯专利权的行为

（1）专利权人制造、进口或者经专利权人许可而制造、进口的专利产品或者依照专利方法直接获得的产品售出后，使用、许诺销售或者销售该产品的。

（2）在专利申请日前已经制造相同产品、使用相同方法或者已经作好制造、使用的必要准备，并且仅在原有范围内继续制造、使用的。

（3）临时通过中国领陆、领水、领空的外国运输工具，依照其所属国同中国签订的协议或者共同参加的国际条约，或者依照互惠原则，为运输工具自身需要而在其装置和设备中使用有关专利的。

（4）专为科学研究和实验而使用有关专利的。

2. 强制许可

强制许可是指国务院专利行政部门在一定条件下，不需要经过专利权人同意，准许其他单位或者个人实施其专利的措施。强制许可的情形主要有：

（1）滥用专利权的强制许可。具备实施条件的单位以合理的条件请求发明或者实用新型专利权人许可实施其专利，而未能在合理长的时间内获得这种许可时，国务院专利行政部门根据该单位的申请，可以给予实施该发明专利或者实用新型专利的强制许可。

（2）在国家紧急状态或非常情况下的强制许可。在国家出现紧急状态或者非常情况时，或者为了公共利益的目的，国务院专利行政部门可以给予实施发明专利或者实用新型专利的强制许可。

（3）从属专利的强制许可。一项取得专利权的发明或者实用新型比前已经取得专利权的发明或者实用新型具有显著经济意义的重大技术进步，其实施又有赖于前一发明或者实用新型的实施的，国务院专利行政部门根据后一专利权人的申请，可以给予实施前一发明或者新型的强制许可。同时，国务院专利行政部门根据前一专利权人的申请，可以给予实施后一发明或者新型的强制许可。

7.9 下列行为不视为侵犯专利权的有（　　）。

A. 某研究生在实验室中未经专利权人同意而利用了其专利技术

B. 甲厂为推销自己的产品，在没有征得乙同意的情况下，在其自己的产品上标上乙的专利号和专利标记

C. 甲公司未征得乙公司的同意，从国外进口用乙公司的专利方法可直接获得的产品

D. 甲公司擅自实施乙公司的专利

## 七、专利权的保护

### （一）专利权的期限

专利权的期限，又称专利保护期。根据《专利法》的规定，发明专利权的期限为20年，实用新型专利权和外观设计专利权的期限为10年，均自申请日起计算。

### （二）专利权的保护范围

专利权的保护范围，是指专利权效力所及的发明创造的技术特征和技术幅度。根据《专利法》的规定，发明或者实用新型专利权的保护范围以其权利要求的内容为准，说明书及附图可以用于解释权利要求。外观设计专利权的保护范围以表示在图片或者照片中的该外观设计专利产品为准。

什么是侵权行为？侵权人应当承担什么法律责任？

专利侵权行为是指在专利权的有效期限内，未经专利权人许可，以生产经营为目的实施专利的行为。
专利侵权行为法律责任包括民事责任，行政责任和刑事责任

### （三）专利侵权行为

专利侵权行为是指在专利权的有效期限内，未经专利权人许可，以生产经营为目的实施专利的行为。专利侵权行为主要表现为：

（1）未经专利权人许可，实施其专利的行为。包括：① 未经专利权人许可，

为生产经营目的制造、使用、许诺销售、销售、进口其专利产品，或者使用其专利方法以及使用、许诺销售、销售、进口依照该专利方法直接获得的产品；② 未经专利权人许可，为生产经营目的制造、销售、进口其外观设计专利产品；等等。

（2）假冒他人专利的行为。包括：① 未经许可，在其制造或者销售的产品、产品的包装上标注他人的专利号；② 未经许可，在广告或者其他宣传材料中使用他人的专利号，使人将所涉及的技术误认为是他人的专利技术；③ 未经许可，在合同中使用他人的专利号，使人将合同涉及的技术误认为是他人的专利技术；④ 伪造或者变造他人的专利证书、专利文件或者专利申请文件等。

（3）以非专利产品冒充专利产品、以非专利方法冒充专利方法的行为。包括：① 制造或者销售标有专利标志的非专利产品；② 专利权被宣告无效后，继续在制造或者销售的产品上标注专利标记；③ 在广告或者其他宣传材料中将非专利技术称为专利技术；④ 在合同中将非专利技术称为专利技术；⑤ 伪造或者变造专利证书、专利文件或者专利申请文件；等等。

（4）侵夺发明人或者设计人的非职务发明创造专利申请权以及其他权益行为。

（四）专利侵权行为的法律责任

侵害专利权行为的法律责任包括：民事责任、行政责任和刑事责任。

1. 民事责任

民事责任主要包括：停止侵害、赔偿损失、消除影响、恢复名誉等。

根据《专利法》的规定，侵犯专利权的赔偿数额，按照权利人因被侵权所受到的损失或者侵权人因侵权所获得的利益确定；被侵权人的损失或者侵权人获得的利益难以确定的，参照该专利许可使用费的倍数合理确定。

2. 行政责任

专利行政机关可以对侵权人作出责令停止侵权行为、没收违法所得、罚款等行政处罚。

3. 刑事责任

假冒他人专利，情节严重的，对直接责任人员追究刑事责任，处 3 年以下有期徒刑或者拘役，并处或者单处罚金。

【课堂练习】

7.10 下列行为属于假冒他人专利的行为的有（　　　）。

A. 未经许可，在其制造或者销售的产品、产品的包装上标注他人的专利号

B. 未经许可，在广告或者其他宣传材料中使用他人的专利号，使人将所涉及的

技术误认为是他人的专利技术

C. 未经许可，在合同中使用他人的专利号，使人将合同涉及的技术误认为是他人的专利技术

D. 伪造或者变造他人的专利证书、专利文件或者专利申请文件

【本节小结】

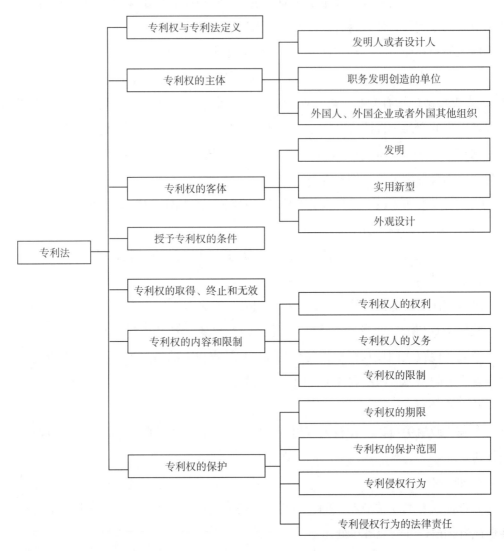

【课后思考】

1. 简述专利权的主体与客体。

2. 授予专利权必须具备哪些条件？

3. 专利侵权行为有哪些？

# 第三节 商 标 法

商标是区别不同企业商品或服务项目专用的标记，通常由具有显著特征的文字、图形、字母、数字、三维标志和颜色及其组合构成。企业经济活动过程中应高度重视自己品牌的创建与保护。学习者应从商标的定义入手，了解商标的分类、商标权的定义、商标注册的原则，掌握商标注册的程序、商标使用的管理以及对注册商标专用权的保护措施。

## 一、商标法概述

（一）商标的定义

商标是区别不同企业商品或服务项目专用的标记，通常由具有显著特征的文字、图形、字母、数字、三维标志和颜色及其组合构成。

（二）商标的分类

1. 按构成要素分类

按构成要素可将商标分为文字商标、图形商标、数字商标、三维商标以及组合商标。

（1）文字商标是以文字为主组成的商标，如"海尔"、"长虹"等。

（2）图形商标是指用图形构成的商标，如娃哈哈系列儿童产品就是以一个活泼可爱的娃娃图形作为商标。

（3）数字商标是以阿拉伯数字组成的商标，如"555"牌香烟等。

（4）三维商标即立体商标，如可口可乐流线型的瓶身、麦当劳拱形门等。

（5）组合商标是以文字、图形、数字等组合起来的商标，它可以是上述要素的组合，也可以是其中两个或几个要素的组合。由于具有图文并茂的特点，多数经营者采用组合商标。

2. 按用途分类

按用途可将商标分为商品商标和服务商标。

（1）商品商标是用于生产、销售的商品上的标记。

（2）服务商标是用于服务行业，是服务企业与其他服务企业相区别的标记，如中央电视台 CCTV 标志等。

3. 按作用和功能分类

按作用和功能可将商标分为证明商标、集体商标、防御商标和联合商标。

（1）证明商标是指由对某种商品或者服务具有监督能力的组织所控制，而由该组织以外的单位或者个人使用于其商品或者服务，用以证明该商品或者服务的原产地、原料、制造方法、质量或者其他特定品质的标志，如绿色食品标志、纯羊毛标志等。

（2）集体商标是指以团体、协会或者其他组织名义注册，供该组织成员在商事活动中使用，以表明使用者在该组织中的成员资格的标志，如库尔勒香梨等。

（3）防御商标是将同一商标注册于不同的商品或服务上，构成一个防御体系，以防止他人在不同商品或服务上使用该商标可能给消费者造成的混淆。如海尔集团除注册"海尔"商标外，还在 70 多个国家和地区注册了"尔海"、"河尔"等多个防御性商标。

（4）联合商标是指将与已注册商标相近似的商标在相同或类似商品或服务上加以注册。如杭州娃哈哈公司注册了主商标"娃哈哈"，同时又注册了"哈哈娃"、"娃娃哈"、"哈娃哈"等联合商标。

4. 按知名度分类

按知名度可将商标分为驰名商标、著名商标和知名商标。

（1）驰名商标是指由商标局认定的在市场上享有较高声誉并为相关公众所熟知的商标，如汾酒、竹叶青酒等。

（2）著名商标是指由省级工商行政管理部门认可的，在该行政区划范围内具有较高声誉和市场知名度的商标，如大同水泥等。

（3）知名商标是指由市一级工商行政管理部门认可的，在该行政区划范围内具有较高声誉和市场知名度的商标。

（三）商标法的定义与基本原则

商标法是指调整商标的组成、注册、使用、管理和商标专用权的保护等的法律规范的总称。

全国人大常委会于 1982 年 8 月 23 日通过了《中华人民共和国商标法》（以下简称《商标法》），该法自 1983 年 3 月 1 日正式实施，并于 1993 年、2001 年进行了两次修订。

商标法遵循以下基本原则：

（1）保护商标专用权与维护消费者利益相结合的原则。保护商标专用权是商标法的核心和基础，同时商标法也体现了对消费者利益的保护，所以保护商标专用权与维护消费者利益是一个相互促进、相互制约的关系。

（2）注册取得商标专用权原则。《商标法》规定，经商标局核准注册的商标为注册商标，商标注册人享有商标专用权，受法律保护。可见在我国要取得商标专用权，必须首先通过商标注册。未经注册的商标，不得取得商标专用权。

（3）自愿注册原则。《商标法》规定，自然人、法人或者其他组织对其生产、制造、加工、拣选、经销的商品，或者对其提供的服务项目，需要取得商标专用权的，应当向商标局申请商标注册。因此，是否取得商标专用权由商标使用人自己决定，自愿注册。

【课堂练习】

7.11 甲在空调上使用"兰花"注册商标。根据商标的分类，甲的"兰花"商标能够被归入的商标类型有（　　　）。

A. 文字商标 　　　　　　　　　B. 商品商标

C. 图形商标 　　　　　　　　　D. 服务商标

## 二、商标权

（一）商标权的定义

商标权是指商标所有人对其商标拥有的独占的、排他的权利。由于我国在商标权的取得方面实行的是注册原则，因此，商标权实际上是因商标所有人申请，经政府主管部门确认的专有权利，即因商标注册而产生的权利。

（二）商标权的主体

商标权的主体是指通过法定程序，在自己生产、制造、加工、拣选、经销的商品或者提供的服务上享有商标专用权的人。根据《商标法》的规定，商标权的主体范围包括：自然人、法人或者其他组织。

两个以上自然人、法人或者其他组织可以共同向商标局申请注册同一商标，共同享有和行使该商标专用权。

（三）商标权的客体

商标权的客体是指经商标局核准注册的商标，即注册商标。

申请注册的商标应当具备以下条件：

（1）商标应当具备显著性。《商标法》规定，申请注册的商标，应当有显著特征，便于识别，并不得与他人在先取得的合法权利相冲突。商标具备的这种显著性，可以通过两种方式产生：一是商标本身具有显著性；二是通过长期的使用获得商标的显著性。

（2）商标应当符合可视性要求。《商标法》规定，任何能够将自然人、法人或

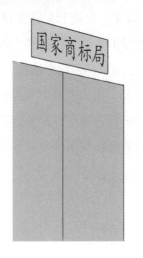
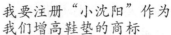

者其他组织的商品与他人的商品区别开的可视性标志，包括文字、图形、字母、数字、三维标志和颜色组合，以及上述要素的组合，均可以作为商标申请注册。由此可见，气味标志、音响标志不能成为注册商标。

根据《商标法》的规定，下列标志不得作为商标使用：

（1）同中华人民共和国的国家名称、国旗、国徽、军旗、勋章相同或者近似的，以及同中央国家机关所在地特定地点的名称或者标志性建筑物的名称、图形相同的。

（2）同外国的国家名称、国旗、国徽、军旗相同或者近似的，但该国政府同意的除外。

（3）同政府间国际组织的名称、旗帜、徽记相同或者近似的，但经该组织同意或者不易误导公众的除外。

（4）与表明实施控制、予以保证的官方标志、检验印记相同或者近似的，但经授权的除外。

（5）同"红十字"、"红新月"的名称、标志相同或者近似的。

（6）带有民族歧视性的。

（7）夸大宣传并带有欺骗性的。

（8）有害于社会主义道德风尚或者有其他不良影响的。

（9）县级以上行政区划的地名或者公众知晓的外国地名。但是，地名具有其他含义或者作为集体商标、证明商标组成部分的除外。已经注册的使用地名的商标继续有效。

下列标志不得作为商标注册：

（1）仅有本商品的通用名称、图形、型号的。

（2）仅仅直接表示商品的质量、主要原料、功能、用途、重量、数量及其他特点的。

（3）缺乏显著特征的。

上述所列标志经过使用取得显著特征，并便于识别的，可以作为商标注册。

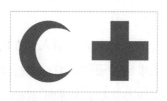

此外，根据《商标法》的规定，以三维标志申请注册商标的，仅由商品自身的性质产生的形状、为获得技术效果而需有的商品形状或者使商品具有实质性价值的形状，不得注册。就相同或者类似商品申请注册的商标是复制、摹仿或者翻译他人未在中国注册的驰名商标，容易导致混淆的，不予注册并禁止使用。就不相同或者不相类似商品申请注册的商标是复制、摹仿或者翻译他人已经在中国注册的驰名商标，误导公众，致使该驰名商标注册人的利益可能受到损害的，不予注册并禁止使用。未经授权，代理人或者代表人以自己的名义将被代理人或者被代表人的商标进行注册，被代理人或者被代表人提出异议的，不予注册并禁止使用。商标中有商品的地理名称，而该商品并非来源于该标志所标志的地区，误导公众的，不予注册并禁止使用。

【课堂练习】

7.12 根据《商标法》的规定，下列选项中不得作为注册商标的有（　　　）。

A. 三维标志　　　　　　　　　B. 气味标志

C. 植物名称　　　　　　　　　D. 与"红十字"标志近似的标志

## 三、商标注册

（一）商标注册的原则

**1. 申请在先原则**

商标注册的原则包括申请在先原则以及优先权原则

当两个或者两个以上申请人，先后在同一或类似商品或者服务上，以相同或类似的商标申请注册的，商标权授予申请在先的人。

申请先后的确定以申请日为准。两个或者两个以上的申请人，在同一或类似商品或者服务上，以相同或类似的商标在同一天申请注册的，商标权授予使用在先的人。同日使用或均未使用的，申请人之间可以协商解决；协商不成的，由各申请人抽签决定。

**2. 优先权原则**

商标注册申请人自其商标在外国第一次提出商标注册申请之日起6个月内，又在中国就相同商品以同一商标提出商标注册申请的，则以其在国外第一次申请商标注册的时间作为在中国的申请日，可享有优先权。

商标注册申请人要求优先权，应当在提出商标注册申请的时候提出书面声明，并且在3个月内提交第一次提出的商标注册申请文件的副本。未提出书面声明或者逾期未提交商标注册申请文件副本的，视为未要求优先权。

（二）商标注册的程序

1. 申请注册

申请人应当按商品分类提出申请，按照规定的格式填写申请书，报送商标图样，按规定提交其他书件，交纳申请费、注册费。

2. 审查

（1）形式审查。商标局收到商标注册申请文件后，应当首先进行形式审查。主要是对申请手续、申请人资格、申请文件、是否缴纳申请注册费等进行审查。

（2）实质审查。主要是商标局对商标申请是否具有显著性，是否违背商标法的禁止规定，以及是否与他人注册商标相混同等事项，进行审查并作出判断。

3. 公告核准

申请注册的商标，凡符合商标法规定的，由商标局初步审定，予以公告。凡不符合商标法规定的，由商标局驳回申请，不予公告。申请人不服的，可以在收到驳回通知 5 日内，向商标评审委员会申请复审。当事人对商标评审委员会的决定不服的，可以自收到通知之日起 30 日内向人民法院起诉。

4. 异议

对初步审定的商标，自公告之日起 3 个月内，任何人均可以提出异议。商标局对此作出异议裁定。申请人或异议人对裁定不服的，可以自收到裁定通知之日起 15 日内，向商标评审委员会申请复审。当事人对商标评审委员会的裁定不服的，可以自收到通知之日起 30 日内向人民法院起诉。

5. 核准注册

公告期满无异议或异议不成立，当事人又不提出复审或复审理由不成立的，商标局予以核准注册，发给商标注册证，并予以公告。

**法律实务：**
### 关于商标的几个常见实务问题

1. 商标注册需备材料？

个人注册：个人身份证复印件、商标图样、商标注册申请书。

企业注册：营业执照复印件、企业公章、商标图样、商标注册申请书等。

2. 商标注册需要多长时间？

商标申请文件报送到国家商标局后，商标局当日编排申请号，当日即为申请日期。三个月左右之后商标局会下发正式受理通知书。再过一年半左右发商标初审公告。三个月初审公告期如无异议则发注册公告。注册公告后一个月左右即可领取注册证。整个过程大概要两年到两年半左右。近几年来由于申请量不断增大，而审查员数量没有同步增加，所以商标注册时间有越来越长的趋势。

3. 通过商标代理组织有哪些好处？

商标代理组织及商标代理人是专门从事商标代理的商标法律服务机构和专业人员。正如打官司要找律师一样，商标代理组织能给委托人提供及时的、全方位的法律服务。

商标注册申请人直接向商标局申请商标注册等商标事务，需要携带公章、介绍信、身份证、营业执照副本等许多手续，还要自己填写申请表、打字、交费等，既麻烦且费用大。

更关键的是因为不懂得商标专业知识，填写的申请经常被退回或不予受理，从而延误了时间。而委托商标代理组织代理，可得到热情、耐心、细致的咨询服务，只交付代理费即可，省时、省力还省钱。

4. 关于商标字体变化的问题

中国文字丰富多彩，书写风格千姿百态，行、草、隶、楷等变化繁多，同一个字，简体、繁体字外观相差甚远。因此，注册什么字体就应当使用什么样的字体，这是商标管理中一贯坚持的原则。但在商标管理中，对于变化不大的改动（如：注册的是手写体，而在使用时为印刷体；注册的是楷体，在使用时为黑体），一般可以维护商标专用权；但是，商标注册人还是将使用的字体形式重新注册为好。

5. 关于商标颜色变化的问题

一般来说，注册商标多为黑白墨稿，在使用时商标注册人可以根据实际需要给注册商标加注颜色。但是，加注色彩后的商标图样，应与注册的商标图样（黑白墨稿）只是黑白与彩色之分，没有任何实质性区别。

如果对原注册商标加注颜色形成了能够独立存在的特殊图案或颜色，将原注册商标图样分割成两个完全不同的部分，失去了原注册商标图样整体视觉效果，属于改变了商标图样。

6. 为什么有的商标要指定颜色？

对由于颜色的运用搭配出的特殊图形，往往商标注册人在申请注册商标时就指定颜色注册。其他人在同种或类似商品上使用这种颜色搭配，会造成视觉上的近似，从而以颜色的指定确定专用权保护的内容和范围，达到了注册的目的。但应当注意的是，有些颜色是不能受到专用权保护的。比如薄荷糖通常用绿色作底衬；草莓味食品用粉色或粉红色作底衬；商品名称，尤其是酒名称，多用烫金色彩作装饰等。指定颜色后，在注册与使用过程中，颜色的运用会受到诸多限制，值得谨慎考虑。

7. 商标可以使用繁体字吗？

商标文字可以使用繁体字。无论是简化字还是繁体字，都必须书写正确、规范，不得使用错字、停止使用的异体字和不规范的简化字。

8. 少数民族文字是否可以用作商标注册使用？

少数民族文字可以作为商标申请注册。为了便于审查，应当附送商标含义说明。

9. "注册商标"字样或者注册标记从什么时间开始启用？

企业申请注册商标后，如果只是见到商标初步审定公告，还不能使用"注册商标"字样、⃝注或⃝R，但可以加"TM"。只有经商标局正式核准注册并刊登注册商标公告之日起，方可使用"注册商标"字样或者注册标记。注册标记应加在右上角或右下角。

10. ⃝注、⃝R 和 TM 的区别？

TM 是 Trade Mark 的缩写，美国的商标通常加注 TM，并不一定是指已注册商标。而⃝R是 Register 的缩写，用在商标上是指"注册商标"的意思。我国商标法实施条例规定，使用注册商标，可以在商品、商品包装、说明书或者其他附着物上标明"注册商标"或者注册标记。注册标记包括⃝注和⃝R。使用注册标记，应当标注在商标的右上角或者右下角。

11. 商标与商号的区别？

商号通常只是在特定区域内具有一定的排他性，而商标是中国范围内具有排他性，因此商标和商号没有必然联系。但是如果他人注册商标后，构成对公司商号的不正当竞争，公司可以在自该商标公告 3 个月内向商标评审委员会提出异议；如果已经核准注册，可在核准注册之日 5 年内向商标评审委员会申请裁定，也可以直接向法院起诉。

（资料来源：法律快车）

【课堂练习】

7.13 甲电机厂生产的电风扇，使用"信鸽"牌商标，商标没有注册。2005 年 4 月该地另一电机厂（简称乙电机厂）成立，主要生产电风扇，也拟使用"信鸽"牌商标，并于 2005 年 5 月 10 日向商标局递交了商标注册申请书。甲电机厂得知这一消息后，便匆忙办理商标注册的申请手续，于同年 5 月 25 日也向商标局递交了商标注册申请书。

问题：（1）甲、乙谁能获准商标注册？

（2）若甲、乙同日申请，如何处理？

## 四、注册商标的使用

### （一）注册商标的续展

注册商标的有效期为 10 年，自核准注册之日起计算。注册商标有效期满，需要继续使用的，应当在期满前 6 个月内申请续展注册；在此期间未能提出申请的，可以给予 6 个月的宽展期。宽展期满仍未提出申请的，注销其注册商标。续展注册可以无限制地重复进行，每次续展注册的有效期为 10 年，自该商标上一次有效期满次日起计算。

### （二）注册商标的转让

注册商标可以依法转让。商标权人转让其注册商标的，应当与受让人签订转让协议，并共同向国家商标局提出申请。转让注册商标经商标局核准后，发给受让人相应证明，并予以公告，受让人自公告之日起享有商标专用权。同时，受让人应当保证使用该注册商标的商品质量。

### （三）注册商标的使用许可

商标注册人可以通过签订商标使用许可合同，许可他人使用其注册商标。许可人应当监督被许可人使用其注册商标的商品质量，被许可人应当保证使用该注册商标的商品质量。被许可人必须在使用该注册商标的商品上标明被许可人的名称和商品产地。同时，商标使用许可合同应当报商标局备案。

【课堂练习】

7.14 某酒厂生产一种优质酒驰名中外，该厂于 1995 年 9 月 30 申请商标注册，同年 12 月 30 日经国家商标局核准取得注册商标，请判断下列各项中符合我国《商标法》规定的有（ 　　）。

A. 该注册商标的有效期到 2005 年 12 月 30 日

B. 该注册商标的有效期到 2005 年 9 月 30 日

C. 注册商标有效期满，如果需要继续使用，该厂应该在 2005 年 6 月 30 日以后至 2005 年 12 月 30 日以前申请续展注册

D. 注册商标有效期满，如果需要继续使用，该厂应该在 2005 年 1 月 1 日以后至 2005 年 9 月 30 日以前申请续展注册

## 五、商标权人的权利、义务

商标权人的权利是指注册商标的专用权，主要包括专用使用权、转让权、使用许可权、续展权等。

商标权人的义务主要有：依法行使注册商标专用权，不得自行改变注册人名义、

地址或者其他注册事项，不得自行转让注册商标；应对其使用商标的商品质量负责，不得粗制滥造、以次充好，欺骗消费者；缴纳取得和使用注册商标所规定的各项费用等。

【课堂练习】

7.15 下列属于商标权人的权利的是（　　　　）。

A. 专用使用权　　　　　　　　B. 转让权

C. 使用许可权　　　　　　　　D. 续展权

## 六、商标使用的管理

（一）对注册商标使用的管理

使用注册商标，有下列行为之一的，由商标局责令限期改正或者撤销其注册商标：

（1）自行改变注册商标的。

（2）自行改变注册商标的注册人名义、地址或者其他注册事项的。

（3）自行转让注册商标的。

（4）连续3年停止使用的。

注册商标使用人应当保证其商品质量。商品粗制滥造、以次充好，欺骗消费者的，由各级工商行政管理部门分别不同情况，责令限期改正，并可以予以通报或者处以罚款，或者由商标局撤销其注册商标。注册商标被撤销的或者期满不再续展的，自撤销或者注销之日起1年内，商标局对与该商标相同或者近似的商标注册申请，不予核准。对按照国家规定必须使用注册商标的商品，未申请注册而在市场销售的，由地方工商行政管理部门责令限期申请注册，可以并处罚款。

（二）对未注册商标使用的管理

未注册的商标不享有商标专用权。使用未注册商标，有下列行为之一的，由地方工商行政管理部门予以制止，限期改正，并可以予以通报或者处以罚款：冒充注册商标的；违反商标法中不得作为商标使用的标志的规定的；粗制滥造、以次充好，欺骗消费者的。

【课堂练习】

7.16 下列使用注册商标的行为中应当由商标局责令限期改正或者撤销其注册商

标的有（　　　　）。

    A. 自行改变注册商标的

    B. 自行转让注册商标的

    C. 连续 3 年停止使用的

    D. 自行改变注册商标的注册人名义、地址或者其他注册事项的

### 七、注册商标专用权的保护

根据《商标法》的规定，注册商标的专用权，以核准注册的商标和核定使用的商品为限。

（一）侵犯注册商标专用权的行为

有下列行为之一的，均属侵犯注册商标专用权：

（1）未经商标注册人的许可，在同一种商品或者类似商品上使用与其注册商标相同或者近似的商标的。

（2）销售侵犯注册商标专用权的商品的。

（3）伪造、擅自制造他人注册商标标识或者销售伪造、擅自制造的注册商标标识的。

（4）未经商标注册人同意，更换其注册商标并将该更换商标的商品又投入市场的。

（5）给他人的注册商标专用权造成其他损害的。

（二）商标侵权行为的法律责任

因侵权造成的注册商标纠纷，由当事人协商解决；不愿意协商或协商不成的，可以向人民法院起诉，也可以请求工商行政管理部门处理。商标侵权行为的法律责任包括民事责任、行政责任、刑事责任。

1. 民事责任

民事责任主要包括停止侵犯、消除影响、赔偿损失等。

2. 行政责任

行政责任主要包括：责令立即停止侵权行为；没收、销毁侵权商品和专门用于制造侵权商品、伪造注册商标标识的工具；罚款。

3. 刑事责任

侵犯他人注册商标专用权，情节严重的，处 3 年以下有期徒刑或者拘役，并处或者单处罚金；情节特别严重的，处 3 年以上 7 年以下有期徒刑，并处罚金。

**法律实务：**

关于驰名商标的特殊保护

驰名商标是指在中国为相关公众广为知晓并享有较高声誉的商标。驰名商标是区别商品或服务来源的显著标记，也是一种巨大的无形财产，具有识别和财产的双重价值。国与国之间、地区与地区之间、企业与企业之间的竞争已逐渐表现为商标的竞争，市场向高信誉商标聚集，驰名商标瓜分市场成为一种经济现象，代表经济利益的驰名商标保护问题也成为国际经贸、科技合作中尖锐冲突的重要原因。驰名商标的特殊保护已不仅仅涉及商标所有人的利益，更成为各国用以争取和维护本国竞争者在国际市场上的竞争优势，最大限度地占领市场的有效手段。

顺应时代潮流，国家工商行政总局于 2003 年颁布了《驰名商标认定和保护规定》，同时废止了 1996 年颁布的《驰名商标认定和管理暂行规定》，使我国驰名商标的保护得到了进一步的完善。但不可否认的是，我国在驰名商标特殊保护制度方面仍有欠缺，亟需完善。

我国法律对驰名商标的特殊保护，主要表现在驰名商标的认定机关、认定措施与特殊的保护措施方面。

1. 我国驰名商标的特殊的认定机关

《中华人民共和国商标法实施条例》第 5 条第 2 款规定：商标局、商标评审委员会根据当事人的请求，在查明事实的基础上，依照商标法第 14 条的规定，认定其商标是否构成驰名商标。根据最高人民法院《关于审理民事商标纠纷案件适用法律若干问题的解释》的规定，人民法院在审理商标纠纷案件中，根据当事人的请求和案件的具体情况，可以对涉及的注册商标是否驰名依法进行认定。由此可见，我国驰名商标的认定机关为商标局、商标评审委员会及人民法院。

2. 驰名商标的认定条件

驰名商标应具备两个条件：一是在中国为相关公众广为知晓；二是享有较高声誉。

《商标法》规定，认定驰名商标应当考虑的因素有：（1）相关公众对商标的知晓程度；（2）该商标使用的持续时间；（3）该商标的任何宣传工作的持续时间、程度和地理范围；（4）该商标作为驰名商标受保护的记录；（5）该商标驰名的其他因素。《驰名商标认定和保护规定》规定，商标局、商标评审委员会在认定驰名商标时，应当综合考虑以上各项要素，但不以该商标必须满足该以上规定的全部因素为前提。

根据《驰名商标认定和保护规定》，以下材料可以作为证明商标驰名的证据材料：（1）证明相关公众对该商标知晓程度的有关材料；（2）证明该商标使用持续时间的有关材料，包括该商标使用、注册的历史和范围的有关材料；（3）证明该商标的任何宣传工作的持续时间、程度和地理范围的有关材料，包括广告、宣传和活动的方式、地域范围、宣传媒体的种类以及广告投放量等有关材料；（4）证明该商标作为驰名商标受保护记录的有关材料，包括该商标曾在中国或者其他国家和地区作为驰名商标受保护的有关材料；（5）证明该商标驰名的其他证据材料，包括使用该商标的主要商品近三年的产量、销售量、销售收入、所得税、销售区域等有关材料。

在认定实践中，只有将上述因素综合考虑，才能够对商标的驰名与否进行准确的认定。

3. 对未在我国注册的驰名商标的保护

一些驰名商标虽未在中国注册，但其真正拥有者是长期使用并为培养该商标声誉付出努力的经营者，当驰名商标被他人抢先注册或使用时，必然对该驰名商标及其拥有者的正当权益造成损害，因而有必要对商标注册作出例外规定，即根据具体情况商标权也可因其驰名而取得。《商标法》规定，就相同或者类似商品申请注册的商标是复制、摹仿或者翻译他人未在中国注册的驰名商标，容易导致混淆的，不予注册并禁止使用。对已经注册的商标，自商标注册之日起 5 年内，商标所有人或者利害关系人可以请示商标评审委员会裁定撤销商标。

4. 放宽驰名商标注册显著性的要求

如果一个驰名商标原本缺乏显著性，但由于长期广泛使用而广为人知，一般给予注册。如"青岛"啤酒、可口可乐，虽然反映了地理名称和原料，但经过长期使用，已经具备识别性，也被予以注册。

5. 赋予了驰名商标广泛的排他性权利，给予驰名商标广泛的保护

对驰名商标的保护不仅仅局限于相同或者类似商品，就不相同或者不相类似的商品申请注册的商标是复制、摹仿或者翻译他人已经在中国注册的驰名商标，误导公众，致使该驰名商标注册人的利益可能受到损害的，也不予注册并禁止使用。这就赋予了驰名商标比较广泛的排他性权利，实现了驰名商标的跨类保护。

（资料来源：找法网）

【课堂练习】

7.17 甲公司在纸手帕等纸制产品上注册了"茉莉花"文字及图形商标。根据《商标法》的规定，下列未经许可的行为中，构成侵权的有（　　）。

A. 乙公司在其制造的纸手帕包装上突出使用"茉莉花"图形

B. 丙商场将假冒"茉莉花"牌纸手帕作为赠品进行促销活动

C. 丁公司长期制造茉莉花香型的纸手帕，并在包装上标注"茉莉花香型"

D. 戊公司购买甲公司的"茉莉花"纸手帕后，将"茉莉花"改为"山茶花"重新包装后销售

【本节小结】

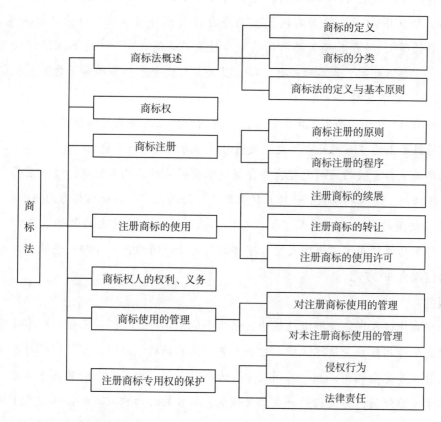

商标法概述 ─── 商标的定义
              商标的分类
              商标法的定义与基本原则

商标权

商标注册 ─── 商标注册的原则
            商标注册的程序

注册商标的使用 ─── 注册商标的续展
                  注册商标的转让
                  注册商标的使用许可

商标权人的权利、义务

商标使用的管理 ─── 对注册商标使用的管理
                  对未注册商标使用的管理

注册商标专用权的保护 ─── 侵权行为
                        法律责任

商标法

【课后思考】

1. 哪些标志不得作为商标使用？哪些标志不得作为商标注册？

2. 商标注册申请的原则和条件有哪些？

3. 侵犯商标专用权的行为有哪些？

【本章案例讨论】

### 企业字号与他人注册商标相同时的处理

**案情**

2002年6月21日，经国家工商行政管理总局商标局核准，张华南取得了第1794655号"海阔天空"文字及图形注册商标专用权，核定服务项目为茶馆、酒吧、蒸汽浴室、饭店等，注册有效期至2012年6月20日止。2005年8月10日，张华南作为大股东设立了湖南海阔天空酒店管理有限公司，并出任法定代表人。湖南海阔天空在报纸上多次进行广告宣传，突出"海阔天空"字样并有多家连锁店。2007年1月30日，该公司更名为湖南海阔天空生态茶业有限公司。张华南

先后许可他人使用其注册商标，每年使用费为2万元和5万元两种。

2006年9月12日，陕西海阔天空商务会馆有限公司成立（经营范围为洗浴、住宿、餐饮等），并在其经营场所门头处悬挂有"海阔天空"、"洗浴休闲广场"字样，其中"海阔天空"为单独一行，字体显著。其代金券、茶水券等票证上也标有"海阔天空"文字及图。

2008年12月，湖南省工商局授予湖南海阔天空生态茶业有限公司使用在茶馆、咖啡馆等服务上的"海阔天空"文字及图形商标为湖南省著名商标。

张华南认为，陕西海阔天空商务会馆有限公司的行为构成侵权，遂诉至西安市中级人民法院，请求判令被告：停止侵犯原告"海阔天空"注册商标专用权的行为；拆除正在使用的所有"海阔天空"广告牌，并对其营业场所内的装饰装修施、物品、消费宣传等使用了"海阔天空"字样的行为予以消除；公开赔礼道歉、消除影响；赔偿损失30万元。

**裁判**

西安市中级人民法院经审理认为，张华南依法享有的"海阔天空"文字及图形的注册商标专用权应受法律保护。被告在其门头悬挂的"海阔天空"字样与原告的注册商标文字完全相同，且"海阔天空"为单独一行，比门头上的其他字体更为显著，属于突出使用，易使相关公众产生误认，被告的行为构成商标侵权。至于被告在经营场所内规范使用企业名称的行为是其依法行使企业名称权的行为，不构成侵权。原告主张的赔礼道歉、消除影响之请求，由于商标权并不具有人身权性质，故其此项诉讼请求不予支持。至于损失赔偿数额，法院综合考虑商标的声誉、侵权行为的性质、期间等因素酌情确定。

2010年7月23日，法院判决：陕西海阔天空停止侵犯张华南"海阔天空"文字及图注册商标专用权的行为；陕西海阔天空赔偿张华南损失2万元；驳回张华南的其余诉讼请求。

问题

1. 企业字号使用他人注册商标构成侵权的要件是什么？

2. 企业字号使用他人在先注册商标民事责任该如何承担？

第八章
消费者权益
保护法

8

【学习目标】

学习本章要求了解消费者权益与消费者权益保护法相关定义，消费者权益的国家、社会保护，消费者组织的职能。理解、掌握消费者权益保护法的基本原则，理解消费者权利与经营者义务；掌握消费者权益保护法的调整范围以及违反消费者权益保护法所带来的法律责任。

【案例导入】

任某在一次展销会上看中了一套由肯特公司生产的组合家具，共计5 600元。销售人员刘某称该公司为中外合资企业，生产出口系列产品。于是双方签订了订货合同，任某预交了560元定金。在按规定时间交货时，任某发现货品与样品不符，并存在质量问题。交货人员表示可以上门维修。任某交付了4 400元，余下的640元待家具修好后付清。半个月后，家具不但没修好，而且出现了更加严重的质量问题。

在多次与销售人员刘某交涉无效的情况下，任某找到家具展销会主办单位兴华公司反映情况，要求协助解决，并提出退货要求。兴华公司许诺一个月内解决。

十几天后，任某被告知肯特公司已撤销展销会，兴华公司无法履行退货承诺。于是任某来到消费者协会寻求支持。经查，刘某不是肯特公司业务人员，而所售家具中只有一件是肯特产品。在消费者协会的支持下，任某起诉到法院，要求兴华公司返还货款4 960元并加倍赔偿5 600元，承担经济损失2 800元。（资料来源：温州大学城市学院经济法精品课程网）

【问题】

1. 任某的要求是否合理？为什么？

2. 我国《消费者权益保护法》中关于展销会的相关责任是什么？

# 第一节　消费者权益保护法概述

消费者权益保护法不仅保护着消费者个人的利益，而且还保障了社会经济秩序和社会整体利益，是调整国家、经营者和消费者之间关系的法律规范。学习者应从消费者权益与消费者权益保护法相关定义入手，掌握消费者权益保护法的调整范围，理解消费者权益保护法的基本原则。

## 一、消费者权益保护法的相关定义

消费是社会再生产的一个重要环节，是生产、交换、分配的表现。消费者是指因生活消费需要购买、使用商品或者接受服务的社会成员。消费者权益，是指消费者在有偿获得商品或接受服务时，依法享有的权利以及在权利受到保护时给消费者带来的利益。消费者权益保护法，是指调整国家、经营者以及消费者之间因保护消费利益而产生的社会关系法律规范的总称。我国 1994 年 1 月 1 日起实施的《中华人民共和国消费者权益保护法》（以下简称《消费者权益保护法》）第 1 条明确规定，其立法宗旨就是为了保护消费者的合法权益，维护社会经济秩序，促进社会主义市场经济的健康发展。

《中华人民共和国消费者保护法》于 1994 年 1 月 1 日起实施

法律实务：

### 单位以及未成年人能否成为消费者？

消费的主体是全社会成员，是为了生活消费需要购买、使用商品或者接受服务的人。这里的人包括自然人和单位。所谓自然人，我国《民法通则》规定，公民自出生时起至死亡时止具有民事权利能力。这里的消费者并没有年龄的差别，其中也包括未成年人。也就是说，未成年人也是消费者。由于其并不具有完全民事行为能力，因此当未成年人的消费权益受到侵害时，未成年人只能由其法定代理人代为诉讼。这里的单位只要是为了生活消费的目的而购买、使用商品或接受服务就能够成为消费者，从而受到消费者权益保护法的保护。

【课堂练习】

8.1 我国《消费者权益保护法》实施的时间是（　　　）。

A. 1994 年 1 月 1 日　　　　　　B. 1994 年 7 月 5 日

C. 1995 年 7 月 5 日　　　　　　D. 1995 年 1 月 1 日

## 二、消费者权益保护法的调整范围

我国消费者权益保护法所调整范围主要包括：

（1）国家与经营者之间的关系。主要是指国家对于经营者的经营活动监督过程中所形成的关系。

（2）国家与消费者之间的关系。主要是指国家为消费者提供指导、服务与保护过程中所形成的关系。

（3）消费者与经营者之间的关系。主要是指经营者所进行的经营活动给消费者造成损害，消费者请求赔偿，以及消费者对经营者进行监督而发生的关系。

> 消费者权益保护法的调整范围主要包括：国家与经营者、国家与消费者以及消费者与经营者

【课堂练习】

8.2 下列属于消费者权益保护法调整范围的是（　　　）。

A. 国家对于消费者所提供的指导

B. 国家对于经营者经营活动的监督

C. 经营者给消费者造成损害的赔偿请求

D. 经营者和消费者之间的讨价还价

## 三、消费者权益保护法的基本原则

（一）自愿、平等、公平、诚实信用原则

消费者与经营者进行交易，应当遵守自愿、平等、公平、诚实信用的原则（《消费者权益保护法》第 4 条）。坚持这一原则有利于稳定社会经济秩序，从而促进市场经济的蓬勃发展。

> 消费者权益保护法的基本原则包括：自愿、平等、公平、诚实信用原则；特别保护原则；国家支持原则以及社会监督原则

（二）特别保护原则

由于消费者与经营者之间的不平等性，使得消费者在交易中处于弱势地位，因此必须从立法上对其给予特别保护。目前通行的做法是在消费者权益保护法中，只规定消费者的权利，对主体另一方的经营者只规定义务。同时，在经营者严重侵权的情况下，一般会根据消费者权益保护法的有关规定和民法上的规则，适用无过错原则、严格责任原则，以及举证倒置原则，来对消费者给予特别保护。

（三）国家支持原则

国家采取措施，保障消费者依法行使权利，维护消费者的合法权益（《消费者权益保护法》第5条第2款）。国家根据经济、文化发展水平，帮助、指导和教育消费者提高自我保护意识，加强对经营者的监督管理，从而保护消费者合法权益不受到侵害。

（四）社会监督原则

保护消费者的合法权益是全社会的共同责任（《消费者权益保护法》第6条第1款）。国家鼓励、支持一切组织和个人对损害消费者合法权益的行为进行社会监督。

【课堂练习】

8.3 下列属于消费者权益保护法基本原则的有（　　　　）。

A. 自愿、平等、公平、诚实信用原则　　　B. 特别保护原则

C. 国家支持原则　　　　　　　　　　　　D. 社会监督原则

【本节小结】

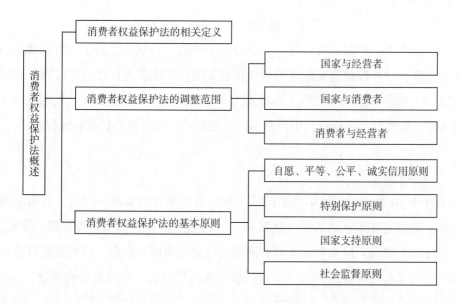

1. 消费者权益保护法可以调整哪些人的哪些行为?

2. 经营者与消费者进行交易,应当遵循什么原则?

# 第二节　消费者权利与经营者义务

消费者权利与经营者义务的明晰,是解决消费争议的依据,也是避免消费纠纷的有力保障。学习者应从理解消费者权利与经营者义务的相关内容入手,理解消费者与经营者之间的消费权益保护关系,从而避免纠纷的发生以及在发生纠纷时可以找到法律依据。

## 一、消费者权利

### (一)安全保障权

消费者在购买、使用商品和接受服务时享有人身、财产安全不受损害的权利(《消费者权益保护法》第 7 条第 1 款)。安全保障权包括两方面内容:一是人身安全保障权;二是财产安全保障权。人身安全保障权在这里是指生命健康权不受损害,即享有保持身体各器官及其机能的完整以及生命不受危害的权利。财产安全保障权,是指消费者购买、使用的商品或接受的服务本身的安全,同时包括除购买、使用的商品或接受服务之外的其他财产安全。

> 消费者应该明确法律所赋予的合法权利,从而保护自己的权益不受侵害

---

**法律实务:**

#### 不要忽略您的消费安全保障权

酒店扭伤脚、购物丢失自行车、美容丢了项链……现实生活中,消费者在消费过程中人身、财产权益遭受损害的事件屡有发生,但很多人往往会忽略这方面的维权。"3.15"前夕,记者对此做了专题采访。专家提醒,安全保障权(包括人身和财产两方面)是消费者 9 项权利中最基本、最重要的,切不可自行放弃维权。

*吃饭扭伤脚*

2009 年 10 月份,市民牛女士挑了一家中高档酒店为女儿办婚宴。宴请亲朋当天,牛女士接完客人从酒店大厅爬楼梯上二楼餐厅时,扭伤了右脚脚踝。事发后,牛女士的家人发现,扭伤牛女士脚的酒店楼梯处地面明显凸起,而酒店既没有提前告知,也未张贴任何警示标志,遂与酒店交涉,但酒店一直没有明确答复。随后,

---

牛女士投诉到市消费者协会，经调解，酒店赔偿了牛女士 500 元。

### 购物丢了车

2010 年 3 月的一天傍晚，市民高先生到一家超市购物，将自行车存入超市门前的收费停车场。晚上 10 时 30 分，高先生从超市出来后，发现自行车和存车场管理员都不见了。第二天，高先生拿着存车牌找管理员索要自行车。管理员声称，停车场内贴有告示：每晚 10 时准时下班，超时存放发生的车辆失窃停车场概不负责。高先生多次交涉未果后，便将其投诉到工商所。经工商人员调解，高先生和管理员同意各负一半责任，管理员赔偿高先生 180 元损失。

### 美容丢项链

2009 年 7 月，市民王女士做美容时，美容师为方便操作经允许将王女士的项链摘下来，随手放在了王女士身侧。美容期间，王女士和美容师都分别离开过美容间。做完美容后，王女士发现项链不见了，当即报警，要求美容院赔偿。双方各执一词，最终诉诸法律，王女士要求美容院赔偿各项损失 5 000 余元。法院审理认为，美容院在提供服务过程中造成消费者财产损失，应退还服务费或赔偿损失。另外，美容院没有尽到协助消费者保管贵重物品的附随义务，也应赔偿。同时，王女士缺乏必要的谨慎与注意，应承担相应责任。法院判决，美容院赔偿王女士经济损失 1 600 余元。

### 双方都重视

上述案例都属于消费者的安全保障权受到侵害，而类似纠纷和投诉逐年递增。《消费者权益保护法》第 7 条规定，消费者在购买、使用商品和接受服务时享有人身、财产安全不受损害的权利。消费者有权要求经营者提供的商品和服务，符合保障人身、财产安全的要求。第 18 条规定，经营者应当保证其提供的商品或者服务符合保障人身、财产安全的要求。对可能危及人身、财产安全的商品和服务，应当向消费者作出真实的说明和明确的警示，并说明和标明正确的使用商品和接受服务的方法，以及防止危害发生的方法。消费者一定不要忽略安全保障权，要增强自我保护意识，采取有效措施加强自我防范；经营者则要注意完善设施、健全措施、加强管理，尽到消费者安全保障权的义务。

（资料来源：太原晚报）

### （二）知悉真情权

消费者享有知悉其购买、使用的商品或者接受的服务的真实情况的权利（《消费者权益保护法》第 8 条第 1 款）。随着经济的发展，特别是现代科学技术的广泛应用，新的消费品品种日益增多，一些商品的使用要求越来越复杂，消费者需要对商品和服务做必要的了解。他们有权根据商品或者服务的不同情况，要求经营者提供商品的价格、产地、生产者、用途、性能、规格、等级、主要成分、生产日期、有效期限、检验合格证明、使用方法说明书、售后服务以及服务的内容、规格、费用等有关情况（《消费者权益保护法》第8条第2款）。

**法律实务：**

### 消费者知情权的内容

根据商品或者服务的具体形态的不同情况，对有些商品的各类信息情况没有必要详细了解，而对于另一些商品和服务其应当披露的信息则可能超出《消费者权益保护法》第8条第2款所规定的范围，其具体内容应当依据不同商品或者服务具体分析。总之，凡是消费者在选购、使用商品或服务过程中与正确的判断、选择、使用等有直接联系的信息，消费者都应有权了解。具体说来，消费者知情权的内容大致分为以下三个方面：第一，关于商品或者服务的基本情况，包括商品名称、商标、产地、生产者名称、生产日期等。对于某些商品来说，其产地是很重要的。对于生产者的名称也要注意，特别是名牌产品其厂家往往也是固定的。另外，如果商品上未注明厂家名称，一旦发生质量问题就难以向厂家索赔。第二，有关技术状况的表示，包括商品用途、性能、规格、等级、所含成分、有效期限、使用说明书、检验合格证书等。购买商品是为了使用，了解商品的用途和性能是非常重要的。特别是有些商品如果使用不当可能会给消费者的人身健康和安全带来危害，例如某些电器产品、煤气燃烧器等。了解商品的用途、性能可以通过多种途径，如销售者当面演示，向销售者索取说明书、线路图，甚至有些商品可以自己操作试用。对于某些特殊商品，如药品，仅从说明书上还不能完全了解它的用途、性能，还要遵照医生的嘱咐或者根据医生的指示来了解该商品。第三，有关销售状况，包括售后服务、价格等。商品或服务的价格是商品或服务交易的关键之所在，直接关系到生产经营者与消费者的切身利益，消费者应当对价格有确切的了解，尤其是对提供的服务的价格。目前，我国服务行业的管理尚不严格，价格收费也比较混乱，损害消费者的情况十分严重，这就要求消费者在接受服务前就价格问题与经营者协商确定，以避免挨宰受损。商品的售后服务也与消费者的利益紧密相关，了解售后服务主要是看生产厂家与经营者有无质量担保期、提供维修服务的方式以及是否收费、收费多少等。目前，随着广大消费者生活水平和生活质量的提高，对家用电器、家用机械新产品的需求也越来越多，良好的售后服务已经成为消费者消费时的重要考虑因素。

（资料来源：找法网）

（三）自主选择权

消费者享有自主选择商品或服务的权利（《消费者权益保护法》第9条第1款）。也就是说，消费者有权根据自己的消费愿望、兴趣、爱好和需要，自主地、充分地选择商品或者服务。主要内容有：

（1）有权自主选择经营者；

（2）有权自主选择商品品种或服务方式；

（3）有权自主决定是否购买或接受服务；

（4）自主选择商品或服务时，有权进行比较、鉴别和挑选。

同时，消费者行使其自主选择权时，应注意：

（1）必须合法行使，不得滥用自主选择权，即其选择权的行使必须符合法律的规定，尊重社会公德，不侵害国家、集体和他人的利益。

（2）消费者的自主选择权并不排除经营者向消费者进行商品、服务的介绍和推荐。

（四）公平交易权

消费者享有公平交易的权利（《消费者权益保护法》第10条第1款）。消费者购买商品或接受服务，是一种市场交易行为，如果经营者违背自愿、平等、公平、诚实信用等原则进行交易，则侵犯了消费者的公平交易权。消费者的公平交易权主要表现在：一是有权获得公平交易条件；二是有权拒绝经营者的强制交易行为。

螃蟹5斤

青草2斤

法律实务：

同团不同价　老年人要收附加费

消费者张先生投诉，他于2008年5月份参加上海某旅游公司组织的港澳旅行，由于他和老伴均已年满55岁，按规定可以享受优惠，该公司不但未给予优惠，反而要加收500元。张先生觉得这是很不合理的，与该旅游公司交涉，公司称老年人享有优惠的规定只是在某些景点才有的，公司可以考虑退还部分景点优惠的费用，但 500 元费用是按香港旅行社要求收取的，无理由退还。据了解，此费用是考虑到老人和孩子的购物能力不足而多交的年龄差别费。

调解结果：

根据《中华人民共和国消费者权益保护法》第 10 条规定，消费者享有公平交易的权利。消费者在购买商品或者接受服务时，有权获得质量保障、价格合理、计量正确等公平交易条件，有权拒绝经营者的强制交易行为。

本案中，该旅游公司擅自收取老年人附加费或年龄差别费的行为违反了以上规定，侵犯了消费者的公平交易权，明显存在着歧视性。经协调，该旅游公司同意退还给张先生门票优惠费和附加费共 371 元。

老人、小孩常常被作为"特殊人群"，而被收取数额不等的附加费，原因是考虑到老人和孩子的消费能力不强，旅行社不能从购物点拿到"人头费"。这种做法在大多数旅行社都存在，已经成了多年的行规，特别是在港澳游、新马泰旅游中更为常见。但消费者所享受的服务基本是相同的，如此区分消费者，收取附加费的行为是非常不合理的。旅游者如遇到此种情况可向相关行政部门举报。

（资料来源：新华网）

（五）获得赔偿权

消费者因购买、使用商品或者接受服务受到人身、财产损害的，享有依法获得赔偿的权利（《消费者权益保护法》第 11 条）。人身权受到的侵害，包括生命健康权，人格方面的姓名权、名誉权、荣誉权等。财产损害，包括财产上的直接损失和间接损失。直接损失，包括财物被毁损，伤残后花费的医药费等。间接损失，包括因侵害住院而减少的劳动收入或伤残后丧失劳动能力而得不到劳动报酬等。消费者在购买、使用商品时，其合法权益受到损害的，可以向销售者要求赔偿。销售者赔偿后，属于生产者的责任或者属于向销售者提供商品的其他销售者的责任的，销售者有权向生产者或者其他销售者追偿。消费者或者其他受害人因商品缺陷造成人身、财产损害的，可以向销售者要求赔偿，也可以向生产者要求赔偿。属于生产者责任的，销售者赔偿后，有权向生产者追偿。属于销售者责任的，生产者赔偿后，有权向销售者追偿。消费者在接受服务时，其合法权益受到损害的，可以向服务者要求赔偿（《消费者权益保护法》第 35 条）。

（六）成立团体权

消费者享有依法成立维护自身合法权益的社会团体的权利（《消费者权益保护法》第 12 条）。目前，在我国消费者社会团体主要是指依法成立的消费者协会。

（七）获得相关知识权

消费者享有获得有关消费和消费者权益保护方面的知识的权利。消费者应当努力掌握所需商品或者服务的知识和使用技能，正确使用商品，提高自我保护意识（《消费者权益保护法》第13条）。同时，使消费者合法权益受到侵害时，能够有效地寻求解决消费纠纷的途径，及时获得赔偿。

（八）人格尊严、民族风俗习惯受尊重权

消费者在购买、使用商品和接受服务时，享有其人格尊严、民族风俗习惯得到尊重的权利（《消费者权益保护法》第14条）。在市场交易过程中，消费者的人格权是消费者应享有的最基本权利。消费者的人格权包括生命健康权、姓名权、肖像权、名誉权、荣誉权等。《中华人民共和国宪法》第37条规定，公民的人身自由不受侵犯，禁止以非法拘禁和其他方法非法剥夺或限制公民的人身自由，禁止非法搜查公民的身体。公民的人格尊严不受侵犯，禁止以任何方法对公民进行侮辱、诽谤和诬告陷害。同时，民族风俗习惯受尊重的权利，是关系到各民族平等，加强民族团结，处理好民族关系，促进国家安定的大问题。对此，必须引起高度重视。

（九）监督、批评、建议、检举、控告权

消费者享有对商品和服务以及保护消费者权利工作进行监督的权利。消费者有权检举、控告侵害消费者权益的行为和国家机关及其工作人员在保护消费者权益工作中的违法失职行为，有权对保护消费者权益工作提出批评、建议（《消费者权益保护法》第15条）。

【课堂练习】

8.4 某公司生产销售一款新型焊接设备，该设备有些新设计不够成熟，导致部分设备在使用中出现故障，甚至因此造成意外事故。事后，该公司拒绝就故障原因做出说明，也拒绝对受害人提供赔偿。该公司的行为侵犯了消费者的（　　　）。

A. 安全保障权　　　　　　　　B. 知悉知情权

C. 公平交易权　　　　　　　　D. 获取赔偿权

二、经营者义务

（一）依法履行的义务

经营者向消费者提供商品或者服务，应当依照《中华人民共和国产品质量法》和其他有关法律、法规的规定履行义务（《消费者权益保护法》第16条第1款），即法定义务。经营者和消费者有约定的，应当按照约定履行义务，但双方的约定不得违背法律、法规的规定（《消费者权益保护法》第16条第2款），即约定义务。

经营者在经营过程中应履行自己的义务，避免出现侵犯消费者权利的行为

（二）听取意见、接受监督的义务

经营者应当听取消费者对其提供的商品或者服务的意见，接受消费者的监督（《消费者权益保护法》第17条）。经营者履行这一义务是与消费者实现监督权相对的。它要求经营者切实把消费者当做上帝，认真听取消费者对其提供的商品或者服务在质量、价格、品种、数量、服务态度、售后服务等方面的意见和建议，不断改进经营作风，提高经营水平，更好地服务于消费者。

（三）保障人身安全的义务

经营者应当保证其提供的商品或者服务符合保障人身、财产安全的要求。对可能危及人身、财产安全的商品和服务，应当向消费者作出真实的说明和明确的警示，并说明和标明正确使用商品或者接受服务的方法以及防止危害发生的方法。同时，经营者发现其提供的商品或者服务存在严重缺陷，即使正确使用商品或者接受服务仍然可能对人身、财产安全造成危害的，应当立即向有关行政部门报告和告知消费者，并采取防止危害发生的措施（《消费者权益保护法》第18条）。

**法律实务：**

### 如何界定经营者安全保障义务

最高人民法院《关于审理人身损害赔偿案件适用法律若干问题的解释》确立的安全保障义务，直接解决了近年来频繁出现在宾馆、银行、酒店、学校等经营场所或社会活动场所遭受人身伤害案件的法律适用问题。但是，解释并未明确界定何谓"合理限度范围内"安全保障义务，造成法官自由裁量权过大，裁判结果不统一。

确立安全保障义务应以两个标准为指引：第一，受害人对经营者存在合理具体的信赖，该信赖内容即可能成为经营者的具体义务。第二，经营者对其所应承担的义务具有合理的预见性。在明确了确立安全保障义务范围的两个标准之后，有必要对该义务的具体内容进行列举，以指导司法实践。经营者的安全保障义务包括：

第一，提供与经营规模及收费相适应的预防第三人侵害的必要设备、设施。经营者在其提供服务的场所，设置的硬件应当达到保障安全的要求，确保不存在缺陷或者瑕疵。例如，经营场所的消防设施、电梯应当符合法律法规的规定。

第二，对有可能发生第三人侵权的服务场所配备与其规模相当的适合的工作人员，这些工作人员在日常工作中应认真履行职责，防御来自第三人的侵害。例如，娱乐场所应根据其经营规模配备相应数量的保安，且必须经过培训合格，实行持证上岗。游泳场馆应当设置救生人员，且经过培训合格，持证上岗。

第三，对不安全因素做出明显的警示、劝告、说明义务。经营者对于可能出现的危险应当对消费者进行合理的说明，对有违安全的消费者应当进行劝告。例如，对于蹦极、滑索等有一定危险性的娱乐项目，景区应当做出"患有心脏病、高血压等高危病的游客，禁止使用"的警示；对于桑拿浴、浴室应当做出"醉酒者和精神病人、皮肤病人、传染病患者禁止入内"的警示。

第四，对已经或者正在发生的危险，经营者应当进行积极地救助，避免损害的发生或者扩大。当消费者在经营者的服务场所受到外来侵袭发生危险时，经营者的保安及其他工作人员，应当采取适当的措施避免或减少损失的发生。例如，对乘客在公共汽车上受到第三人的不法侵害，承运人的尽力救助义务应当是在不危及行车安全、不危及其他乘客的人身安全的情况下，采取有效措施制止歹徒的不法侵害。如果有条件、有机会制止不法侵害而漠然不作为，听任歹徒肆意行凶，就构成了对尽力救助义务的违反。

（资料来源：找法网）

（四）提供真实信息的义务

经营者应当向消费者提供有关商品或者服务的真实信息，不得作引人误解的虚假宣传。同时经营者对消费者就其提供的商品或者服务的质量和使用方法等问题提出的询问，应当做出真实、明确的答复，并且商店提供商品应当明码标价（《消费者权益保护法》第19条）。经营者提供真实信息的义务主要包括：消费信息告知义务、消费警示说明义务以及消费瑕疵告知义务。

（五）标明真实名称和标记义务

经营者应当标明其真实名称和标记。租赁他人柜台或者场地的经营者，应当标明其真实名称和标记（《消费者权益保护法》第20条）。

（六）出具单据的义务

经营者提供商品或者服务，应当按照国家有关规定或者商业惯例向消费者出具购货凭证或者服务单据；消费者索要购货凭证或者服务单据的，经营者必须出具（《消费者权益保护法》第21条）。所谓购货凭证，是指消费者向经营者购买商品后，从经营者处获得的发票或其他购物单据。所谓服务单据，是指消费者接受服务后，从经营者处获得的发票或其他书面凭证。发票、信誉卡、服务单、保修卡等，都是购货凭证和服务单据的具体表现形式。

**法律实务：**

### 不要发票可获雪碧　消费者对此提出索赔

餐厅收银人员在胡女士结账时告诉其如果不要发票可免费获得价值10元的雪碧一瓶，选择了雪碧的胡女士在事后开始为自己"贪图国家便宜"的行为感到不安。2008年10月28日上午，胡女士向北京市东城区人民法院起诉餐厅侵害其权利，索要精神损失费1万元。

胡女士在庭审时称，2008年10月8日自己在北京某川菜店消费100余元，结账时询问餐厅收银人员是否有优惠活动，最后得知如果不索取发票即可获得一大瓶价值10元的雪碧。自己在欣然接受的同时，要求餐厅为其开具收据，但餐厅表示因胡女士已要了雪碧，收据不能再换取发票，于是便在收据上注明了"此票已开"的字样。

胡女士认为，消费者索要发票既是报销所需，也是监督国家税收的需要。这既是公民应尽的一项义务，也是一项权利，并且都应是无偿的。而餐厅赠送雪碧不开发票的行为，剥夺了她的权利。

餐厅的负责人傅女士则向法官表示，事后餐厅已经为胡女士开具了正式发票，但其一直没有前来索取。即使没开发票，违反的也是国家税收管理制度，胡女士依常理也应去税务部门举报，而不应起诉到法院向餐厅要1万元的精神损害赔偿，其举动有炒作和贪图便宜之嫌。

面对质疑，胡女士称，不要求餐厅出具发票而换取一瓶雪碧确实是本人自愿的选择，不是餐厅强加，但这是餐厅出的一项可能剥夺其相关权利的选择题，并最终导致其成为了一个"贪图国家便宜"的人，让自己的名誉和心灵受到伤害，影响了她的正常工作和生活。此外，餐厅声称已为其开具发票的说法也站不住脚，因为该发票的开具时间是自己起诉后的第二天。

（资料来源：中顾消费维权网）

（七）质量保证义务

经营者应当保证在正常使用商品或者接受服务的情况下其提供的商品和服务应当具有的质量、性能、用途和有效期限；但消费者在购买该商品或者接受该服务前已经知道其存在瑕疵的除外。经营者以广告、产品说明、实物样品或者其他方式表明商品或者服务的质量状况的，应当保证其提供的商品或者服务的实际质量与表明的质量状况相符（《消费者权益保护法》第22条）。

（八）三包义务

经营者在履行"三包"义务时，一是按照国家的规定履行"三包"义务。国家规定是经营者的法定义务，不论经营者与消费者之间有无约定或者合同关系，都应无条件地执行。二是按照与消费者的约定履行"三包"义务。如果法律对某种产品或者某项服务没有明确的"三包"规定，消费者可以和经营者约定。经营者一旦与消费者达成约定的，就应按约定履行自己的义务。所谓"三包"是指包修、包换、包退。

**法律实务：**

"三包"的有效期如何计算

"三包"是指经营者对消费者购买产品应当承担的包修、包换、包退责任的简称。

"三包"的有效期如何计算呢？根据《部分商品修理更换退货责任规定》，三包有效期自开具发票之日起计算，扣除因修理占用和无零配件等修的时间。三包有效期内消费者凭发票及三包凭证办理修理、换货、退货。产品自售出之日起 7 日内，发生性能故障，消费者可以选择退货、换货或修理。退货时，销售者应当按发票价格一次退清货款，然后依法向生产者、供货者追偿或者按购销合同办理。产品自售出之日起 15 日内，发生性能故障，消费者可选择换货或者修理。

在三包有效期内，修理两次，仍不能正常使用的产品，凭修理者提供的修理记录和证明，由销售者负责为消费者免费调换同型号同规格的产品或者按规定退货，然后依法向生产者、供货者追偿或者按购销合同办理。在三包有效期内，因生产者未供应零配件，自送修之日起超过 90 日未修好的，修理者应当在修理状况中注明，销售者凭此据免费为消费者调换同型号同规格产品。然后依法向生产者、供货者追偿或者按购销合同办理。因修理者自身原因使修理期超过 30 日的，由其免费为消费者调换同型号同规格产品，费用由修理者承担。

在三包有效期内，符合换货条件的，销售者因无同型号同规格产品，消费者不愿调换其他型号、规格产品而要求退货的，销售者应当予以退货；有同型号同规格产品，消费者不愿调换而要求退货的，销售者应当予以退货，对已使用过的商品按规定收取折旧费。折旧费自开具发票之日起计算至退货之日止，其中应当扣除修理占用和待修的时间。

换货时，凡属残次产品、不合格产品或者修理过的产品均不得提供给消费者。换货后的三包有效期自换货之日起重新计算。由销售者在发票背面加盖更换章并提供新的三包凭证或者在三包凭证背面加盖更换章。在三包有效期内，除因消费者使用保管不当致使产品不能正常使用外，由修理者免费修理（包括材料费和工时费）。对应当进行三包的大件商品，修理者应当提供合理的运输费用，然后依法向生产者或者销售者追偿，或者按合同办理。

（资料来源：中国普法网）

**法律实务：**

### 仔细辨清三包用语

*"保修"收费，"包修"免费*

据数据显示，对于家用电器的售后服务的投诉，在近年来有明显的上升趋势。消协的工作人员指出，目前售后服务中存在着许许多多的专业术语，消费者必须弄明白这些专业术语，才能保证自身的利益。据介绍，在品牌机的服务条款中，诸如"质保、保修、包修"的字样消费者并不陌生，虽意义相近，但却有本质的区别。

"质保"是指产品质量要合乎标准，要有保证，如通过 ISO 质量体系认证或国家权威部门检验的产品就会"提供终身质保"。实际上，质保就是产品的品质保证，是任何产品都应具备的基本属性，而不能认为质保就是提供终身保修。

对于保修与包修，《消费者权益保护法》第 45 条是这样规定的：对国家规定或者经营者与消费者约定包修、包换、包退的商品，经营者应当负责修理、更换或者退货。在保修期内，两次修理仍不能正常使用的，经营者应当负责更换或者退货。由此看出，保修与包修，是两个不同的定义。

"保修"是指提供售后维修服务保障，有免费和付费两种方式。人为损坏和不在厂商协定标准服务政策之内的，需要付费；而在标准服务政策之内的，则免费。

"包修"是指在包修期内，购买回的商品在维修时可以不支付任何费用，厂商提供完全免费的维修行为。包修与包退、包换即是大家常说的"三包"。据 12315 申诉举报中心的工作人员介绍，涉及"保修"与"包修"定义混乱的问题主要出在家用电器、家居用品、交通工具等易损易耗商品上。

*赠品也该享受"三包"*

张女士最近在某数码广场购买了一台照相机，恰逢商家搞促销，附送了一个照相机包。可没背几天，照相机包的带子就断了。张女士找到了商家，商家却表示："这是赠品，我们不负质量责任。"现在，"买一赠一"、"买一赠二"等销售方式已经成为商家经常运用的促销手段。但一些"精明"的商家却趁机将质量不合格的商品赠送给消费者，或者在赠品出了问题时将责任推得一干二净。

对此，消协有关人士表示：消费者在碰到赠品发生质量问题时，完全可以追究商家的责任。《消费者权益保护法》中也有规定：消费者购物所获赠品发生质量问题，只要不是人为破坏，出售方应予以退换或维修。商家不承担责任就是违约。工商部门提醒广大消费者，在获取赠品时，应及时向商家索要购物凭证和服务单据；同时让商家就赠品的价格、性质、名称等明细内容在购物凭据上详细注明，以免引起不必要的纠纷。

"样机"不同于"处理品"

消协日前接到消费者刘某的投诉，称他以低于原价 20% 的价格买下了一台冰箱"样机"，商家承诺样机的性能完好。可当他把"样机"搬回家，仅仅使用了 5 天就出现了质量问题。于是他提出退货，但商家却以他购买的电冰箱是"样机"，且是以"处理品"的价格出卖为由，予以拒绝。消协的工作人员发现商家在售货发票上并没有注明该冰箱是处理品，根据国家《部分商品修理更换退货责任规定》第 9 条"产品自出售之日起 7 日内，发生性能故障，销售者可选择退货、换货或修理"的规定，商家有责任给消费者退货。

为此，消协提醒广大消费者注意：购买商品时，对市场上种类繁多的样品、特价商品、打折商品、降价商品等情况要提高警惕，多加小心。对标明是"处理品"的商品则要格外留神，因为"处理品"出现质量问题是不能退换的，也不再享有免费修理。

（资料来源：北京青年报）

（九）格式合同的限制

经营者不得以格式合同、通知、声明、店堂告示等方式作出对消费者不公平、不合理的规定，或者减轻、免除其损害消费合法权益应当承担的民事责任。格式合同、通知、声明、店堂告示等含有上述内容的，其内容无效（《消费者权益保护法》第 24 条）。

**法律实务：**

**合同违法行为监督处理办法**

**第一条** 为了维护市场经济秩序，保护国家利益、社会公共利益和当事人合法权益，依据《中华人民共和国合同法》和有关法律法规的规定，制定本办法。

**第二条** 本办法所称合同违法行为，是指自然人、法人、其他组织利用合同，以牟取非法利益为目的，违反法律法规及本办法的行为。

**第三条** 当事人订立、履行合同，应当遵守法律、行政法规，尊重社会公德，不得扰乱社会经济秩序，损害国家利益、社会公共利益。

**第四条** 各级工商行政管理机关在职权范围内，依照有关法律法规及本办法的规定，负责监督处理合同违法行为。

**第五条** 各级工商行政管理机关依法监督处理合同违法行为，实行查处与引导相结合，处罚与教育相结合，推行行政指导，督促、引导当事人依法订立、履行合同，维护国家利益、社会公共利益。

**第六条** 当事人不得利用合同实施下列欺诈行为：

（一）伪造合同；

（二）虚构合同主体资格或者盗用、冒用他人名义订立合同；

（三）虚构合同标的或者虚构货源、销售渠道诱人订立、履行合同；

（四）发布或者利用虚假信息，诱人订立合同；

（五）隐瞒重要事实，诱骗对方当事人做出错误的意思表示订立合同，或者诱骗对方当事人履行合同；

（六）没有实际履行能力，以先履行小额合同或者部分履行合同的方法，诱骗对方当事人订立、履行合同；

（七）恶意设置事实上不能履行的条款，造成对方当事人无法履行合同；

（八）编造虚假理由中止（终止）合同，骗取财物；

（九）提供虚假担保；

（十）采用其他欺诈手段订立、履行合同。

**第七条** 当事人不得利用合同实施下列危害国家利益、社会公共利益的行为：

（一）以贿赂、胁迫等手段订立、履行合同，损害国家利益、社会公共利益；

（二）以恶意串通手段订立、履行合同，损害国家利益、社会公共利益；

（三）非法买卖国家禁止或者限制买卖的财物；

（四）没有正当理由，不履行国家指令性合同义务；

（五）其他危害国家利益、社会公共利益的合同违法行为。

**第八条** 任何单位和个人不得在知道或者应当知道的情况下，为他人实施本办法第六条、第七条规定的违法行为，提供证明、执照、印章、账户及其他便利条件。

**第九条** 经营者与消费者采用格式条款订立合同的，经营者不得在格式条款中免除自己的下列责任：

（一）造成消费者人身伤害的责任；

（二）因故意或者重大过失造成消费者财产损失的责任；

（三）对提供的商品或者服务依法应当承担的保证责任；

（四）因违约依法应当承担的违约责任；

（五）依法应当承担的其他责任。

**第十条** 经营者与消费者采用格式条款订立合同的，经营者不得在格式条款中加重消费者下列责任：

（一）违约金或者损害赔偿金超过法定数额或者合理数额；

（二）承担应当由格式条款提供方承担的经营风险责任；

（三）其他依照法律法规不应由消费者承担的责任。

**第十一条** 经营者与消费者采用格式条款订立合同的，经营者不得在格式条款中排除消费者下列权利：

（一）依法变更或者解除合同的权利；

（二）请求支付违约金的权利；

（三）请求损害赔偿的权利；

（四）解释格式条款的权利；

（五）就格式条款争议提起诉讼的权利；

（六）消费者依法应当享有的其他权利。

**第十二条** 当事人违反本办法第六条、第七条、第八条、第九条、第十条、第十一条规定，法律法规已有规定的，从其规定；法律法规没有规定的，工商行政管理机关视其情节轻重，分别给予警告，处以违法所得额三倍以下，但最高不超过三万元的罚款，没有违法所得的，处以一万元以下的罚款。

**第十三条** 当事人合同违法行为轻微并及时纠正，没有造成危害后果的，应当依法不予行政处罚；主动消除或者减轻危害后果的，应当依法从轻或者减轻行政处罚；经督促、引导，能够主动改正或者及时中止合同违法行为的，可以依法从轻行政处罚。

**第十四条** 违反本办法规定涉嫌犯罪的，工商行政管理机关应当按照有关规定，移交司法机关追究其刑事责任。

**第十五条** 本办法由国家工商行政管理总局负责解释。

**第十六条** 本办法自 2010 年 11 月 13 日起施行。

（十）不得侵犯人身自由的义务

经营者不得对消费者进行侮辱、诽谤，不得搜查消费者的身体及其携带的物品，不得侵犯消费者的人身自由（《消费者权益保护法》第 25 条）。

【课堂练习】

8.5 下列属于需要经营者承担的义务是（　　　）。

A. 消费者在就餐时吃出异物

B. 经营者未按旅游合同约定提供服务，给消费者带来损失

C. 经营者在经营商品时夸大对商品的宣传

D. 网络店家设置广告陷阱，误导消费者进行不合理消费

【本节小结】

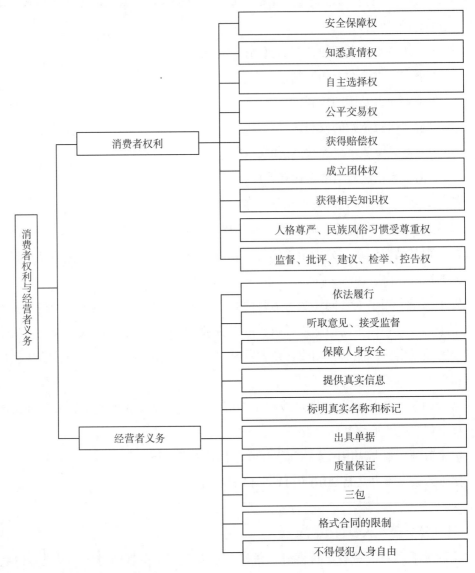

【课后思考】

1. 超市是否有权搜查消费者的身体以及所带物品？

2. "最低消费"所损害的是消费者的什么权利？

3. 试分析"保修"与"包修"的区别。

# 第三节　消费者权益的保护

我国对于消费者权益的保护主要分为国家保护和社会保护。在社会保护中最重要的就是依托消费者协会这一社会团体。学习者应从认识消费者权益的国家、社会保护入手，了解消费者组织的职能等相关知识，使得消费者在权益受到侵害时可以找到有利于自己的保护方式。

## 一、消费者权益的国家保护

### （一）消费者权益的立法保护

国家保护消费者权益不受侵害，并采取措施保障消费者依法行使权利，维护消费者的合法权益。同时，国家在制定有关消费者权益的法律、法规和政策时，应当听取消费者意见和要求，从而有利于对于消费者权益的保护。

### （二）消费者权益的行政保护

各级人民政府应当加强领导，组织、协调、督促有关行政部门做好保护消费者合法权益的工作。各级人民政府应当加强监督，预防危害消费者人身、财产安全行为的发生，及时制止危害消费者人身、财产安全的行为（《消费者权益保护法》第27条）。各级人民政府工商行政管理部门和其他有关行政部门应当按照法律、法规的规定，在各自的职责范围内，采取措施，保护消费者的合法权益。有关行政部门应当听取消费者及其社会团体对经营者交易行为、商品和服务质量问题的意见，及时调查处理（《消费者权益保护法》第28条）。

### （三）消费者权益的司法保护

人民法院应当采取措施，方便消费者提起诉讼。对符合《中华人民共和国民事诉讼法》起诉条件的消费者权益争议，必须受理，及时审理。对违法犯罪行为应给予相应处罚。

【课堂练习】

8.6 在我国，消费者权益的保护主要包括（　　　）。

A. 立法保护　　　　　　　　　B. 司法保护

C. 行政保护　　　　　　　　　D. 消费者协会保护

## 二、消费者权益的社会保护

保护消费者的合法权益是全社会的共同责任，国家鼓励、支持一切组织和个人对侵害消费者合法权益的行为进行社会监督。大众传媒应当做好维护消费者合法权益的宣传，对损害消费者权益的行为进行舆论监督，从而使消费者的合法权益得到有效保护。

【课堂练习】

8.7 下列属于消费者权益社会保护主体的是（　　　）。

A. 消费者协会的李某　　　　　B. 煤矿工人张某

C. 新闻记者刘某　　　　　　　D. 企业法人江某

## 三、消费者组织

### （一）消费者组织的定义

消费者组织又称消费者保护团体，是指依法成立的对商品和服务进行社会监督，从而保护消费者合法权益的社会团体的总称。在我国，消费者组织有两种：一种是消费者协会，包括中国消费者协会以及各地成立的消费者协会；另一种是其他消费者组织。同时，消费者组织不得从事商品经营和营利性服务，不得以牟利为目的向社会推荐商品和服务。

### （二）消费者组织的职能

我国《消费者权益保护法》第32条明确规定，消费者组织的职能主要包括：

（1）向消费者提供消费信息和咨询服务；

（2）参与有关行政部门对商品和服务的监督、检查；

（3）就有关消费者合法权益的问题，向有关行政部门反映、查询，提出建议；

（4）受理消费者的投诉，并对投诉事项进行调查、调解；

（5）投诉事项涉及商品和服务质量问题的，可以提请鉴定部门鉴定，鉴定部门应当告知鉴定结论；

（6）就损害消费者合法权益的行为，支持受损害的消费者提起诉讼；

（7）对损害消费者合法权益的行为，通过大众传播媒介予以揭露、批评。

各级人民政府对消费者协会履行职能应当予以支持。

---

**法律实务：**

#### 中国消费者协会标志及其意义

"3·15标志"以中国消费者协会会徽图形为上方图形，同时加注"3·15"字样。此标志包括两方面的含义：一是对优质商品或服务的一种认可和证明，二是使企业履行做出的承诺，即发生小额消费者权益争议时，消费者与经营者双方协商不成，经营者自愿接受消费者协会的调解意见，以避免小

额争议久拖不决。中国消费者协会推出"3·15标志"的目的有四个：一是便于更有效地解决小额消费者权益争议，从而使消费者协会能更好地履行保护消费者合法权益的职能；二是对优质商品及服务的一种证明，便于消费者择优购买；三是通过使用便于识别的统一标识，帮助广大消费者正确选择商品和服务，行之有效地引导消费者科学、合理、安全、健康消费；四是有利于扶优限劣，增强企业竞争力。

（资料来源：找法网）

【课堂练习】

8.8 下列属于消费者组织职能的是（        ）。

A. 向消费者提供消费信息和咨询服务

B. 参与有关行政部门对商品和服务的监督、检查

C. 受理消费者的投诉，并对投诉事项进行调查、调解

D. 对损害消费者合法权益的行为，通过大众传播媒介予以揭露、批评

【本节小结】

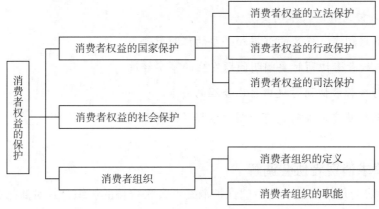

【课后思考】

1. 国家对于消费者权益的保护主要包括哪些？

2. 消费者权益的社会保护主体主要包括哪些？

3. 消费者组织在消费者权益保护中的作用是什么？

# 第四节　消费者权益争议的解决

我国《消费者权益保护法》第34条明确规定，消费者和经营者发生消费者权益争议的，可以通过与经营者协商和解、请求消费者协会调解、向有关行政部门申诉、仲裁以及诉讼。学习者应熟悉各消费者权益争议的解决方式，在发生消费者权益受到侵害时可以找到最佳的解决方式。

## 一、双方协商和解

双方协商和解是指消费者与经营者双方在平等自愿的基础上，本着公平、互谅的态度，通过协商，交换意见，就有关问题达成和解协议，使纠纷得以解决的方式，是解决消费争议最常见的方式之一。消费者在确认自己的合法权益受到损害而准备采取协商和解的方式予以解决时，应注意以下几个方面的问题：第一，准备好翔实、充足的证据和必要的证明材料。第二，要坚持公平合理、实事求是的原则。在与经营者协商时，要阐明问题发生的事实经过，提出自己合理的要求，必要时可指明所依据的法律条文，以促成问题的尽快解决。

【课堂练习】

8.9 双方协商和解要求消费者（　　　）。

A. 准备好翔实、充足的证据和必要的证明材料

B. 在与经营者协商时要阐明问题发生的事实经过

C. 在与经营者协商时提出自己合理的要求

D. 在与经营者协商时，可指明所依据的法律条文

## 二、请求消费者协会调解

消费者协会是依法成立的专门保护消费者合法权益的组织，是对商品和服务进行社会监督的主要社会团体。因此，消费者在自身合法权益受到侵害时，向消协投诉，请求消协调解是最常见的方式，能够较为顺利、有效地解决纠纷。消费者向消协投诉要提供文字材料或投诉人签字盖章的详细口述笔录。其内容如下：

（1）投诉人的姓名、住址、邮政编码、电话号码等；

（2）被投诉方的单位名称、详细地址、邮政编码、电话号码等；

（3）所购商品或接受服务的日期、品名、牌号、规格、数量、计量、价格等；

（4）受损害及与经营者交涉的情况；

（5）凭证（发票、保修证件等复印件）和有关证明材料。

值得注意的是，未经消协同意，消费者不要轻易将凭证、证明材料原件和商品实物寄去，以免丢失，给问题的处理带来麻烦。如果投诉内容比较重要，最好亲自将材料送交消协，并进行口头补充说明。

消协调解流程见图8-1。

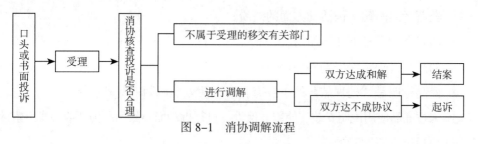

图 8-1　消协调解流程

一、受理投诉原则

（一）消协依法受理消费者投诉，对投诉事项进行调查、调解。

（二）调解以双方自愿、合法、合理、公正为基础；调解以事实和证据为依据。消费者投诉，有责任提供证据，证明购买、使用商品或接受服务与所受损害存在因果关系。对造成损害的产品质量缺陷和服务中存在的具体损害原因，不应当强求消费者举证。

（三）按地域管辖责任分工受理。

（四）受理投诉要严肃认真，接待消费者要诚恳热情，做到件件有回音，事事有着落，努力遵守受理投诉的时间要求，全心全意为消费者服务。

（五）受理消费者投诉，一般应坚持无偿服务的原则。

（六）坚持舆论监督，通过大众传播媒介定期或不定期公布消费者投诉情况。凡公开点名曝光的必须慎重，要以消费者投诉事实或必要的调查、鉴定材料为依据，要有必要的组织审批手续。必要时，可以事先反馈给被批评者按一定手续进行核实。

二、受理投诉范围

（一）下列投诉应予受理。

1. 根据《消法》关于"消费者的权利"的9项规定，受理消费者受到损害的投诉。

2. 根据《消法》关于"经营者的义务"的10项规定，受理消费者对经营者未履行法定义务的投诉。

3. 受理农民购买、使用直接用于农业生产的种子、化肥、农药、农膜、农机具等生产资料其权益受到损害的投诉。

（二）下列投诉不予受理。

1. 经营者之间购、销活动方面的纠纷；

2. 消费者个人私下交易纠纷；

3. 商品超过规定保修期和保证期；

4. 商品标明是"处理品"的（没有真实说明处理原因的除外）；

5. 未按商品使用说明安装、使用、保管、自行拆动而导致商品损坏或人身危害的；

6. 被投诉方不明确的；

7. 争议双方曾达成调解协议并已执行，而且没有新情况，新理由的；

8. 法院、仲裁机构或有关行政部门已受理调查和处理的；

9. 不符合国家法律、法规有关规定的。

（三）下列情形酌情受理。

1. 遇到《消法》第三十六、三十七、三十八、三十九条所列情况，投诉人当时不能提供明确的被投诉方的，应积极协助消费者查找应负责任者，能够确定的，应予受理。

2. 对因商品缺陷造成人身、财产损害的侵权问题投诉，可告知投诉者保留现场和证据，及早向人民法院提起诉讼。投诉的消费者坚持要求消协调解的，可参照《中华人民共和国民事诉讼法》有关规定进行。

3. 按投诉内容和有关规定，需由行政部门处理的，建议消费者直接向有关行政部门处理的，建议消费者直接向有关行政部门申诉。对已向有关行政部门申诉，但久拖不决或只对经营者处罚，未给消费者追偿损失，消费者又向消协投诉的，消协可以向该行政部门反映、查询并提出建议。

4. 地方法规赋予消协其他职责的，按当地通过施行的法规执行。

## 三、受理投诉程序及办法

（一）投诉的受理。

1. 消费者投诉要有文字材料或投诉人签字盖章的详细口述笔录，要有以下内容：投诉人的姓名、住址、邮政编码、电话号码等；被投诉方的单位名称、详细地址、邮政编码、电话号码等；购买商品或接受服务的日期、品名、牌号、规格、数量、计量、价格、受损害及与经营者交涉的情况，并提供凭证（发票、保修证件等复印件）和有关证明材料。

2. 对缺少凭证和情况不明的投诉，应及时通知投诉人，待补齐所需证明材料后受理。

3. 对不符合受理范围的投诉，及时将不受理原因及依据的法律、法规条款告知消费者。

4. 对其他单位或企业转来的消费者投诉，凡投诉人没有要求向消协投诉的，不直接受理，不直接答复投诉人。

5. 对受理的投诉，及时登记建档。

（二）投诉的处理。

1. 根据《消法》"争议的解决"一章中有关条款进行调解，将投诉信转被投诉方，要求被投诉方在限期内答复消协和消费者，超过限期没有答复的，再次催促或采取其他办法，直至有结果；在限期内被投诉方提出正当理由，认为不适合消费者协会调解的，消协要及时告知消费者采取其他途径解决争议。

2. 对内容复杂，争议较大的投诉，消协直接或会同有关部门共同处理，需要做鉴定的，应当提请有关法定鉴定部门鉴定，务请鉴定部门出具书面鉴定结论。鉴定所依据的标准适用性，除特殊要求外，应由鉴定部门负责。做鉴定所需的费用一般由鉴定结论的责任方承担。如双方均有责任的，由双方共同负担。

3. 对涉及面广，危及广大消费者权益的，或者损害消费者权益情节严重又久拖不决的重要投诉，应向政府或有关部门及时反映，要求制止和及时查处；同时，可以通过大众传播媒介予以揭露、批评并且公开提醒消费者注意，避免和减少由此造成的损害。

4. 处理投诉情况和给被投诉方的限期要同时函告消费者。在限期内，被诉方答复解决的，或该消费者超过限期不再继续投诉的，视为结案。

（三）处理投诉的时间要求。

1. 凡接到消费者投诉，受理与不受理的，应力争于 10 日内告知投诉者。

2. 处理当地一般性投诉，应要求被投诉方及时答复，一般在半个月内有明确结果。

四、受理投诉分工

（一）中国及各省、自治区、直辖市、计划单列市和省辖市（地）三级消协做好各地域内受理投诉的协调指导工作。受理本地域内的重大、典型投诉及从下级消协逐级上报来的涉及面广、有地域限制或具有普遍性的疑难问题投诉，处理结果应函复上报的下级消协。对一般投诉，可转到被投诉方所在的市、县级消协和县级以下消费者组织受理。

（二）县（市）级消协和县级以下消费者组织受理：

1. 直接收到的消费者投诉。

2. 上级消协按地域范围转来的一般投诉。

3. 外市、县消协要求协助受理的投诉（协助处理后要及时答复外地消协）。

4. 受理本地消费者的投诉，被投诉方是外地的，受理所在地消协应当直接与外地的被投诉方联系处理。解决有困难的，可函请被投诉方所在地的消协协助受理。

5. 对于本级消协难以解决的投诉，可逐级报请上级消协协助受理。

（三）港、澳地区、台湾省及外国消费者对国内工商企业的投诉，投诉到哪个消协，就由哪个消协受理。需要其他消协协助解决的，由受理消协直接联系（处理结果由受理消协负责答复投诉者）。必须要与国外企业交涉的投诉，统一由省级消协受理，省级消协所在地无被投诉的国外企业驻华办事机构的，报中国消费者协会协助受理。

### 五、受理投诉统计分析及档案管理制度

（一）统计分析制度。

1. 根据中消协的统一规定，各级消协要按时填报《受理投诉情况季度统计表》并编写投诉分析。投诉分析要以统计数据为基础并举例说明问题，例子要真实具体，通过带普遍性或典型性的投诉，反映消费者的呼声，分析市场消费趋势、消费动向及消费热点问题等。

2. 县及县级以上消协要按时填报《重大案件季度统计表》（根据中消协字第〔1994〕17号文办）。

3. 受理全国消费者投诉情况由中国消费者协会每季度进行汇总并做出分析，向国家有关领导部门反映，向省、自治区、直辖市消协通报或定向反馈给工商企业。

（二）投诉档案管理制度。

1. 投诉档案须按商品类别分类，方便查阅，科学管理，并由专人负责，有条件的应建立电脑查询；

2. 档案内容完整，处理过程和是否有结果要一目了然；

3. 典型案例档案应长期保存，并定期或不定期上报中消协，累集编辑成册，以备交流和互相参考。

### 六、本规定由中消协负责解释，适用于全国各级消费者协会

（资料来源：中国消费者协会）

【课堂练习】

8.10 消费者协会属于（　　　）。

A. 企业法人　　　　　　　　B. 国家行政部门

C. 社会团体　　　　　　　　D. 合伙企业

### 三、向有关行政部门申诉

消费者在购买使用商品或者接受服务受到损害时，可以向各级人民政府所属的

与保护消费者权益有关的行政部门申诉。这些部门主要包括工商行政管理、技术监督、价格管理、卫生、防疫、进出口商品检验等部门。

有关行政部门包括工商行政管理、技术监督、卫生等部门

【课堂练习】

8.11 消费者可以进行申诉的行政部门包括（　　　）。

A. 工商行政管理部门　　　　　　　B. 技术监督部门

C. 价格管理部门　　　　　　　　　D. 进出口商品检验部门

## 四、仲裁

仲裁是指双方当事人在争议发生之前或者争议发生之后达成协议，自愿将争议交由仲裁委员会裁决的一种法律制度。仲裁具有当事人意思自愿、程序简便、一裁终局、专家仲裁、费用较低、保守机密、相互感情影响小等特征。

仲裁是双方当事人自愿将争议交由仲裁机构裁决的法律制度

当事人采取仲裁方式解决纠纷，应注意以下几点：

（1）应当是双方自愿，并达成仲裁协议；

（2）向哪个仲裁组织提请仲裁，由当事人协议选定。

8.12 双方当事人在仲裁时应注意的事项有（　　　）。

A. 当事人采用仲裁方式解决纠纷，应当是双方自愿，并达成仲裁协议

B. 向哪个仲裁组织提请仲裁，由当事人协议选定

C. 向哪个仲裁组织提请仲裁，由消费者协会选定

D. 向哪个仲裁组织提请仲裁，由人民法院选定

## 五、诉讼

当消费者的合法权益受到侵害，消费者又未与经营者达成仲裁协议，消费者可直接向人民法院提起诉讼，请求人民法院通过审判来解决消费者与经营者之间的消费争议，以保护消费者的合法权益。

消费者向人民法院提起的诉讼属于民事诉讼

法律实务：

### 消费诉讼应注意的问题

1. 保存消费证据

消费者在进行消费活动中，一定注意向销售方索取购物凭证或服务收据。如果所购买的商品发生故障或事故，应保护好现场，必要时请有关部门勘察证明。

2. 明白消费权利

根据《消费者权益保护法》的规定，消费者主要享有安全权、知情权、自主选择权、公平交易权、求偿权、获得知识权、人格尊严权、监督举报权。

3. 注意诉讼时效

我国有关法律明文规定，身体受到伤害要求赔偿的诉讼时效期为一年；寄存财物被丢失或者损毁的诉讼时效期为一年；因产品存在缺陷造成损害要求赔偿的诉讼时效期为两年。当权益受到侵害时，消费者应及时向法院提出诉讼请求。

4. 选择维权渠道

消费者和经营者发生消费者权益争议的，可以通过5种途径解决：与经营者协商和解；请求消费者协会调解；向工商、质监等行政部门申诉；根据与经营者达成的仲裁协议提请仲裁机构仲裁；向人民法院提起诉讼。消费者在权益受到损害时，应该选择合理的维权渠道，使问题得到及时有效解决。

（资料来源：找法网）

【课堂练习】

8.13 消费者为解决争议向人民法院提起的诉讼属于（　　　）。

A. 民事诉讼      B. 行政诉讼

C. 刑事诉讼      D. 劳动仲裁

【本节小结】

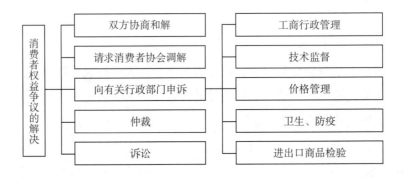

【课后思考】

1. 结合《中华人民共和国民事诉讼法》的相关规定写出消费诉讼的流程。

2. 消费者协会的性质及其职能包括哪些？

# 第五节　消费者权益保护的法律责任

违反消费者权益的责任主要包括法律责任的确定以及法律责任的规制。学习者应从企业变更后的责任确定、营业执照借出人以及借用人的责任确定、展销会责任的确定以及广告经营者的责任确定入手，理解、掌握因违反消费者权益保护法所带来的法律责任。

## 一、消费者权益保护法的法律责任确定

（一）企业分立、合并后的责任确定

消费者在购买、使用商品或者接受服务时，其合法权益受到损害，因原企业分立、合并的，可以向变更后承受其权利义务的企业要求赔偿（《消费者权益保护法》第 36 条）。

消费者权益保护法的法律责任确定关系到消费责任的划分

（二）营业执照借出后的责任确定

使用他人营业执照的违法经营者提供商品或者服务，损害消费者合法权益的，消费者可以向其要求赔偿，也可以向营业执照的持有人要求赔偿（《消费者权益保护法》第 37 条）。

（三）展销会责任的确定

消费者在展销会、租赁柜台购买商品或者接受服务，其合法权益受到损害的，可以向销售者或者服务者要求赔偿。展销会结束或者柜台租赁期满后，也可以向展销会的举办者、柜台的出租者要求赔偿。展销会的举办者、柜台的出租者赔偿后，有权向销售者或者服务者追偿（《消费者权益保护法》第 38 条）。

（四）广告经营者的责任确定

消费者因经营者利用虚假广告提供商品或者服务，其合法权益受到损害的，可以向经营者要求赔偿。广告的经营者发布虚假广告的，消费者可以请求行政主管部门予以惩处。广告的经营者不能提供经营者的真实名称、地址的，应当承担赔偿责任（《消费者权益保护法》第 39 条）。

【课堂练习】

8.14 使用他人营业执照的违法经营者提供商品或者服务，损害消费者合法权益的，消费者可以请求赔偿的对象包括（　　　）。

A. 使用他人营业执照人　　　B. 营业执照的持有人

C. 营业执照颁布人　　　　　D. 营业执照管理人

## 二、违反消费者权益保护法的法律责任

### （一）民事责任

经营者提供商品或者服务有下列情况之一的，除《消费者权益保护法》另有规定外，应当依照《中华人民共和国产品质量法》和其他有关法律、法规的规定，承担民事责任：① 商品存在缺陷的；② 不具备商品应当具备的使用性能而出售时未作说明的；③ 不符合在商品或者其包装上注明采用的商品标准的；④ 不符合商品说明、实物样品等方式表明的质量状况的；⑤ 生产国家明令淘汰的商品或者销售失效、变质的商品的；⑥ 销售的商品数量不足的；⑦ 服务的内容和费用违反约定的；⑧ 对消费者提出的修理、重作、更换、退货、补足商品数量、退还货款和服务费用或者赔偿损失的要求，故意拖延或者无理拒绝的；⑨ 法律、法规规定的其他损害消费者权益的情形（《消费者权益保护法》第40条）。

经营者提供商品或者服务，造成消费者财产损害的，应当按照消费者的要求，以修理、重作、更换、退货、补足商品数量、退还货款和服务费用或者赔偿损失等方式承担民事责任。消费者与经营者另有约定的，按照约定履行（《消费者权益保护法》第44条）。

对国家规定或者经营者与消费者约定包修、包换、包退的商品，经营者应当负责修理、更换或者退货。在保修期内两次修理仍不能正常使用的，经营者应当负责更换或者退货。对包修、包换、包退的大件商品，消费者要求经营者修理、更换、退货的，经营者应当承担运输等合理费用（《消费者权益保护法》第45条）。

经营者以邮购方式提供商品的，应当按照约定提供。未按照约定提供的，应当按照消费者的要求履行约定或者退回货款；并应当承担消费者必须支付的合理费用（《消费者权益保护法》第46条）。

经营者以预收款方式提供商品或者服务的，应当按照约定提供。未按照约定提供的，应当按照消费者的要求履行约定或者退回预付款；并应当承担预付款的利息、消费者必须支付的合理费用（《消费者权益保护法》第47条）。

依法经有关行政部门认定为不合格的商品，消费者要求退货的，经营者应当负责退货（《消费者权益保护法》第48条）。

经营者提供商品或者服务有欺诈行为的，应当按照消费者的要求增加赔偿其受到的损失，增加赔偿的金额为消费者购买商品的价款或者接受服务的费用的一倍（《消费者权益保护法》第49条）。

### （二）行政责任

经营者有下列情形之一，《中华人民共和国质量法》和其他有关法律、法规对处罚机关和处罚方式有规定的，依照法律、法规的规定执行；法律、法规未作规定的，由工商行政管理部门责令改正，可以根据情节单处或者并处警告、没收违法所

得、处以违法所得 1 倍以上 5 倍以下的罚款，没有违法所得的，处以 1 万元以下的罚款；情节严重的，责令停业整顿、吊销营业执照：

（1）生产、销售的商品不符合保障人身、财产安全要求的；

（2）在商品中掺杂、掺假，以假充真，以次充好，或者以不合格商品冒充合格商品的；

（3）生产国家明令淘汰的商品或者销售失效、变质的商品的；

（4）伪造商品的产地，伪造或者冒用他人的厂名、厂址，伪造或者冒用认证标志、名优标志等质量标志的；

（5）销售的商品应当检验、检疫而未检验、检疫或者伪造检验、检疫结果的；

（6）对商品或者服务作引人误解的虚假宣传的；

（7）对消费者提出的修理、重作、更换、退货、补足商品数量、退还货款和服务费用或者赔偿损失的要求，故意拖延或者无理拒绝的；

（8）侵害消费者人格尊严或者侵犯消费者人身自由的；

（9）法律、法规规定的对损害消费者权益应当予以处罚的其他情形。

依法经有关行政部门认定为不合格的商品，消费者要求退货的，经营者应当负责退货。经营者对行政处罚决定不服的，可以自收到处罚决定之日起 15 日内向上一级机关申请复议，对复议决定不服的，可以自收到复议决定书之日起 15 日内向人民法院提起诉讼；也可以直接向人民法院提起诉讼（《消费者权益保护法》第 51 条）。

（三）刑事责任

我国《消费者权益保护法》对应追究刑事责任的侵害消费者合法权益的行为主要规定了以下三种：

（1）违反相关规定，导致产品不合格，造成消费者或其他受害人人身伤害、死亡，构成犯罪的；

（2）以暴力、威胁等方法阻碍有关行政部门工作人员依法执行职务，构成犯罪的；

（3）国家工作人员玩忽职守或者包庇经营者侵害消费者合法权益，构成犯罪的。

【课堂练习】

8.15 违反消费者权益的法律责任包括（　　　）。

A. 民事法律责任　　　　　　　　B. 刑事法律责任

C. 行政法律责任　　　　　　　　D. 经济法律责任

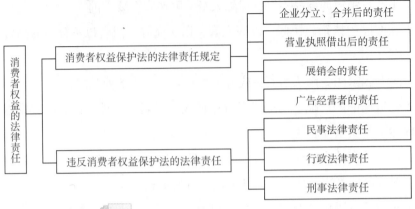

【课后思考】

1. 试述企业在合并、分立后的法律责任确定。
2. 违反消费者权益保护法所承担的民事责任包括哪些?

【本章案例讨论】

1997年5月,来自保定的陈某在北京某商场购买了一双由天津某皮鞋厂生产的皮鞋,价值人民币300元。购鞋的同时,陈某还领取了此商场发的"包修、包换、包退"的三包质量卡。陈某回保定后,穿上了这双新购得的皮鞋。仅穿10天,此鞋鞋底即告断裂。陈某为此专程前往北京,找到店家要求退货。该商场承认皮鞋确实存在质量问题,同意调换,但同时还表示,目前商场无现货可换,商场将与生产厂家联系,请陈某暂回保定等候该商场与生产厂家联系的结果。此后,陈某三次电话查询此事,商场方面总以生产厂家没有回音为由要求陈某继续等待。1998年3月,陈某再次赴北京找商场要求解决问题,商场仍给陈某以同样的答复。陈某遂向人民法院提出诉讼,要求该商场退回购鞋款300元,并要求赔偿交通、误工费等人民币500元。(案例来源:浙江广播电视大学经济法试题)

问题

1. 阐述你对"三包"中包修、包换、包退的认识。
2. 陈某的诉求能否得到法律的保护?
3. 如果你是法官,你会如何判决?
4. 阐述你在判决中的依据是什么。

第九章
仲裁法与民
事诉讼法

9

【学习目标】

学习本章要求了解仲裁、仲裁法的定义、特征、原则，仲裁庭的组成方式及仲裁开庭程序，诉讼、民事诉讼的定义；掌握仲裁的适用范围规定；掌握仲裁协议效力的规定。掌握诉讼的适用范围、审判制度、诉讼时效的规定；掌握民事诉讼管辖范围的规定；能采取合理方式解决经济纠纷。

【案例导入】

海南省天南公司与海北公司于 2008 年 6 月签订了一份融资租赁合同，约定由天南公司进口一套化工生产设备，租给海北公司使用，海北公司按年交付租金。海南省 A 银行出具担保函，为海北公司提供担保。后来天南公司与海北公司因履行合同发生争议。请根据以下所给的假设条件回答：

【问题】

1. 如果天南公司与海北公司签订的合同中约定了以下仲裁条款："因本合同的履行所发生的一切争议，均提交珠海仲裁委员会仲裁。"现天南公司因海北公司无力支付租金，向珠海仲裁委员会申请仲裁，将海北公司和 A 银行作为被申请人，请求裁决被申请人给付拖欠的租金。天南公司的行为是否正确？为什么？

2. 如果存在上问中所说的仲裁条款，天南公司能否向人民法院起诉海北公司和 A 银行，请求支付拖欠的租金？为什么？

3. 如果本案通过仲裁程序处理，天南公司申请仲裁委员会对海北公司的财产采取保全措施，仲裁委员会应当如何处理？

4. 如果本案通过仲裁程序处理后，在对仲裁裁决执行的过程中，法院裁定对裁决不予执行，在此情况下，天南公司可以通过什么法律程序解决争议？

# 第一节　经济纠纷解决途径概述

在市场经济条件下，经济法主体为实现各自的经济目标，必须进行各种经济活动。由于各自的经济权益相互独立，为了保护当事人的合法权益，维持社会经济秩序，必须利用有效手段，及时解决各主体之间的纠纷。学习者应从经济纠纷的定义入手，掌握经济纠纷的解决途径，及时化解经济纠纷。

## 一、经济纠纷的定义与范围

经济纠纷是指经济法律关系主体之间因经济权利和经济义务的矛盾而引起的争议。它包括平等主体之间涉及经济内容的纠纷和公民、法人或者其他组织作为行政管理相对人与行政机关之间因行政管理所发生的涉及经济内容的纠纷。

在市场经济条件下，经济法主体为实现各自的经济目标，必须进行各种经济活动。由于各自的经济权益相互独立，加之客观情况经常变化，因可能产生合同纠纷、纳税人与税务机关就纳税事务发生争议等。有些经济纠纷案件具有争议标的金额大，案情复杂，专业性强，诉讼时间长，人力、物力、财力耗费多等特点；有些经济纠纷案件和经济犯罪交错存在；有些经济纠纷案件涉及连环合同，一个不执行会引起一连串纠纷，造成恶性循环；有些经济纠纷案件具有涉外因素，处理结果会影响到我国在国际上的声望，影响到对外开放政策的执行。因此，为了保护当事人的合法权益，维持社会经济秩序，必须利用有效手段及时解决这些纠纷。

【课堂练习】

9.1　经济纠纷是指经济法律关系主体之间因经济权利和经济义务的矛盾而引起的争议。它主要包括（　　　）。

A. 平等主体之间涉及经济内容的纠纷

B. 公民、法人或者其他组织作为行政管理相对人与行政机关之间因行政管理所发生的涉及经济内容的纠纷

C. 不平等主体之间涉及经济内容的纠纷

D. 公民、法人或者其他组织之间的纠纷

## 二、经济纠纷解决途径

在我国，解决平等主体之间经济纠纷的途径和方式主要有仲裁、民事诉讼。仲裁

与民事诉讼都是适用于横向关系经济纠纷的解决方式。作为平等民事主体当事人之间发生的经济纠纷，只能在仲裁或者民事诉讼两种方式中选择一种解决争议。有效的仲裁协议可排除法院的管辖权，只有在没有仲裁协议或者仲裁协议无效，或者当事人放弃仲裁协议的情况下，法院才可以行使管辖权，这在法律上称为或裁或审原则。

**【课堂练习】**

9.2 下列争议解决方式中，适用于解决平等民事主体当事人之间发生的经济纠纷的有（　　　）。

A. 仲裁　　　　　　　　　　B. 民事诉讼

C. 行政复议　　　　　　　　D. 行政诉讼

**【本节小结】**

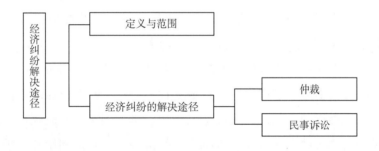

**【课后思考】**

1. 什么是经济纠纷？

2. 经济纠纷的解决途径有哪些？

# 第二节　仲　裁　法

在人类社会发展过程中，平等主体之间在其进行社会交往的过程中必然因为各自利益的不同而产生各种社会冲突。民事纠纷经常而大量地存在，不仅有碍于社会秩序的稳定，而且如果纠纷得不到及时解决，势必影响人们之间的正常社会交往。因此，纠纷的解决方式日益受到社会的关注和重视。其中，仲裁在商事领域是一种非常重要和有效的纠纷解决方式。

学习者应从仲裁法定义入手，掌握仲裁的适用范围、基本原则、仲裁机构、仲裁协议等相关知识。

## 一、仲裁的定义和特征

（一）仲裁的定义

仲裁是经济纠纷的各方在争议发生前或争议发生后达成协议，自愿将其争议事项交给共同选定的仲裁机构，依法定程序对纠纷作出具有约束力的裁决的活动。仲裁既不同于解决同类争议的司法、行政途径，也不同于人民调解委员会的调解和当事人的自行和解。

（二）仲裁的特征

仲裁作为一种民间性的争议解决制度，与诉讼制度相比较具有以下特征：

1. 自愿性

仲裁机构对当事人之间发生的经济纠纷的仲裁，要以当事人双方自愿为基础。具体而言，对于一项争议，是否将其提交仲裁解决、仲裁机构的选择、仲裁庭组成形式的确定、具体组成人员的选定、仲裁所适用的程序法和实体法、仲裁审理方式以及仲裁裁决中是否写明争议事实与裁决理由等都是由双方当事人在自愿的基础上合意确定的。

2. 快捷性

与实行两审终审制的诉讼相比较，一裁终局制度使得仲裁具有快捷性，不仅有利于争议的迅速快捷地解决，而且有利于提高争议解决的效率。

3. 强制性

仲裁机构的裁决具有法律效力，对双方当事人都有约束力，当事人应当履行裁决。一方当事人不履行的，另一方当事人可以依照民事诉讼法的有关规定向人民法院申请执行。受申请的人民法院应当执行。

【课堂练习】

9.3 仲裁的特征主要包括（　　　　）。

A. 自愿性　　　　　　　　　　B. 快捷性

C. 强制性　　　　　　　　　　D. 自由性

## 二、仲裁法的定义

仲裁法是国家制定或认可的，调整在仲裁过程中发生的各种关系的法律规范的总称。我国于 1994 年 8 月 31 日第八届全国人大常委会第九次会议通过了《中华人民共和国仲裁法》（以下简称《仲裁法》），自 1995 年 9 月 1 日起施行。《仲裁法》

仲裁是经济纠纷的各方自愿将其争议事项交给共同选定的仲裁机构，依法定程序对纠纷作出具有约束力的裁决的活动

仲裁法是国家制定或认可的，调整在仲裁过程中发生的各种关系的法律规范的总称

是规定我国仲裁法律制度，调整仲裁法律关系，确认仲裁法律责任的法律规范。

## 三、仲裁的适用范围

在我国并不是所有的民事案件都可以仲裁，只有平等主体的公民、法人和其他组织之间发生的合同纠纷和其他财产权益纠纷才可以仲裁。下列纠纷不能提请仲裁：关于婚姻、收养、监护、抚养、继承纠纷；依法应当由行政机关处理的行政争议；劳动争议的仲裁；农业集体经济组织内部的农业承包合同纠纷的仲裁。

【课堂练习】

9.4《仲裁法》规定，平等主体的公民、法人和其他组织之间发生的（　　　）纠纷，可以仲裁。

A. 合同纠纷 　　　　　　　　B. 财产权益纠纷

C. 监护权纠纷 　　　　　　　D. 婚姻纠纷

## 四、仲裁的基本原则

（一）自愿原则

当事人采用仲裁方式解决纠纷，应当双方自愿，达成仲裁协议。没有仲裁协议，一方申请仲裁的，仲裁委员会不予受理。

（二）以事实为根据，以法律为准绳，公平合理解决纠纷的原则

仲裁组织应当根据事实，按照法律规定，公平合理地解决纠纷。

（三）仲裁组织依法独立行使仲裁权原则

仲裁由仲裁组织依法独立进行，不受任何行政机关、社会团体和个人的干涉。

（四）一裁终局原则

仲裁实行一裁终局的制度。裁决作出后，当事人就同一纠纷再申请仲裁或者向人民法院起诉的，仲裁委员会或者人民法院不予受理。

如果我不愿意仲裁，可以去法院起诉吗？

9.5 依照仲裁法的规定，在下列关于仲裁的表述中，错误的是（　　）。

A. 仲裁实行自愿仲裁的原则

B. 在仲裁过程中，当事人可以自愿选择仲裁员

C. 在仲裁协议中，当事人可以自愿选择仲裁机构

D. 当事人对仲裁裁决不服的，可以向人民法院起诉

## 五、仲裁机构

仲裁机构包括仲裁委员会和仲裁协会。根据《仲裁法》第 10 条的规定，仲裁委员会可以在直辖市和省、自治区人民政府所在地的市设立，也可以根据需要在其他设区的市设立，不按行政区划层层设立。仲裁委员会由可以设立仲裁委员会的市的人民政府组织有关部门和商会统一组建，并经省、自治区、直辖市的司法行政部门登记。

仲裁委员会由主任 1 人、副主任 2 至 4 人和委员 7 至 11 人组成。仲裁委员会的主任、副主任和委员由法律、经济贸易专家和有实际工作经验的人员担任。仲裁委员会的组成人员中，法律、经济贸易专家不得少于 2/3。

仲裁委员会独立于行政机关，与行政机关没有隶属关系。仲裁委员会之间也没有隶属关系。

仲裁委员会应当由当事人协议选定。仲裁不实行级别管辖和地域管辖。

中国仲裁协会是社会团体法人。中国仲裁协会实行会员制，各仲裁委员会是中国仲裁协会的法定会员。中国仲裁协会是仲裁委员会的自律性组织。设立仲裁协会，应向民政部申请登记。中国仲裁协会经民政部登记后成立，并取得社会团体法人资格。

仲裁协会应有自己的章程。中国仲裁协会章程由全国会员大会制定。

> 仲裁委员会可以在直辖市和省、自治区人民政府所在地的市设立，也可以根据需要在其他设区的市设立，不按行政区划层层设立

9.6 根据《仲裁法》的规定，下列关于仲裁委员会的表述中，正确的有（　　）。

A. 仲裁委员会是行政机关

B. 仲裁委员会不按行政区划层层设立

C. 仲裁委员会独立于行政机关

D. 仲裁委员会之间没有隶属关系

## 六、仲裁协议

### （一）仲裁协议的定义

仲裁协议，是指双方当事人在争议发生之前或者争议发生之后，自愿达成的将特定争议事项提请约定的仲裁委员会进行仲裁审理并作出仲裁裁决的书面意思表示。

仲裁机构是社会性的纠纷解决机构，在性质上属于民间团体。这个民间团体怎么就能裁决他人的纠纷呢？它的权力来源在哪里？它的权力来源于当事人的授权。当事人通过仲裁协议的形式授予了仲裁机构进行仲裁的权力，因此，仲裁协议成为启动仲裁程序的根本。仲裁协议是双方授予仲裁机构仲裁权的合意。只有双方的合意才能使授权成立，单方的仲裁意思表示不能产生授权的效果。《仲裁法》第4条规定，当事人采用仲裁方式解决纠纷，应当双方自愿，达成仲裁协议。没有仲裁协议，一方申请仲裁的，仲裁委员会不予受理。第5条规定，当事人达成仲裁协议，一方向人民法院起诉的，人民法院不予受理，但仲裁协议无效的除外。

### （二）仲裁协议的形式和内容

《仲裁法》第16条规定，仲裁协议包括合同中订立的仲裁条款和以其他书面方式在纠纷发生前或者纠纷发生后达成的请求仲裁的协议。

在仲裁实践中，采用书面形式是对仲裁协议的基本要求。根据最高人民法院《关于适用〈中华人民共和国仲裁法〉若干问题的解释》第1条的规定，"其他书面形式"的仲裁协议，包括以合同书、信件和数据电文（包括电报、电传、传真、电子数据交换和电子邮件）等形式达成的请求仲裁协议。仲裁协议可以是当事人在合同中订立的仲裁条款，也可以是以其他书面方式在纠纷发生前或者纠纷发生后达成的请求仲裁的协议。

《仲裁法》第16条规定，仲裁协议应当具有下列内容：

（1）请求仲裁的意思表示，即当事人双方同意将争议提交仲裁解决的共同愿望。

（2）仲裁事项，即当事人双方提交仲裁的争议范围。

（3）选定的仲裁委员会，即明确约定仲裁事项由哪一个仲裁委员会进行仲裁。

仲裁协议对仲裁事项或者仲裁委员会没有约定或者约定不明确的，当事人可以补充协议；达不成补充协议的，仲裁协议无效。仲裁协议独立存在，合同的变更、解除、终止或者无效，不影响仲裁协议的效力。

### （三）仲裁协议的效力

有效的仲裁协议表现在对当事人双方的约束力，可以排除人民法院就同一争议的主管，而使约定的仲裁机构取得处理该争议的权力。

仲裁协议一经依法成立，即具有法律约束力。

当事人对仲裁协议的效力有异议的，可以请求仲裁委员会做出决定或者请求人民法院做出裁定。一方请求仲裁委员会做出决定，另一方请求人民法院做出裁定的，由人民法院裁定。当事人对仲裁协议的效力有异议的，应当在仲裁庭首次开庭前提出。

当事人达成仲裁协议，一方向人民法院起诉未声明有仲裁协议，人民法院受理后，另一方在首次开庭前提交仲裁协议的，人民法院应当驳回起诉，但仲裁协议无效的除外；另一方在首次开庭前未对人民法院受理该案提出异议的，视为放弃仲裁协议，人民法院应当继续审理。

（四）仲裁协议的无效情形

不符合仲裁协议的内容和形式要求的仲裁协议都是无效的。根据仲裁法的规定，有下列情形之一的，仲裁协议无效：

（1）口头形式约定的仲裁协议无效。

（2）约定的事项超出了仲裁的范围的，仲裁协议无效。

（3）无民事行为能力人或者限制民事行为能力人签订的仲裁协议无效。

（4）仲裁协议对仲裁事项或仲裁委员会没有约定或者约定不明确，当事人又达不成补充协议的，仲裁协议无效。

（5）一方采取胁迫手段，迫使对方订立的仲裁协议无效。

（6）当事人约定争议可以向仲裁机构申请仲裁也可以向人民法院起诉的，仲裁协议无效。但一方向仲裁机构申请仲裁，另一方未在《仲裁法》第20条第2款规定期间内提出异议的除外。《仲裁法》第20条第2款规定，当事人对仲裁协议的效力有异议，应当在仲裁庭首次开庭前提出。

（7）仲裁协议约定两个以上仲裁机构的，当事人可以协议选择其中的一个仲裁机构申请仲裁；当事人不能就仲裁机构选择达成一致的，仲裁协议无效。

（8）仲裁协议约定由某地的仲裁机构仲裁且该地仅有一个仲裁机构的，该仲裁机构视为约定的仲裁机构。该地有两个以上仲裁机构的，当事人可以协议选择其中的一个仲裁机构申请仲裁；当事人不能就仲裁机构选择达成一致的，仲裁协议无效。

【课堂练习】

9.7 根据《仲裁法》的规定，下列情形中的仲裁协议，属于无效的有（　　）。

A. 甲、乙两公司在建设工程合同中依法约定有仲裁条款，其后，该工程合同被确认无效

B. 王某与李某在仲裁协议中约定，将他们之间的扶养合同纠纷交由某仲裁委员会仲裁

C. 郑某与甲企业在仲裁协议中对仲裁委员会约定不明确，且不能达成补充协议

D. 陈某在与高某发生融资租赁合同纠纷后，胁迫高某与其订立将该合同纠纷提交某仲裁委员会仲裁的协议

## 七、仲裁程序

### （一）申请和受理

我国仲裁法规定，仲裁不实行级别管辖和地域管辖，由当事人协议选定仲裁委员会。当符合申请仲裁的条件时，当事人可以向双方约定的仲裁机构申请仲裁，向仲裁委员会递交仲裁协议、仲裁申请书及副本。仲裁委员会收到仲裁申请书之日起5日内，认为符合受理条件的，应当受理，并通知当事人；认为不符合受理条件的，应当书面通知当事人不予受理，并说明理由。

### （二）组成仲裁庭

仲裁庭可以由3名仲裁员或者1名仲裁员组成。当事人约定由3名仲裁员组成仲裁庭的，应当各自选定或者各自委托仲裁委员会主任指定1名仲裁员，第3名仲裁员由当事人共同选定或者共同委托仲裁委员会主任指定。第3名仲裁员是首席仲裁员。当事人约定由1名仲裁员成立仲裁庭的，应当由当事人共同选定或者共同委托仲裁委员会主任指定。当事人没有在仲裁规则规定的期限内约定仲裁庭的组成方式或者选定仲裁员的，由仲裁委员会主任指定。仲裁庭组成后，仲裁委员会应当将仲裁庭的组成情况书面通知当事人。

仲裁员有下列情形之一的，必须回避，当事人也有权提出回避申请：

（1）是本案当事人或者当事人、代理人的近亲属；

（2）与本案有利害关系；

（3）与本案当事人、代理人有其他关系，可能影响公正仲裁的；

（4）私自会见当事人、代理人，或者接受当事人、代理人请客送礼的。

### （三）开庭和裁决

仲裁应当开庭进行。当事人协议不开庭的，仲裁庭可以根据仲裁申请书、答辩书以及其他材料作出裁决。仲裁不公开进行。当事人协议公开的，可以公开进行，但涉及国家秘密的除外。

仲裁委员会应当在仲裁规则规定的期限内将开庭日期通知双方当事人。当事人有正当理由的，可以在仲裁规则规定的期限内请求延期开庭。是否延期，由仲裁庭决定。申请人经书面通知，无正当理由不到庭或者未经仲裁庭许可中途退庭的，可以视为撤回仲裁申请。被申请人经书面通知，无正当理由不到庭或者未经仲裁庭许可中途退庭的，可以缺席裁决。

当事人申请仲裁后，可以自行和解。达成和解协议的，可以请求仲裁庭根据和

解协议作出裁决书，也可以撤回仲裁申请。当事人达成和解协议，撤回仲裁申请后反悔的，可以根据仲裁协议申请仲裁。仲裁庭在作出裁决前，可以先行调解。当事人自愿调解的，仲裁庭应当调解。调解不成的，应当及时作出裁决。调解达成协议的，仲裁庭应当制作调解书或者根据协议的结果制作裁决书。调解书与裁决书具有同等法律效力。

仲裁庭的裁决应当按照多数仲裁员的意见作出，少数仲裁员的不同意见可以记入笔录。仲裁庭不能形成多数意见时，裁决应当按照首席仲裁员的意见作出。仲裁庭仲裁纠纷时，其中一部分事实已经清楚，可以就该部分先行裁决。裁决自作出之日起发生法律效力。

当事人应当履行裁决。一方当事人不履行的，另一方当事人可以依照民事诉讼法的有关规定向人民法院申请执行。受理申请的人民法院应当执行。

---

## 法律实务：

### 如何通过仲裁解决经济纠纷

甲公司与乙公司签订了一份买卖节能灯的合同。双方在合同中约定：如果发生纠纷，应提交仲裁委员会仲裁。后来乙公司作为买方发现甲公司提供的货有严重质量问题，于是向甲公司提出赔偿的要求。甲公司不允，双方协商未果。乙公司遂向仲裁委员会申请仲裁，提出申请的时间为 2010 年 8 月 18 日。仲裁委员会于 8 月 28 日受理此案，并决定由 3 名仲裁员组成仲裁庭。甲、乙公司分别选定了一名仲裁员。乙公司作为申请方又委托仲裁委员会主任指定了首席仲裁员。乙公司所选的仲裁员恰好是乙公司上级单位的常年法律顾问。此三名仲裁员公开对此案进行了审理。当事人当庭达成了和解协议，仲裁庭依和解协议制作了仲裁调解书。此案圆满结束。问：仲裁委员会在程序上有无不当之处？请指出并说明理由。

答：（1）本案中仲裁委员会从收到申请书到受理申请之间间隔的时间违反程序。《仲裁法》规定，仲裁委员会应在收到仲裁申请书之日起 5 日内作出受理或不受理的决定，本案的间隔时间已经有 10 天了，显然不合法。

（2）选定仲裁员的方法是错误的。《仲裁法》规定，当事人应当各自选定或者各自委托仲裁委员会主任指定 1 名仲裁员。第三名仲裁员由当事人共同选定或共同委托仲裁委员会主任指定。本案中乙公司独自委托仲裁委员会主任指定首席仲裁员的做法是违背程序法的。

（3）仲裁员没有申请回避。《仲裁法》规定，与本案当事人有其他关系，可能影响公正仲裁的仲裁员，应当申请回避。而本案中乙公司选定的仲裁员是自己上级单位的常年法律顾问，属于这一情形，当事人虽然没有申请回避，仲裁员也应自行回避。

（4）仲裁不应公开进行。《仲裁法》规定，仲裁不公开进行。当事人协议公开的，可以公开进行，但涉及国家秘密的除外。本案中，当事人没有协议公开审理，但仲裁庭却将该案公开审理，这一做法显然违反法律规定。

（5）此处不能制作调解书。《仲裁法》规定，当事人申请仲裁后，可以自行和解。达成和解协议的，可以请求仲裁庭根据和解协议作出裁决书，也可以撤回仲裁申请。而本案中，当事人既未提出申请，仲裁庭又出具了调解书，显然是违反程序的。

【本节小结】

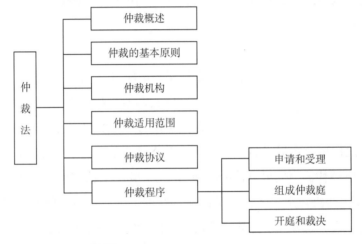

【课后思考】

1. 什么是仲裁?

2. 哪些纠纷不能适用仲裁?

3. 仲裁协议无效有哪些情形?

# 第三节　民事诉讼法

诉讼是指国家司法机关依照法律规定，在当事人和其他诉讼参与人的参加下，依法解决讼争的活动。诉讼可分为民事诉讼、行政诉讼和刑事诉讼。与之相对应的诉讼法包括民事诉讼法、行政诉讼法和刑事诉讼法。在我国，一般通过民事诉讼活动依法审理国内和涉外经济纠纷案件，调整生产和流通领域中的经济关系，保护国家利益、集体利益和中外当事人的合法权益。

## 一、诉讼的定义和特征

### （一）诉讼的定义

诉讼是指国家司法机关依照法律规定，在当事人和其他诉讼参与人的参加下，依法解决讼争的活动。诉讼可分为民事诉讼、行政诉讼和刑事诉讼。与之相对应的诉讼法包括民事诉讼法、行政诉讼法和刑事诉讼法。

在我国，所谓民事诉讼，是指人民法院在双方当事人和其他诉讼参与人参加下，审理和解决民事案件的活动，以及由这些活动所发生的诉讼关系。民事诉讼就其本质而言，是国家强制解决民事纠纷的一种方式，是权利主体凭借国家力量维护其民事权益的司法程序。1991年4月9日第七届全国人民代表大会第四次会议通过了《中华人民共和国民事诉讼法》（以下简称《民事诉讼法》）。该法经2007年10月28日第十届全国人民代表大会常务委员会第三十次会议修正，于2008年4月1日起施行。

### （二）诉讼的特征

（1）诉讼是由多方主体参加而形成的一种活动。法院、控告方、被告是必不可少的三方，此外还可能有辅助人员参与，如代理人、辩护人、受害人、证人、鉴定人、翻译人员等。所以说诉讼是由多方面主体参加而形成的一种活动。

（2）诉讼是各种主体严格依法进行的活动。诉讼是一种法律活动，不是任何人的一种随意行为，在诉讼中，每一主体都必须严格按照法律进行活动。

（3）诉讼一定要有诉讼请求。民事官司中原告向法院提出的要求判令被告履行债务、赔偿损失等方面的请求都属这一类。

（4）诉讼是由许多个诉讼程序和诉讼阶段组成。诉讼程序通常可分为审判程序和执行程序。审判程序又包括一审程序、二审程序、再审程序等。每一个程序中又由若干个诉讼阶段组成。如在一审程序中有起诉与受理、审理前的准备、开庭审理、裁判等诉讼阶段。

（5）诉讼终结所形成的裁决具有法律约束力。人民法院依法作出的裁判，一旦生效就具有强制性，即当事人必须按它的内容无条件执行，否则当事人将要承担法律责任。

### （三）民事诉讼的适用范围

（1）因民法、婚姻法、收养法、继承法等调整的平等主体之间的财产关系和人身关系发生的民事案件，如合同纠纷、房产纠纷、侵害名誉权纠纷等案件。

（2）因经济法、劳动法调整的社会关系发生的争议，法律规定适用民事诉讼程序审理的案件，如企业破产案件、劳动合同纠纷案件等。

（3）适用特别程序审理的选民资格案件和宣告公民失踪、死亡等非讼案件。

（4）按照督促程序解决的债务案件。

（5）按照公示催告程序解决的宣告票据和有关事项无效的案件。

（四）审判制度

1. 合议制度

指 3 名以上审判人员组成审判组织，对案件进行审理并作出裁判的制度。合议制是相对于独任制而言的，后者是 1 名审判员。人民法院审理第一审民事案件，除适用简易程序审理的民事案件由审判员 1 人独任审理外，一律由审判员、陪审员共同组成合议庭或者由审判员组成合议庭。人民法院审理第二审民事案件，由审判员组成合议庭。合议庭的成员人数必须是单数。

2. 回避制度

参与诉讼活动的审判人员、书记员、翻译人员、鉴定人、勘验人等是本案的当事人或当事人、诉讼代理人的近亲属，后者与本案有利害关系或者与本案当事人有其他关系可能影响公正审理的，可以口头和书面申请他们回避。

3. 公开审判制度

公开审判包括审判过程公开和审判结果公开两项。不论案件是否公开审理，一律公开宣告判决。

4. 两审终审制度

指一个案件经过第一审人民法院审判，当事人如果不服，有权在法定期限内向上一级法院提起上诉，由该上一级法院进行二审。二审法院的判决、裁定是终审的判决、裁定。最高法院作出的一审判决、裁定为终审判决、裁定。但适用特别程序、督促程序、公示催告程序和企业法人破产还债程序审理的案件，实行一审终审。对终审判决、裁定，当事人不得上诉。

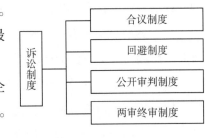

（五）诉讼时效

诉讼时效是指权利人不在法定期间行使权利而失去诉讼保护的制度。诉讼时效期间是指权利人请求人民法院或仲裁机关保护其民事权利的法定期间。根据《民法通则》的规定，诉讼时效期间从当事人知道或应当知道权利被侵害时起计算。但从权利被侵害之日起超过 20 年的，人民法院不予保护。诉讼时效期间分为：

1. 普通诉讼时效

《民法通则》第 135 条规定，向人民法院请求保护民事权利的诉讼时效期间为 2 年，法律另有规定的除外。

2. 特别诉讼时效

《民法通则》第 136 条规定，诉讼时效期间为 1 年的有下列四种情况：

（1）身体受到伤害要求赔偿的；

（2）出售质量不合格的商品未声明的；

（3）延时或拒付租金的；

（4）寄存财物被丢失或损毁的。

3. 诉讼时效的开始

《民法通则》第137条规定，诉讼时效期间从知道或者应当知道权利被侵害时起计算。所谓应当知道，是一种客观推定，就是不管当事人实际上是否知道权利受到侵害，只要客观上存在着知道的可能，人民法院就应当开始计算诉讼时效期间。

诉讼时效期间届满丧失的是胜诉权，并不消灭实体权利，债务人自愿履行的不受诉讼时效限制。

4. 诉讼时效的中止

诉讼时效的中止，是指在时效进行中，因出现了法定事由，致使权利人不能行使权利，因而暂停计算诉讼时效期间，待中止事由消除后，继续计算诉讼时效期间。暂停的一段时间不计入诉讼时效期间之内，而合并计算中止前后的期间。

《民法通则》第139条规定："在诉讼时效期间的最后六个月内，因不可抗力或者其他障碍不能行使请求权的，诉讼时效中止。从中止时效的原因消除之日起，诉讼时效期间继续计算。"

5. 诉讼时效的中断

《民法通则》第140条确认了诉讼时效中断的情况和事由："诉讼时效因提起诉讼、当事人一方提出要求或者同意履行义务而中断。从中断时起，诉讼时效期间重新计算。"也就是说，当事人提起诉讼、当事人一方提出要求或者同意履行义务，而使已经过的时效期间全归于无效。从中断时起，诉讼时效期间重新计算。

【课堂练习】

9.8 2006年1月1日，甲没有支付应于2005年12月31日付清的乙的房租，乙因在国外忙于事务一直未向甲主张权利。2006年6月1日，乙所在国家遭遇战争历时3个月，致使其无法行使请求权。根据《民法通则》的有关规定，乙请求人民法院保护其权利的诉讼时效期间是（    ）。

A. 自2006年1月1日至2007年1月1日

B. 自2006年1月1日至2007年3月1日

C. 自2006年1月1日至2007年4月1日

D. 自2006年1月1日至2008年4月1日

## 二、管辖范围

民事案件的管辖，是指确定各级人民法院之间和同级人民法院之间受理第一审民事案件的分工和权限。我国民事诉讼法规定的民事案件的管辖，包括级别管辖、地域管辖、移送管辖、指定管辖和管辖权的转移。

（一）级别管辖

级别管辖，是指上、下级人民法院之间受理第一审民事案件的分工和权限。我国人民法院实行"四级二审制"，四级人民法院由于职能分工不同，受理第一审民事案件的权限范围也不同。确定不同级别的人民法院管辖第一审民事案件的主要依据是：案件的性质、案件影响的大小、诉讼标的的金额大小等。

（1）基层人民法院管辖除民事诉讼法规定以外的第一审民事案件。

（2）中级人民法院管辖下列第一审案件：重大涉外案件；在本辖区有重大影响的案件；最高人民法院确定由中级人民法院管辖的案件。

（3）高级人民法院管辖在本辖区有重大影响的第一审案件。

（4）最高人民法院管辖下列第一审案件：在全国有重大影响的案件；认为应当由本院审理的案件。

（二）地域管辖

地域管辖，是指同级人民法院之间受理第一审民事案件的分工和权限。

1. 一般地域管辖

一般地域管辖，又称普通管辖，是指以当事人住所地与法院辖区的关系来确定管辖法院。这种管辖通常实行"原告就被告"的原则，即民事诉讼由被告住所地人民法院管辖。

《民事诉讼法》第22条第1款规定，对公民提起的民事诉讼，由被告住所地人民法院管辖；被告住所地与经常居住地不一致的，由经常居住地人民法院管辖。这里所说的住所地，是指公民的户籍所在地；经常居住地，是指公民离开住所地至起诉时连续居住一年以上的地方，但公民住院就医的地方除外。在司法实践中，公民在其户籍迁出后，迁入异地之前，如果没有经常居住地的，仍然以其原户籍所在地为其住所地。《民事诉讼法》第22条第2款规定，对法人或者其他组织提起的民事诉讼，由被告住所地人民法院管辖。这里所说的法人或者其他组织的住所地，是指其主要营业地或者主要办事机构所在地。如果被告是不具有法人资格的其他组织形式，又没有办事机构，则应由被告注册登记地人民法院管辖。

2. 特殊地域管辖

特殊地域管辖，又称特别地域管辖，是指以诉讼标的所在地或者引起民事法律关系发生、变更、消灭的法律事实所在地为标准确定的管辖。《民事诉讼法》第24条至第33条规定了特殊地域管辖的九种情形：

（1）因合同纠纷提起的诉讼，由被告住所地或者合同履行地人民法院管辖。

（2）因保险合同纠纷提起的诉讼，由被告住所地或者保险标的物所在地人民法院管辖。

（3）因票据纠纷提起的诉讼，由票据支付地或者被告住所地人民法院管辖。

（4）因铁路、公路、水上、航空运输和联合运输合同纠纷提起的诉讼，由运输始发地、目的地或者被告住所地人民法院管辖。

（5）因侵权行为提起的诉讼，由侵权行为地或者被告住所地人民法院管辖；侵权行为地包括侵权行为实施地、侵权结果发生地。

（6）因铁路、公路、水上和航空事故请求损害赔偿提起的诉讼，由事故发生地或者车辆、船舶最先到达地、航空器最先降落地或者被告住所地人民法院管辖。

（7）因船舶碰撞或者其他海事损害事故请求损害赔偿提起的诉讼，由碰撞发生地、碰撞船舶最先到达地、加害船舶被扣留地或者被告住所地人民法院管辖。

（8）因海难救助费用提起的诉讼，由救助地或者被救助船舶最先到达地人民法院管辖。

（9）因共同海损提起的诉讼，由船舶最先到达地、共同海损理算地或者航程终止地的人民法院管辖。

3. 专属管辖

专属管辖，是指某一类案件根据法律规定必须由一定的法院管辖。下列案件实行专属管辖：

（1）因不动产纠纷提起的诉讼，由不动产所在地人民法院管辖。

（2）因港口作业中发生纠纷提起的诉讼，由港口所在地人民法院管辖。

（3）因继承遗产纠纷提起的诉讼，由被继承人死亡时住所地或者主要遗产所在地人民法院管辖。

### 4. 共同管辖

共同管辖，是指依照法律规定两个或两个以上的人民法院对同一诉讼案件都有管辖权。在几个人民法院对同一案件都有管辖权的情况下，就形成了管辖权的积极冲突。解决管辖权冲突的最主要的办法，是赋予原告选择权，原告可以向其中任一法院起诉。如果原告向两个以上有管辖权的人民法院起诉，由最先立案的人民法院管辖。

### 5. 协议管辖

协议管辖，又称合意管辖或者约定管辖，是指双方当事人在纠纷发生之前或发生之后，以合意方式约定解决他们之间纠纷的管辖法院。

《民事诉讼法》第25条规定："合同的双方当事人可以在书面合同中协议选择被告住所地、合同履行地、合同签订地、原告住所地、标的物所在地人民法院管辖，但不得违反本法对级别管辖和专属管辖的规定。"

### （三）裁定管辖

人民法院以裁定的方式确定案件的管辖，称为裁定管辖。民事诉讼法规定的移送管辖、指定管辖、管辖权的转移，都是通过裁定的方式来确定管辖法院的，都属于裁定管辖的范畴。

### 1. 移送管辖

移送管辖，是指已经受理案件的人民法院，因发现本法院对该案件没有管辖权，而将案件移送给有管辖权的人民法院审理。《民事诉讼法》第36条规定："人民法院发现受理的案件不属于本院管辖的，应当移送有管辖权的人民法院，受移送的人民法院应当受理。受移送的人民法院认为受移送的案件依照规定不属于本院管辖的，应当报请上级人民法院指定管辖，不得再自行移送。"

### 2. 指定管辖

指定管辖，是指上级人民法院根据法律规定，以裁定的方式指定其辖区内的下级人民法院对某一具体民事案件行使管辖权的制度。《民事诉讼法》第37条规定："有管辖权的人民法院由于特殊原因，不能行使管辖权的，由上级人民法院指定管辖。人民法院之间因管辖权发生争议，由争议双方协商解决；协商解决不了的，报请它们的共同上级人民法院指定管辖。"

### 3. 管辖权的转移

管辖权的转移，是指经上级人民法院的决定或者同意，将某一案件的诉讼管辖权由下级人民法院转移给上级人民法院，或者由上级人民法院转移给下级人民法院。《民事诉讼法》第39条规定："上级人民法院有权审理下级人民法院管辖的第一审民事案件，也可以把本院管辖的第一审民事案件交下级人民法院审理。下级人民法院对它所管辖的第一审民事案件，认为需要由上级人民法院审理的，可以报请上级人民法院审理。"

（四）管辖权异议

管辖权异议是指人民法院受理案件后，当事人依法提出该法院对本案没有管辖权的主张。《民事诉讼法》第38条规定："人民法院受理案件后，当事人对管辖权有异议的，应当在提交答辩状期间提出。人民法院对当事人提出的异议，应当审查。异议成立的，裁定将案件移送有管辖权的人民法院；异议不成立的，裁定驳回。"有权提出管辖权异议的只能是本案的当事人，通常情况下，管辖权异议是由被告提出。

【课堂练习】

9.9 北京的甲公司和长沙的乙公司于2006年6月1日在上海签订一份买卖合同。合同约定，甲公司向乙公司提供一批货物，双方应于2006年12月1日在厦门交货付款。双方就合同纠纷管辖权未作约定。其后，甲公司依约交货，但乙公司拒绝付款。经交涉无效，甲公司准备对乙公司提起诉讼。根据民事诉讼法关于地域管辖的规定，下列各地方的人民法院中，对甲公司拟提起的诉讼有管辖权的有（　　　）。

A. 北京　　　　　B. 长沙　　　　　C. 上海　　　　　D. 厦门

## 三、起诉与受理

（一）起诉

起诉是指公民、法人或者其他组织认为其民事权益受到侵害或者与他人发生民事争议时，请求人民法院通过审判方式予以司法保护的诉讼行为。

我国民事诉讼实行"不告不理"的原则，只有在当事人起诉的情况下，法院才启动民事审判程序。

（1）起诉的条件。根据《民事诉讼法》第108条规定，当事人起诉必须具备以下条件：

第一，有适格的原告。原告必须是有诉讼权利能力、与本案有直接利害关系的公民、法人和其他组织。所谓"直接利害关系"是指公民、法人和其他组织自己的或受自己管理、支配的民事权益受到了侵害或与他人发生民事争议。

第二，有明确的被告。原告起诉时要指明发生争议的相对一方。

第三，有具体的诉讼请求和事实、理由。"具体的诉讼请求"是指原告在起诉时必须明确请求法院予以司法保护的具体内容和方式。"事实"是指原告向法院提出诉讼请求所依据的案件事实和证据事实，包括当事人之间民事法律

我国民事诉讼实行"不告不理"的原则，只有在当事人起诉的情况下，法院才启动民事审判程序

关系发生、变更和消灭的基本事实，当事人之间发生民事争议的事实，以及有关的证据。"理由"是指证明该诉讼请求是合理、合法的，应得到法院支持的原因。

第四，属于人民法院受理民事诉讼的范围和受诉人民法院管辖。《民事诉讼法》第3条规定，人民法院受理民事诉讼的范围是公民之间、法人之间、其他组织之间以及他们相互之间因财产关系和人身关系提起的民事诉讼。不属于这个范围的，不得提起民事诉讼。属于受诉法院管辖，是指原告必须根据民事诉讼法关于法院之间管辖民事案件的分工，向有管辖权的人民法院提起民事诉讼。

以上四个条件是原告起诉时必须同时具备的，缺一不可。

（2）起诉的方式。根据《民事诉讼法》第109条的规定，起诉方式以书面起诉为原则，以口头起诉为例外。

《民事诉讼法》第109条第1款规定："起诉应当向人民法院递交起诉状，并按照被告人数提出副本。"同时，《民事诉讼法》第109条第2款规定："书写起诉状确有困难的，可以口头起诉，由人民法院记入笔录，并告知对方当事人。"

（二）受理

受理是指人民法院对原告的起诉进行审查后，认为符合法律规定的起诉条件，决定立案并启动诉讼程序的行为。《民事诉讼法》第112条规定："人民法院收到起诉状或者口头起诉，经审查，认为符合起诉条件的，应当在七日内立案，并通知当事人；认为不符合起诉条件的，应当在七日内裁定不予受理；原告对裁定不服的，可以提起上诉。"

【课堂练习】

9.10 根据《民事诉讼法》第108条的规定，当事人起诉必须具备的条件主要包括（　　）。

A. 有适格的原告

B. 有明确的被告

C. 有具体的诉讼请求和事实、理由

D. 属于人民法院受理民事诉讼的范围和受诉人民法院管辖

## 四、审理与裁判

开庭审理，是指人民法院在当事人和其他诉讼参与人的参加下，按照法定的方式和程序对案件进行全面审查并作出裁判的诉讼活动。人民法院审理第一审民事案件，都必须开庭审理。开庭审理有公开审理和不公开审理两种方式。开庭审理以公开审理为原则，不公开审理为例外。根据《民事诉讼法》第 120 条的规定，人民法院审理民事案件，除涉及国家秘密、个人隐私或者法律另有规定的以外，应当公开进行。离婚案件，涉及商业秘密的案件，当事人申请不公开审理的，可以不公开审理。

开庭审理的过程分为几个既相互独立又相互联系的阶段：庭审准备；法庭调查；法庭辩论；案件评议和宣告判决。

（一）庭审准备

庭审准备是人民法院在正式对案件进行实体审理之前，为保证案件审理的顺利进行而进行的各项准备工作。根据民事诉讼法的规定，庭审准备的内容包括：

（1）传唤当事人，通知其他诉讼参与人出庭参加诉讼。人民法院应当在开庭 3 日前将传票送达当事人，将出庭通知书送达其他诉讼参与人，传票和通知书应当写明案由、开庭的时间和地点，以确保当事人和其他诉讼参与人为参加庭审做好准备。

（2）发出公告。对公开审理的案件，人民法院应当在开庭 3 日前公告当事人的姓名、案由和开庭的时间、地点。公告可以在法院的公告栏张贴，巡回审理的可以在案发地或其他相关的地点张贴。

（3）查明当事人及其他诉讼参与人是否到庭，宣布法庭纪律。正式开庭审理之前，由书记员查明原告、被告、第三人、诉讼代理人、证人、鉴定人、翻译人员等是否到庭，并向审判长报告。同时宣布法庭纪律，告知全体诉讼参与人和旁听人员必须遵守。

（4）开庭审理时，由审判长核对当事人，核对的顺序是原告、被告、第三人，核对的内容包括姓名、性别、年龄、民族、籍贯、工作单位、职业和住所。当事人是法人和其他组织的，核对其法定代表人和主要行政负责人的姓名、职务。对于诉讼代理人应当查明其代理资格和代理权限。核对完毕由审判长宣布案由，宣布审判人员、书记员名单，告知当事人有关的诉讼权利义务，询问当事人是否提出回避申请。

（二）法庭调查

法庭调查的主要任务是，审判人员在法庭上全面调查案件事实，审查和核实各种证据，为正确认定案件事实和适用法律奠定基础。法庭调查主要包括两个内容：一是当事人陈述；二是出示证据和质证。

（三）法庭辩论

法庭辩论是当事人及其诉讼代理人在合议庭的主持下，根据法庭调查阶段查明的事实和证据，阐明自己的观点和意见，相互进行言词辩驳的诉讼活动。根据《民事诉讼法》第 127 条的规定，法庭辩论按照下列顺序进行：

（1）原告及其诉讼代理人发言；

（2）被告及其诉讼代理人答辩；

（3）第三人及其诉讼代理人发言或者答辩；

（4）互相辩论。

法庭辩论终结，由审判长按照原告、被告、第三人的先后顺序征询各方最后意见。《民事诉讼法》第128条规定，法庭辩论终结，应当依法作出判决。判决前能够调解的，还可以进行调解，调解不成的，应当及时判决。

（四）案件评议和宣告判决

法庭辩论结束后，调解不成的，合议庭应当休庭，进入评议室进行评议。评议时合议庭应根据法庭调查和法庭辩论的情况，确定案件的性质，认定案件的事实，分清是非责任，正确地适用法律，对案件作出最后的处理。合议庭评议案件由审判长主持，秘密进行。合议庭有不同意见时，实行少数服从多数的原则，但少数意见要如实记入笔录。评议笔录由书记员制作，经合议庭成员和书记员签名或盖章，归档备查，不得对外公开。评议结束后，应制作判决书，并由合议庭成员签名。

宣告判决的内容包括：认定的事实、适用的法律、判决的结果和理由、诉讼费用的负担、当事人的上诉权利、上诉期限和上诉法院。当事人不服地方人民法院第一审判决的，有权在判决书送达之日起15日内向上一级人民法院提起上诉。当事人不服地方人民法院第一审裁定的，有权在裁定书送达之日起10日内向上一级人民法院提起上诉。

宣告判决有两种方式：一种是当庭宣判。即在合议庭评议后，由审判长宣布继续开庭并宣读裁判。宣判后，10日内向有关人员发送判决书。另一种是定期宣判。即不能当庭宣判的，另定日期宣判。定期宣判后，应立即发给判决书。不管是当庭宣判，还是定期宣判，人民法院在宣告判决时必须告知当事人上诉的权利、上诉的期限和上诉的人民法院。无论是公开审理还是不公开审理的案件，宣告判决一律公开。

不服判决书是15天
不服裁定是10天

我要上诉

【课堂练习】

9.11 根据《民事诉讼法》,开庭审理的程序包括（　　）。

A. 庭审准备　　　　　　　　B. 法庭调查

C. 法庭辩论　　　　　　　　D. 案件评议和宣告判决

### 五、执行程序

执行,是指人民法院的执行组织,在当事人拒绝履行已经发生法律效力的判决、裁定、调解书和其他应当履行的法律文书时,依照法定程序,强制义务人履行义务的行为。

对于发生法律效力的判决、裁定,由第一审法院执行;对于调解书、仲裁机构的生效裁决、公证机关依法赋予强制执行效力的债权文书等,则由被执行人住所地或者被执行的财产所在地法院执行。

执行措施,是指法院依照法定程序,强制执行生效法律文书的方法和手段。对于民事案件,法律规定了九种不同的执行措施:

（1）查询、冻结、划拨被执行人的存款;

（2）扣留、提取被执行人的收入;

（3）查封、扣押、冻结、拍卖、变卖被执行人的财产;

（4）搜查被执行人的财产;

（5）强制被执行人交付法律文书指定的财物或票证;

（6）强制被执行人迁出房屋或者退出土地;

（7）强制被执行人履行法律文书指定的行为;

（8）要求有关单位办理财产权证照转移手续;

（9）强制被执行人支付迟延履行期间债务利息及迟延履行金。

当事人拒绝履行已经发生法律效力的民事判决时,另一方当事人可以申请法院强制执行。

当事人拒绝履行已经发生法律效力的民事判决时,另一方当事人可以申请法院强制执行

【课堂练习】

9.12 下列各项中,属于法院可以采取的强制执行措施的有（　　）。

A. 查询、冻结、划拨被执行人的存款

B. 扣留、提取被执行人的收入

C. 搜查被执行人的财产

D. 要求有关单位办理财产权证照转移手续

【本节小结】

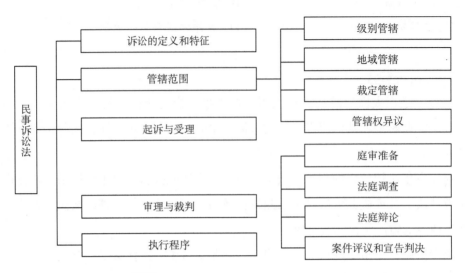

【课后思考】

1. 民事诉讼的适用范围有哪些?
2. 民事诉讼有哪些审判制度?
3. 民事诉讼的时效是怎样规定的?
4. 民事诉讼的管辖范围有哪些?

【本章案例讨论】

### 发生经济纠纷后如何确定法院的管辖权

**案情**

A县与C、D、E、F四县相邻。A县某加工厂和B县某食品厂于1995年9月10日在C县签订了一份真空食品袋加工承揽合同,其中约定:"运输方式:加工厂代办托运;履行地点:加工厂在D县的仓库。发生纠纷的解决方式:在E县仲裁委员会仲裁,也可以向C县和E县的人民法院起诉。"合同签订后,加工厂即在其设在F县的分厂进行加工,并在F县车站发货。食品厂收货后即投入使用。因真空食品袋质量不合格,致使食品厂已封装入库和销售出去的袋装食品大量腐败变质,损失5万元。两厂几经协商未果。食品厂的法定代表人即找到律师刘某咨询,最后提出："怎么起诉都可以，但必须在我们 B 县法院打官司，你能办到就委托你，否则我另请高明。"

问题

（1）按我国现行法律规定，此纠纷应通过仲裁解决还是应通过诉讼解决？为什么？

（2）E 县法院是否有管辖权？为什么？

（3）C 县法院是否有管辖权？为什么？

（4）F 县法院是否有管辖权？为什么？

（5）D 县法院是否有管辖权？为什么？

（6）A 县法院是否有管辖权？为什么？

（7）如果你是刘律师，能否满足食品厂的要求？为什么？

（本案例选自百度网民事诉讼法练习题）

## 必读法律法规

中华人民共和国劳动法

中华人民共和国劳动合同法

中华人民共和国个人独资企业法

中华人民共和国合伙企业法

中华人民共和国公司法

中华人民共和国合同法

中华人民共和国票据法

中华人民共和国商标法

中华人民共和国专利法

中华人民共和国反不正当竞争法

中华人民共和国民事诉讼法

中华人民共和国仲裁法

# 参考文献

［1］陶广峰．经济法原理［M］．北京：中国政法大学出版社，2005.

［2］陶广峰．经济法学［M］．北京：中国检察出版社，2007.

［3］卞耀武．当代外国公司法［M］．北京：法律出版社，1995.

［4］钟明钊．竞争法［M］．北京：法律出版社，2008.

［5］陶广峰．金融法学［M］．北京：中国人民大学出版社，2009.

［6］刘春田．知识产权法［M］．北京：高等教育出版社，2007.

［7］崔建远．合同法［M］．北京：法律出版社，2003.

［8］黄进．仲裁法学［M］．北京：中国政法大学出版社，2008.

［9］杨紫烜．经济法［M］．北京：北京大学出版社，2006.

［10］孔祥俊．反不正当竞争法：原理规则案例［M］．北京：清华大学出版社，2006.

［11］江伟．民事诉讼法［M］．北京：中国人民大学出版社，2008.

［12］李友根．企业法教程［M］．南京：南京大学出版社，1994.

［13］甘培忠．企业和公司法［M］．北京：北京大学出版社，2007.

［14］王冰．人力资源管理法律地图——公司劳动法应用操作指南［M］．武汉：武汉大学出版社，2007.

［15］黎建飞．劳动法和社会保障法［M］．2版．北京：人民大学出版社，2007.

［16］法律考试中心组．民事诉讼法与仲裁制度刑事诉讼法［M］．北京：法律出版社，2007.

［17］吉文丽．经济法［M］．北京：清华大学出版社，2007.

［18］陈建，邓丽明．经济法概论［M］．北京：中国人民大学出版社，2007.

［19］张思明．经济法概论［M］．北京：机械工业出版社，2009.

［20］曹丽萍．经济法［M］．北京：科学出版社，2007.

## 郑重声明

高等教育出版社依法对本书享有专有出版权。任何未经许可的复制、销售行为均违反《中华人民共和国著作权法》，其行为人将承担相应的民事责任和行政责任；构成犯罪的，将被依法追究刑事责任。为了维护市场秩序，保护读者的合法权益，避免读者误用盗版书造成不良后果，我社将配合行政执法部门和司法机关对违法犯罪的单位和个人进行严厉打击。社会各界人士如发现上述侵权行为，希望及时举报，本社将奖励举报有功人员。

**反盗版举报电话** （010）58581897　58582371　58581879

**反盗版举报传真** （010）82086060

**反盗版举报邮箱** dd@hep.com.cn

**通信地址** 北京市西城区德外大街 4 号　高等教育出版社法务部

**邮政编码** 100120

## 短信防伪说明

本图书采用出版物短信防伪系统，用户购书后刮开封底防伪密码涂层，将 16 位防伪密码发送短信至 106695881280，免费查询所购图书真伪，同时您将有机会参加鼓励使用正版图书的抽奖活动，赢取各类奖项，详情请查询中国扫黄打非网（http://www.shdf.gov.cn）。

**反盗版短信举报**

编辑短信"JB，图书名称，出版社，购买地点"发送至 10669588128

**短信防伪客服电话**

（010）58582300

## 经管理实一体化课程平台使用说明

1. 登录 http:// hve.hep.com.cn，点击按钮 [经管理实一体化课程平台（点击此处登录）]。

2. 登录方法：请使用本书封底标签上防伪明码作为登录账号，防伪密码作为登录密码。

3. 注意事项：

（1）本账号有效学习时间 50 小时。到期账号失效。

（2）本账号过期作废，有效登录时间截至 2015 年 12 月 31 日。

课程咨询电子邮箱：songchen@hep.com.cn　　咨询电话：（010）58581854

技术支持电子邮箱：gaojiaoshe@itmc.cn　　咨询电话：（010）68208490